Hanns-Josef Ortheil

Agenten

Roman

btb

FSC
www.fsc.org
MIX
Papier aus verantwortungsvollen Quellen
FSC® C083411

Verlagsgruppe Random House FSC-DEU-0100
Das für dieses Buch verwendete
FSC®-zertifizierte Papier *Munken Pocket* liefert
Arctic Paper Munkedals AB, Schweden

1. Auflage
Genehmigte Taschenbuchausgabe Dezember 2010,
btb Verlag in der Verlagsgruppe Random House GmbH, München

»Agenten« erschien zuerst 1989 im Piper Verlag, München.
Umschlaggestaltung: semper smile unter Verwendung des Bilds
Nummer 1345455 (c) Private Collection / Bridgeman Berlin
Druck und Einband: CPI – Clausen & Bosse, Leck
KS · Herstellung: SK
Printed in Germany
ISBN 978-3-442-73814-4

www.btb-verlag.de

für
Heinz-Jürgen Dambmann

Es war ein matter Sommer, lauter lausige Tage, und niemand von uns ließ hören, wie man Druck hätte machen können. Wir schliefen zu lange, hatten kaum Appetit und saßen am frühen Nachmittag vor den leeren Kneipen, wenn der süßliche Schweiß der vergangenen Nacht noch in den erkalteten Räumen hing. Meist redete einer zuviel, und die anderen blickten die Straße entlang, wo sich das ferne Leben abspielte, auf das niemand schon scharf war. Ich hatte mir orientalische Zigaretten gekauft, die Schachtel für mehr als 5 Mark, und ich konnte nicht aufhören mit dem Rauchen, selbst nicht, als der Mund ganz trocken war und ein beizender, metallischer Geschmack auf der Zunge lag. Aus irgendeinem Fenster dröhnte Musik, nichts Nerviges, nur diese Sachen von gestern, verspätet und dröge. Das Bier schmeckte lau, wir schoben die Gläser schwerfällig über die verschmierten Plastiktische und tranken doch mit nur kurzen Pausen, als drohe die feine Gischt bald zu verebben. In Gedanken ging jeder die Schauplätze des Abends durch, sich ausmalend, was sie ihm bringen würden. Es war alles ein Warten, nur einer wechselte laufend den Platz, um soviel Sonne wie möglich mitzubekommen. Ich mochte diese empfindlichen Stunden nicht, ich kam nicht an gegen die Lautlosigkeit, und so saß ich wie die anderen ungelenk herum, mit dem Stuhl auf und ab wippend. Manchmal machte sich einer auf, eine Runde zu drehen, doch wir schauten ihm nicht hinterdrein, da es unruhig machte, ihn davongehen zu sehen. Später stieß er wieder zu uns, irritiert und warm getankt, als habe er sich verlaufen und sei froh, uns wiedergefunden zu haben. Worüber sollte man reden, um auf Touren zu kommen? Noch immer beherrschten uns diese verkappten Antriebe, sie beschäftigten einen wie wacklige Bilder im frühen Schlummer, und man verdrängte sie ebenso schnell, wie sie aufkamen. Wir saßen immer unbeweglicher da, die Glieder wurden steif vor lauter Selbstbeherrschung, mit der man sich gegen den halben Rausch anstemmte. Dann kam die Abendkühle hinzu, Wellen kurzen Schauderns, die bis in die Fingerspitzen reichten. Die Gläser waren nun von einem klebrigen Film überzogen, und man trank vorsichtiger, um mit den Lippen nicht zu lange das Glas zu berühren. Einer las das Filmprogramm herunter, doch die Titel bewegten nichts mehr wie früher. Ein anderer schaute plötzlich auf die Uhr, als sei ihm etwas eingefallen. Wer es nun packte, entschlüpfte dem dunklen Kreis, hinaus in den Abend. Ich war meist zu langsam, ich rauchte weiter, sank in den Stuhl zurück und atmete schließlich tief durch, um den Absprung einzuleiten. Ich zahlte, indem ich mich von den anderen wegdrehte. Wir hatten nicht mehr viel gemeinsam, jeder ahnte es, und doch warteten alle beschwörend. Ich klinkte mich aus, langsam nahm mich die schwere Fremde um mich herum wieder auf. Ich sprach leise mit mir, es war eine halbherzige Sprache, und es klang wie zur Probe. Dann der anströmende Verkehr, und eilig, dem ersten Impuls folgend, mischte ich mich hinein…

Wir lebten in Wiesbaden, und die Stadt war gerade richtig für dieses betäubte Dasein. Früher war es die Stadt der ruhigen Mieter gewesen, jetzt aber hatten die Rentner und Pensionäre, die noch Mäntel mit schmalem Pelzbesatz trugen, längst das Nachsehen. Jeder von uns war auf anderem Weg und zu einem anderen Zeitpunkt hierher gekommen, doch irgendwann hatten wir einmal zusammengefunden, als habe es schon immer eine Verabredung gegeben. Die meisten von uns waren auf dem Land aufgewachsen, in den Dörfern des Hunsrücks oder am Mittelrhein, und zumindest eine Zeitlang hatten alle dasselbe Gymnasium in der Kreisstadt besucht, einen hellen, manisch zergliederten Bau aus den frühen siebziger Jahren, für den man ein halbes Waldgelände brachgelegt hatte. Aus dieser Zeit kannten wir uns; es gab die langen Nachmittage mit den Freistunden zwischen den Chemiekursen, und es gab das heruntergekommene Café nahe dem Omnibusbahnhof, wo sich einem jedes Gesicht einprägte und Phantasien darüber aufkamen, mit wem man gerne gesprochen hätte. Doch all diese Neugierden blieben lange gedämpft, als müßte man damit haushalten, bis es ernst werden würde. Am frühen Abend fuhren die meisten mit dem Bus in ihre Dörfer zurück, und für die Nacht blieb alles zerschnitten, gehemmt und reglos wie in den Kindertagen.

Weil wir so auf Distanz wohnten, wurden Freundschaften besonders wichtig. Ich war meist mit Blok zusammen, in der Schule saßen wir jahrelang nebeneinander und machten gemeinsam die Übergänge zwischen den frühen Altersstufen mit, so lange, bis Blok immer langsamer wurde und eine Klasse wiederholen mußte. Blok war Franks Nachname, er wollte, daß man ihn so anredete, weil sein Vater nur Frankie gerufen wurde und ihm dadurch zu nahe kam. Frankie war ein weithin bekannter Landarzt, er war viel mit dem Wagen unterwegs und erleichterte sein schlechtes Gewissen, indem er seine Frau zu zweitägigen Wochenendtrips nach Berlin einlud, Flug und Opernbesuch eingeschlossen. Man erkannte ihn schon von weitem an seinen karierten Hemden im *Country-style*, dazu trug er einfarbige, breit auslaufende Krawatten; in der Früh machte er sich auf seine Jogging-Runde, immer derselbe Kurs quer durch das Wäldchen hinter dem Bungalow, den er nach und nach mit spanischen Möbeln eingerichtet hatte. Frankie gab in der Familie den Ton an, er hatte eine weiche, sich in der Tiefe einpendelnde Stimme, die ihn selbstbewußt und sympathisch erscheinen ließ. Blok hielt es in seiner Nähe nicht aus; all diese zielstrebig angegangenen Aktivitäten – Testfahrten mit den neuesten Automodellen vom befreundeten Händler aus der Kreisstadt, Urlaubssafaris in Kenia im Kollegenkreis, Zelten im Hochgebirge zu den widernatürlichsten Zeiten – wirkten nur lähmend auf ihn, so daß er selbst die Ferien am liebsten ohne ihn verbracht hätte. Die Mitschüler verstanden ihn nicht; sie bewunderten seinen Vater oder hätten ihren eigenen gern gegen ein solches Mannsbild eingetauscht, weil sie nicht ahnten, was es bedeutete, einen auf Hochtouren laufenden Motor schon zum Frühstück neben sich zu haben. Von all dem aber wußte ich lange nichts, denn die Freundschaft mit Blok brauchte Zeit, und er machte es einem nicht leicht.

Ich hatte ihn in der Tertia kennengelernt, als Vater die gutgehende Rechtsanwaltskanzlei in der Kreisstadt übernahm. Wir hatten auch zuvor auf dem Land gelebt, Vater hatte sich als Notar versucht, doch wir hatten es nicht einmal zu einem eigenen Haus gebracht, so daß ich mir mit Sarah, meiner Schwester, das Kinderzimmer hatte teilen müssen. Sarah war zwei Jahre jünger als ich, sie hatte alles, was sie auftreiben konnte, gesammelt, widerlich zerzaustes Zeug von der Straße, das sie in Einweckgläsern aufbewahrte. Nachts hatte sie die Gläser wegen des aufdringlichen Ölgestanks vor das Fenster gestellt, manchmal war es mir zuviel geworden, und ich hatte die ganze Batterie abgeräumt, ohne Erfolg, weil Sarah ihre Leidenschaft fortgesetzt hatte, unermüdlich wie ein auf ekelhafte Gegenstände angewiesenes Tier, das seine Wintervorräte anlegt. In der Kreisstadt machten wir erste Fortschritte; wir zogen in ein kleines Reihenhaus, und von da an konnte Sarah ihre Brut unter dem Bett hüten, denn wir hatten nun getrennte Zimmer und kamen uns nicht länger in die Quere.

An unserem ersten Schultag hatte Vater uns mit dem Wagen zum Gymnasium gefahren, und der Direktor hatte mich persönlich zu meiner Klasse gebracht. Der Tag hatte mit Deutsch begonnen, und ich war auf den einzigen freien Platz gesetzt worden, neben Blok, der ein Gesicht gezogen hatte, als werde ihm übel, weil man ihm etwas Raum gestohlen hat. Ich war nach meiner alten Penne gefragt worden und danach, was wir dort zuletzt durchgenommen hätten, und ich hatte die Ballade von John Maynard aufgesagt, *John Maynard war unser Steuermann, aushielt er, bis er das Ufer gewann.* Von da an hatten mich alle Maynard genannt, sowas verdankt man Fontane, doch ich hatte den Spitznamen angenommen und mich schließlich selbst so getauft, nur mit ›e‹, um nicht alles ohne Gegenwehr mitzumachen. Meynard war ein guter Name, er klang nach etwas Eigenständigem, ich habe ihn bis heute beibehalten.

Damals saß Blok da wie ein Fremder. Er hatte dichtes, schwarzes, rechts gescheiteltes Haar, so sauber kurz geschnitten, als werde er zu einem Spezialfriseur geschickt. Er trug Pullover, fein gestrickt und weit, duftend nach Weichspüler, dazu blank polierte Schuhe, wie von einem Butler gepflegt. Er meldete sich nie, saß mit eingezogenem Kopf in der Bank und schaute nur auf, wenn etwas an die Tafel geschrieben wurde. Er blieb stumm, tat, als gebe es mich nicht, und führte seine Hefte so ordentlich, daß ich oft hinschauen mußte. Er benutzte Buntstifte, Marke *Faber-Castell*, zwanzig verschiedene, nebeneinander liegend in einer dunkelgrünen Blechschachtel, und er schrieb mit einem alten Füller, einem *Pelikan* mit freiliegender Feder, die er mit einem Tuchballen regelmäßig abtupfte.

Er kam mir sehr verwöhnt vor, und er hatte Manieren wie einer, dem man alles Lästige abgenommen hatte. In den Pausen spielte er mit den anderen nur wie zum Test, ein paar Sprints, kurze Ballkontakte, gezielte Würfe, weit über das Feld; später wusch er sich gründlich die Hände. Ich sah ihn nie mit gerötetem Kopf, er schien kaum zu schwitzen, selbst nicht bei besonderen Anstrengungen. Er turnte gut, am besten gelang ihm die Hocke am Pferd, doch niemand sah ihn lange an den Geräten, es war, als gehorchten seine Glieder sofort dem, was er sich vornahm. Am liebsten spielte er Basketball; es war genau das richtige Spiel für ihn, er berührte den Ball nur mit den Fingerspitzen und schien beim Korbwurf zu wachsen, kurz, für einen Moment, bevor er den Ball losschickte. Nur bei diesem Spiel fiel er auf, weil er meist zu lange am Ball blieb, dribbelnd, die anderen foppend, mit dem Blick eines Belustigten, der allen etwas vorzauberte. Doch ihm fehlte der Ehrgeiz, der zu einem ausdauernden Training gehörte, und so nahm man ihn nicht in die Klassenmannschaft auf, wo man auf Pauls Kommando hörte, denn Paul war der Sprecher, und er vergab nach jedem Spiel Noten, um alle im Griff zu behalten.

Ich tat nichts, um Bloks Schweigen zu brechen. Wochenlang saß ich neben ihm, ohne ihn etwas zu fragen; ich respektierte, daß er für sich sein wollte, und meldete mich weniger als früher, damit er mich nicht für einen Streber hielt. Ich wußte nicht, was er so von mir dachte, und ich war zu stolz, ihm entgegenzukommen, denn er schien zu glauben, er habe einen Vorsprung vor uns.

Fast jeden Morgen brachte Vater Sarah und mich mit dem Wagen zur Schule, und wenn es sich ergab, ging ich nach Schulschluß mit Walter nach Hause, denn Walter wohnte in der Nähe. Ab und zu begleitete ich auch einige Mitschüler zum Busbahnhof und wartete dort mit ihnen; dann sahen wir Blok, wie er eine Cola im Café trank, allein an einem Tisch, in einer Illustrierten blätternd. Er kam nie zu uns herüber, erst wenn der Bus vorrollte, trank er sein Glas aus und machte sich auf den Weg. Im Bus setzte er sich ganz nach hinten, und später sah ich seinen langgestreckten Hinterkopf, wenn der Bus in die Hauptstraße einbog.

Ich hatte mir vom Leben in der Kreisstadt etwas erhofft, doch schon bald war es so langweilig wie früher, zuviel Schule und die wenigen Straßen, die man schnell satt hatte. Ich traf mich mit Walter, und wir fuhren auf Rädern hinaus zum Bolzplatz. Fußball zu spielen war eine Endlosbeschäftigung, jeder Nachmittag ein Langlauf ohne Pausen, mit einer Strecke, die einen meist überforderte. Am Abend war der Körper wie tot, als sei alles Blut in die Beine gesackt, und ich kam erst auf meiner Liege zu mir, wenn Sarah nebenan mit ihren Freundinnen zeterte. Sie traten auf wie ein Schwarm, immer redeten mehrere zugleich und verbesserten sich gegenseitig rechthaberisch, wobei es oft um die Gewohnheiten der Eltern ging. Ich hörte, wie Sarah darauf bestand, daß Vater ein guter Anwalt sei; sie glaubte, er trete vor Gericht auf wie ein Star, denn sie wußte nicht, daß es in solchen Gerichten ohne Geschworene zuging. Sie fragte ihn aus, wenn er am Abend mit seinen Akten nach Hause kam, doch er wollte nichts hören, zog die Schuhe aus, lockerte seine Krawatte, öffnete den Kragenknopf und streckte sich in seinen Sessel. Ich sah, wie er später die Akten studierte; er war viel zu erschöpft, und die Akten rutschten ihm aus den Fingern, wenn er seiner Müdigkeit nachgab. Waren wir im selben Zimmer wie er, mußten wir still sein; doch er las nur, damit wir Ruhe hielten und er sich nichts für uns ausdenken mußte.

Für mich war die Zeit der Kinderspiele vorbei, ich wußte es genau, wenn ich Sarah beobachtete, die mit ihren Freundinnen Familien gründete, Kinder aufzog und fürs Essen sorgte. Am liebsten wäre ich ständig weit weggefahren, raus aus dieser Kleinstadt, wo man in den Geschäften nach dem Namen der Eltern gefragt wurde. So vertrieb ich mir die meiste Zeit mit dem Fahrrad, das war das Beste, lange Anstiege mit dem glasigen Blick auf die paar Meter voraus und schnelle Abfahrten, wenn kühler Wind den schweißnassen Rücken abtastete. Auf die Ziele kam es nicht an, es waren immer dieselben Hunsrückdörfer, Durchfahrtstraßen mit lästigen Ampeln und eine Tankstelle am Ortsausgang.

Ich fuhr allein, manchmal mit Walter, seltener auch mit mehreren. Walter hatte Karotten dabei, bündelweise in den Fahrradtaschen verstaut, denn seine Eltern führten einen Gemüseladen, in dem er stundenweise aushalf, an den Abenden oder samstagmittags, wenn es hoch herging. Er war viel kleiner als ich, und doch war er meist schneller, zäh und unermüdlich voran, als müsse er Fahrt machen, um mich mitzuziehen. Wenn wir genug gestrampelt hatten, hielten wir auf einem Höhenpunkt, und Walter kramte die Karotten hervor, als verfüttere er sie zur Belohnung. Wir blieben sitzen, bis der Körper abgekühlt war; ich fragte Walter, wo sein Vater ein Bein verloren habe, und er erzählte davon, daß sein Vater am Kriegsende Flakhelfer gewesen sei und bei einem Luftangriff auf die Stellung als einer von wenigen überlebt habe. Walter sprach nicht gerne darüber, obwohl er zu seinem Vater hielt und es ihm nichts ausmachte, mit ihm ins Schwimmbad zu gehen. Wenn er erzählte, war es, als habe er selbst damals gelebt, denn er hatte präzise Informationen parat wie einer, der sich mit eigenen Augen ein genaues Bild gemacht hatte.

So kamen wir viel herum, und einmal hatten wir uns in der Gruppe an die Abfahrt hinunter zum Rhein gewagt, lauter Serpentinen, gegen deren Windungen wir anbremsen mußten, bis wir nach fast einer Stunde das Flußtal erreichten. Im Ort gab es lauter Weinlokale, und in den Schaufenstern der Geschäfte lagen bunte Souvenirs, glasierte Holzscheiben mit eingebrannten Trinksprüchen und T-Shirts, die man mit einer Karte des Flußlaufs bedruckt hatte. Wir stellten die Räder am Ufer ab und schauten uns die vorbeifahrenden Schiffe an, eine ruhige Parade, die einen zunehmend sehnsüchtiger machte. Paul kommentierte, denn er hatte etwas Ahnung, weil ein Onkel von ihm als Lotse arbeitete; wir anderen aber waren still, der plötzliche Anblick des Flusses war erschreckend, ein weites Zuviel mit den Felsmassiven an beiden Seiten.

Dann liefen wir weiter am Fluß entlang und standen schließlich dort, wo die Fähre ablegte; sie machte gerade vom Ufer los und setzte sich quer gegen die Strömung. Die meisten Fahrgäste waren in ihren Autos sitzengeblieben, nur rechts vorn, vor der eisernen Kette, stand einer unbeweglich, mit dem Blick hinüber. Ich erkannte den langgestreckten Hinterkopf und das schwarze, gescheitelte Haar, niemand sonst bemerkte etwas, und wir gingen zu unseren Rädern zurück. Am nächsten Morgen sprach mich Blok zum ersten Mal an; es war nach der großen Pause, und wir übersetzten einen englischen Text. Blok blätterte in seinem Buch, und, ohne mich anzusehen, fragte er mich, so leise, daß gerade nur ich ihn verstehen konnte: »Sag mal, was treibst du die ganze Zeit mit den Scheißern?«

So waren wir Freunde geworden, und Blok tat, als müsse er dafür sorgen, meine Standards zu heben. Er hatte eine Art von Verachtung für alles Übliche, die mich oft hilflos machte, und er kritisierte einen scharf, wenn man die Meinungen anderer vorschnell teilte. Seit das Eis zwischen uns gebrochen war, zogen wir oft gemeinsam los; meist fuhren wir nachmittags mit dem Bus an den Rhein, denn Blok wollte das Rad am Abend nicht den Berg hinauf schieben. Er bekam reichlich Taschengeld, wir profitierten beide von der Großzügigkeit seines Vaters, kauften uns russische Zigaretten und schauten den Fremden zu, die mit den weißen Schiffen kamen und sich immer in dieselben Winkel verliefen.

Blok trieb sich nicht gern herum; er konnte stundenlang in einem Café sitzen, Leute beobachten und Zeitungen lesen. Er hatte Lust an frechen Bemerkungen, und er spielte den Rücksichtslosen, der sich zu niemandem hingezogen fühlt und von anderen nicht viel erwartet. Wer nicht Bescheid wußte, hielt ihn für älter als mich, er erschien altklug und doch höflich, so daß er Eindruck auf meine Mutter machte, die ihn für den passenden Kameraden hielt.

Manchmal übernachtete er bei uns und saß am Morgen mit

zusammengekniffenen Augen am Frühstückstisch; ich beneidete ihn um seine Freiheiten, denn seine Eltern verweigerten ihm nichts, und er brauchte nur kurz anzurufen, wenn er nicht heimkommen wollte. Er war ein Einzelkind, auch da hatte er Glück gehabt, denn er kam nicht jeden Tag mit einer jüngeren Schwester in Berührung, die ihn mit ihren hysterischen Anfällen plagte. Von zu Hause erzählte er wenig, und er lud mich nicht ein, mit ihm zu kommen, als befürchte er, mir zuviel Einblick zu gönnen. Ich ließ ihn damit in Ruhe, irgendwann würde er auch diesen Schritt tun, da war ich sicher.

Seit ich Blok kannte, war das Leben in der Kreisstadt noch unerträglicher. Ich bekam Wutanfälle, wenn ich etwas besorgen sollte, denn diese Botengänge kamen mir vor wie Spießrutenlaufen. Die Geschäfte hatten etwas Modriges, als seien sie schlecht durchlüftet, und die Verkäuferinnen waren nie bei der Sache, so daß man ihnen im Kopfrechnen immer um Minuten voraus war. Diese kleinen Erledigungen quälten mich, denn sie standen für das Leben auf dem Land, wo sie einem die Zeit stahlen und Stunden damit zubrachten, Geschichten *von anderer Leuts Familien* in Umlauf zu halten. Solche Geschichten wurden über meinen Kopf weg erzählt, sie waren der dürftige Lebensstoff der Provinz, eine dauernde Beschwörung der ewig gleichen, miesen Verhältnisse. Sarah und mir war aufgetragen worden, so zu tun, als hörten wir nichts, aber ich ahnte, daß wir wie alle anderen Bewohner schon längst zur Zielscheibe dieser Verdrehungen geworden waren. Ich fühlte mich laufend beobachtet, und immer waren es Blikke wie auf einen vom anderen Stern. Ich konnte mich daran nicht gewöhnen, diese nachspionierende Mimik war zu präsent, am liebsten hätte ich mich unsichtbar gemacht. Doch es gab kein Entkommen, so daß ich manchmal in Panik geriet und mich in meinem Zimmer einschloß. Mutter nannte dieses Verhalten *pubertierend*, sie beruhigte sich gern mit solchen Begriffen, die nichts besagten. Erwachsene konnten diesen Zustand nicht begreifen, denn sie lebten ganz woanders, auf irgendwelchen Inseln, von mir abgeschirmt durch lauter Redensarten.

Die Jahre damals waren schlimm, noch in der Erinnerung sträubt sich alles gegen die Einzelheiten. Ich kam mir ausgesetzt vor, ein Ureinwohner des Dschungels, den man in die Wüste verfrachtet hatte. Ich empfand eine dauernde Unruhe, und jeder Tag begann mit diesem abwiegelnden und vertröstenden Hinhalten, das Mutter beim Frühstück verteilte. Sie redete sich ein, uns alle unterstützen zu müssen, vor lauter Selbstlosigkeit war sie ganz bleich geworden. Ich mochte ihren Opferblick nicht, Familiengeschenke waren bei mir nicht gefragt. Sie hatte ein Faible für Psychologie, und sie benutzte diesen ganzen halbverdauten Schrott dazu, Sarah und mich an die Leine zu nehmen. Was auch immer wir anstellten, erschütterte sie, am schlimmsten aber war die antrainierte Nachsicht, mit der sie unsere angeblichen Fehlleistungen entschuldigte. Sie hatte sich vorgenommen, uns zu verstehen, doch gerade dieses Verständnis ließ einen aufmucken, weil man keine Figur sein, sondern ganz für sich leben wollte. Sie begriff nicht, daß es am einfachsten gewesen wäre, uns in Ruhe zu lassen; stattdessen war sie schon in der Frühe laufend um einen herum, zuckerte einem den Tee, schob einem die Butter hin und redete dazu wie ein Engel, der alles Böse schon abwenden würde.

Dabei berauschte sie sich an den Details; ich war sicher, es *sagte* ihr etwas, wie Sarah den Löffel hielt und wieviele Brote ich aß. In ihrem Kopf wuchsen all diese Informationen zu monströsen Persönlichkeitsbildern zusammen. Bei ihrem Plappern wurde mir heiß, es ähnelte dem ködernden Murmeln von Photographen, die ihrem Opfer Entspannung einträufeln wollen. Letztlich aber lauerte immer ihr Blick, er sortierte unsere Gebärden und brachte sie mit jenen Reizwörtern in Verbindung, die um den Fetisch der *Libido* kreisten. Uns gegenüber hielt sie diese Wörter zurück, aber sie telephonierte viel, und die Gespräche mit ihren zahlreichen Freundinnen durchstöberten all diese seelischen Räume nach dem Verborgenen oder dem lauernd *Latenten*.

Manchmal dachte ich während der Schulstunden an sie, wie sie das kleine Haus durchstreifen würde auf der Suche nach einer befriedigenden Tätigkeit. Sie konnte sich schlecht konzentrieren und mußte sich jede Arbeit lange vornehmen, um sich auf sie einzustimmen. So wanderte sie herum, las Zeitungen in der Küche, öffnete irgendwo ein Fenster oder verschwand im Keller, denn das feuchte Dunkel dort unten war wie ein Versteck. Sie brauchte viel zu lange, um sich anzukleiden, den halben Morgen verbrachte sie in einem Mantel aus blauem Frottee, der bis zum Boden reichte. Später suchte sie die Kleidung für den Tag zusammen, langsam und wählerisch, als könnte schon ein falscher Griff die Stimmung trüben. Sie gab sich oft etwas Strenges, trug eng anliegende Kostüme und steckte das lange Haar mit kleinen Kämmen zusammen, die hinter den straff sitzenden Partien verschwanden. Zweimal in der Woche erschien eine Hilfe, und sie sprach mit der viel jüngeren Frau wie ein Mädchen zum anderen. Sie wollte sich immerzu gut unterhalten, sie brauchte diesen Austausch von Einsichten, doch in der Familie waren ihre Themen gefürchtet, denn sie ließ uns nicht los, bis sie alles durch ihre Mühlen gedreht hatte. Bei solchen Gesprächen konnte sie sich begeistern, ich glaube, sie war nur auf der Suche nach geeigneten Partnern, doch die Stadt hatte auch ihr nur wenig zu bieten.

Manchmal lud sie die verschiedensten Leute zu einer Abendgesellschaft ein und wartete ungeduldig darauf, daß das Essen vorbei sein würde; sie hatte keine Freude am Kochen, all diese Vorbereitungen dienten nur dazu, die Laune der Gäste zu heben, sie fit zu machen für die Unterhaltung danach. Sie drängte Vater, Wein einzuschenken, sie gierte geradezu nach den ersten, vom Lob der Küche und dem üblichen Hymnus auf die Einrichtung abschweifenden Sätzen, dann schnappte sie zu und stachelte alle zu besonderen Leistungen an. Bei solchen verbissen geführten Gesprächen blühte sie auf, bis hin zur heißen Phase, wo es nur noch um die besseren Schlagworte ging. Zum Schluß hatte sie alle soweit, für oder gegen etwas zu sein, und erst dann erschien sie erleichtert, als habe sie einem jeden etwas entlockt. Vater ließ sie gewähren, er kümmerte sich wenig um ihre Interessen; er hätte sich lieber solche Strapazen erspart, aber zu später Stunde hielt er gut mit, weil die meisten Themen dann Rechtsfragen streiften. Wenn er Erfolg gehabt hatte, hörte man bei der Verabschiedung seine laut gewordene Stimme; für einen dichten Moment war es ganz still, dann setzten die sanften, entspannenden Rhythmen des Jazz ein, leise, gedämpft.

Ich war sicher, daß ich von Vater nichts lernen konnte. Er hatte eine linkische Art und konnte sich nicht einmal ans Autofahren gewöhnen. Er fand keinen Spaß an technischen Dingen, und wenn im Haushalt etwas defekt war, war es am besten, gleich einen Fachmann zu rufen. Vater hielt sich bei allem nur auf; er tüftelte blindlings herum und gab sich den Anschein des Kundigen. Irgendwann mußte er passen, meist erst nach gutem Zureden. Vielleicht glaubte er, seinen Mann stehen zu müssen, aber er ging es falsch an, viel zu omnipotent, so daß es am Ende erschien wie ein Versagen.

Morgens stand er als Erster auf; er war schon so früh in unnötiger Eile, als könne er gar nicht schnell genug zur Arbeit kommen. Wenn er aufgestanden war, brauchte er Leben um sich, so daß man leicht von seiner Betriebsamkeit angesteckt wurde. Unter der Dusche geriet er in Fahrt, und wir hörten ihn, wie er Signale von sich gab, als müsse er eine ganze Herde um sich versammeln. In Wahrheit war er nervös; die bevorstehende Arbeit bedrückte ihn, und er versuchte, dieses schlechte Gefühl zu vertreiben, indem er sich wie ein Befehlshaber aufführte. Niemand wollte mit ihm wetteifern, doch meist brachte er es fertig, uns zu seinen Konkurrenten zu machen.

Manchmal denke ich, seine Unsicherheit rührte daher, daß er nie die richtige Zeiteinteilung fand; noch die Ferien verplante er, indem er Routen mit exakt bestimmten Tagesaufenthalten festlegte. Er hatte seine Freude daran, wenn alles reibungslos und ohne Verzögerungen verlief. Wir fuhren meist nach Frankreich, durch Burgund und weiter ans Mittelmeer; im Ausland kommentierte er gern sein Befinden, als werde man dort selbst zu einer Sehenswürdigkeit. Er tat, als habe er es auf Schlösser und Kirchen abgesehen, doch er konnte einfach nicht leben, ohne sich an Pflichten zu halten. Irgendwann hatte er verlernt, mit anderen umzugehen, und so regelte er unser Zusammensein wie einen Verkehr zwischen juristischen Parteien. Wir waren eine auseinanderstrebende Familie, jeder von uns suchte seinen eigenen Weg, aber nur Vater verwechselte Zickzacklinien mit geraden Strecken.

Mit der Zeit wurde die Schule zum Horror. Platz nehmen und sich drosseln, schwach mithalten, gerade so, daß die *facts* ankommen. Rechtzeitig Funkstille einlegen, dösen bis ultimo, dann durchstarten bei einer Runde Französisch. Hier zwei-, dreimal Eindruck machen, antworten, bevor du gefragt wirst. Umsteigen auf den historischen Zug, die verquaste deutsche Geschichte, Wilhelm der Kaiser, Weimar und Hitler, das Großmaul. Tempo rausnehmen, Betroffenheitsnirwana. Zwanzig Minuten Pause, das reicht für zwei Zigaretten und einen Kaffee. Latein, der klassische Ton, ein dumpfer Inzest von Worten. Ruhestellung, den Kopf in beide Hände gestützt, der Mittag rückt näher. Noch einmal waches Interesse vorzaubern, jetzt bist du da, einmal soll es dich packen. Goethe, *Faust I*, was macht das Grenzenlose mit dir? Gekonnt reden, ein wenig über das Maß, Mephisto ausstechen und gelinder Spott für Gretchen, das dumme. Dann Physik, wie treffen die Strahlen aufs Auge, Zeit zum Zeichnen, feine Ablenkung. Jetzt gut in der Kurve, Religion ausfallen lassen, statt dessen ein paar Punkte in Geographie, Beifall auf der Zielgeraden. Du schöner Mittag. Wieder zwei Zigaretten, und im Sommer zum Schwimmen. Die Frau ist ein Luxusgeschöpf und nichts zum Dranrühren. Lange Betrachtung des Himmels, kurzes Dämmern, dann rasches Durchforsten des gesamten Gehirns. Sich der Bestände versichern, Schulbücher, auf dem Rücken liegend, gegen die Sonne halten. Rasanter Wissenserwerb, Vermehrung der zentralen Ressourcen. Wieder abschalten, insgesamt *Tao*, Nachmittagsgelassenheit. Niemals plaudern, erst recht nicht bei Telephonaten mit Blok. Abchecken, wieviel Energien dir noch geblieben sind, und daraus die richtigen Konsequenzen ziehen. Auf dem Rad für fünf Minuten das Letzte aus dir herausholen, entweder jemanden treffen oder allein gegen alle. Walters Vater beim Reintragen der Obstkisten helfen und die Hilfe mit einem Freibier quittieren lassen. Die Sinne an Abendphantasien anschließen und doch nur mit dem Rad durch die Stille, bis die Ernüchterung eintritt. Sich verabschieden, wann kommen wir wieder zusammen, und heim ins unscharfe Bild der um zwei Kinder vermehrten Ehe.

Meist war Blok so gründlich vorbereitet, daß es sich lohnte, bei ihm abzuschreiben. Auf meine forschenden Blicke reagierte er nicht, er schrieb langsam, fast peinlich bedächtig, als habe er mehr Zeit als wir anderen. In Englisch war er der Beste von allen, mit seinen gewählten Wendungen verschaffte er sich selbst bei den Lehrern Respekt. Ich beneidete ihn um sein hexenhaftes Gedächtnis, einen kostbaren Speicher, den er exquisit fütterte. Seine Haare trug er nun länger, einen schwarzen Schopf mit einer einzelnen geflochtenen Strähne, gepflegt wie bei Pferden. Die Ferien durfte er bei einer befreundeten Familie in England verbringen; auf einer Karte grüßte er mich mit drei Worten, und als er zurückkam, sprach er sein flüssiges Englisch mit einem leichten Akzent.

Zwei Wochen danach fuhr ich mit dem Rad das erste Mal zu ihm nach Hause. Ich mußte das Haus erst eine Weile suchen, der große Bungalow lag abseits, kaum noch verbunden mit der gerade entstandenen Siedlung. Blok hatte mich eingeladen, er öffnete auf mein Klingeln die Tür und führte mich in den kühlen Flur. Zu Hause war er viel nachlässiger gekleidet als in der Schule; er ging barfuß, aber langsam und vorsichtig, als sei er nicht daran gewöhnt. Ich blieb neben ihm stehen, ich war ein wenig verlegen, es war die plötzliche Fremde, die sich um Blok herum auftat, der von Familiengerüchen vollgesogene Bau. Blok ging voran, und wir betraten einen großen, hellen Raum mit einer langen Fensterfront; draußen begann nicht weit entfernt schon der Wald, ein dichter, grüner Vorhang aus Kiefern und Lärchen.

»Setz dich«, sagte Blok, »etwas zu trinken?«

»Ein Glas Mineralwasser«, antwortete ich.

Er verschwand kurz, ich hörte, wie in der Küche die Eiswürfel in die Spüle rasselten; dann kam er mit zwei Gläsern, dem Eis und einer Flasche Wasser zurück. Er nahm die kleine Eiszange und ließ je zwei Würfel in die Gläser springen.

»Wir könnten das Wasser mit Whisky verdünnen«, sagte er.

»Eine gute Idee.«

»*Jack Daniels* ist am besten, oder was meinst du?«

»Ich bin für *Jack Daniels.*«

Er ging zu der dunkelbraunen Schrankwand an der Rückseite des Raumes und öffnete das Barfach; einen Moment überflog er die Sammlung, dann nahm er eine Flasche aus den hinteren Reihen. Sie war noch fast voll. Er schenkte uns ein, eine ordentliche Menge, als sei er es so gewöhnt. Dann etwas Wasser, die Gläser halbvoll.

Wir stießen an, und er setzte das Glas mit einem nachprüfenden Blick auf die Flasche wieder ab.

»Ich bin deinem Vater unterwegs begegnet«, sagte ich.

»Ah ja? Frankie ist immer auf Tour. Sie können ihn nachts aus dem Bett holen, und er fährt zu einem Patienten, der gerade mal achtunddreißig Fieber hat. Wenn er auftaucht, verzieht sich jede Krankheit.«

»Deine Mutter hab ich noch nie gesehen.«

»Meine Mutter ist meine Mutter. Was willst du wissen? Es ist niemand zu Haus, wenn du das meinst.«

»Ist das Haus nicht zu groß für euch drei?«

»Es ist Frankies Haus, das hier ist sein Animiersalon. Schon der Flügel da drüben ist bestes Repräsentieren, ein *Bösendorfer*, Frankie hat ihn aus Bonn hergeschafft.«

»Spielt er etwa darauf?«

»Für die drei Stücke, die er beherrscht, hat der *Bösendorfer* die richtige Stimmung.«

»Verstehst du was davon?«

»Ich brauch nichts zu verstehen, ich hör's einfach. Aber laß mal, es war eh nur ein *joke*.«

Er hielt sein Glas in der Hand und fuhr daran mit zwei Fingern langsam auf und ab. Wir hatten uns schon nach den ersten Sätzen verrannt und saßen einander stumm gegenüber. Ich stellte mir vor, wie reizbar man in dieser Umgebung, in der man sich alles erst von weit her holen mußte, werden könnte; die Läufer kamen mir vor wie Heftpflaster, kreuz und quer auf den grauen, steinernen Boden geklebt. Auf dem Teewagen stand ein Telephon, eine kapriziöse Imitation, mit einem weißen Griff und goldenen Muscheln.

»Du fühlst dich hier nicht wohl«, sagte Blok, »komm, wir gehen runter in mein Zimmer, ich will dir was zeigen. Bring unsere Gläser mit!«

Wir standen auf, Blok füllte noch einmal Eiswürfel nach und nahm die beiden Flaschen. Vom Flur aus ging es hinab ins Souterrain, dann an einer Flucht von Türen entlang, die alle geschlossen waren.

Blok deutete flüchtig mit dem Kopf darauf: »Frankies Photoatelier; er entwickelt und vergrößert seine Aufnahmen selbst; und daneben ist das Trimmstudio, wenn es regnet, fährt er dort seine Etappen.«

Bloks Zimmer war schmal und schmucklos, ohne ein einziges Bild an den Wänden. Ein kleiner Schreibtisch stand vor dem Fenster, daneben eine Stereo-Anlage mit zwei großen, schwarzen Lautsprecherboxen. Er setzte sich auf sein Bett und schob mir den Drehstuhl zu.

»Trinken wir noch einen, bevor das Eis schmilzt«, sagte er. Ich hatte schon genug, doch eine unerklärliche Scheu hinderte mich, ihm zu widersprechen. Ich fühlte mich leicht erhitzt, wie ganz von innen her aufgepumpt, doch es war eine anregende, sanfte Empfindung, die einen mitriß und das Reden erleichterte. Blok erzählte von England, er ließ sich Zeit zwischen den Sätzen, und es war ein immer weiter ausholendes Sprechen in das allmähliche Dunkeln hinein.

»So war's«, sagte er schließlich, und plötzlich begriff ich, wie wichtig dieser Aufenthalt für ihn gewesen war. Es war ihm gelungen, alles hier zu vergessen, und er hatte sich nicht einmal nach Hause gesehnt. Die fremde Sprache war seine Chance gewesen, ein sensibles, exaktes Medium, das ihm ein zweites Leben ermöglicht hatte.

Er schaltete die Schreibtischlampe ein und drehte den Lampenkopf zur Seite, damit uns das Licht nicht in die Augen stach. Ich hatte mehrere Gläser geleert, es war ein Taumeln am Rande des Wohlseins entlang; Blok erhob sich und legte eine Schallplatte auf.

»Die hab ich mitgebracht«, sagte er. »Ich wollte, daß du sie hörst. Es sind Opernarien, von der Callas gesungen.«

Er setzte sich im Schneidersitz wieder aufs Bett und blickte starr zum Fenster hinaus, als finde dort draußen die Aufführung statt. Es begann mit der bekannten Arie aus *Carmen*, ich schaute auf der Plattenhülle nach, *l'amour est un oiseau rebelle*. Das Stück hatte etwas Reißerisches, Trotziges, und die kräftige, metallische Stimme verwandelte den engen Raum in eine weite Halle. Wir saßen für die Dauer der ganzen Plattenseite fast unbeweglich, all diese Arien kamen mir vor wie Ausbrüche einer extremen Psyche, die sich in manischen Gebärden erschöpfte.

»Zyklothymie«, sagte Blok und legte die andere Seite auf.

»Was ist das?«

»Zirkuläre Schwankungen, Raserei und Depression. Hast du mal ein Photo von ihr und Onassis gesehen?«

Während die Musik wieder einsetzte, suchte er ein Buch heraus und zeigte mir das Bild. Sie saßen nebeneinander. In der Nähe des kräftigen Mannes mit den langgezogenen, dunklen Brauen wirkte die Callas wie ein scheuer Vogel.

»Wußtest du, daß sie ihm hörig war?« fragte Blok.

»Nein«, antwortete ich.

»Er konnte mit ihr machen, was er wollte, ihre Rollen verschmolzen in der Liebe zu ihm.«

Wir hörten wieder zu, diese dramatischen Szenen wirkten furchterregend, und sie wühlten einen so auf, daß man sich nach einer schlichten Einfachheit sehnte. Doch die Stimme krallte sich in einem fest, markig und bitter, als gäbe es nur dieses eine, überspannte Beharren.

Blok lag mit geschlossenen Augen auf seinem Bett, steif und wachsam.

»Sie trumpft gar nicht auf«, sagte er leise, »und das kommt daher, weil sie sich in diesen Rollen nicht fremd wird, selbst in den extremsten Lagen ist es noch wie ein Sprechen.«

»Blok«, antwortete ich, »ich glaube, ich bin ein wenig betrunken.«

»Ach, Meynard«, fuhr er fort, »die Trunkenheit teilen wir uns. Sowas teilt man durch zwei. Hörst du mir zu, Meynard?«

»Ja«, sagte ich.

»Gut, hör mir zu. Frankie wird sich von meiner Mutter trennen. Seit ein paar Tagen wohnt sie nicht mehr hier. Er hat was Bessres gefunden, die Neue ist Ärztin, großes Plus, und sie ist Dressurreiterin, Ausrufezeichen. Sie hat einen zwölfjährigen Sohn, großes Minus, und sie lebt in Scheidung. Ich werde also eine Stiefmutter und einen Halbbruder bekommen, und in der Garage werden wir einen schizoiden Gaul unterbringen, der im Kreis laufen kann.«

»Ist nicht wahr.«

»Das heißt also, hier wird sich einiges ändern. Du kannst jetzt kommen, wann immer du willst, bisher gab es hier laufend Streit. Aber nun kommen die glücklichen Tage, fette Glücksgaulharmonie, und dazu lade ich dich ein, Meynard, wann immer du willst.«

»Ist gut«, sagte ich ruhig, aber ich brauchte nichts mehr zu sagen. Der Plattenarm hob sich, fuhr langsam zur Seite und fiel in die Halterung. Blok lag jetzt wie eingeschläfert da, ich wartete noch eine Weile, dann stand ich schwankend auf und ging zur Tür.

Ich schaute mich noch einmal kurz um, öffnete die Tür, schlüpfte hinaus, schloß sie hinter mir, tastete mich die Treppe hinauf und verließ das Haus.

Damit begann die Zeit, in der Blok langsamer wurde. Es war eine schleichende Veränderung, ein Matterwerden, wie bei einem Läufer, der sich mitten im Rennen zurückfallen ließ. Er vertrödelte die Vormittage, ging lange Wege, die er früher mit dem Fahrrad zurückgelegt hatte, zu Fuß und ließ sich einen Bart stehen, der seine lauernde Passivität nur noch mehr betonte.

Im Unterricht übte er jetzt offen Kritik, die Lehrer hatten ihm nichts mehr zu bieten. Meist waren es angeschrammte Typen, die sprunghaft gealtert waren, phantasielos, gehemmt durch den *68er-Kram.* Ihre Methoden wirkten verbraucht, halbherzig ausgesponnene Bewährungsspiele für die bekannten Begriffe. Oft waren es Begriffe der Rechtfertigung, und die Lieblingsprägung lautete noch immer *soziale Relevanz.* Mit dieser dienenden Gesinnung brachten sie uns oft zur Verzweiflung, denn sie wirkte wie eine Schraube, die angezogen wurde, um einem die Luft abzudrehen. Ihre müden Verrenkungen waren leicht zu durchschauen, geformt von einem triebhaften und doch gezügelten Verständnis für Anomalien. So warteten sie mit Erklärungen auf, die allen Kontroversen die Spitze nahmen, geborgt aus den Kisten des Fabrikats *Gesellschaftskritik.* Dahinter aber lauerten Gedanken vom anständigen Leben, platt solidarisch, mit jenem Drang zur Gemeinsamkeit, der uns fehlte. Man stritt nicht einmal gerne mit ihnen, gegenüber jedem Funken von Eigensinn waren sie verständnislos, sie kannten das panische Erschrecken nicht mehr, dessen Echtheit etwas Bedrohliches hatte. Ihre Reglosigkeit kaschierten sie durch ein penetrantes Grübeln, doch dieses Grübeln ging nicht weit, sondern war nur verhalten. Manche dachten vielleicht noch, sie kämpften irgendwo an einer abgelegenen Front, aber die Einsichtigen unter ihnen wußten, sie wurden überhaupt nicht gebraucht.

Blok ließ sie das spüren. Wenn er mit einer Arbeit nicht fertiggeworden war, brach er mitten im Satz ab und klappte sein Heft zu. Er zeigte demonstrativ, wie gleichgültig ihm alle Vorhaltungen waren; statt darauf zu antworten, stöhnte er nur manchmal leise vor sich hin. Bald glaubte er an eine Art Komplott, eine geheime Absprache zwischen einigen Lehrern, die angeblich darauf zielen sollte, ihn kleinzukriegen. Es wurde ein ungleicher, den Unbeteiligten töricht erscheinender Kampf, denn beide Seiten wollten sich lediglich noch ihre Stärke beweisen. Blok sammelte Einträge ins Klassenbuch, es war, als stehe er unter Sonderbewachung, und jede irritierende Geste wurde ihm als Affront ausgelegt. Er konnte nur unterliegen, doch anfangs wollte er noch mithalten, so daß es zu heftigen Auseinandersetzungen kam. Dann aber wurde es aussichtslos, man zeigte ihm, wie man ihn kaltstellen konnte, und er ließ die Zügel schleifen.

Wir alle beobachteten dieses lange Ringen um Punkte, doch nur ich bemerkte, wie sehr es Blok mitnahm. Manchmal schien er keine Luft mehr zu bekommen, ich sah, daß seine Hände zitterten, und er rieb immer wieder den Schaft seines *Pelikan* trocken, weil seine Fingerspitzen feucht waren und den Füller nicht mehr fest zu fassen bekamen.

Einmal war er in einer Turnstunde mit einer Übung am Kletterseil dran; er klammerte sich fest und zog sich langsam, wie es so seine Art war, hinauf. Ich stand unten neben dem Seil und schaute zu, wie er mit dem rechten Arm ausholte, den linken folgen ließ und Stück für Stück höher hinaufrutschte, als ihn der antreibende Schlag des Lehrers mit einem Riemen traf, genau zwischen die Beine. Blok hielt ein und blickte hinab; er baumelte nun über unseren Köpfen und gab keinen Laut von sich. Der Lehrer machte eine spöttische Bemerkung, sie sahen sich starr an wie zwei Feinde, die einander den letzten Stoß versetzen wollten. Es war unerträglich, blanker gegenseitiger Haß, man spürte die Kälte am eigenen Leib. Blok wartete, bis es ganz still geworden war; dann ließ er los und sprang mit einem leichten, federnden Satz auf den Boden. Er wischte seine Hände, als müsse er sie vom Magnesiastaub befreien; dann ging er wortlos hinaus in den Umkleideraum.

Auch zu Hause wurde alles schwerer für ihn. Wenn ich ihn besuchte, verbrachten wir die meiste Zeit in seinem Zimmer, bedrückt und eingepfercht wie in einem Bunker, um den herum Geschosse detonierten. Seine Stiefmutter brauchte Wochen für den Umzug, und draußen, auf dem Rasen vor dem kleinen Wäldchen, ließ ein zwölfjähriger Flegel seinen Bumerang kreisen. Frankie hatte sich Urlaub genommen, und wir erlebten, wie er neuen Auftrieb erhielt. Er packte die Umzugskisten aus und gruppierte die schweren spanischen Möbel um, als könne er so alle Spuren der Erinnerung verwischen. Wenn Entspannung angesagt war, tauschte er nun seine karierten Hemden gegen weiße, gestärkte, nur die breit auslaufenden Krawatten behielt er bei wie Markenzeichen, die ihn mit seinem früheren Leben verbanden. Beinahe jeden Abend führte er seine neue Liebe aus, Blok erzählte mir, daß sie meist erst nach Mitternacht wieder aufkreuzten, kichernd und angetrunken, ein hitziges Gespann, das sich für unschlagbar hielt.

Wir gingen nun viel spazieren, es waren lustlose, schleppende Gänge mit langen Aufenthalten in leeren Dorfkneipen, wo Blok die Spielautomaten beschäftigte und Theorien darüber aufstellte, welche Ziffernkombinationen einer Hunderter-Serie vorausgingen. Beim Spielen trank er einen Kaffee nach dem anderen, die rechte Hand in der Nähe der Tasse, die linke frei für das zermürbende Hickhack auf den drei roten Tasten. Er hatte oft Glück, nach Gewinnen beruhigte er sich, kaufte uns Zigaretten und spielte den erfahrenen *winner*, dem niemand etwas vormachen konnte. Auch ich geriet in den Sog seiner Schwermut, es wurde Zeit, daß etwas geschah, doch wir hatten nichts in Aussicht, nicht einmal irgendein lumpiges Ziel, bis man Blok die Rechnung präsentierte und endgültig feststand, daß er die Klasse wiederholen mußte.

Auch diese Beurteilung beeindruckte ihn nicht, und er gab sie in meiner Gegenwart zu Hause zum Besten wie einen klinischen Befund, der keine Behandlung verlangt. Frankie jedoch machte sich seine Gedanken, er brauchte kaum zwei Tage dafür, dann hatte er die Lösung für alle Probleme parat. Blok rief mich an, und ich hörte eine überdrehte, hastige Stimme: »Ich wechsle auf eine Privatschule in Wiesbaden, Frankie übernimmt alle Kosten, ich miete mir ein Zimmer, Meynard, jetzt kommen wir frei.«

Wiesbaden existierte damals für uns nur als verschwommenes Bild. Es war ein Operettenbild aus dem vergangenen Jahrhundert, mit Auftritten des Kaisers im Hoftheater, mit Hoteldienern und Pagen in den zur Sommerzeit überfüllten Nobelhotels, mit Kurkonzerten in weiten, alten Parkgeländen. Dazu gehörte eine durch Sekt und Champagner angeheizte Stimmung, etwas manieriert Schlüpfriges wie auf den pastellfarbenen Skizzen eines Toulouse-Lautrec. Feine Herrschaften wurden im Ein- oder Zweispänner vom Bahnhof abgeholt und belegten die Zimmer schattiger, stiller Pensionen mit klingenden Kokottennamen wie *Alexandra, Beatrice, Credé.* Alle dachten an ein leichtes Amüsement, vier oder sechs Wochen Halbwelt-Leben, unerwartete Spielbankgewinne und gefällige Temperaturen. Eine Stadt mit Treibhausklima, dunstig, vegetativisch, mit zahllosen Quellen, deren heißes, dampfendes Wasser sich in kleine Brunnen ergoß, in deren Nähe sich ein Geruch von gekochten Eiern breitmachte, ein Geruch von trüben, abgestandenen und mineralhaltigen Essenzen. Nachts breitete sich auch im Sommer ein feiner Nebel aus, und seine vom Wind zerteilten Schwaden verdunsteten wie ein heftiger, warmer Atem an den bodentiefen Villenfenstern der Innenstadt. Aus Tanzsaalpalästen, von milchigem rosa Licht ummäntelt, klangen Spielwalzen-Cancans, und aneinandergeschmiegte Paare verschwanden flüsternd in plüschigen Absteigen, wo die dunkelroten Samtportieren den ganzen Tag zugezogen blieben. Durch diese stets wechselnden Kulissen wankte Dostojewski, der fanatische *Zocker*, ein vom Wahnsinn gezeichnetes Laternenphantom. *Faîtes votre jeu*, und die bleichen Jetons wurden von nikotingelben Fingern auf ganze Zahlen gesetzt. Balkons, Erker, Verandavorbauten, in verglasten Wintergärten drängten sich exotische, subtropische Pflanzen, die im Morgengrauen süßliche Aromen verströmten. In der Frühe huschten die Dienstboten zu ihren Besorgungen und kamen Stunden später heim mit den delikatesten Speisen, an den Nachmittagen zeigten sich in den sanft geschwungenen Straßen der Villenviertel stolze Hausbesitzer, die in dieser Stadt ganz zur Ruhe kommen wollten. In unseren Phantasien war es eine Stadt ohne Jugend, ein verschlafen mondänes Exil für alle, die nicht nach Heimat, sondern nach einem unterhaltsamen Leben ohne Ekstasen verlangten, eine Stadt kleiner, stets vertuschter Skandale und einsam gewordener Herren in hohem Alter mit erlesenen Kunstsammlungen, für die sie ein Leben gebraucht hatten. Es war eine Stadt voller Menschen mit überzüchteten Sinnen, eine mit den Jahrzehnten weltfremd gewordene Insel für guten Geschmack, an dem man mit distinguierter Langeweile festhielt, ein leicht verlotterter Jungbrunnen mit Badehäusern aus der weichen Epoche des Jugendstils, in den schlimmsten Alpträumen eine modrige Gruft, mit dem marmornen Sarkophag einer russischen Herzogin, die an der erkalteten Liebe ihres Gatten zugrunde gegangen war.

Blok bewohnte ein winziges Mansardenzimmer, das sein Vater aufgetan hatte. Es war eine kühle, verwinkelte Bude, karg möbliert, und man schaute aus dem einzigen Fenster auf das Amtsgericht. Blok brauchte nicht mehr als eine schmale Liege, einen Tisch und zwei Stühle, alle anderen Möbel räumte er aus. Er hatte seine Platten mitgenommen, und die beiden schwarzen Lautsprecherboxen standen zu beiden Seiten der Fensternische wie zwei treue Diener, die keine Anstalten machten. Das Zimmer war ein gutes Quartier, eng genug, um ausschweifende Träume anzulocken. Gleich nebenan sollte es einen ähnlichen Raum geben, und wir hörten von anderen Mietern, daß es der Unterschlupf einer Fachhochschulstudentin im zweiten Semester sei. Doch entweder schien sie woanders zu kampieren, oder sie lebte das geräuschlose Leben einer Zimmerpflanze, die mit wenig Sonnenlicht auskam.

Blok erzählte, daß es in der Privatschule ganz anders zuging als auf dem Gymnasium der Kreisstadt. Seine Mitschüler waren meist viel älter als er, in die Jahre gekommene Knaben, die fürs Lernen keine Energien mehr aufbrachten. Sie kamen und gingen, wie es ihnen in den Kram paßte, und die Schulstunden waren kurze Aufenthalte zwischen den wichtigeren Aktivitäten. Auf ihren früheren Schulen waren sie aus Faulheit gestrandet, aber sie hielten Faulheit nicht für eine Schande, sondern für einen Ausdruck des Abscheus gegenüber allem nicht profitablen Wissen. Auch sie wollten weiter, aber auf anderen Gleisen; sie hielten nichts von Verzicht, sie wollten eindeutige Erfolge sehen, bar, notfalls in Raten. Die Schule nahmen sie gerade noch mit, irgendein Wisch konnte nicht schaden, mit dem man sich ausweisen konnte. Sie kümmerten sich nicht umeinander, nichts hielt sie zusammen, sie dienten ihre Stunden ab, jeder für sich, nach einem eigenen, jederzeit variierbaren Plan. Es gab wenig Reibungen, in der Schule kannten sie nicht einmal Konkurrenz. Konkurrenz herrschte dort, wo es um Einsätze und Renditen ging, die Schule aber war eine Sache von Lehrern, die mit ihrem schalen Wissen hausieren geschickt wurden. Es waren Lehrer, die kaum noch etwas verlangten, kauzige, seit langem an den Rand gedrängte Einzelgänger, oder solche, die ganz auf Bequemlichkeit aus waren. Sie griffen nicht durch, sie hatten alle Strenge verloren, und ihre Stunden bestanden aus langen Monologen ohne alle Effekte. In ihren Schülern hatten sie teilnahmslose Gesellen gefunden, die es schätzten, wenn es kurz und schmerzlos zuging.

Blok kam schnell mit ihnen zurecht, schon bald wußte er von ihren kleinen Geschäften und abendlichen Jobs, denen sie ihre Gewandtheit verdankten und durch die sie an Geld kamen. Unter ihnen waren auffällige Gestalten wie Lautner, der die Anzeigen für *Wiesbaden live*, eine der beiden monatlich erscheinenden Stadtzeitungen, eintrieb; er hatte immer einen Taschenrechner dabei, mit dem er die Einnahmen kalkulierte. Lautner war einer, der interessierte Blicke auf sich zog; er hatte einen schwerfälligen, aber imponierenden Gang, kam schnell zur Sache, ließ sich nie in lange Gespräche verwickeln und war der typische gute Freund aller Frauen, die ihre Geschichten an einen ruhigen Zuhörer loswerden wollten. Er selbst fand keinen Geschmack daran, sich mit einer Frau fest zu befreunden; Freundschaft war, wenn man es genau nahm, ein Projekt, das ohne längerfristige Perspektiven nichts hergab, und Lautner war nur gewohnt, von Monat zu Monat zu rechnen.

Befreundet war Lautner mit Blum, der nur *Blümchen* gerufen wurde, weil er klein gewachsen war und sich gern mit allerhand Kitsch umgab. Blümchen half, wann immer er Zeit hatte, in einem Antiquitätenladen aus; er stand auf englischen Möbeln, teuren Nachbildungen skurriler Stücke aus der Kolonialzeit, die meist mehrfach verwendbar waren und jeden Käufer befriedigten, der etwas Ausgefallenes suchte. Blümchens Vater war lange Zeit zur See gefahren; jetzt war er Vertreter einer Mineralwasser-Firma, die ihren Sitz im Taunus hatte. Ihm gehörte ein Segelboot, das im Hafen eines kleinen Rheingauortes lag und um das sich legendäre Geschichten von ausschweifenden Festen rankten, zu denen Blümchen seine Freunde im Sommer einlud.

Der Dritte in diesem Bund war Männie, der einen guten Draht zu den *US-boys* in der Kaserne hatte und dadurch an allerhand amerikanischen Schnickschnack kam, an Erdnußbutter und Maischips, an Baseballhandschuhe und an Schlagkeulen, wie sie der *batter* benutzte. Es hieß, Männie treibe Handel mit Drogen, man kam schnell darauf, wenn man ihn länger beobachtete, denn Männie besaß etwas Nervöses, Verhetztes und eine übertriebene Reizbarkeit. Angeblich nahm er selbst Kokain, doch es war nur ein Gerücht, das nicht verstummte, weil er selbst nichts dazu sagte und vieles auf heimliche Weise tat. Blok hielt ihn nur für zerfahren und glaubte, daß diese Zerfahrenheit von exzessiven Diskothekenbesuchen herrühre.

Diese drei und viele der andern – Honolka, der Jugendmeister im Tennis war, Killes, der beim Fernsehen aushelfen durfte, weil sein Bruder Sekretär eines Showmasters war, der ein Büro in der Innenstadt hatte, Falk, der einmal Koch werden wollte und lauter Rezepte auswendig kannte, in denen sein Lieblingswort *Messerspitze* dominierte, Bessin, der sich für einen Athleten hielt, dessen muskulöser Körper nur mit *Ausnahmeleistungen* zu beruhigen war, Hegeler, der als Bademeister im *Opelbad* am Beckenrand stand und schon nach wenigen Sonnentagen im Frühjahr so braun war, daß ihn jeder beneidete – sie alle waren Söhne wohlhabender Eltern, die von ihren Elternhäusern längst losgekommen waren. Sie hatten einen wachen Sinn für das schwierige Verhältnis zwischen Arbeit und Vergnügen und verstanden es perfekt, der Arbeit etwas Vergnügen abzuringen und dem Vergnügen Züge von Diszipliniertheit zu verleihen. Sie gaben sich aufgeschlossen und sorglos, solche Sorglosigkeit beruhte auf einem tief gläubigen Optimismus, einem Vertrauen in die Werte der steten Progression, die ihre Dauerhaftigkeit schon im Leben ihrer Eltern erfolgreich bewiesen hatten und nicht mehr antastbar waren.

»Sie sind uns um Längen voraus«, sagte ich zu Blok.

»Ist ja kein Wunder«, antwortete er, »wir sind die Trampel vom Dorf, die im Frieden der weiten, unberührten Natur groß wurden.«

»Sie sind an allem ganz nahe dran, als gäbe es nirgends was Tückisches.«

»Ja und? Es sind eben launige Kerle mit einer unheimlich feinen Witterung.«

»Meinst du, sowas läßt sich trainieren?«

»Du kannst es mit ein paar Wochenendkursen versuchen.«

»Danke, ich komm schon allein dahinter.«

»Das gibt ein abwechslungsreiches Programm.«

»Du traust ihnen nicht?«

»Wer redet denn davon?«

»Ich, ich trau ihnen nicht. Es sind zu viele Angeber darunter, und gerade die haben das Sagen.«

»Und wenn sie einfach tüchtig sind? Oder mehr Reserven haben als du? Vielleicht waren sie schon im Mutterleib hemmungslose kleine Ichthyosaurier, die ihre Nabelschnur aufknabberten.«

»Irrtum, das ist eine Gattung, die sich nur im Hunsrück vermehrt.«

»Gut, Meynard, wenn du recht hast, dann gebe ich dir eine Chance.«

Immer, wenn eine Gelegenheit da war, tauchte ich bei Blok auf. Am günstigsten waren die schulfreien Samstage, ich nahm schon am Freitagabend den Bus, stieg in Mainz um, fuhr mit dem Zug über den Rhein, vom Wiesbadener Bahnhof aus waren es noch fünf Minuten zu Fuß. Die Fahrt versetzte mich in Spannung, es war wie ein leichtes Fiebern, ein reger, immer lebendiger werdender Tagtraum. Ich hatte nie bestimmte Erwartungen, gerade das stimulierte; unterwegs war ich gut gelaunt, wie in früheren Zeiten vielleicht einer, der auf lange Wanderschaft ging. Ich trat aus dem Bahnhof, und das matte Lichterflimmern lag vor mir. Ich ging an einem langgestreckten Park entlang, in dessen abgegrenzten Nischen die Schwulen ihre Verabredungen trafen, ich bog in die verkehrsberuhigte Zone der Adolfsallee ein, wo die Bewohner aus der Nähe ihre Hunde ausführten und an warmen Tagen mit gleichmütigem Blick auf den Bänken saßen. Ich drückte auf die Klingel, die Haustür öffnete sich, und dann ging es hinauf, zielstrebig, in raschen Sätzen, um die Vorfreude etwas abzudämpfen, bevor ich Bloks Zimmer betrat.

Wir rauchten zwei oder drei Zigaretten, das Nikotin animierte. Wir hatten einen großen Vorrat an Nachrichten im Kopf, der ganze Stoff einer Woche wollte geordnet und in seinen Hintergründen studiert sein. Ich rollte meinen Schlafsack auf einer Matratze aus, klopfte meine Taschen nach dem Notwendigsten ab, dann ging es hinaus.

Meist wollten wir am ersten Abend nicht weit laufen. Gedanken an Veranstaltungen beschäftigten uns nicht. Wir dachten an unsere Geschichten und all die während der Woche nicht zu Ende gebrachten Phantasien. Auch die Nähe von anderen, wie sie sich in den üblichen *Treffs* meist ergab, hätte uns nur gestört. Wir suchten nichts als einen Platz, wo man uns in Ruhe ließ und es nicht allzu lange dauerte, bis das nächste Bier vor einem stand. So etwas war nur in wenigen Kneipen möglich; die meisten waren durch den Lebensstil ihrer Gäste geprägt, und deren Festhalten am Ideal einer *geschlossenen Gesellschaft* wirkte penetrant und machte auf die Dauer nur aggressiv. Wir wollten irgendwo am Rand sitzen, unbeobachtet, nicht einzuordnen, niemandem Beweise unserer kostbaren Haltung zu den Themen der Welt schuldig.

Ein geeignetes Lokal war das *Dortmunder.* Es gab dort den ganzen Tag warme Küche, und zu den Essenszeiten war es so voll, daß man meist keinen Sitzplatz bekam. Es lief unter der Rubrik *gutbürgerlich*, und entsprechend war die auseinanderklappbare Speisekarte aufgemacht, mit geschnörkelter, altdeutscher Schrift und mit antiquiert wirkenden, an Großmutters Küche orientierten Wendungen, die die Speisen viel zu ausführlich beschrieben. Jugend war kaum unter den Gästen; die meisten kamen nur kurz vorbei, um nach dem Einkauf etwas zu essen, nichts Fürstliches, sondern etwas, das man wiedererkannte wie ein Zitat. Das *Dortmunder* hatte gleich hinter dem Eingang zur Rechten eine kleine Theke, dort suchten wir uns zwei Plätze; man konnte von seinem Hocker aus gut in die Runde schauen, der große Raum war umständlich unterteilt, ihm folgte ein zweiter, viel gehobener in der Einrichtung, mit weißen Tischdecken und dem üblichen Wohnzimmerambiente.

Im *Dortmunder* schenkte man *Kölsch* aus, schnell gezapft, in Gläsern zu 0,2 und 0,4 Liter. Wir hatten selten Geduld für das kleinere Maß, obwohl uns klar war, daß man mit dem größeren gegen die Kneipenregeln verstieß. In diesen Stunden kam es nicht darauf an, wir wollten reden und zügig trinken, und die Bedienung hinter dem Tresen behielt die Gläser genau im Auge, so daß keine lästigen Unterbrechungen auftraten. Wir tranken *Kölsch* lieber als jedes andere Bier, denn es wurde einem nicht leid und schmeckte noch nach dem zehnten Glas ganz unverwelkt frisch. Viele andere Sorten machten nur dumpf und hatten einen bald in der Zange, man trank mit der Zeit gegen einen Widerstand an, so etwas hatte mit plattem Saufen zu tun. Saufen aber war eine spießige Anstrengung, ein Aufbieten von zähen Kräften, moralisch und selbstquälerisch. Wir jedoch tranken aus Lust, jeder Schluck forcierte das Feiern und ließ uns nicht müder, sondern schwungvoller werden. Das Trinken war die angenehme Begleitung der Unterhaltung, wir wären nie auf den Gedanken gekommen, alleine zu trinken, es sei denn, um sich in einer Einsamkeit wohler zu fühlen. Doch auch in solchen Fällen trank man nicht gegen die Einsamkeit an, sondern man schmückte sie aus, und am Ende war sie beinahe wunderbar dicht und entrückt und erschien wie selbstgewählt.

Erst nachts gegen elf fühlte man sich umzingelt, und unter denen, die sich in der abgesonderten Thekenecke breitmachten, waren dann auch einige Trinker, die sich oft umständlich zu Wort meldeten und Probleme aufrollten. Wenn es gelang, für sich zu bleiben, störten sie uns nicht weiter; sonst aber war es immer das Beste, schnell das Weite zu suchen. Gespräche, in die man gegen seinen Willen gezogen wurde, machten auf die Dauer nur geschwätzig, außerdem lag uns nichts daran, laufend die eigenen Meinungen herausgefordert zu sehen. Meinungen gehörten zu strapazierten Themen, und wir wollten uns alle Wiederholungen ersparen.

Oft waren uns gute Gedanken gekommen, plötzliche, treffende Blicke auf unerledigte Geschichten, und dann spürten wir, selbst überrascht, so etwas wie einen Fortschritt; wir zahlten, machten uns los, wir waren in Fahrt, gut aufgelegt wie zwei, die sich die Bälle zuflankten. Meist trieb dieser Schwung uns herum, und wir liefen, gegenseitig angesteckt von Plänen oder Ideen, durch die Nacht. Die Kneipen waren jetzt meist überfüllt, und man gesellte sich nicht gern mehr irgendwo dazu, weil man ins Stocken gekommen wäre und schließlich von vorn hätte beginnen müssen. Ein paarmal hatten wir es mit Diskotheken versucht, wo um diese Zeit erst die heiße Phase begann. Doch das Herumstehen machte unwirsch und freudlos, und der werbende Umgang mit Frauen wäre uns sowieso nie gemeinsam geglückt.

Dabei wußten wir, das stand uns bevor, wir hatten lange genug gezögert. Unsere Mitschüler waren fast alle mit Frauen zusammen, und schließlich gab es unleugbar diese stille

Sehnsucht nach einem intensiven Kontakt. Ich wußte nicht genau, wie Blok darüber dachte, und ich hielt mich zurück, ihn genauer zu fragen; während der Zeit in der Kreisstadt hatten wir jedenfalls all diese Phantasien verworfen. Die Frauen in unserer Schule waren uns viel zu nahe gewesen, wir hatten die meisten jahrelang immer in denselben Situationen erlebt, das vertrieb alle Neugier und ließ höchstens kameradschaftliche Verbindungen zu. Man sträubte sich dagegen, in dieser Kreisstadt mehr anzufangen; die heftigen Gefühle, die man erwartete, gehörten nicht dorthin, man hätte sich ihrer geschämt oder sich Mühe geben müssen, von niemandem ertappt zu werden. Es war fast so, als lasse die Provinz eine Liebe nicht zu; schon bei dem Gedanken schüttelte man nur den Kopf. Mit festem Willen konnte man sich darüber hinwegsetzen, und so hatten es viele getan. Leicht erhielten solche Freundschaften jedoch etwas Trostloses, und diese Trostlosigkeit war eine Folge des fehlenden Raums. Außerdem war Liebe etwas, an das man nicht vorsätzlich dachte, weil sie ohne Anläufe auskam.

An Sex dagegen konnte man denken, denn beim Sex hatte man es mit lenkbaren Gewalten zu tun. Sex hatte nichts Mysteriöses, schließlich war jeder von Kindheit an damit vertraut. Man hatte seine Erfahrungen, meist hingen sie mit lange gehegten und in der Erinnerung immer wieder hervorgekramten Bildern zusammen, und diese Bilder hatten etwas von Standphotos eines mehrmals gerissenen, mühsam geklebten Films. Auf unseren frühen Klassenfeten hatte es diesen unterentwickelten Sex gegeben, die enge Berührung und das vertuschte Erschauern, dann den leicht betäubenden Geruch warmer Haut und Küsse, flüchtig getauschte oder im

Dunkel geraubte. Später hatte das alles nicht mehr genügt, wir waren direkter geworden, und der heißgelaufene Körper war wie von Schwärmen befallen. Mit der Zeit hatte man sich besser darauf verstanden, doch immer waren diese Überwältigungen getrennte, nicht zu wiederholende, völlig voneinander verschiedene Ereignisse geblieben. Man hatte sich *schlau gemacht*, genau so hatte es einer genannt, und natürlich war man mit all diesen Proben niemals zufrieden gewesen. So hatten die Vorstellungen davon etwas von Überstürzung behalten, schon bei den ersten Bildern geriet man in Unruhe oder verfiel in eine innere Hast, als sei man unfähig geworden, Empfindungen langsam zu steigern. Sex erschien uns wie eine Sache der Nerven, und wir glaubten fest, es werde uns einmal gelingen, diese verborgenen Nerven zu orten.

Wenn ich nach den Wochenenden mit Blok wieder nach Hause zurückkam, mußte ich mich erst wieder fangen. Sarah war nun auch in die Oberstufe gekommen, und sie pflegte noch immer ihre wenig amüsanten Spleens. Sie hatte sich das lange Haar abschneiden lassen und legte ein reges Interesse für biologische Details an den Tag. Ihr Sammlerblick berauschte sich an Pflanzen, und sie entwickelte einen strengen botanischen Ehrgeiz, der dazu führte, daß sich ihr Zimmer in ein muffiges Herbarium verwandelte. Sie hatte Mutter ganz auf ihre Seite gezogen, und die beiden schwärmten von gesunder Ernährung, bequemer Kleidung und einem naturverbundenen Dasein. Gemeinsam gingen sie nun den Küchenplan durch und räumten die Zimmer um, so daß wir beinahe wie in einer Wohngemeinschaft lebten, in der jeder für gewisse Aufgaben zuständig war, seine Eigenheiten aber dem Ideal einer harmonischen Symbiose unterordnen mußte. Wenn

Sarah und Mutter dieses Ideal auf ihre schwesterliche Beziehung beschränkt hätten, hätte ich mich wenig darum gekümmert, obwohl mir ihre betuliche Fürsorglichkeit zuwider war. Statt dessen jedoch sollte ich mich laufend vor ihrem Tribunal verantworten und Rechenschaft darüber ablegen, wofür ich mein Geld ausgegeben und wem ich mit dem unbedachten Einkauf einer falschen Kaffeemarke geschadet hatte. Ich konnte nicht verstehen, warum ein Randgebiet wie das der Ernährung soviel Aufmerksamkeit verdiente; zu jedem Brokken, den man zu sich nahm, gehörte nach Sarahs Verständnis ein besonderes Bekenntnis. Ich machte mir nichts aus Schrotbreipudding, und ich bezweifelte hartnäckig, daß man gesünder lebte, wenn man tagelang mit Verstopfungen zu kämpfen hatte. In meinen Augen war man völlig heruntergekommen, wenn man Zeit an diese Leibesmechanik verschwendete. Was dabei herauskam, war letztlich nur ein ganz und gar tierischer Blick, der höchstens zur Mastochsenhaltung taugte.

Sarah jedoch rechnete so etwas zur *Körpererfahrung*. Sie sprach häufig davon, daß der Körper auf Fragen antworte, und wenn ich ihr vorhielt, daß man solche Zwiesprache allenfalls von alten Leuten erwarte, wurde sie zornig. Nur im Zorn war sie maßlos; insgeheim wurde sie vielleicht von einer verzehrenden Sehnsucht nach Deftigem, Grobem getrieben, und so gab ich ihr reichlich Gelegenheit, diese Sehnsucht wenigstens mit Worten zu stillen. Mutter tat bei solchen Aussprachen entsetzt; sie wollte mich mit faulen Kompromissen ködern und brachte gern den Begriff der *Synthese* ins Spiel. Es war ein verdächtig labiler Begriff, und meist mußte er für etwas Formloses herhalten. Ein vernünftiger Mensch konnte mit einer *Synthese aus Körper und Geist* nichts anfangen, er beschmutzte nicht einmal die Lippen mit einem so dreisten und offensichtlichen Unsinn; doch gerade solche kalifornischen Wortmätressen übten eine nachhaltige Wirkung aus, gegen die meine sezierende Sprache schwer ankam. Sarah und Mutter hatten es aufgegeben zu denken; sie standen unter dem Einfluß kleinmütiger Gurus, und wer die Worte solcher Leute nicht rücksichtslos entlarvte, mit dem hatte ich längst gebrochen. So lebte ich in der Familie wie ein feindlicher Partisan, der seine Ziele nur allein verfolgen konnte. Vater konnte ich nicht als Verstärkung betrachten; er war noch immer ein begriffsstutziger *Single*, der Geistesabwesenheit vortäuschte, um von niemandem behelligt zu werden.

Da ich mir ein Ventil für meinen Verdruß wünschte, war ich in die Redaktion der Schülerzeitung eingetreten. Es handelte sich um ein sechsmal im Jahr erscheinendes Blättchen, das von den Schülern in eigener Verantwortung herausgegeben wurde. Alle vierzehn Tage fand eine Redaktionskonferenz statt, und Paul, der wie beim Sport auch hier das Sagen hatte, leitete die kleine Runde wie ein Profi, der jeden zu Wort kommen ließ, aber nie den Überblick verlor. Während der Diskussion machte er sich Notizen in Steno, die er in klug ausgespürten Intervallen zu einem Potpourri zusammenfügte. Wenn man ihm zuhörte, kamen einem alle Themen wie mühsam durchgeblätterte Meinungsannoncen vor, unauflöslich miteinander verklebt, abgestanden und charakterlos. Ich versuchte, die anderen von ihrem hilflosen Grapschen nach den bekannten apokalyptischen Bildern in Breitwandformat abzubringen, aber Paul beharrte auf diesen ethisch durchtränkten Artikeln, weil angeblich jeder danach verlangte. Gerade in der Provinz mußte man beweisen, daß man sich nicht abhängen ließ, und die gewiefte Art, mit der Paul jedes Thema zu einem schweren Lastpaket verschnürte, machte Eindruck und erzeugte einen sich tief einfressenden Ernst.

Wir sollten es mit allem aufnehmen können, und so machten sich die anderen unter Pauls Leitung daran, den Katastrophen zu Leibe zu rücken. Eine Gruppe kümmerte sich um den Umweltschutz und recherchierte die Aussichten alternativer Energien; man empfahl umweltfreundliche Produkte mit anheimelnden, entspannt klingenden Namen, die in der Kreisstadt nirgends zu kriegen waren, und erörterte die Chancen von Solar-Gewächshäusern und Humus-Toiletten. Beliebter waren Artikel über den Frieden; sie hatten etwas von rührenden Evangelien, in denen laufend eine Bereitschaft zur Nächstenliebe gepredigt wurde, die niemand ganz geheuer sein konnte. Keiner von uns hatte sich früher mit christlichen Ratschlägen abgefunden, aber plötzlich sollten die weichen Tugenden erstrahlen, nur nicht von oben, sondern zur Seite gesprochen. Doch Militärbasen waren nahe genug, und jeder hatte das heruntermanövrierte Koblenz vor Augen, eine Gespensterstadt, in der sich Tausende durchgedient und bei der Instandhaltung überholter Waffen einen tief sitzenden Lebensekel zugezogen hatten.

Paul selbst galt als Experte in Atomfragen. Wenn er das magische, zweisilbige Wort ausspielte, hatte er den besten Trumpf in der Hand. *Atom* erweckte Erinnerungen an einen geheim gehaltenen, Unheil bringenden Gral und eine dumpfe Gemeinschaft siechender Wärter und Hüter, deren Berührung für jeden Eindringling tödliche Folgen hatte. Dieses mythische Abziehbild geriet mir immer wieder vor Augen, obwohl Pauls Sprache technische Versiertheit verraten und gewiß jede Annäherung an den kindlichen Sagenbezirk vermeiden wollte. Er hatte sich den empfindlichsten, ergiebigsten Bereich ausgewählt, dem man ohne spezielle Kenntnisse nicht gewachsen war, und obwohl ich ihm nicht immer folgen konnte, war es doch eine Lust, ihm zuzuhören, wenn er seine satten Atomvokabeln loswurde. *Fissionen* und *Fusionen, Moderatoren* und *Kontaminationen* zeugten als gezielt eingesetzte Begriffe von bestechender Souveränität, mit der ein schwacher Friedenswille nicht mithalten konnte.

Da ich keinem dieser Lager angehörte, hatte ich in der Redaktion nur einen schwachen Stand. Ich schrieb über Themen, die gerade noch geduldet wurden, scharfe, zupackende Berichte über das Leben der Jugendlichen in der Kreisstadt, soziale Reportagen mit präzise benannten Details über Aussteiger und kleine Rebellen, an die ich mich mit Notizblock und Tonbandgerät herangemacht hatte. Ich tat mir auf diese Übungen einiges zugute, aber ich wußte, daß die anderen darüber hinweglasen, weil es ihnen nicht paßte, in den üblen Mief ihrer Umgebung hineinriechen zu müssen. Manchmal vermutete ich auch, sie würden durch meine Berichte an ihre eigenen Vagabundenträume erinnert; in manchen steckte, wie auch in mir, noch dieses lauernde Verlangen, ein Schwanken zwischen Aggression und Flucht, eine heftige Sympathie für das Abseitige und die Zonen außerhalb aller Gemeinschaften. Aber man gab dieser lediglich individuell bleibenden Willkür nicht recht und brachte sie mit Hilfe eines geschmeidigen sozialen Gewissens unter Dach und Fach.

In der Kreisstadt aber standen andere Gestalten, fluchende, alles verhöhnende, und machten den weit auslaufenden Anger vor der einzigen größeren Kirche zum Wartesaal. Manche hatten irgendwo eine Lehre begonnen und waren schnell wieder ausgestiegen, als ihnen die Arbeit die Luft genommen hatte. Andere waren resigniert von der Schule abgegangen, zurückgeworfen auf ihre Wut, ohne dafür ein Ziel zu wissen. Sie wurden von den Eltern beschimpft und davongewünscht, aber sie hatten nichts vor Augen, und so blieben sie, wie starre Mißbildungen in einer sonst ordentlichen Welt. Sie bevölkerten ausgediente Kneipen und lungerten tagelang in der Nähe des Kriegerdenkmals herum, sie schmückten sich mit scharfmacherischen Punk-Symbolen oder ließen ihr Äußeres langsam verwittern. Sie rührten sich lange nicht von der Stelle und taten, als hätten sie nur Augen für sich; plötzlich aber fielen sie aus, umzingelten Feinde, streiften angetörnt herum und brachten Bewegung in die kleine Fußgängerzone. Sie zogen den Abscheu der Älteren auf sich und weideten sich daran, sie galten als gefühllos, apathisch, und doch eroberten sie sich durch ihr Verhalten gerade bei manchen Schülern eine geheime, niemals laut bekannte Sympathie. Wir kamen ihnen nie zu nahe, da galten deutliche, nicht zu überschreitende Grenzen; aber wir hatten ihr Treiben im Auge, und manchmal montierten wir im Stillen ihre anschauliche Drastik auf die Gebärden unserer eigenen Erschöpfung.

Mithalten, nur mithalten. Den Aufschrei des Weckers ertragen und es vermeiden, Sarah so früh zu begegnen. Kalte Dusche im Bad, in Gedanken den Tag überfliegen. Abwägen der erhofften guten Momente gegen die trübe Versandung. Knappe Begrüßung, und am Tisch erstes Unwohlsein unterdrücken. Vater ausreden lassen und seiner Zerfahrenheit mit keiner Geste begegnen. Kurze Repetition eines sich widersetzenden Stoffes, im Wagen massive Ruhe bewahren, Sarahs Anspielungsticks widerstehen. Mit Walter die Hefte tauschen und seine Prognosen mit den eigenen vergleichen. Laufende Punktekalkulation. Den Vormittag bis zum Bodensatz verrinnen lassen, besondere Teilnahme nur wenn unbedingt nötig. Heimweg in kleinen Etappen, flippern, zwei Zigaretten, im Café *Dunges* zum kurzen Gespräch mit den andern. Zu Hause das Aufgewärmte verschlingen und sofort in das eigene Zimmer. Glatte Rückenlage, die Sinne in mattem Verfall. Sich der Müdigkeit nicht hingeben, sondern rechtzeitig Verbindung aufnehmen. Telephonieren. Platte auflegen und jede Stimmung verleugnen. Lesen, mindestens eine Stunde, und nur das, was dir paßt. Ohne bemerkt zu werden nach draußen. Mit dem Rad die gewissen Punkte ansteuern. Nirgends zu lange verweilen, mit dem feinen Sinn für alle ergiebigen Kontakte. Noch einmal eine Tasse Kaffee und ein paar Zeitschriften durchmustern. Die Laune stabilisieren. Bei Erfolg für eine Runde ins *Echo.* Drei oder vier gemischte Doppel und die Gespräche rechtzeitig abwürgen, wo sie ins Reibungslose abdriften. Den Stillstand zur Schmerzgrenze treiben, kehrt, Richtung kehrt, höchstens Walter zur Hand gehen und einen letzten Blick auf seinen unermüdlichen Vater, der kurz vor dem Feierabend lächelt und grinst. Nach Hause, die Aufgaben anpeilen, alles Überflüssige aussortieren. Konzentriert kleine Gewißheiten suchen. Ein gekühltes Bier aus dem Eisschrank, um die pochenden Schläfen gezielter zu nerven. Nichts mehr essen, sonst ist der Abend jetzt schon gelaufen. Zwei Zigaretten und langsamen Schrittes noch einmal durch diese gerissenen Attrappen. Alle paar Wochen ins Kino, und dann sollst du *La strada* ertragen, diese katholische Schnulze mit Männern aus Fleisch und Frauen aus Blut. Nichts, nichts, niemand und nichts, noch immer meldet die Gegenwart nichts. Du sitzt unter dem wandernden Mond, du schaust zu den

Wolken, du hältst noch eine Weile aus in der Nacht, dann ist es wieder vorbei.

Blok hatte mit alldem nichts mehr zu tun. Die Schule forderte ihn nicht, er hielt mühelos mit und verbesserte höchstens sein Englisch, um in einer Sache ganz sicher zu werden. Ich bemerkte, wie sehr er sich veränderte. Er sprach nicht mehr von zu Hause, auch meine Schilderungen weckten kaum noch sein Interesse. Es war, als sei er plötzlich erwacht oder hellhörig geworden, denn er reagierte sensibel auf die zahllosen Reize um ihn herum. Er begann, mich auf vieles hinzuweisen, er wollte nur, daß auch ich es sähe, daß mein Blick sich immer mehr sättigen sollte an den verstreuten Details und daß man den Glauben, alles sei schon bekannt, nur einer müden Bequemlichkeit verdankte.

So hatte er mit der Zeit eine findige Haltung angenommen, er wurde schnell, schnappte zu, wo immer er etwas Neues vermutete, und kombinierte seine Beobachtungen oft so verblüffend, daß ich etwas darum gegeben hätte, mittun zu können. Wiesbaden, schien mir, kam ihm entgegen; er entwickelte einen besonderen Sinn für Heimlichkeiten, und die Stadt bot genügend, um ihn zufriedenzustellen. Ich ahnte kaum noch, wie er seine Tage verbrachte, aber schon die Art, wie er mich mit einem knappen Wink auf etwas aufmerksam machte, dessen Erforschung er längst hinter sich hatte, ließ mich eifersüchtig werden. Er hatte mit einem gefälschten Ausweis das Spielcasino besucht, er hatte sich in einer der kleinen Bars umgeschaut, die in einer schmalen Gasse in der Nähe des *Dortmunder* ein Hinterbliebenendasein führten, er wußte, wo man in der Nacht gegen drei auf einen Jazzpianisten traf, der nach Themen von Oscar Peterson improvisierte, und er deutete mit ein paar knappen Kopfbewegungen an, wo er gelegentlich seine Mitschüler traf.

Ich hatte den Eindruck, er sei den ganzen Tag unterwegs, langsam und doch bewußt von einer Gelegenheit zur andern schlendernd, ein zielloser Verbraucher von Nachrichten, Gesprächen und dem neusten Klatsch, sich aus allem heraushaltend und doch gierig nach dauernder Veränderung. Er bekam Freude an modischen Übertreibungen, einmal zeigte er mir stolz ein Paar Schuhe, ein auffälliges *Budapester Modell*, das er unter der Liege für besondere Anlässe bereithielt. Ich zog ihn damit auf, indem ich sie ein Paar Tanzschuhe nannte, doch er nickte nur bestätigend, knapp, als liege ich damit nicht einmal daneben.

Was ging genau in ihm vor? Ich spürte, wie er mir fremd wurde, und doch gab es noch immer die Gespräche wie früher, das Einverständnis im Urteil, gerade da, wo es auf ein einziges Wort ankam, die ruhigen Momente, in denen ich sicher sein konnte, daß er ähnlich wahrnahm wie ich. Sein Leben war auf mir kaum erklärliche Weise in Fahrt gekommen, und mit dem Blick auf diese Beschleunigung kam ich mir wie ein chancenloser Außenseiter vor, der mit großem Trainingsrückstand hinterherhinkte. Ich aß nicht in italienischen Lokalen zu Mittag und kannte die Ober mit Namen; ich war nicht zu einem Meeting von Schauspielern eingeladen, bei dem es hoch hergegangen war; ich wußte nicht, wo man die Rheingauer Sektmarken fast für umsonst erhielt, weil Killes ein gutes Wort für einen eingelegt hatte; ich war nur ein seltener Gast, ich durfte teilnehmen für einige Stunden, gerade ein Wochenende war mir erlaubt, und für eine Fahrt zu den Schlössern des Rheingaus reichte nicht einmal das.

Als ich an einem Freitagabend wieder einmal vor Bloks Haustür stand, rührte sich niemand. Ich schellte mehrmals, geduldig, er mochte eingeschlafen sein. Doch plötzlich öffnete sich das Fenster gerade neben dem seinen, und ich erkannte einen blonden Frauenkopf.

»Sind Sie's?« hörte ich.

»Was?«

»Meynard, der Steuermann?«

»Ja, Meynard.«

»Ich mache Ihnen auf.«

Ich reimte mir schnell zusammen, daß es die Fachhochschulstudentin sein mußte. Blok hatte ihr also von mir erzählt, ohne mir gegenüber etwas davon zu erwähnen. War es soweit gekommen, daß er Geheimnisse vor mir hatte? Die Tür wurde geöffnet, und ich schlenderte langsam die Stufen hinauf. Blok war nicht da, er mochte Wichtigeres vorhaben, eine unaufschiebbare Verabredung oder dergleichen.

Oben begrüßte mich der Blondschopf mit einem wissenden, überlegenen Lächeln. Sie war ganz in Schwarz gekleidet, ein weiter Pullover, elegante Hosen, selbst die Schuhriemen hatten etwas Dezidiertes.

»Der Dandy ist nicht da«, begann sie die Unterhaltung und wies auf die offene Tür zu ihrem Zimmer.

»Sie nennen ihn einen Dandy?« fragte ich erstaunt und betrat den Raum. Er war Bloks Behausung zum Verwechseln ähnlich, doch fand sich an den Wänden kein einziger freier Platz. Hohe Regale waren mit kleinen Tonmodellen, Blumen und Büchern vollgestellt, es roch sonderbar, *minzig* dachte ich gleich, ohne daß ich damit etwas Genaues verbunden hätte.

»Er ist ein raffinierter Bursche«, fuhr sie fort und schob mir einen Stuhl zu. »Wer jeden zweiten Tag ins *Kaiser-Friedrich-Bad* geht, übertreibt es allerdings ein wenig.«

»Wohin geht er?«

»Ach, Sie kennen es nicht? Es ist ein römisch-irisches Bad, Jugendstil, mit Majolikakacheln.«

»Jeden zweiten Tag geht er dahin?«

»Na, sagen Sie mal, bin ich nun sein Freund oder sind Sie es?«

»Kennen Sie ihn schon lange?«

»Ich heiße Doris, ist das klar?«

»Das hilft mir nicht weiter.«

»Du bist so ein Rumbohrer, was? Du kommst her, stellst deine waschechten Rumbohrerfragen, und ich soll dir die Nachrichten melden.«

»Ich komm allein zurecht, das kann ich dir sagen.«

»Ja, allein! Genauso kommst du mir vor! Ich mach uns einen Tee.«

Ich stand auf und ging zum Fenster. Es war mir unangenehm, von ihr erwischt worden zu sein. Ich hatte keine Lust, mich mit ihr zu unterhalten, und fragen, wo Blok sich aufhalte, konnte ich nicht. Sie setzte Wasser auf, und ich warf einen Blick auf die Tonmodelle.

»Nimmst du Unterricht?« fragte ich weiter.

»Ich gehe auf die Fachhochschule.«

»Muß ja grauenhaft sein«, ließ ich mich nicht beirren, »Fachhochschulen stelle ich mir grauenhaft vor.«

»Du mußt es ja wissen.«

»Exakt«, sagte ich, »sowas weiß man exakt, ohne einen einzigen Blick reinzuwerfen. Fachhochschulen! Was bringen sie dir da bei? Zeichnen nach der Natur? Oder Aktstudien mit weichem Bleistift? Oder dieses Töpferkramen, ja, exakt, das erinnert an Fachhochschule.«

»Sonst noch was?«

»Ja«, fuhr ich fort, »es ist bestimmt eine Sache für sensitive Menschen, die gern mit den Händen arbeiten, die etwas formen wollen, kneten, basteln, so eine Art Bastelschule für Fortgeschrittene, stimmt's?«

»Begnadet, wie du es triffst!«

»Ich stelle mir lauter wildgewordene Heimwerker und Töpferkünstler vor. Morgens beginnt der Unterricht mit einem Urschrei, dann wartet die weiße Leinwand auf Überwältigendes. Freie Übungen, ganz nach Gefühl, und dabei kommt dann etwas in Richtung Pollock heraus, stimmt's, etwas, worin man später nach Akzenten sucht!«

Sie goß das kochende Wasser in die Kanne, und sofort trieben die Teeblätter obenauf wie ein versumpfter morastiger Boden. Sie stellte uns zwei Tassen hin und schenkte ein, indem sie den Tee durch ein kleines Sieb filterte.

»Ich arbeite in Richtung Design«, sagte sie, ohne unruhig zu werden.

»Ah«, hielt ich weiter dagegen, »das ist es also. Da grübelt man über Inneneinrichtungen nach, was? Oder entwirft ein Teeservice, das in einem halben Jahr schon wieder überholt ist. Oder hat man mit dem öffentlichen Dienst zu tun? Ich könnte mir vorstellen, daß man Wochen damit verbringt, über das Design eines Postschalters nachzudenken.«

»Du mußt ja ungeheuer rumgekommen sein«, antwortete sie, »du bist nicht so raffiniert wie dein Freund, aber du bist flink. Bietest du zu jedem Thema so eine Palette an, oder hältst du auch manchmal einfach den Mund?«

»Kommt drauf an, mit wem ich zusammen bin. Ich bringe die Dinge erst einmal gern in Bewegung.«

»Tüchtig! Schmeckt dir der Tee?«

»Ich gewöhne mich gerade daran.«

Sie ließ den Blick nicht von mir, und ich fragte mich, warum sie nicht endlich bissiger wurde. Wahrscheinlich verfügte sie über eine präzis arbeitende Optik, die alle Nuancen mitbekam. Ich war völlig nachlässig gekleidet. Ich trug ein Paar Jeans, das ich seit Wochen am Leib hatte, und das dunkelblaue Hemd hatte ich nur übergestreift, weil es auf dem Stapel obenauf gelegen hatte.

»Du magst Blau?« fragte sie.

»Ich liebe Blau«, antwortete ich, »ich kann mir ein Leben ohne Blau nicht vorstellen. Jeden Sommer fahre ich ans Meer, und an Regentagen gehe ich erst gar nicht vor die Tür. Ich bin süchtig nach Blau.«

»Können wir auch ernst miteinander reden?«

»Nein«, sagte ich, »ernst reden biete ich nur montags bis donnerstags an. Wenn ich mit jedem ernst reden sollte, der mir gerade über den Weg läuft, hielte ich das Leben nicht aus.«

»Ich bin jetzt im zweiten Semester«, fing sie von neuem an, »das Studium gefällt mir. Es ist ein Experiment, nicht mehr. Ich habe mir zwei Jahre gegeben, um zu sehen, was dabei herauskommt. Und wenn ich dann noch nicht weiß, ob mir etwas gelingt, steige ich um.«

»Die zwei Jahre würde ich mir sparen, um einmal ernsthaft über deine Tonmodelle zu reden.«

»Nur ein Modell ist von mir, die anderen sind von Kommilitonen.«

»Du meinst, es gibt nur Laien unter diesen Fachhochschulleuten? Kein einziges Genie, kein leuchtender Stern am Künstlerhimmel?«

Sie stand auf und nahm aus einem Regal eine große Zeichenmappe. Sie legte sie vorsichtig wie ein Gebinde auf den

Tisch, setzte sich und trank einen Schluck Tee. Die Tasse behielt sie in beiden Händen und drehte sie langsam, als wolle sie etwas von der Wärme abbekommen.

»Und da soll ich jetzt reinschauen?«

»Ja, du bist doch der Kenner. Unbestechlich, sicher, einfach *top*. Ich will wissen, wie du es findest.«

Ich nahm die Mappe mit leichtem Widerwillen auf den Schoß, schnürte sie auf und ging die Zeichnungen durch. Es war eine Serie, immer dieselben Komponenten kamen darin vor, dunkle, an den Rändern zerlaufende Dreiecke, die von feinen Linien wie von Speeren gehalten oder getroffen wurden. In ihrer Folge hatten sie etwas Manisches, und solch eine Manie machte einen sofort stumm.

»Kannst du damit etwas anfangen?« drängte sie.

»Hör mal zu«, wich ich aus, »ich bin kein Galerienbesucher, und solche Fragen würgen erst recht alles ab.«

»Ich sag ja«, gab sie zurück, »du bist weit rumgekommen, das erklärt deine Höflichkeit.«

»Genau, Höflichkeit ist mein verborgenes Laster. Da bin ich verwundbar. Und deshalb sage ich dir: die Bilder sind gut. Ich würde noch ein Jahr riskieren, fürs Erste.«

Sie schaute mich wieder ruhig an, als wolle sie ihren Blikken Nachdruck verleihen. Es war mir nicht recht, vor ihr diese Rolle durchzuhalten. Ich sprach mit ihr und war in Gedanken schon draußen.

Sie nahm die Mappe und verstaute sie umständlich an ihrem alten Platz. All diese Bewegungen machten mich auf die Dauer nervös, sie hätte längst gespürt haben müssen, wie es um mich stand.

»Was machen wir jetzt?« fragte ich.

»Du bist schlecht aufgelegt«, antwortete sie, »und du willst dich nicht anstrengen. Was soll ich schon mit dir anfangen?«

»Du könntest mir sagen, ob Blok eine Andeutung gemacht hat, wann er zurückkommt.«

»Das könnte ich, ja«, sagte sie lustlos. Sie stand wieder auf und kam mit einem Brief zurück.

»Der ist für dich«, erklärte sie.

»Der ist von Blok? Und du hältst mich die ganze Zeit hin? Macht dir das Spaß, die Leute herauszufordern?«

Sie antwortete nicht, sondern schaute mir wieder andächtig zu, wie ich den Umschlag mit dem ausgestreckten Zeigefinger auftrennte. Blok hatte einen kleinen Zettel hineingetan.

»Ich habe einen Auftritt im *Savoy.* Komm doch mal hin«, sagte sie, während ich ihre Worte gleichzeitig vom Zettel ablas.

»Du bist eine Seltenheit«, sagte ich, »sowas muß man ja schätzen.«

Ich erhob mich, steckte den Zettel in die Tasche, trank im Stehen noch einen Schluck Tee und ging zur Tür. Sie blieb sitzen und rührte sich nicht. Ich öffnete die Tür und drehte mich noch einmal um.

»Danke für den Tee«, sagte ich.

»Na sowas«, antwortete sie, »du bist wirklich flink.«

Das *Savoy* war eines der teuersten Hotels in der Stadt. Es lag in der Nähe des Kurparks, ein unübersichtlicher, verzweigter Bau mit einer imponierenden Fassade aus dem vorigen Jahrhundert. Das Vestibül war durch dunkel marmorierte Säulen unterteilt, und in der sich anschließenden Halle warteten die Pagen in einer kleinen Gruppe auf die abendlichen Gäste. Ich warf einen Blick in den Teeraum, dort war es ganz still, die Fenster waren behutsam verdunkelt, gerade so, daß man noch ahnen konnte, wie hell es draußen war. Ich ging langsam zurück und fragte den Mann am Empfang, ob das Restaurant schon geöffnet sei. »Nein, junger Herr«, erhielt ich zur Antwort, »nehmen Sie doch vorerst mit unserer Hotelbar vorlieb.«

Um die Bar zu erreichen, mußte man einen schmalen gewundenen Gang entlanggehen. Auch hier war es eigentümlich still, und ich konnte mir nicht vorstellen, daß hier jemals ein Gast ein lautes Wort hatte hören lassen. Die Bar war sehr geräumig, ein rechteckiger, fensterloser Raum mit hellen, bequemen Korbsesseln. Ich blieb in der Tür stehen, als ich Blok erkannte. Er lehnte an der Theke und trug eine schwarze Kellnergarderobe; er hatte die rechte Hand lässig in die Hosentasche gesteckt, während der gewinkelte linke Arm ein Serviertuch hielt. Der Anblick war überraschend, es war, als hätte ich nur eine Kopie Bloks vor mir, eine gekonnt schauspielernde Gestalt, die sich Mühe gab, ihn in einem anderen Licht erscheinen zu lassen. Doch dieser Eindruck mochte noch von anderen Veränderungen herrühren. Blok hatte sich das dichte Haar schneiden lassen, er trug es nun wieder ganz kurz, geschmeidig, leicht glänzend. Ich glaubte sein altes Bubengesicht wieder vor mir zu haben, die kurzen Haare weckten diese Erinnerung, doch nun sah ich gleichzeitig eine leichte Spur des Gealtertseins, eine ungewohnte Strenge, als habe ein plötzlicher Schock dieses Kinderantlitz zum Erstarren gebracht.

Blok kam auf mich zu, und er zeigte kaum eine Reaktion.

»Ich dachte schon, du kommst nicht mehr«, sagte er gedämpft.

»Ja«, erwiderte ich, »ich hatte eine Fachhochschulprüfung zu bestehen.«

»Ich habe noch anderthalb Stunden hier zu tun«, sagte Blok, »willst du hier warten? Du kannst auf meine Kosten trinken, aber bitte nicht an der Theke.«

»In Ordnung«, erwiderte ich, »ich nehme einen Campari Soda.«

Ich setzte mich an einen Ecktisch und beobachtete, wie er ruhig zur Theke zurückging und die Bestellung an den Mixer weitergab. Es war nicht viel Betrieb in der Bar, zwei Männer unterhielten sich an der Theke, und an einem Tisch saß eine ältere, bereits für eine abendliche Veranstaltung gekleidete Frau, die die Karte studierte. Blok wartete ruhig, mit dem Rücken zu mir, dann brachte er das Getränk.

»So«, sagte er, »mit besonders viel Campari.«

»Darfst du dich zu mir setzen?«

»Na, hör mal, wo sind wir? Die Unterhaltung mit dem Gast muß knapp, sachlich und vor allem verständnisvoll geführt werden.«

»Es geht mir gut, mach dir keine Sorgen. Wie lange arbeitest du schon hier?«

»Seit drei Tagen. Blümchen hat mir den Job vermittelt, sein Onkel steht an der Rezeption. Es ist ein guter Job, ruhig, mit wenig Aufwand zu bewältigen. Ich arbeite nur am frühen Abend, wenn das Restaurant öffnet, kommt ein Kollege.«

»Brauchst du etwa Geld?«

»Ja«, sagte Blok und ging wieder zur Theke zurück. Ich nippte an meinem Glas und lehnte mich in dem aufknarrenden Sessel zurück. Es paßte mir nicht, so von ihm auf Distanz gehalten zu werden. Er hielt die Regeln der Schauspielkunst ein, er war ein unauffälliger Statist, der sich um keinen Preis etwas zuschulden kommen lassen wollte. Der Campari beruhigte mich etwas, und ich musterte den Raum genauer. Es war eine vornehme Herren-Enklave, ein Platz, um sich stilbewußt zurückzuziehen.

»Herr Ober!« bestellte ich Blok in meine Nähe. Er reagierte sofort und kam zu mir.

»Was gibt's?«

»Herr Ober, ich bin es gewohnt, den Campari durch eine hauchdünne Limonenscheibe zu veredeln.«

»Wir können uns auch später anderswo treffen.«

»Ist es erlaubt, sich mit Gästen zu verabreden? In *Oben-ohne-Bars* wird das mit Rausschmiß geahndet.«

»Hat dir Doris diese Spritzigkeit eingeimpft?«

»Ich habe mich gut mir ihr unterhalten. Ich ahnte gar nicht, daß du sie schon länger kennst. Aber sie spricht sehr wohlwollend von dir.«

»Ich habe sie heute zum ersten Mal gesehen, ich hörte, daß sie nebenan war, und bat sie, dir zu öffnen und dir die Nachricht zu geben.«

»Das hat sie getan, und sie kannte den Text sogar auswendig, so gut hattest du sie präpariert.«

»Sie hat das Kuvert geöffnet?«

»Sie hat es geöffnet und mit ihren geschickten Fachhochschulfingern wieder verschlossen.«

»Das glaube ich nicht.«

»Macht nichts, Kellner sollten, was ihre Gäste betrifft, erst gar keinen Glauben entwickeln. Staubst du sie ab, wenn sie gehen? Und die Betrunkenen, mußt du sie raustragen?«

»Sie haben mich genommen, weil ich gut Englisch spreche, das ist alles.«

»Ich verstehe. Und diesen rasanten Fashion-Haarschnitt haben sie gleich mitbezahlt?«

»Er steht mir einfach besser.«

»Finde ich auch. Er verleiht dir eine düstere Eleganz, man wittert den Wüstling hinter der Maske.«

»Was ist denn mir dir?«

»Nichts. Ich komme heute weit rum, das ist es, ich komme immer weiter rum, so daß ich sagen würde: Herr Ober, ein Glas Sekt!«

»Ist das dein Ernst?«

»Warum wollen mir alle heute den Ernst absprechen?«

»Was?«

»Soll ich mich auf Diskussionen mit Ihnen einlassen, Herr Ober? Ich verlangte ein Glas Sekt!«

»Welche Marke?«

»Was schütten Sie denn hier so in die Runde?«

»Ich hole dir die Karte.«

Er war froh, sich wieder von mir lösen zu können. Er ließ sich die Karte geben und legte sie mir schweigend neben das Glas. Ich fand es noch immer unangenehm, ihm so zuschauen zu müssen. Er sprach leise mit dem Mixer und ging zu der älteren Dame, um sie nach ihren Wünschen zu fragen. Er nickte und antwortete mit verhaltener Stimme so prompt, als sei er es schon immer so gewohnt. Ich winkte ihn wieder herbei.

»Ich nehme *MM*, Herr Ober, wo wir uns doch dem Rheingaue so nahe wissen.«

Er schüttelte indigniert den Kopf und verschwand. Es dauerte jetzt eine Weile, bis er mich bediente, und ich hatte Zeit, mir vorzustellen, wie er diese frühen Abende hier in Zukunft verbringen würde. Man würde ihn bald mögen, da war ich mir sicher; er machte Eindruck in seiner straff sitzenden Garderobe, ein schlanker, alerter *Boy*, der sich außerdem noch zu behaupten wußte. Seine Gelassenheit verlieh ihm eine Aura von Erfahrung, darauf reagierte jeder, der gutes Leben zu schätzen wußte.

»Du wirst hier zum Star werden«, sagte ich, als er zurückkam. »Es ist mir gerade durch den Kopf gegangen. Du hast alle Chancen für eine Hotelkarriere.«

»Ich brauche Geld«, antwortete er.

»Verstehe ich nicht«, sagte ich und trank das Glas in einem Zug leer, »Frankie zahlt doch nicht schlecht, wie du mir einmal gesagt hast. Wieso reicht es denn nicht?«

»Ich gehe viel aus, und ich habe keine Lust, jeden Abend vor ein paar Gläsern Bier zu sitzen.«

»Ach so, Bier ist dir nicht mehr gut genug? Jetzt verstehe ich. Du trinkst Champagner, ja? Du versuchst, mit den faulen Buben mitzuhalten?«

»Mithalten wäre nicht genug, Meynard«, sagte er deutlich und wendete sich wieder ab. Er ließ mir keine Zeit für weiteres Erstaunen, sondern kam schnell mit einem zweiten Glas Sekt zurück. Der Raum füllte sich langsam, es war die Stunde der Einzelgänger, die sich für den Abend lockerten und jetzt nicht mehr ohne Gespräche auskamen. Kannten sie sich oder verstanden sie sich blind? Die meisten hielten sich an der Theke auf und fanden sofort einen Faden, an dem sie die Unterhaltung entlangführen konnten. Ich beobachtete sie, und mir fiel auf, daß Blok sie belauschte, ohne sich etwas anmerken zu lassen.

Die Zeit verging rasch, und Blok behandelte mich wie einen Stammkunden, mit dem man sich durch langjährige Routine schweigend verstand. Endlich gab er mir ein Zeichen zu warten, er flüsterte dem Mixer lächelnd ein paar Worte zu, eilte davon und kam kurz darauf umgezogen zurück.

»Schluß? Aus?« fragte ich.

»Du hast genug Champagner getrunken«, erwiderte er.

Das alles ereignete sich vor dem letzten Winter, den ich noch zu Hause verbrachte. Es war ein harter, langer Winter, und alle redeten darüber, welche Umstände es machte, mit ihm fertigzuwerden. Frühmorgens gegen fünf standen die Ersten mit der Schaufel vor ihrem Haus, doch sie kamen nicht gegen das Treiben an, und die Schneemassen deckten Straßen und Wege zu wie noch nie. Unaufhörlich kreisten die Pflüge mit ihren matten, milchigen Leuchten durch die Kreisstadt, und rechts und links der Straße türmten sich die aufgeworfenen Wälle. Die Schulbusse hatten große Verspätung, und oft schaffte es in unserer Klasse nur die Hälfte der Schüler, rechtzeitig zum Unterricht zu erscheinen. Für Wochen lebte man in dieser Zurückgezogenheit, eine eisige Kälte trieb einen ins Haus, nur die Jüngeren hatten Spaß daran, Schlitten zu fahren.

Manchmal jedoch hielt es mich nicht länger in den eigenen vier Wänden, und ich mußte hinaus, zu Fuß, um mich durch die Verwehungen zu arbeiten. Ich hatte mich warm angezogen, ich trug eine dicke Wollmütze, die über beide Ohren reichte, und dazu ein Paar bunter Handschuhe, die Sarah gestrickt und mir zum Geburtstag geschenkt hatte. Walter hatte sich eine alte Felljacke seines Vaters übergestreift und die untere Hälfte seines Gesichts mit einem Schal vermummt. Der hohe Schnee verdeckte all die tristen, sonst so ins Auge fallenden Halden, selbst das Industriegebiet am Rand der Stadt erschien einem jetzt wie ein freundliches Parkgelände, auf dessen weißen, weiten Flächen die Lastwagen mit ihren Schneeketten prägnante Muster hinterließen.

Wir gingen langsam auf einer der kleineren, frei geschaufelten Straßen entlang, und ich dachte daran, daß man sonst nie in dieser Landschaft spazierenging, weil sie nichts Verlokkendes hatte, das solche Geduld belohnt hätte. Wir waren vor kurzem gemustert worden, und Walter erzählte davon, wie sehr er gehofft hatte, nicht eingezogen zu werden.

»Doch ich wußte gleich, daß es schiefgehen würde. Als mich der Pförtner am Eingang anhielt, wußte ich es schon. Aber ich dachte mir, alles bloß Aberglaube, geh rauf, leg ihnen die Atteste vor, sie werden sich umschauen. Hast du auch so lange warten müssen?«

»Nein«, sagte ich, »ich bin mit Blok hingegangen. Er mußte von Wiesbaden heraufkommen, und er hatte eine Bescheinigung von seiner Schule dabei. Da haben sie gleich gestutzt und wollten wissen, warum er nicht bei seinen Eltern lebe. ›Zerrüttete Verhältnisse‹, hat er nur geantwortet und darum gebeten, nicht zu lange warten zu müssen, weil der Bus nach Wiesbaden bei dem Wetter große Verspätungen habe. Ich kam dann sofort nach ihm dran.«

»Und ich mußte fast zwei Stunden warten. Die ganze Zeit hielt ich den Kram in Händen, die Bescheinigung über Vaters Kriegsverletzung, mein Attest wegen der Herzinsuffizienz, und als man mich hineinrief, waren die Papiere von meinen feuchten Fingern durchweicht. Ich stand da und dachte, verdammt, so nervös bist du also, und dann sollte ich pinkeln, gezielt in die Flasche, die sie mir mit aufs Klo gegeben hatten, und ich stand wieder da mit hochrotem Kopf, und nichts tat sich. Ich sah meinen Schwanz an, und ich dachte nur, er zieht sich immer weiter zurück, soweit bist du schon. Ich ging dann raus mit der leeren Flasche, und der Typ, der mich gewogen hatte und gemessen, schüttelte nur mit dem Kopf und sagte, ich müsse etwas trinken und draußen noch einmal warten.«

»Und das hast du gemacht?«

»Nein, ich bin raus und herumgelaufen, fast eine Stunde kreuz und quer durch den Schnee, und als ich zurückkam, hielt mich der Pförtner zum zweiten Mal an, und da dachte ich, jetzt ist es perfekt, jetzt haben sie dich. Und dann ging es sehr schnell, so, als beuge sich alles meinen verfluchten Gedanken. Ich pißte wie ein übermütiger Gaul in die Flasche, es sprudelte richtig vor lauter Gesundheit. Der Arzt klopfte mich ab, und wie er mich so abhorchte, betastete und vorführte, kam es mir vor wie beim Sport, und prompt fragt mich der Teufel danach, und ich sage ihm stolz, ja, ich treibe viel Sport. Der war völlig begeistert, und was soll ich dir sagen, ich war es *auch*, schließlich ist es die Wahrheit, ich habe die ganzen Jahre gerackert, man wird anspruchsvoll, wenn man Sport treibt. Und da sollte ich noch mit meinen Papieren ankommen und etwas von Herzinsuffizienzen erzählen? Das wäre allem glatt zuwidergelaufen, ich war der *Champion* unter all diesen Flaschen, verstehst du, ich war es wahrhaftig, sollte ich mich dafür etwa entschuldigen? Und das Papier über Vaters Verletzung, das galt für mich dann nicht mehr, schließlich waren es Kriegsgeschichten, und ich stand da im besten Frieden mit meinen zwei kraftstrotzenden Beinen, und die zeigten doch klar, hier gibt's kein Zurück. Vergiß den Papierkram, dachte ich mir, du bist stark genug, die Monate durchzustehen, das wird abgehen wie Sport, und am Ende bist du der Sieger.«

»Das heißt, du stellst keinen Antrag auf Ersatzdienst?«

»Ausgeschlossen, entweder – oder! *Ersatzdienst*! Was ist das überhaupt für ein Wort? Meinst du, ich laß mich in ein Altenheim stecken, oder ich arbeite monatelang mit Sozialpädagogen zusammen, die sich auf ihre Dumpfheit noch etwas einbilden?«

»Meinst du, das Kasernenleben wird besser?«

»Nein, wird es nicht. Aber ich komme viel raus an die Luft, und der Kopf bleibt frei. Glaub mir, ich weiß, was für mich das Beste ist, und dazu gehört, daß ich weiß, wo ich es aushalte und wo nicht. Und du, wie hast du es geschafft, dran vorbeizukommen?«

»Frankie hat sich für Blok und mich ins Zeug gelegt. Angeblich war ich seit Jahren bei ihm in Behandlung, wegen eines Wirbelsäulenschadens. Ich hatte eine dicke Mappe mit Röntgenbildern dabei und einen ausführlichen Bericht, sie haben das alles nur überflogen.«

»Und diese Tour ist gleich zweimal gelaufen?«

»In etwa, Blok hat einen Flecken auf der Lunge, so etwas diffus Schattiges, sie haben es ohne langes Fragen geschluckt.«

»Diffus schattig, typisch Blok. Kellnert er immer noch im *Savoy*?«

»Er ist unentbehrlich geworden. Es gibt Piloten von amerikanischen Fluglinien, die kommen extra von Frankfurt rüber, um von ihm ein paar Tips zu bekommen.«

»Welche Tips?«

»Blok ist Spezialist, verstehst du? Er sagt dir genau, wo du dein Geld am gescheitesten ausgibst. Er bekommt horrende Trinkgelder für seine Informationen, und er managt das alles mit seiner stoischen Miene, ohne sich in die Karten sehen zu lassen.«

»Aus dem ist schon etwas geworden, wie?«

»Das meiste verdankt er seinem guten Gedächtnis. Er behält die Namen der Gäste im Kopf, und er merkt sich genau, was sie trinken. Außerdem ist er auf Englisch jetzt so gut programmiert, als sei er mit griffigen Wendungen wie *it looks appetizing* groß geworden.«

»Ich könnte das nicht, so um die Leute scharwenzeln.«

»Ich auch nicht, aber ich denke mir oft, er betreibt es als Training.«

»Training wofür?«

»Das frage ich mich auch. Vielleicht weiß er es selbst nicht genau. Ich glaube, er erprobt einen Stil.«

Das Schneetreiben hatte wieder begonnen, und die Flokken fielen so dicht, daß man es aufgab, in die Ferne zu schauen. Die Drähte der Überlandleitungen knisterten und hingen durch wie beschwerte Wäscheleinen, um die weiße Hemdfetzen flogen. Die kleinen Wege für die Traktoren waren hier und da ein Stück freigeschaufelt worden, und die Wegkreuze und Bänke traten nur silhouettenhaft aus den Fluten hervor. Die Wälder erschienen jetzt wie verschlossen, unbegehbare, stille Bezirke. Der Schnee fiel aus dunklen, tief liegenden Wolken.

»Und was wird aus dir?« fragte Walter.

»Das ist die Frage. Ich mache mir auch meine Gedanken, doch ich komme nicht weiter damit. Ich denke nicht ans Studieren, sowas regt keine Wünsche in mir, und doch wird nichts anderes bleiben. Und dann, welche Fächer? Ich bin nicht so weit, an ein bestimmtes Wissen zu glauben, ich müßte mich zwingen, und was gibt das schon her? Klar, ich frage mich auch, wozu bist du geeignet? Und ich sage mir triumphierend: zu nichts! Und warum sage ich das? Weil ich denke, bleibt mir vom Leib, ich brauche Zeit, niemand mischt sich da ein. Doch dann kommt Vater und meint, laßt ihn in Ruhe, er wird es schon packen, und ich könnte verrückt werden bei soviel Nachsicht. Ich weiß ja selbst, die anderen sind weiter, Paul studiert Medizin, er redet seit Jahren davon, darauf plant der sich hin. So müßte es sein, ein klarer Wille, und dann hat sich das Grübeln.«

»Paul ist doch kein Vorbild.«

»Natürlich ist er das nicht. Aber er wirkt so entschieden, daß es allen imponiert. Das macht einen ganz sprachlos, diese Selbstsicherheit, und manchmal werde ich wütend, wenn ich denke, der *run* auf die besten Studienplätze ist doch längst entschieden. Daran will man überhaupt nicht beteiligt sein, an dieser eitlen Konkurrenz, am besten, man liefe außen herum, wenn es das gäbe.«

»Eben. Außen herum. Die Zeit beim Bund ist außen herum.«

Wir kamen nur langsam voran, und es herrschte eine tiefe Ruhe, wie nach einer plötzlichen Katastrophe. Wir konnten nicht mehr von der Straße abbiegen, der Schnee auf den Feldern lag zu hoch. Walter ließ nicht locker, und wir gingen stundenlang über die weite Hochebene, das Treiben machte uns nichts. Wir erreichten ein Dorf und wollten uns mit einem Glühwein aufwärmen, doch der einzige Gasthof lag wie erfroren unter der großen Last. Die Schneedecke ragte bedrohlich weit über das Dach, und die Tür war von weißen Striemen gezeichnet. Auf dem Rückweg hörte das Treiben allmählich auf, und ein scharfer Wind schlug uns entgegen.

Ich tat mich schwer, denn ich kam in meinen Überlegungen nicht voran. Am liebsten hätte ich irgendwen um ein halbes Jahr Bedenkzeit gebeten, und dann wäre ich mit der Erlaubnis dieses Unbekannten zu einem fernen Ziel verschwunden; doch genau genommen konnte ich mir nicht einmal vorstellen, jetzt zu verreisen, denn auch die abwechslungsreichste Reise hätte mich nicht beruhigt oder klüger gemacht. Ich stand vor einer Entscheidung, und am liebsten hätte ich nur freundlich gepaßt.

Ein wenig beneidete ich Sarah; sie hatte ihr Fach längst gefunden und lebte darin bereits so passioniert, daß ihr das Studium nur wie eine geradlinige Fortsetzung ihres bisherigen Lebens erscheinen würde. Jeder wußte, sie wollte Biologie studieren, und wenn sie davon sprach, konnte man glauben, sie habe sich schon jetzt ganz der Forschung verschrieben. Das Studium würde sie *ausfüllen*, so nannte man es, und sie setzte dem noch eins drauf, indem sie mit dem Nebenfach Philosophie kokettierte. Das Thema Philosophie degradierte sie so zu einer amüsanten Entspannung, sie kam mit solch feinen Andeutungen aus, die schärfer wirkten als jeder ausgesprochene Satz. *Nebenfächer* hatten den Stallgeruch zweifelhafter, wenig hilfreicher Beschäftigungen, und wer nur ein wenig Vernunft besaß, mußte ohne jedes Nachdenken bestätigen, daß gerade Philosophie ein ausgesprochenes Nebenfach war. Wer wagte es schon, sich mit einem solchen Fach ernsthaft zu schmükken und zu behaupten, er studiere im Hauptfach Philosophie? Und doch hatte ich natürlich auch daran zu denken gewagt, denn dieses Fach hütete in meinen Augen immerhin noch von der Schule unangetastete Themen. Und es kam darauf an, fürs Erste allem Schulischen zu entkommen, nichts sollte mich in baldiger Zukunft noch an diese finsteren Jahre erinnern. Deshalb war es ausgeschlossen, Schulfächer zu Studienfächern zu machen, selbst als Nebenfächer wollte ich sie nicht mehr erleben.

Die meisten Mitschüler dachten darin wie ich. Geographie, Germanistik und das übliche Quantum Psychologie, das waren die Kombinationen von früher. Inzwischen hatten sie jedoch etwas Abgelebtes, Verbrauchtes, und niemand wollte sich später gern sagen lassen, er habe sich leider schon beim Start in die hinterste Reihe gestellt. Ein Abschluß in diesen

Fächern lohnte sich nicht, da wußte jeder Bescheid, und wer sich trotzdem für sie interessierte, würde sie nebenher betreiben, ohne deswegen in ihren klappernden Mühlen zu altern.

Medizin und Juristerei – die machten das Rennen, aber schon die Berufsbezeichnung *Zahnarzt* brachte mich höchstens zum Grinsen. Und dennoch gab es unter meinen Mitschülern zwei, die es fertigbrachten, dieses Wort gut gelaunt bei der Frage nach ihrem Berufsziel zu nennen. Andere, die es bei der einfältigeren Angabe *Arzt* beließen, machten sich daneben gleich ein wenig verdächtig, noch etwas zu schwanken. Diejenigen aber, die es mit *Juristerei* versuchten, ersparten sich alle Fragen nach einem Beruf; jedermann ahnte, hier wurden Karrieren geplant, und so gab auch ich diese Antwort, obwohl nichts mich dazu gebracht hätte, Vaters ausgetretenen Spuren zu folgen. Am liebsten jedoch hätte ich mit etwas Klingendem, Leuchtendem aufgewartet; *Orientkunde* hätte mich durchaus befriedigt, lieber aber wären mir noch *Klassische Archäologie* oder *Experimentalphysik* gewesen. Ganz unvorteilhaft erschien mir *Betriebswirtschaft*, und ich konnte nicht begreifen, wie man das Wort, ohne rot zu werden, über die Lippen brachte. Nur einer von uns, Hans Reuter, wurde rot, und gerade er hätte seine Berufung herausschmettern müssen, stolz und entschlossen, der Einzige, der sich nach dreizehn Jahren Schulzeit noch zu etwas bekannte: *Katholische Theologie*!

Der Winter ließ nach, und ich begriff immer genauer, wogegen ich mich die ganze Zeit sträubte. Ich war bald mit der Schule zu Ende, und es sollte ein deutlicher Einschnitt werden. Mich verlangte es nach einem Bruch, einem scharfen, durchschlagenden Hieb, der mich von allem Vergangenen trennte. Ich wollte ganz entschieden von vorne beginnen, und das geduldige Lernen hatte ich vorläufig satt. Alles in mir drängte nach einer gewissen Umtriebigkeit, nach Aktionen ohne Programm. Ich wollte mich bereitwillig auf etwas einlassen, wenn es nur nichts mit Sturheit zu tun hatte. Nach all den ruhigen Jahren wollte ich wissen, was da tief in meinem Inneren steckte, und eine Studierstube hätte mir bei dieser Suche am wenigsten geholfen. Ich suchte so etwas wie Kampf, keinen heroischen, sinnlosen, sondern einen, der sich allmählich entspann. Es gab keine Gedanken an mögliche Gegner, das war es nicht, sondern nur das Verlangen danach, etwas auszufechten. Zug um Zug würde ich so Terrain gewinnen, und schließlich wäre ich mir meiner gewiß.

All diese vage Traumdeuterei knüpfte an Wiesbaden an, denn von Bloks Nähe versprach ich mir einiges. Andererseits wollte ich ihn nicht um einen Rat angehen, ich wußte, in solchen Fällen hatte er nur spöttische Formeln parat. So blieb mir nur einer, Lautner, der Anzeigenchef von *Wiesbaden live*, der ruhige, gut zuhörende Mann, der um Auskünfte angeblich niemals verlegen war. Ich rief ihn an, um einen Termin mit ihm zu verabreden; er fragte nicht einmal nach, um was es gehe, sondern sagte nur knapp: »Okay, dann komm doch am Sonntag zum *Brunch*!«

Lautner empfing seine Gäste gegen Mittag auf der Dachterrasse einer Jugendstilvilla, in der er die obere Etage allein bewohnte. Die Villa befand sich im *Nerotal*, in bester, ruhiger Halbhöhenlage, und von der Terrasse schaute man direkt auf den Weinberg der Stadt. In dem langgestreckten, schmalen Tal, um das sich ein Kranz vornehmer Häuser drängte, blühten schon die Forsythien. Es war ein warmer, milder Frühlingstag, und Lautner hatte eine Menge Leute eingeladen, von denen ich nur wenige kannte. Erleichtert stellte ich fest, daß Blok nicht darunter war. Ich trank ein Glas Sekt und unterhielt mich mit Blümchen, der wie immer so hastig sprach, daß man bald aus der Ruhe geriet. Auf der Terrasse hatte man einen langen Tisch mit kunstvoll drapierten Platten, Schalen und Schüsseln aufgebaut, schon der Anblick dieses barocken Ensembles brachte in Stimmung. Lautner kam mit einer Flasche zu uns, er trug einen hellen Anzug mit dunkelroter Krawatte, und ich war mir nicht sicher, ob sein Hemd wirklich aus Seide war. Er war voller Schwung und kickte sich lustvoll von einem Grüppchen zum anderen.

»Das ist es«, sagte er, während er uns nachschenkte, »ich hab nicht umsonst von sowas geträumt. Hier steigt das ultimative Leben, das könnt ihr mir glauben.«

»Stimmt«, sagte Blümchen«, »genau richtig, die Laube.«

»Ich hab mir gesagt, die oder Selbstmord«, machte Lautner weiter, »kennt ihr die *story*?«

»Noch nichts von gehört«, sagte Blümchen.

»Ist eine lupenreine Geschichte. Ich hatte den Tip von *Raimund & Bosse*, ihr kennt Raimund, den Stenz mit den weißen Baumwollsocken, igitt, der mit dem kleinen, feinen Maklerbüro. Kippt jeden Morgen drei Tassen Kaffee im *Maldaner* und dazu trockenes Teegebäck, die muffige Sorte. Ich hatte ihn schon wochenlang an der Angel, Raimund, sagte ich, du bist mir was schuldig, zwei Anzeigen liefen bei uns umsonst, und ich bin aus Prinzip gegen Freibier. Schlag elf vor zehn Tagen ruft Raimund mich an, und ich will ihn hart nehmen und sage, Raimund, um dich steht es ganz trüb, du hast keine Lunge für diese Stadt, steig in dein Cabrio und versuch es mit den Witwen in Kronberg, denen kannst du was andrehn. Halt mal, höre ich Raimund, ich hab was Präzises für dich, beste Lage im Nerotal, eine Villa vom Feinsten, genau, was du suchst. Und wo ist der Haken, frage ich Raimund, und der sagt ganz trocken, der alte Herr, dem der Kasten gehört, braucht etwas Zuspruch. Ist von der eigenen Sorte, Offizier gewesen und so, dann im Bankgeschäft, der will gar nicht vermieten. Kongenial, sag ich, ich kümmer mich drum. Und ich laß mir die Adresse geben und brause hier raus, ist doch das einzig Wahre, denk ich, ein Vermieter, der für sich bleiben will. Ich drück auf die Klingel, und oben im Haus springen die Hunde an, ich hab sowas nicht gern, Hunde, die halte ich von mir, mich hat als Kind mal einer gebissen. Doch dann öffnet jemand die Tür, und die schattigen Viecher hetzen die Treppe herunter, genau auf mich zu. Und ich rede mit ihnen, stellt euch das vor, ich laß sie ein-, zweimal hochspringen an mir und stecke ihnen dann die Litanei, brav, gute Hunde, brav. Und sie trotten mit mir hinauf, zwei Setter, schon ausgelaugt von den wenigen Sprüngen, denk ich, ist ja zum Verachten. Als ich oben bin, seh ich erst den Kommandanten, und ich resümiere, der hat dich all die Sekunden gecheckt. Und was denkt ihr, womit der mich angelt?«

»Keine Ahnung«, flüsterte Blümchen.

»Also ich peile ihn an und stelle mich vor, mit einem dezenten Diener, alte Schule, sowas besticht. Doch er läßt mich erst gar nicht hinein, sondern mausert sich kurz, betrachtet die Hunde und meint nur, die bräuchten jetzt eine Runde. Ich sehe ihn an, und hinter ihm lauert ein gottverlassenes Treppenhaus, und die kühle Halle macht ihn noch größer. Ich ahne noch immer nicht, was er will, mein Blick wird ganz trüb, und aus dem Haus strömt dieser feine Duft, eine zarte Brise, die einen mattsetzt. Macht es Ihnen etwas aus, fragt der

General, und da springt das kleine Männchen in mir auf, ich funke Kontakt und sage sofort, wo denken Sie hin, ich mach das schon. Und er verschwindet und kommt mit der Leine zurück, und die beiden Köter hecheln sich eins und rasten aus vor lauter Verzückung. Ich nehm sie und zieh los mit den beiden, das erste Mal in meinem Leben, und das erste Mal gleich mit zweien. Ich denke nur, die läßt du nicht von der Leine, keinen Meter kommen die frei, wer weiß, was die sich rausnehmen, die haben bestimmt einen exzellenten Geschmack. Aber unten, auf der Straße, ist ihr Fieber schon wieder runter, und sie traben vor mir her wie zwei gut gestriegelte Pferdchen, lässig, arrogant, es ist wirklich ganz einfach. Ich drehe diese Runde, rauf durch das Tal, und sie wollen mal kurz an das Wasser, und da zelebrieren sie dann ihren Scheiß. Sie machen kurz noch mal einen auf Form und ziehen mords an der Leine, und ich bringe sie heim. Der Alte öffnet wieder die Tür, und sie schleichen wie schlaue Katzen an ihm vorbei, und er gibt mir die Hand und sagt nur, Sie bekommen die Wohnung. Versteht Ihr das, eh? Kongenial, denke ich nur, der gehört zu einer erlesenen Spezies, und die haben eben ihre zutiefst schaurigen Riten. Dann führt er mich rauf, als bräuchte ich nichts mehr zu sagen, und es sind fünf Zimmer, Küche und Bad, alles vom Feinsten. Kosmisch, denke ich laufend, nur die oder Selbstmord, der Preis spielt jetzt keine Rolle, und ich hätte es auch nicht gewagt, mit ihm über Finanzen zu plaudern. Das Weitere regeln Sie mit Raimund, nicht wahr, sagt er noch, und dann schärfer, wann ziehen Sie ein? Ich denke, du faßt mich nicht, das boarden wir jetzt direkt, und ich schleuder es so vor ihn hin, sagen wir übermorgen. Fein, das kommt mir gelegen, ich verreise nämlich für einige Wochen, und es ist besser, das Haus bleibt belebt. Gut, halte ich mit, ich richte mich dann nach Ihren diesbezüglichen Wünschen. Und er gibt mir noch einmal die Hand, und die Sache ist fest.«

Ich hatte ihn noch nie so lange an einem Stück reden hören, und auch Blümchen schien überrascht, denn er bekam kein Wort mehr heraus. Ich sah, daß Lautner gerötete Augen hatte wie nach einer durchzechten, anstrengenden Nacht; er zwinkerte unruhig gegen das Licht und fuhr mit den Fingern ab und zu an seiner Krawatte entlang, als müsse er prüfen, ob sie noch richtig sitzt. Wir hatten die Flasche geleert, und er hielt sie kurz schräg in die Höhe wie einen Beweis unserer Trinkfestigkeit. Dann holte er eine neue und schenkte uns wieder ein. Seine Hand zitterte leicht, und er kam mir vor wie ein Kreisel, der in irritierenden Sprüngen den Raum durchquerte. Ich hoffte längst nicht mehr, ihn auf meine Sorgen ansprechen zu können, doch plötzlich schaute er mich an, als habe seine Erinnerung mit einem Mal festen Boden gewonnen.

»Richtig, Meynard«, sagte er ruhiger, »da war was, nicht wahr? Blümchen, laß mich mal allein mit dem *youngster*!«

Blümchen reagierte sofort und schlenderte hinüber an den Tisch, um sich etwas zu essen zu nehmen.

»Raus damit, Meynard«, sagte Lautner und streckte sich steif gegen das Geländer zurück, »mach es kurz, essentiell, das ist immer das einzig Wahre!«

»Ich brauche einen Job, Lautner«, sagte ich bestimmt, »einen guten Job, wo was läuft.«

Er schaukelte mit dem Oberkörper hin und her und preßte etwas Luft durch die zusammengebissenen Zähne.

»Einen Job? Du eiferst Blok nach, was Meynard? Du denkst, du brauchst auch so etwas Eingemachtes, wo man die alten Herren vor die Flinte bekommt und für sie den Jagdhund spielt. Das macht Blok keiner nach, wie er denen die *vibrations* entlockt, er läßt sie zappeln den ganzen Abend, und sie trinken sich einen an. Nach ein paar Stunden schickt er sie Gassi, und dann landen sie bei Thai-girls und warmen Quellen und haben vergessen, wie man den Innenschalter bedient.«

»Nein, das ist nichts für mich. Ich suche einen Job, ohne Anmache und Beiprogramm, das ist alles.«

»Was kannst du, Meynard? Sag mal exakt, gibt es irgendwas, wo du voll am Strang ziehst?«

»Nein.«

»Siehst du, das ist es, du kommst daher und willst mir einen Job absteißen, du denkst, der managt das schon, aber du kannst nichts, du weißt nichts, du hast nichts. Aber du weißt, was du nicht willst, du willst nicht studieren, das stimmt doch?«

»Stimmt, jetzt noch nicht.«

»Du hast also diese Blase im Hirn, dreizehn Jahre auf Schulen durchgeschlenzt, und nichts ist dir geblieben. Du stehst vor einem großen Loch, es tickt ganz physikalisch in dir, doch du bist das Baby, das irgendwer überfüttert hat. Du hast etwas Frechheit, und du kannst die Leute düpieren, du jagst sie durch deine kleine Gymnasiastenmangel, und dann dürfen sie dir die Schuhe putzen. Ist es nicht so?«

»Ist schon gut, lassen wir es.«

»Ich will dir was sagen: solche wie du passen mir nicht. Solche wie du kommen an und halten sich für die ganz große Nummer. Sie wissen nicht, was sie wollen, aber irgendwo suchen sie den Einstieg. Man setzt ihnen, weil man kein Unmensch ist, einen Stuhl unter den Hintern und mutet ihnen was zu. Und soll ich dir's sagen? Sie verramschen dir deinen Laden, sie bringen es fertig, in jeder Tinktur gegen den Strich zu baden, sie holen das Unterste nach oben, und nach einem Monat erkennst du den Laden nicht wieder. Plötzlich haßt jeder den anderen, plötzlich herrscht der totale Krieg, lauter Feindschaften, unausweichlich, verbogen bis zur Lenkradstange. Das schaffen so Typen wie du, das haben die drauf, diese Anti-Schmiere, diese schattige Tour immer hart gegen die Richtung.«

»Es reicht, du brauchst hier nicht den König zu spielen.«

»Es reicht *nicht*, ohne vollen Klartext kommst du hier nicht weg. Typen wie du stranden laufend bei mir, die kappen die Segel und wollen sich irgendwo ducken. Jawohl, ducken. Die unterwandern mit ihrer miesen Laune den Zirkus, die bringen jede Nummer zum Schmeißen. Die haben nichts als ihre unfertige Psyche, und damit terrorisieren sie jede Fabrik.«

»Du bist ja betrunken.«

»Vorsicht, *youngster*, komm mir nicht so! Ich habe mir jeden Tropfen verdient, essentiell, von der Pike. Ich habe an Jobs nie gedacht, das war mir zu dürftig. Ich habe mir Geld geborgt und alles gesetzt, auf Gedeih und Verderb. Glaub nicht, mir hätte jemand etwas geschenkt. Mit Jobs kann kein Mensch etwas werden, da läuft höchstens die schmissige Runde, und um die durchzustehen, braucht es ein gutes Visier. Blok hat sowas drauf, das wittert jeder, das sagen dir alle. Der bringt etwas zusammen, und dann schmeißt er die Bombe. Der wird noch ein Großer, wenn ihn keiner dran hindert, aber es gibt viele, die mögen ihn nicht. Doch egal! In deinem Fall ist das anders, denn du verachtest das reife Kapital, du bist nur ein *Spion*.«

»Ein Spion? Ich wollte dich um einen Rat bitten, Lautner, mehr nicht, und du stellst dich vor mich hin mit diesem penetranten Gefuchtel! Ich soll mir geduldig anhören, wie du das einzig Wahre verhandelst und denen allen hier die Geschichten vom Feinsten predigst? Wer bist du denn schon? Eine neureiche Qualle, sonst nichts! Du hast diese schnelle Zeitschrift gegründet, ein Anzeigenblättchen, mit ein paar Adressen für die, die nicht klarkommen mit ihrem Instinkt. Du schreibst ihnen rein, wo sie pinkeln gehn sollen, du verbreitest den großen Wiesbaden-Zauber! Und damit machst du dein reifes Kapital. Du legst es nicht an, nein, höchstens zwanzig Prozent, du setzt weiter auf Zero. Und die Kugel rollt an deinen Schreibtischen! Weinläden mit diesen aufgepepten französischen Marken! Sekt aus dem Rheingau, handgerüttelt, mit Schloßetikett! Und daneben die quicken Transporte, Fisch aus Paris, Käse aus Oberitalien, nachts hin, morgens stehen die Wagen schon vor den Restaurants, alles vom Feinsten! Das sind Geschäfte! Abstaubergeschäfte, schnelle Tore, und du sitzt in deinem Büro und schnappst die Fliegen mit der Klatsche, zack, einen Tausender mehr, und wen schmieren wir damit für eine neue Konzession? Ich bin ein Spion, bitte, wenn du so willst, aber dann bin ich ein guter!«

Lautner hatte aufgehört, sich auf der Stelle zu bewegen. Er nahm eine Sonnenbrille aus der Tasche und stülpte sie mit dem raschen Griff einer Hand über die Augen. Er holte tief Luft und fragte mich stumm, durch einen Wink mit der Flasche, ob ich noch ein Glas trinken wollte. Ich hielt ihm meins hin, und er schenkte ein, langsam, ohne zu zittern.

»Gut«, sagte er gedehnt, »das wäre jetzt klar, die Bestände wären jetzt klar. Ich hab dich jetzt besser im Blick, das kannst du mir glauben! Du besitzt ein kleines, winziges Kapital, aber ich verbürge mich nicht, daß du weiterkommst damit.«

»Und das wäre?«

»Du hast eine Schreibe im Kopf.«

»Welche Schreibe?«

»Welche weiß ich noch nicht. Aber du hast ein paar Treffer gelandet, die sitzen. Man geht nicht zu Boden, aber man nimmt die Fäuste wenigstens hoch. Man kann dich nicht ausrechnen, das ist etwas wert. Wenn man dich rempelt, drehst du schon durch. Du hast deinen Blick, sonst nichts, soviel habe ich raus. Und du suchst einen Job.«

»Verdammt, Lautner, laß mich allein!«

»Du suchst einen Job, wo was läuft. Erste Intensitäten, kleine Kontakte, da, wo andre ins Stolpern geraten. Mit spitzen Fingern dabei sein, eine Sache gerade noch halten. Nichts, wo man physisch angreifen muß, meinen Fisch brächtest *du* nicht einmal pünktlich aus Frankreich hierher! Etwas Schmaleres, wo das Auge genügt. Du suchst einen Job.«

»Also dann gehe ich!«

»Moment mal, davon hat keiner geredet, niemand will dich raussetzen, und ich wär der Letzte, der sowas tut. Du bist ein Spion, und du sagst, du bist ein guter Spion. Also das! Und du hast ein kleines, winziges Kapital. An Blok darf man dich nicht messen, deshalb ist der auch heute nicht hier. Du bist einsetzbar, denke ich, du wartest die ganze Zeit auf deinen Einsatz.«

»Soweit wären wir also.«

»Gut, ja. Ein präzises Angebot?«

»Hunde führe ich nicht aus.«

»Halt die Klappe! Ich habe etwas für dich, etwas für den Übergang. Du bekommst monatlich einen Tausender, nicht mehr, und du arbeitest jeden Tag von zehn bis fünfzehn in der Redaktion. Du gehst jeden Artikel durch, jede noch so unbedarfte Zeile für die, die nicht wissen, wohin mit der Pisse. Du korrigierst den ganzen Kram, den die anderen schreiben, einschließlich des Textes im Anzeigenbereich, Nummer auf Nummer. Und du selbst schreibst mir kein einziges Wort, du fabrizierst nichts hinein, du bist völlig da draußen! Ich stelle dich an als Korrektor, das ist die unterste Stufe, aber für Spione ist es eine ergiebige Basis.«

Ich wartete einen Moment und blickte ihn genauer an, so lang wie ich konnte, ohne wegschauen zu müssen. Er nahm seine Brille wieder ab, und das Bild, das wir stellten, erinnerte mich an eine Szene vor Jahren in einer Turnhalle. Das Seil schaukelte hin und her, und ich hätte abspringen können. Ich trank mein Glas aus und machte eine knappe Bewegung, mir noch einmal nachzuschenken. Lautner senkte die Flasche zu meinem Glas, und der Sekt floß hinein, immer mehr, er leerte die ganze Flasche, doch ich schaute nicht hin, als die Flüssigkeit über meine Hand lief und auf den Boden tropfte.

»Einverstanden«, sagte ich dann, »darauf trinken wir einen!«

Monate später saß ich in einem der kleinen Büroräume von *Wiesbaden live*; sie lagen schon etwas außerhalb der Innenstadt, in einem alten schäbigen Bau an einer langen Ausfahrtstraße, auf der man zum Rhein kommt. Die Sommerhitze staute sich in den beengten Zimmern, und man konnte die Fenster nicht öffnen, weil der Verkehrslärm zu stark war. Ich hatte viel damit zu tun, den anfallenden Kruscht zu ordnen, niemand fühlte sich zuständig für solche lästigen Aufgaben, und ich nahm mir vor, jeden Morgen erst alles ins Reine zu bringen, bevor ich mit der eigentlichen Arbeit begann. Die Luft war trocken und verbraucht, tagsüber wurde zuviel geraucht, und man schwitzte erbärmlich in den stickigen Zimmern.

Mein Schreibtisch kam als einziger von allen ohne Maschinen aus, seine spartanische Erscheinung gefiel mir, denn sie paßte zu meiner Arbeit, die Strenge und Konzentriertheit ausstrahlen sollte. Ich hatte mit den alten Büroutensilien zu tun, mit kleinen, sich verlaufenden Hügeln von Klammern, mit einer herumschlingernden Schere, mit einem Locher, Stiften aller Art und unzähligen *Leitz*-Ordnern, die ich mit einem routinierten Griff des Zeigefingers zum Griffloch aus dem bis zur Decke gehenden Büroschrank hinter mir angelte. Die meisten Mitarbeiter schrieben ihre Artikel zu Hause, und die Manuskripte waren schon in ihrem Erscheinungsbild von ganz unterschiedlicher Qualität; einige waren bereits von Korrekturen überzogen und erweckten sofort den Verdacht vieler Mängel; andere schienen makellos, weil sie am Computer entstanden waren, doch gerade vom sauberen Schriftbild durfte man sich am wenigsten täuschen lassen. Ich arbeitete langsam, genau, und neben mir lagen zwei Bände des *Duden* wie schwere Gesetzbücher, die für alle Fragen die letzten, befriedigenden Antworten enthielten. Ich bemühte mich, so wenig wie möglich zu verändern, doch der Stil der meisten Artikel war zerfahren und schludrig. Manchen merkte man sofort an, wie schwer sich die Verfasser getan hatten; jedes Wort wirkte erzwungen, gewaltsam in eine fremde Umgebung gestellt. Die meisten aber hatten ein zu rasches Tempo, und die erstbesten Floskeln verdeckten wie schmierige Flecken die treffenden Wendungen. Ich besaß eine heftige Aversion gegen diese nachgebende Schlaffheit, und die gängigen Erkennungsmarken des *Scene*-Jargons erweckten einen solchen Gräuel in mir, daß ich die Sätze meist neu schrieb.

Worte wie *geil, echt, irre* oder *total* waren nur mißbrauchte, bequeme Verstärker, durch die man sich an matte Denkgewohnheiten anbiederte; Verben wie *einbringen* oder *durchblicken* lösten bei mir ein leichtes Frösteln aus, denn sie zeugten von einer weichen, diffus bleibenden Haltung. Mit meinen Korrekturen stieß ich meist nicht auf viel Verständnis; einige argwöhnten, ich redigiere die notwendige *power* heraus, andere bemängelten, man entferne sich zu sehr von den Ansprüchen der Leser, die sich angeblich in diesen dürftigen Schablonen *wiederfinden* wollten. Doch ich ließ mich auf keine Kompromisse ein, schließlich war ich angestellt, das sprachliche Niveau des Blattes zu heben; Rücksichten auf einen latenten Analphabetismus waren da am wenigsten angebracht.

Die Vormittagsstunden waren ruhig, ich saß oft allein im Büro und wurde nur durch Anrufe gestört. Ich beriet Kunden bei der Aufgabe ihrer Kleinanzeigen und versuchte, ihre Wortakrobatik vor allem da zu entschärfen, wo sie die Grenze zu betulicher Lächerlichkeit überschritt. Später kam Männie hinzu und streifte eine Weile unruhig durch die Räume, als suche er eine am falschen Ort abgelegte Meldung. Männie war viel für das Magazin unterwegs; er hatte sich auf kleinere Botengänge spezialisiert, und diese in meinen Augen aufreibende Tätigkeit entsprach genau seiner rastlosen Art, die durch eine seltsame Gier auf Neuigkeiten angetrieben wurde. Er mochte mich, es war leicht zu erkennen, mit wem er gut konnte; stumm machte er uns einen Kaffee und bot mir Zigaretten an, um mich in Laune zu bringen. Er trug teure Turnschuhe, und er kauerte sich meist auf den Boden, mit dem Rücken gegen eine Wand, den Kopf erhoben, als müsse er sogar noch mitbekommen, was draußen am Himmel geschah. Er hatte Spaß daran, von mir etwas vorgelesen zu bekommen, und ich unterhielt mich gern mit ihm, weil er aufmerksam war und nicht den geringsten Ehrgeiz verspürte, mir dreinreden zu wollen. Er selbst benutzte die gängigen *Scene-Vokabeln* ohne Scheu, doch er hatte Freude an meiner Kritik.

Männie war wie die anderen älter als ich, und doch hatte er sich etwas Sprunghaftes, Waches erhalten. Er hatte keine großen Ansprüche, am wichtigsten war ihm, er wußte dort, wo sich die Fronten abzeichneten, Bescheid. Er interessierte sich vor allem für die neuesten Songs, Musik hielt ihn in Aktion, doch er bedrängte mich nicht damit, weil er wußte, daß mir die feinen Unterschiede zwischen den tonangebenden Gruppen wenig bedeuteten. Noch immer hieß es, er handle mit *Stoff*, doch er wich aus, wenn man darauf zu sprechen kam, und beendete das Thema mit einigen flapsigen Bemerkungen. Er hielt sich nie lange an einem Ort auf, nur bei mir machte er Ausnahmen. Manchmal kam es mir so vor, als betrachte er mich wie ein fremdes Geschöpf, das ihm nicht ganz geheuer war, denn sein Blick konnte oft so erstaunen, als hätte ich ihm gerade eine einzigartige, zuvor nie gehörte Botschaft übermittelt. Doch es mochte auch daran liegen, daß er nicht gewohnt war, auf Formulierungen zu achten, und die Art, wie ich mit der Sprache umging, machte ihn auf Dinge aufmerksam, die er vielleicht selbst so empfunden, jedoch niemals deutlicher wahrgenommen hatte. Ich bemerkte sofort, wenn ein solcher Augenblick gekommen war; Männie wirkte dann angespannt, hypernervös, und erst meine von ihm heftig eingeforderten Erklärungen beruhigten ihn langsam und stellten sein Vertrauen in die Umwelt wieder her.

»Was Neues im Sektor Anmache?« fragte er.

»Die Bekanntschaftsanzeigen liegen da drüben, der große Stapel neben den Leserbriefen«, sagte ich.

Er setzte sich seitlich auf den Schreibtisch und ging die Anzeigen durch. Manchmal lachte er auf.

»Hör dir das an! *Tiefseetaucher sucht Freundin, um mit ihr auf den Grund des Meeres zu gehen.* Wie findest du das?«

»Miserabel! Völlig daneben!«

»Wieso? Der gibt sich wenigstens Mühe.«

»Das schon, aber zuviel. Er will originell sein, aber ich wette, auf sowas reagiert niemand.«

»Warum nicht?«

»Es wirkt zu dämlich. Es ist halbpoetisch und platt, eine üble Mixtur, an den Phantasien vorbei.«

»Findest du die poetischen besser?«

»Es geht um den Zweck, was soll so ein Text, wenn er seinen Zweck nicht erfüllt? Die poetischen sind verlogen, aber sie heizen die Gefühle an. Da entscheidet jedes kleine Signal.«

»Meinst du sowas? *Ich glaube an die Liebe, die mehr ist als ein Spiel, ich glaube an Zärtlichkeit und …*«

»Bitte hör auf.«

»Ist dir nicht poetisch genug?«

»Das hat der morgens nach dem Frühstück geschrieben, wahrscheinlich im Liegen, mit dem Block auf den Knien.«

»Aber es zieht.«

»Auch nicht, niemals! Zu fest auf die Tube gedrückt, zuviel Schmus! Wenn er ernst sein will, muß er mehr investieren. Reizen tun nur die guten Details.«

»Die solche Anzeigen schreiben, verstecken sich doch alle.«

»Ja, aber es ist ein Spiel mit dem Versteck, du mußt das Wesentliche andeuten können. *Ich glaube an* … ist plump und billig. Niemand will zuerst wissen, woran der andere glaubt. Das ist ein Griff in die unterste Schublade.«

»Was sollte denn wesentlicher sein?«

»Das Selbstporträt, am besten witzig, aber treffend, man muß zumindest den halben Typen vor sich sehen.«

»Die Frauen haben es leichter.«

»Ja, und weil sie das wissen, schreiben sie die besseren Texte. *Mädchen (25), mit viel Hirn und wenig Sinn für Romantik, sucht bartlosen Liebhaber.* Da stimmt alles.«

»Mann, du kannst es ja auswendig!«

»Die besten Texte merke ich mir.«

»Am Ende sind sie von dir.«

»Wäre nicht auszuschließen. Aber gib zu, daß der Text etwas Klassisches hat.«

»Warum denn klassisch?«

»Erstens, er bedient die Phantasie, zweitens, er kokettiert ziemlich frech.«

»Wieso?«

»*Mädchen*! Welche fünfundzwanzigjährige Frau wird sich so anreden lassen?«

»Stimmt! Ziemlich dreist.«

»Drittens, er funkt gegen den Strich. *Wenig Sinn für Romantik* ist wohltuend sachlich. Und schon bestätigt der Stil die Meldung.«

»Wer bestätigt was?«

»Der Stil demonstriert, was gesagt werden soll.«

»Und was will die kluge Frau uns sagen?«

»Gewonnen, sie hat schon gewonnen!«

»Wieso? Also was ist jetzt?«

»Sie will sagen, daß sie anspruchsvoll ist und sich für klug hält, und du hast es ihr eben bestätigt.«

»Dann soll sie's doch sagen.«

»Männie, wer wird sowas sagen? Es wirkt arrogant und schreckt ab. Außerdem ist es zu kühl.«

»Ich denke, die Frau steht auf kühl.«

»Das habe ich nicht gesagt.«

»Nicht? Also raus jetzt damit!«

»Sie sucht weder einen Begleiter noch einen Freund noch einen Kumpel.«

»Sondern einen *Liebhaber*, ich weiß. Und was meldet uns das?«

»Sinnlichkeit, Ansprüche an die Sinnlichkeit.«

»He, da wird man ja neugierig.«

»Sage ich doch. Jedes Wort bewußt gewählt, jedes Wort ein Treffer, mit einem feinen Sinn für Nuancen.«

»Zeig mir mal die Adresse!«

»Ich denke nicht dran. Am Ende spannst du sie mir noch aus. Aber im Ernst, ich würde sie auch gern mal aus der Nähe anschauen. Damit ich sehe, ob ich recht habe.«

»Könnte auch eine Enttäuschung sein.«

»Glaube ich nicht, der Text ist selbstbewußt, und die Selbstbewußten enttäuschen selten.«

»Worauf warten wir noch?«

»Langsam, wir haben doch Zeit. Willst du mitten in einen Regen warmer Zuschriften platzen? Einer unter vielen? Laß sie erst mal rumkommen und sortieren, dann schlägt deine Stunde.«

»Dann ist es zu spät.«

»Aber Männie! So wenig Selbstbewußtsein?«

»Hast du die Adresse?«

»Alles notiert.«

Solche Gespräche versetzten ihn in Unruhe, er begann, sich abzulenken und kam doch später unweigerlich wieder auf sie zurück. Er merkte sich, was ich gesagt hatte, und versuchte, noch weitere Beobachtungen aus mir herauszuholen, aber ich gab ihm immer klar zu verstehen, wenn ich es satt hatte. In der Abgeschiedenheit des Büros verstanden wir uns, doch draußen wirkte er zu hektisch auf mich. Er kannte viele Leute, doch er fühlte sich niemandem zugehörig. Von Lautner erhielt er nur ein geringes Entgelt für seine Arbeit, aber er beschwerte sich nie, sondern blieb beinahe lautlos im Hintergrund wie ein stiller Teilhaber, der nie genannt werden will.

Nachts war ich nun allein, und dies war die einschneidendste von allen Veränderungen. Ich war durch Lautners Vermittlung an zwei Zimmer nahe der Fußgängerzone am *Michelsberg* gekommen, dazu gehörten Küche und Bad, die zum Hinterhof hinausgingen. Die Wohnung hatte einen kleinen Erker, von dem aus ich bis zum Landtag schauen konnte, und sie lag hoch oben, im vierten Stock, so daß ich dem Geschehen unten entrückt genug war, um es wie ein Spektakel betrachten zu können. Tagsüber waren die vorderen Räume von der Sonne erhellt, sie wanderte langsam um meinen Aussichtspunkt herum, und ich saß oft am frühen Abend in dem dreifenstrigen Vorbau und erlebte den Anbruch der Dämmerung.

Nachts jedoch, wenn ich meist erst weit nach Mitternacht in die Wohnung zurückkehrte, schauderte es mich. Ich kam nicht zur Ruhe, setzte mich in den Erker und trank weiter, als könnte ich so die nötige Müdigkeit finden. Ich wechselte in das andere Zimmer, in dem meine Liege stand, zog mich langsam aus und streckte mich auf das zerwühlte Bett. Ich lag mit offenen Augen und horchte auf jedes Geräusch. An den Wochenenden waren noch vereinzelt Motorräder zu hören, sonst aber war es meist aufdringlich still. Ich hatte nicht damit gerechnet, daß ich mich so schwer tun würde, allein einzuschlafen. Die Anwesenheit der Familie hatte trotz aller Meinungsverschiedenheiten etwas Begütigendes gehabt, zum Schlafen hatte man sich vor den anderen verkrochen, gleichwohl gewiß, den Kontakt nur für Stunden zu unterbrechen. Ich merkte, daß ich mit und vor den Augen der anderen gelebt hatte, und eben diese Augen fehlten mir plötzlich, ohne daß ich es gern zugegeben hätte.

Ich schaute gegen die Decke, und immer wieder liefen die letzten Monate rasch vor mir ab, abrupte Szenen mit leicht schmerzhaften Widerhaken. Ich wurde noch immer zur Schule gefahren, wie ich seit Jahren gefahren worden war, und ich lauschte auf Sarahs Gemurmel, die sich einen auswendig zu lernenden Text vergegenwärtigte. Diese unnötigen Wiederholungen waren schwer zu ertragen, in ihnen waren die alten Belastungen aufgehoben, von denen ich angenommen hatte, sie seien für ewige Zeit von meinen Schultern genommen. Ich hatte das Abitur problemlos hinter mich gebracht, ja im Gegenteil, noch nie hatte ich, ohne mich sonderlich anzustrengen, so gute Leistungen erzielt. Die Aufgaben für die schriftlichen Arbeiten waren von provozierender Schlichtheit gewesen, man hatte uns den Abschied so leicht wie nur möglich machen wollen. Nur die bei solchen Anlässen unverbesserlich Nervösen hatten versagt, ich gehörte nicht zu ihnen, denn ich hatte mir erst gar nicht vorgemacht, Herausragendes leisten zu müssen. So hatte ich, was die Noten betraf, einen Sprung nach vorne getan, doch es kümmerte mich nicht, hatte ich doch geglaubt, in Gedanken dem allem längst fern zu sein.

Ich schwitzte in diesen aufputschenden Sommernächten auf meinem Lager, es war mein altes Bett, doch ich hatte es aus seiner Verankerung gerissen, und nun drehte es sich im

Kreis. Ja, es schien sich zu bewegen, und diese synkopierten Rhythmen ließen die alten Bilder immer wieder aufsteigen, die Bilder vom Schneetreiben, die beinahe wohltuenden Bilder von der beschränkenden Einsamkeit in den schmalen Tälern des Hunsrücks, lauter viel zu nahe Bilder, so daß ich mir mit der Rechten über die Brust fuhr, um die schweren Schatten zu verscheuchen. Am lebhaftesten aber, nicht zu vertreiben, immer wieder hervorgleitend, war das Bild des Gemüseladens, zu dem der geduldige humpelnde Mann gehörte, Walters Vater, der nicht aufschaute, wenn man ihn grüßte, und sich an den Kisten draußen zu schaffen machte; es war das Bild all dessen, was ich mit einem Mal verloren hatte, ein Urbild dieser lange verfluchten Landschaft, ein verschwimmendes Stilleben, stimmenlos, gehalten in kontrastreichem Schwarz-Weiß, flackernd auch manchmal, wie von einem Projektor an meine Decke geworfen.

Dann tauchten die letzten Szenen des Umzugs auf, der geborgte Lastwagen, auf dem wir die wenigen Möbel verstaut hatten, das alte Sofa, die hin und her rutschende Liege, die weißen Küchenstühle aus dem Keller, die ich neu lackiert hatte, der Kühlschrank, die Herdplatten, einzelne, aus ihren früheren Zusammenhängen gerissene Gegenstände, die auf der Ladefläche wirkten wie nutzloses Gerümpel. Vater hatte den Laster gefahren, und ich hatte mit Sarah inmitten dieser zusammengewürfelten Ladung gesessen. Zu allem Überdruß hatte Vater sich auch noch verfahren, wir hatten die falsche Ausfahrt erwischt, so daß die Fahrt sich hingezogen hatte, eine Fahrt, die ich schnell hatte überstehen wollen, weil ich nicht zurechtkam mit Sarahs plötzlicher Anhänglichkeit und auch Vaters hilflosen Anblick nicht mehr ertragen konnte, nicht ihn und nichts mehr von alldem, was uns jahrelang so gequält hatte und was niemand hatte aussprechen wollen, bis es jetzt, in dieser Stunde meiner Trennung Wirklichkeit geworden war: wir gehörten nicht zusammen.

Ich atmete tiefer durch und legte mich auf eine Seite, aber an der weißen Wand wanderten die Schatten weiter, und sie wanderten noch, als ich die Augen schloß, panisch machende Schatten, aufsteigend aus Abgründen, so daß es mich immer mehr würgte, eine Angst, tiefe Angst, nahe dem Sterben. Es fuhr sehr deutlich durch mich hindurch, ich gab mich auf, nirgendwo war da noch irgendein Leben, und alles hatte etwas von bitterer Furcht und einer Bedrängnis, als habe mich jede noch mögliche Hoffnung verlassen. Dies Fürchten aber jagte Träume und Wahrnehmungen nur noch schauerlicher gegeneinander, ich geriet beinahe physisch an mich selbst, ein Wunder, daß ich meine Kehle nicht packte. Ich lag und schüttelte mich, dies Lebendige auf meinem alten Bett war nur eine Last, ein zitternder Leichnam. Irgendwo schlug eine Glocke, ja, drei Uhr, doch ein früher lang gehörter Klang schlug fein dazwischen. Ich machte Licht und ging hinüber in die Küche, ein Glas Wasser zu trinken. Ich setzte mich wieder in den Erker und öffnete das Fenster ein wenig. Was war nur mit mir? Nie hatte ich bisher an solche Katastrophen gedacht, es richtete einen zu, und die tiefe Nacht schien die Zeit für diese Schläge. Früher hatte ich nachts all die Geräusche ohne Zögern verstanden, Vaters mehrmaliges Aufstehen, seine langsamen Schritte ins Bad, das kurze unterdrückte Husten und Mutters leise Frage bei seiner Rückkehr, wie spät es nun sei. Am Morgen war ich stets zu früh wach geworden, immer zehn, fünfzehn Minuten zu früh, und dann hatte es beinahe geschmerzt, wenn die Eltern mit den immergleichen Bewegungen draußen den Tag begonnen hatten. Mutters Schritte in die Küche, das meist zu harte Aufsetzen des Dampfkessels auf die Herdplatte, das zögernde, lustlose Hochziehen des Rollos, das Klappern mit Besteck und Geschirr, Bewegungen, die das Bild des gedeckten Frühstückstischs heraufbeschworen hatten, ein abstoßendes, fatales Bild, dem ich am liebsten entkommen wäre. Dann Sarahs erste Bewegungen gleich nebenan, ich hatte sie durch die dünne Wand mitbekommen, ihr Aufstehen, ihren kleinen Weg zum Fenster, diese ersten entschlossenen Gesten, mit denen sie sich den neu geschöpften Mut beweisen wollte. Ja, ich hatte all dies noch im Ohr, es war das müde Schauspiel der Kindertage, eingebrannt in eine darüber taub gewordene Seele, in der es jetzt wieder aufglühte, als entfache die Einsamkeit diese trüben Momente zu ungewohnter Hitze. Trinken, nur trinken! Ich leerte das Glas, brachte es zurück in die Küche und schlich wieder ins Bett. Hatte ich es richtig gemacht? Ich fand keinen Schutz gegen diese Gedanken, sie sponnen sich aus, unsinnige Leiern mit ihrem faulen Wortzauber, und kein Blitz, der ihnen Einhalt gebot. Niemand in der Familie hatte mich in meinem Entschluß bestärkt, Sarah hatte die Nase gerümpft, und die Eltern hatten sich wie immer ergeben, scheinheilige Gestalten, die sich ihren eigenen Reim auf mich machten, nachts, wenn sie flüsternd nebeneinander lagen und Mutters Stimme, losgelassen und furchtsam, auf Vater einzupredigen begann. *Der Junge, der Junge…*, das hatte ich oft zu hören bekommen, und ich hatte mich nicht mehr zu rühren gewagt, doch es drang nur wie durch einen Schleier zu mir, diese Ahndungen, Mutmaßungen, falschen Bedenken, denn sie hätten meine eigenen Gedanken nicht einmal gestreift, so wenig kannten sie mich. Ich zwang mich jetzt wieder, ruhig zu liegen, nicht mehr zur Seite drehn, bleib so, die Augen geschlossen…, und, ja, du fährst die alte Strekke hinunter ins Rheintal, die Sonne steht dir im Rücken, heiß ist es heut, und ein schwüler Wind weht von unten hoch, von diesem eingemeißelten Flußtal, das bald erscheinen wird neben der verfallenen Burg, noch eine Kehre, jetzt hast du sie vor dir, langsam entschleiert es sich, das Ufer liegt da wie eine gespannte Angel, und an ihrer Leine ist die Fähre ausgeworfen, die sich jetzt wendet, und du siehst den langgestreckten Hinterkopf, die schmale Gestalt, und sie hat dieses Lockende wieder, diesen Zug in die Ferne, ganz wie früher, als das alles begann. Und du nimmst die letzten Meter ins Tal, und dein Rad läuft aus, du brauchst nicht mehr die Bremse zu treten, die Häuser fliegen in immer stärkerer Verzögerung an dir vorbei, wie lange du doch unterwegs warst, durchstreifte Zeit, jetzt bist du müde vom Fahren, und du fürchtest den Anstieg, später wieder hinauf, aber es ist besser, das nicht zu bedenken, laß dich nur treiben, geradewegs zum Fluß, wo die weißen Schiffe wieder paradieren, die Türen der Weinstuben stehen offen, und du riechst diese ausströmende Verwesung, ein modrig, süßlicher Duft, betäubend wie immer, und der Anblick des jenseitigen Ufers winkt dich hinüber, die Fähre, sie legt drüben an, und du, du bist mit ihr zur Ruhe gekommen…

»Du siehst bleich aus«, sagte Blok und nippte kurz an seinem doppelten Espresso. Wir saßen am frühen Nachmittag vor dem Café *Maldaner* und versuchten uns in Laune zu bringen. Blok hatte an diesem Tag nicht in der Bar zu tun, so hatten wir Zeit genug und waren nicht durch Gedanken an einen frühzeitigen Abbruch unserer Gespräche blockiert.

»Nach diesen Korrekturen muß ich mich erst wieder an eine normale Sprache gewöhnen«, antwortete ich, »die Kerle lernen nichts dazu, denen kann ich es immer wieder erklären.«

»Was läuft denn im Augenblick am besten?«

»*Speziell*, sie schreiben laufend *speziell*, in den unmöglichsten Kombinationen. *Speziell am Dienstag…*, *speziell wenn die Sonne scheint…*, es ist chic, alles speziell zu finden. Und das Schlimmste, sie schreiben voneinander ab, ohne es zu merken.«

»Das wundert mich nicht, was hast du von denen erwartet?«

»Nur Honolka hat ein Empfinden für das Metier. Er kommt ins Büro, grüßt kurz, setzt sich an eine Maschine und bringt es fertig, mir in einer Stunde einen fehlerlosen Drei-Seiten-Artikel zu widmen.«

»Honolka schreibt über Sport, davon versteht er was, die anderen kennen sich nirgends aus. Warum läßt Lautner nicht dich einmal ran?«

»Es ist gegen die Abmachung. Keine Artikel, ich bin ein stummer Diener des Herrn.«

»Meinst du, er hat etwas vor mit dir?«

»Sieht so aus, aber ich komme nicht dahinter. Er erscheint eine halbe Stunde bevor ich gehe, um seinen Kontrollgang zu machen. Aber ich überziehe nicht eine Minute.«

»Ich möchte wissen, was dahintersteckt. Wie schafft es ein Schwachkopf wie er, solche Erfolge zu feiern?«

»Weil er kein Schwachkopf ist. Man kann sich mit ihm keine zehn Minuten unterhalten, da ist nichts, nur pure Absenz, aber gerade das macht den promovierten Schwachkopf. Alles in ihm ist auf den Punkt konzentriert, er stellt unaufhörlich die Weichen, und nichts bringt ihn raus.«

»Neulich kam er ins *Savoy*, ein Höflichkeitsbesuch. Ich

glaube, er hat mich laufend fixiert, aber ich frage mich, was da mit ihm geschieht. Er denkt doch nicht nach, sein Gehirn stelle ich mir wie eine polierte Platte vor, die höchstens Spiegelungen einfängt.«

»Ich sage dir, er ist der geborene Unternehmer, immer unterwegs, überall im Gespräch, Chancen abwägend und darauf geeicht, jede sich auftuende Lücke zu einem Geschäft zu machen. Außerdem hat er es raus, die anderen an sich zu binden.«

»Aber wie? Warum tanzen sie alle um ihn herum? Warum widerspricht ihm nie einer? Du glaubst doch selbst nicht, daß sie ihn mögen.«

»Mögen nicht, aber brauchen. Er nimmt ihnen die Orientierung ab, das ist es. Sein dauernder Einsatz wirkt selbstlos, obwohl alle wissen, daß sie nur seine Privatwirtschaft stützen. Sie wollen gar nicht mehr, sie wollen dienen, ohne sich versklavt zu fühlen, und er suggeriert ihnen den notwendigen Schwung. Ein kleiner Gott, mit einer einfachen, aber griffigen Philosophie: dein Ego verlangt nach Arbeit, belohn es dafür! Und vergiß nicht, er hält sich überall raus, wo es intim wird. Er tut, als gehe ihn das alles nichts an, er hört zu und gibt ein paar müde Tips, aber er beteiligt sich nie an den Spekulationen. Frauen sind für ihn Adressen, die er regelmäßig abklappert, wenn er das Neueste erfahren will, und sie kommen zu ihm, um sich bei einem imponierenden Mannsbild auszuruhen, der sie nicht gleich an der Hand nimmt. Er ist der geborene *Alles & Niemand.*«

»Deine Abschiedsrede hast du also schon drauf.«

»Er faselt immer etwas von meiner zupackenden Schreibe, jedesmal, wenn er mich sieht, rührt er das an.«

»Hast du mit Männie über Lautners Pläne gesprochen?«

»Nein, macht das Sinn?«

»Könnte sein, Männie weiß viel; wenn Lautner überhaupt mit jemandem redet, dann mit ihm.«

»Männie ist jeden Tag da, er kreist ganz frivol um mich herum und lechzt nach jedem Kommentar, der mir zu den Texten einfällt.«

»Dann ist es klar, er hört dich ab.«

»Glaube ich nicht, Männie nicht. Männie steht nur für sich, das habe ich im Gefühl.«

»Das wolln die in Wahrheit alle, aber tief drinnen, da himmeln sie ihre Pharaonen an.«

»Da kommt Hegeler, siehst du?«

Man erkannte ihn schon von weitem. Er war dunkel gebräunt und trug ein blendend weißes Hemd, das den satten Braunton der Haut noch stärker hervorhob. Er schaute nicht um sich, anscheinend war er ganz mit einer Nummer seines *walkman* beschäftigt. Es war ein besonders kleines, auf den ersten Blick luxuriös erscheinendes Gerät, und er hatte es mit einem Clip an seiner Brusttasche befestigt. Blok winkte ihm, und er setzte sich zu uns.

»Was hören wir denn so, Bademeister?« fragte Blok.

»Miles Davis«, sagte Hegeler und bestellte einen Kaffee, »zu dieser Hitze gehört Miles Davis, das hält die Nerven in einer feinen Balance.«

»Er weiß immer so gut Bescheid in diesen Dingen«, sagte Blok zu mir, »nicht wahr, Heck, im *Opelbad* machst du doch den *jockey*, der den angegrillten Frauen den Rücken einölt und dabei Miles Davis summt?«

»Du kannst mich heute mal«, sagte Hegeler.

»Aber Heck, reg dich nicht auf; sonst schlabberst du deinen *Tschibo-Instant* über dein weißes Hemd!«

»Warum holst du einen ran, wenn dir doch nur Gemeinheiten einfallen?«

»Weil ich sie loswerden muß, Heck. Ich sehe diese Südseegestalt an mir vorbeiziehen, und ich denke, der giert nach einem kräftigen Haken. Und ist es nicht so? Im *Opelbad* halten sie dich doch nur bei Laune, und hier unten, im Pfuhl der Abgase, da müssen wir deine Gesinnung etwas ankratzen.«

»Meynard, wie hältst du es nur mit dem aus?«

»Er bezahlt immer die Rechnung«, sagte ich, »das macht es erträglich.«

»Exakt!« sagte Blok. »Dein Hobby, Heck, sind diese Grillis von der Nerotalbergbahn, und mein Hobby ist Meynard. Er ist übrigens drauf und dran, der Chef von *Wiesbaden live* zu werden.«

»Wer sagt das?«

»Lautner macht Andeutungen.«

»Dann müßte ich es längst gehört haben.«

»Aber Heck, du bist doch nur ein ferner Planet. Du kreist um deine nagellackierten Höhensonnen und wimmerst den Miles-Davies-Blues. Du bist *out*, das hat Männie noch neulich gesagt. Heck, hat Männie gesagt, schleimt da oben mit Sekretärinnen rum, stellt euch das vor! Der springt für die ins Wasser und bläst seinen Rettungsschwanz auf.«

»Männie hat es nötig, sowas zu sagen.«

»Hat er? Du meinst, er ist dein Komplize? Mischt er etwa mit im falschen System?«

»Er ist jeden zweiten Tag im *Opelbad*, und bestimmt nicht, um mir zu gefallen.«

»Meynard! Hätten wir das von Männie gedacht? Verläuft sich wahrhaftig in diese *Ex-Hibie-Welt*! Wir werden das nachher mit ihm bereden, erinner mich dran!«

»Ihr trefft ihn?«

»Sicher, heut Abend finden ein paar Hintergrundgespräche statt, gedrängte *talks*, für die eingeweihten Kreise. Zerbrech dir nicht den Kopf, Heck, in einer Woche bist auch du im Bild.«

Hegeler zählte Geld ab und legte es neben seine Tasse. Er schaute mich an und setzte die Kopfhörer auf.

»Mein Beileid! Erzähl mir gelegentlich, wo du ihn losgeworden bist!«

Blok lachte und machte mit der Hand eine schnelle Bewegung, als habe er einen Revolver gezogen. Hegeler verschwand zwischen den vorbeiströmenden Passanten.

»Was redest du da?« sagte ich zu Blok.

»Ich bringe etwas Unruhe in die Gesellschaft«, sagte Blok, »nur so fordern wir Lautner heraus.«

»Ich hab nicht vor, ihn herauszufordern.«

»Aber ich! Ich sagte doch, du bist mein Hobby!«

»Dann lade mich gefälligst auch ein!«

»Wird gemacht! Was hast du vor? Wir haben noch Zeit bis zum Abendessen.«

»Nichts, nur die Kaffeestunde würde ich gern beenden.«

»Trinken wir ein paar ordentliche *Kölsch*, vor dem *Dortmunder* können wir auch draußen sitzen.«

»Ich denke, es ist dir nicht mehr fein genug?«

»Meynard, parallele Linien sollten sich nicht hier, sondern im Unendlichen schneiden. Sind wir mit dieser Philosophie einverstanden?«

»Wir werden beim *Kölsch* drüber nachdenken«, sagte ich.

Wir gingen die *Langgasse* herunter, Richtung *Kranzplatz*, es waren nur einige hundert Meter in der Fußgängerzone. Wir passierten das Zeitungsgebäude des *Wiesbadener Boten*, und

Blok überflog kurz den in den Schaukästen ausgehängten Lokalteil. Ich ging voraus und nahm Platz, ich war ruhig, und die Nachtstunden kamen mir vor wie Auswüchse einer fremden Phantasie.

»Ich schlafe schlecht«, sagte ich zu Blok, »ich weiß nicht, woran es liegt. Die Nächte sind wie Hürdenlaufen über glühende Stangen.«

»Dann versuch es doch mit jemand anderem«, antwortete Blok.

»Ja, es wäre besser, nicht allein zu sein, wenigstens nicht fürs Erste.«

»O Gott, meinst du das im Ernst? Du willst dich von einer Frau in den Schlaf wiegen lassen?«

»Ich stelle mir vor, es wäre gut, neben jemandem zu liegen. Es würde mir helfen.«

»Bist du verliebt? Ist es eine der Miezen vom Magazin?«

»Unsinn, ich rede doch nicht von Verliebtheit, ich bin ganz nüchtern. Ich weiß nur, daß es nicht guttut, sich nachts diesen Monomanien auszuliefern. Ich lege immer dieselben Strekken zurück, lauter Geländeläufe durch ein völlig atomisiertes Terrain.«

»Das kenne ich auch.«

»Und was machst du?«

»Ich versuche, fest an den nächsten Tag zu denken. Das hilft meist, wenn nicht, trinke ich einen *Jack Daniels*.«

»Und warum sperrst du dich gegen Frauen?«

Blok schaute starr vor sich hin, ich hatte eine empfindliche Frage gestellt, und ich ahnte, daß er am liebsten abgesprungen wäre. Aber er zwang sich, mit seiner Antwort zu warten.

»Das trifft es nicht«, sagte er, »aber ich wäre nur verlegen, wenn ich mit jemandem so lange zusammen sein müßte.

Schon am Morgen danach bekäme ich Probleme. Ich könnte mich nicht freundlich stellen, ich wäre doch nicht zu ertragen. Worüber sollte ich schon mit ihnen reden? Du kennst mich, ich hasse diese bequemen Gespräche, und ich gebe mir nicht vorsätzlich Mühe, einem anderen die Seele zu erleichtern. Ich bin nicht für Übereinstimmung, erst recht nicht für dieses gefühlige Duseln. Und das erwarten sie doch schließlich von einem.«

»Was du nicht sagst!«

»Sie erwarten es, täusche dich bloß nicht darüber hinweg! Sie wollen in dich hineinkriechen, sie wollen einen mit ihren Gefühlen besetzen, jeder Winkel soll ihnen gehören. Sie tasten dich ab, sie nehmen Maß, und sie sind besser als du. Sie sind dir immer voraus, sie haben eine durch und durch kalkulierte Psyche, sie sind sich immer ihrer Schwächen und Leistungen bewußt. In jedem Moment, den du mit ihnen zusammen bist, lieferst du ihnen Material für ihren seelischen Geheimcode. Sie verfahren sicher und intuitiv mit dir, sie halten dich an ihrer langen Leine, und du gehörst in die Abteilung Dressur. Ich sage dir, ich gehe denen keinen Schritt entgegen, niemals, bei mir gäbe es nur ein einziges Ringen, nur das lange Gegeneinander, Härte gegen Gewohnheit und Fanatismus gegen Sympathie!«

»Du machst einen Krieg daraus, ich dachte an eine völlig harmlose Sache.«

»Harmlos! Es gibt in diesen Dingen nichts Harmloses! Meynard, du bist einfältig! Du kannst nicht ihre Hand nehmen, um die Schicksalslinien darin zu lesen. Bei einem Zusammensein gerätst du mit jemand aneinander, vergiß das nicht! Auch wenn du noch so bescheiden bist, wächst da von der ersten Minute an etwas zusammen. Du kannst dich nicht dagegen wehren, es ist Preisgabe und Nehmen, Raffen, Schläge, Raub!«

»Es könnte auch etwas Strahlendes haben, eine durchlässige Intimität! Es könnte einen immerzu fortziehen, ganz selbstverständlich. Man bräuchte diese Anstalten nicht, auch nicht diesen verqueren Blick auf sich selbst, man geriete mit der Zeit in eine Begeisterung, wäre es nicht hundertmal schöner, in einem solchen Zusammensein zu leben als in einer spröden, am Ende doch immer nur vertanen Einsamkeit?«

»Ich bin nicht einsam!«

»Ich würde zum Beispiel gern zu zweit verreisen, eine weite Fahrt würde mir dann leichter fallen, ich will nicht irgendwo in der Fremde nur mit mir zu tun haben, ich bin mich dann leid.«

»Ich bin seit Jahren nur allein unterwegs gewesen, und es hat mir nichts ausgemacht. Ich sage dir sogar: es war das Beste. Keine Ansprüche, keine gemeinsamen Ziele, nicht diese verwackelte Kuscheligkeit! Die Sinne würden mir ganz taub, ich bekäme einen völlig zugeschütteten Blick, und die Nähe des anderen wäre nur Infamie! Ich habe nächtelang an fremden Orten allein gesessen und war glücklich dabei.«

»Das sind momentane Euphorien, die kenne ich auch. Man balsamiert sich ein, man ist unverwundbar und ruht ganz in sich. Und dann flaut der kleine Rausch ab, und man sehnt sich nach der nächstbesten Begegnung.«

»Ich kann es nicht hören, wenn du so redest. Daraus tropft Psychologie, und was ist das anderes als die Lehre von der gelungenen Zweisamkeit? Hast du je von einem Psychologen gehört, der auf etwas anderes aus war? Es sind windelweiche, von ihrer Geilheit belastete Spechte, die nie mit sich fertigwurden! Sie müssen alles auf einen anderen verlagern, sie spucken jedem in die Suppe, sie können einfach nicht für sich bleiben. Psychologie ist die reaktionärste Seuche, die ich kenne, entfremdet bis in die Wurzeln!«

»Und damit wären wir bei der Geilheit.«

»Wären wir! Ja und? Das ist typisch, jetzt wird das Bekenntnis gefordert. Das Murmeln über den Sex ist der einzige Inhalt der psychologischen Beichte. Da erwacht der arme, zuvor so gedemütigte Mensch zum Leben, nicht wahr? Da sollen die erpreßten Bekehrungen Früchte tragen, *Vater, ich habe gesündigt, denn ich blickte voller Lust auf mein Muttertier*! Geh mir zum Teufel damit!«

»Du weichst aus, Blok, aber ich will dich nicht drängen.«

»Weil es dich nichts angeht, Meynard. Mein Familienroman geht dich nichts an. Ich habe üble Dinge erlebt, da oben auf dem Land, rasante Prozesse, kann ich dir sagen. Ich habe alles mitbekommen, jeden Dreh, jeden Schwenk, und es war ein verflucht an den Nerven zerrender Film. Die Spulen drehen sich noch in mir, und das Schlußbild will nicht zum Stehen kommen.«

Wir tranken beide im selben Moment, als habe uns jemand aufgefordert, und die synchrone Bewegung entschärfte sofort.

»Wo wollen wir essen?« fragte Blok.

»Ich bin eingeladen«, sagte ich, »da lasse ich mich überraschen.«

»Wir könnten uns den Magen mit hauchdünner italienischer Lasagne verderben, oder wir könnten uns in einen dieser amerikanischen Saloons setzen, um ein völlig degeneriertes Steak mit einem noch lächerlicheren Salat zu essen, oder wir könnten beim Chinesen diese essigsauren und mit Honigwasser angesüßten Saucen probieren, oder wir könnten mexikanisch essen, die linke Hand unterm Tisch, und mit der rechten verbrannte Bohnen löffeln. Ist alles drin, ich bin da nicht so.«

»Fragen wir Doris«, sagte ich, als ich die schwarz gekleidete Gestalt erkannte, die uns längst bemerkt hatte, aber unschlüssig schien, ob sie näherkommen sollte. Ich gab ihr ein Zeichen, und sie quetschte sich ungeschickt zwischen den runden, eng postierten Tischen zu uns durch.

»Die Herren sitzen im ersten Rang«, sagte sie, »und unsereins darf für sie spielen.«

»Dann setz dich und gib uns ein Interview«, sagte Blok, »der Kollege ist von der schreibenden Zunft.«

»Das läßt hoffen«, antwortete sie und rückte ihren Stuhl so zurecht, daß sie uns beide im Blick behalten konnte. »Wo arbeitest du?«

»Bei *Wiesbaden live*«, sagte ich.

»Welche Sparte?«

»Koordination, alle Sparten.«

»Hört sich gut an.«

»Und du«, unterbrach Blok uns, »du wartest weiter auf deinen Entdecker?«

»Ich helfe in der Weinabteilung vom *Mövenpick* aus, an drei Abenden in der Woche.«

»*Züricher Kalbsgeschnetzeltes*«, sagte Blok, »*Bündner Fleisch*! Ist ein ganz fieser Laden, mulmige Schweiz mit Anpassungsneurosen.«

»Die Weinabteilung ist ordentlich.«

»So ein Urteil erlaubst du dir?«

»Ich komme aus Aßmannshausen, wußtest du das nicht?«

»Am Ende hast du noch die Kuckucksuhr erfunden.«

»Ihr seid ja bester Laune, Kompliment!«

»Mit Abstrichen«, sagte Blok.

»Und die wären?«

»Meynard sucht eine Frau, etwas Liebes, Ruhiges, am besten aus der Schweiz, mit Weinkenntnissen.«

»Er hat lange kein *Kölsch* mehr getrunken«, sagte ich, »deshalb faselt er so.«

»Fürs Erste ist Meynard bescheiden«, fuhr Blok fort, »er denkt nur daran, seine Sehnsucht zu stillen. Wenn das gelaufen ist, wechselt er ins verwegene Genre.«

»Tja, dann wünsche ich guten Erfolg«, sagte Doris und stand auf.

»Wir sehen uns«, rief Blok ihr nach, doch sie reagierte nicht mehr.

»Muß das sein?« fragte ich ihn.

»Ausgesprochen, verliert die Sache ihr Gewicht«, sagte Blok, »sonst leidest du nur unnötig lange darunter.«

»Nächstens behalte ich es für mich.«

»Ach was, ich will dir nur Mut machen.«

»Kann ich auch für dich etwas tun?«

»Mich begleiten«, sagte er lächelnd.

»Und wohin?«

»In die Schweiz, und zwar ohne Widerrede.«

Wir hatten viel Bier getrunken, und je länger es gedauert hatte, um so weniger hatte ich Blok davon abhalten können, sein Ziel zu verfolgen. In solchen Momenten hatte er es leicht, mich zu überzeugen, gierte doch alles in mir danach, die flüchtige Neugierde zu befriedigen.

Die Weinabteilung des *Mövenpick* lag gleich links neben dem Eingang. Es war ein kleiner, separater Raum, und die hohen, mit Flaschen gefüllten Regale bildeten die Trennwände zu den heller erleuchteten Eßlandschaften. Die winzigen Kaffeehaustische mit den runden, marmorierten Platten ließen nur ein Sitzen zu zweit zu und betonten das Exklusive dieser Insel, auf der man Genießer und Kenner erwartete.

Doris wirkte in ihrer dunkelbraunen Uniform mit den wenigen orangenen Zierden maskulin überfremdet; ihr Aussehen erinnerte an das einer Schlafwagenschaffnerin, deren individuelle Züge einer DDR-Maskierung zum Opfer gefallen waren. Doch anders als eine Schaffnerin brauchte sie sich nicht rasch zu bewegen; sie trat beinahe behutsam an einen Tisch und erkundigte sich nach den Wünschen der Gäste mit gesenktem Kopf, als ereigne sich dies alles in einem namenlosen Traumland, wo man alles nur mimte. Mit unserer gezügelten Ausgelassenheit fuhren wir in dieses Schattenreich wie böswillige Eindringlinge, die nur ein harsches Wort stoppen konnte, und wahrhaftig bekamen wir als Erstes Ermahnungen zu hören, leiser zu sein und die anderen Gäste nicht zu stören.

»Entschuldige«, sagte Blok zu Doris, »es ist unser Weißweinabend, wir bevorzugen leichte, trockene Sorten und legen Wert auf gute Kühlung. Eine Karte brauchen wir nicht, wir vertrauen dir.«

»Wie teuer soll es denn sein?«

»Preise interessieren uns nicht.«

»Und wer zahlt?«

»Das wird sich herausstellen.«

Ich befürchtete, daß Blok nicht davon abzuhalten wäre, maßlos zu werden; deshalb verschwand ich kurz, um Doris heimlich zu sagen, in welchen Grenzen wir uns weiter bewegen konnten. Sie stand an der Kasse und ging die Karte durch.

»Habt ihr nicht schon genug?«

»Was ist das, genug?«

»Ich will keinen Ärger hier.«

»Dann gib dir Mühe.«

»Bürgst du für den Dandy?«

»Ja, wenn du uns nicht mit den Preisen überforderst.«

Als ich zurückkam, machte Blok eine ungeduldige Miene wie meist, wenn er betrunken war und es ihm schwerfiel, auf das nächste Glas zu warten. Ich nahm mir vor, ihn zu beschäftigen, doch es war schwer, ihn jetzt nicht zu reizen.

»Wie läuft es im *Savoy*?« fragte ich.

»Besser als hier, ich brauche nicht zehn Minuten für zwei Gläser Weißwein.«

»Glaube ich dir aufs Wort. Ich sollte mal wieder hinkommen.«

»Laß es bleiben, ich kann nicht immer Champagner spendieren, und erst recht nicht einem, der ihn mit *MM* verwechselt.«

»Ach ja? Laß mal hören, welche Marken kannst du blind unterscheiden?«

»Wein, Sekt oder Champagner?«

»Machen wir einen Test«, sagte ich erleichtert, denn ich glaubte, ihn nun soweit zu haben, daß er nicht allzu schnell trank. Doris brachte die ersten beiden Gläser, und ich erklärte ihr das Spiel. Sie schien mich zu verstehen.

»Na?« fragte ich. »Fürs Erste genügt die Angabe der Landschaft.«

»Kinderkram«, antwortete Blok, »das ist ein Rheingauer.«

»Ausgezeichnet«, nickte Doris und wollte sich abwenden.

»Bring gleich den nächsten«, rief Blok, ganz gegen meinen Willen in Schwung geraten. Er blickte lüstern an den Regalen hinauf, und ich überlegte, wie ich ihn ablenken könnte.

»Was hast du eigentlich vor, nach dem Abitur?«

»Ich werde Wein verkaufen, das wär doch ein Gedanke. Ich werde Geschäfte oben in Norddeutschland beliefern, wo sie glauben, *Ruländer* sei ein Anbaugebiet. Ich werde mit riesigen Fässern nach Norddeutschland fahren, in diese flachen, weinlosen und deshalb so tödlich langweiligen Ebenen, wär doch ein Gedanke. Ich werde ihnen einen *Pfälzer* für einen *Mosel* vormachen, das kannst du mir glauben. Die halbe Pfalz werde ich aufkaufen, das schlimmste, matteste Zeug, und sie werden es saufen, weil sie nichts Besseres gewohnt sind.«

»Kein schlechter Gedanke«, sagte ich mit einem Blick auf sein geleertes Glas.

»Ein exzellenter Gedanke! Norddeutschland habe ich schon immer gehaßt, Meynard, Norddeutschland ist die absolute Gegenwelt. Die kann man gar nicht genug vergiften, diese Pferdezüchter und Reitstallbesitzer. Die haben nur Pferde und Mist im Kopf, Pferdemist und Mistpferde. Am schlimmsten sind die Dressurreiter, ein Leben im Viereck, zwischen lauter Banden! Kannst du dir das vorstellen? Nein, man braucht es keinem Vernunftbegabten zu erklären. Es ist die Transparenz des Absurden, Geckengestalten in Reitfrack und weißen Stiefelhosen, mit einem Schornsteinfegerzylinder! Und am schlimmsten sind die Dressurreiterinnen! Ist das dir auch aufgefallen?«

»Was?«

»Wo bleibt denn mein Glas?«

»Was?«

»Doris, mein Glas!«

Doris brachte uns das nächste Paar, und Blok nahm einen kräftigen Schluck. Dann schmeckte er nach, mit so übertriebenem Schlürfen, daß man sich nach ihm umschaute.

»Mittelrhein, die eigene Wiege!«

»Was ist dir aufgefallen?«

»Der hat weniger Biß. Sie versteht nichts davon. Wie kann man einen Mittelrhein nach einem Rheingauer bringen? Das läuft völlig gegen den Strich. Meinst du, Weintrinker haben Charakter?«

»Das mußt du besser wissen als ich.«

»Weintrinker haben Charakter nur in Ausnahmefällen. Nur in sehr seltenen Ausnahmefällen. Aber auf die kommt es an! Die Ausnahmefälle unter den Weintrinkern gehören zu den besten Trinkern überhaupt, sag ich dir.«

»Und wie wird man ein Ausnahmefall?«

»Dumme Frage, hättest du besser nicht gestellt. Niveau, Meynard, ein bißchen Niveau! Es gibt schließlich Gesetze, auch für die Ausnahmefälle existieren Gesetze. Winzer sind übrigens meist keine Ausnahmefälle, besonders dann nicht, wenn die bäuerlichen Komponenten vorherrschen. Ein Ausnahmefall ist für sein Leben von allem Geiz befreit. Er hat einige Sorten probiert, die seine gesamten Geschmacksnerven für immer verändert haben. Mit jedem Schluck trauert er dieser Erlesenheit nach, in jedem Schluck liegt ein veränderliches Minus. Ausnahmefälle sind gezeichnet, Meynard, sie wissen und schweigen, sie bilden den verschwiegensten Orden überhaupt.«

»Du bist also ein Ausnahmefall?«

»Schwatz nicht so herum, Meynard! Dir muß man erst alles vormachen, bis du kapierst. Bitte…, gut…, machen wir dich zum Ausnahmefall! Doris, die Karte!«

»Nein, Blok«, sagte ich heftig, »das muß jetzt nicht sein!«

»Was spricht dagegen?«

»Ein andermal!«

»Sag mal, spielst du Theater mit mir? *Ein andermal*… ist

eindeutig Theater! Irgendeine französische Posse! Mit Frauen aus der Provinz oder mit Dressurreiterinnen!«

»Richtig, was war nur mit denen?«

»Was war nur mit denen?! Geliftet, Meynard, die sind alle geliftet! Die haben Fassaden wie reißfeste Luftballons, und wenn sie lächeln, wirken sie extrem überspannt. Bei meiner Schwiegermutter war es deutlich zu sehen, diese üble Verspannung, und dann dieses geleckte Gebiß, ein abstoßend weißes, gelecktes Gebiß, schlaffe Lippen, ganz ausgepowerte Lefzen!«

»Bei deiner Schwiegermutter?«

»Werd nicht pedantisch! Bei meiner Stiefschwiegermutter! Sie trank nur diesen Mischmasch, *Cocktails* sagte sie dazu, und der kleine Erwin durfte den Zucker vom Rand ablecken. Restsüße! Übelste Restsüße! Wo bleibt die Karte?«

Ich durfte ihm nichts mehr abschlagen, er hätte sonst für Aufruhr gesorgt. Ich ging zu Doris und bat sie, mir eine Karte zu geben. »Du brauchst es nicht genau zu nehmen«, flüsterte ich ihr zu und ging schnell zu Blok zurück.

»Was hast du mit ihr?« fragte er.

»Ich hab sie gefragt, ob sie hinterher Zeit für mich hat.«

Er hob nur kurz den Kopf und bewegte den Zeigefinger langsam, gleichmäßig hin und her, wie sich ein Scheibenwischer bewegt.

»Doris, wir nehmen den *Pommard*!« sagte er leise.

»Aber das ist ein Rotwein«, sagte Doris und blickte zu mir, »außerdem haben wir den nur in der Flasche.«

»Hör dir das an, Meynard«, murmelte Blok, immer leiser werdend, »müssen wir uns diese Tautologien bieten lassen?«

»Wir nehmen die Flasche!« entschied ich.

»Sie kostet über hundert Mark«, versuchte Doris es ein letztes Mal. Blok nahm sein Portemonnaie aus der Tasche und zog zwei Hundertmarkscheine heraus. Er legte sie auf den Tisch und starrte stumm vor sich hin.

»Keine Restsüße...«, fuhr er fort, »in diesem Fall ist das angebracht, ich habe es mir geschworen, damals, als ich von zu Hause wegging. Frankie hat eine Dummheit begangen, er hat insgesamt nicht mit mir gerechnet. Für klein Erwin haben sie den Garten vergrößert und eine Schaukel aufgestellt, sie haben ihm erlaubt, mit seinen Freunden dort Fußball zu spielen, und Frankie hat eigenhändig den Rasen nachgesät. Die Dressurkönigin ist alle paar Tage Richtung Bonn/Köln gefahren, um sich dressingmäßig auf dem Laufenden zu halten. Sie haben sich einen zweiten BMW gekauft, neu, nur damit sie Auslauf hatte. In knapp einer Stunde schaffte sie es bis Köln, schon gegen Mittag war sie wieder zurück, und ich hörte das Ticken ihrer hohen Absätze auf den Kiesplatten neben der Garage. Sie schloß auf und stieß mit dem Knie gegen die Tür, so daß sie gegen die Wand klatschte, dann ließ sie ihre Accessoires fallen, um erst mal das Radio einzuschalten. Sie wußte genau, ich war unten, doch sie bestand auf ihrem hinreißenden Auftritt, die Türen geschlagen und dann diese dienlichen Schlager! Jedes neue Kleid wurde sofort anprobiert, zwischen Bad und Schlafzimmer hin und her, gefallen und nackt, mit diesen Stöckelschuhen. Das ganze Haus war voll von ihrem Parfum, eine widerliche Saustallmarke, um die Hippursäure zu übertönen, Pferdeschweiß zwischen ihren langen Dressurbeinen, die alles zu fassen bekamen. Frankie war ein bißchen süchtig nach ihr, aber er ist nicht der Mann, der mit ihr auskommt, zu nonchalant, nicht dressurmäßig genug, um immer im Viereck zu gehen. Von Anfang an dachte ich es, der täuscht sich, diesen Jahrmarkt hält er nicht durch, da schimmert der Rummel zu deutlich heraus, und genau, ich kenne doch meinen Frankie.«

Doris brachte die Flasche, und Blok schwieg sofort. Mit einem Mal war seine Stimmung umgekippt, ich bemerkte es an der Scheu, mit der er den Wein kostete. Er versuchte, sich zusammenzunehmen, und es war etwas von Ehrgeiz dabei, der Qualität des Weines standzuhalten. Er probierte dreimal, und diesmal trank er nur wenig.

»Hol dir ein Glas«, sagte er zu Doris, »und setz dich wenigstens einen Augenblick zu uns. Einen *Pommard* muß man feiern.« Ich stand auf und holte einen zusätzlichen Stuhl.

»Auf euch beide!« sagte Blok, und wir stießen mit den Gläsern an. Ich trank vorsichtig, und der Wein sackte wie ein langsam fallender, immer schwerer werdender Körper, der erst in diesem Fall seine Aromen verströmte, in mich hinein. Es war ähnlich einer starken Berührung von innen, aber fast pflanzlich, absterbend.

»O Gott«, entfuhr es Doris. Blok aber leerte sein Glas und stand auf.

»Ihr Kinder«, sagte er feierlich, »was wißt denn ihr Kinder schon? Und was wißt ihr *überhaupt*?«

Er grüßte kurz, amerikanisch, als berühre er mit den beiden gestreckten Fingern den Schirm eines *cap;* dann ging er hinaus.

Es war eine sternklare Nacht, wie ein warmer Odem von fern, unfaßbar schwül. Draußen flogen die schweren Maschinen aus dem Dunkel heran, aufgekratzte, sich jagende Insekten, die nicht zur Ruhe kommen würden. Die Straßen wirkten ausladend breit, eingetaucht in diesen orangenen Flimmer der ins Abseits gedrängten Leuchten. Hinter uns das unterdrückte, vereinzelte Lachen der letzten Gäste, die nicht aufbrechen wollten, gingen wir an dem dunklen Parkbezirk gleich gegenüber entlang. Der *Pommard* hatte mich weich und fiebrig gemacht, die Haut wie ein Pelz, den jeder Luftzug erregte. Der Gehweg war schmal, eine trockene Fährte zwischen den dicht gewachsenen Hecken und den parkenden Autos. Wir bogen rechts ab, in eine Schneise zwischen den dunklen, atmenden Bäumen und kletterten über das Drehkreuz, das den Park hilflos verschloß. Ein feiner Hauch flog uns von den Bäumen her an, kühle Feuchte, wie ein lindernder Druck. Die Blätter der hohen Rhododendronsträucher hatten alles Leben verloren und hingen wie eingerollte Kokons an den splittrigen Zweigen. Kein Laut in diesem Terrain, nur das Motorenhuschen seitwärts und das holpernde Bremsen vor roten Ampeln. Seit wir den Park betreten hatten, nahm Doris sich Zeit, als gebiete diese Stille ein Streunen oder ein Schleichen. Die weiten Rasenflächen waren unmerklich gewellt, dann die freistehenden, prächtigen Bäume, Sumpfzypressen und Mammutbäume darunter, lauter einzelne, schwergewichtige Wesen. Nach der Gewöhnung der Augen ans Dunkel die schwachen, intimen Reflexe, ausgekohlte Schatten unter den Sträuchern, ein undurchdringliches Fusellicht zwischen den krakligen Ästen und darüber das glatte Schwarz des Himmels mit den ausgestreuten Sterngestalten, wunderlich präzis und ganz auf Distanz. Unübersichtliche Wege und mutwillig abbiegende Pfade, manieriert geführt, zwischen den Weihern hindurch, wo der Entenpulk seinen Hort hatte, von der Schlafschwere aufgedunsene Tiere, in deren Leibern es ruckartig pochte. Ein lauer Fäulnisgeruch, die salpetrige Schärfe des Kots, das knappe auffahrende Flügelklatschen eines erwachenden Tiers. Wir bewegten uns auf die matt angestrahlte Gartenfront des Kurhauses zu, die Portieren hinter den Flügeltüren waren zugezogen, dahinter befanden sich die Räume des Casinos mit den grünen Roulettetischen und den kleinen, an den Kesselwänden entlangsummenden Kugeln. Die dunklen, asphaltierten Wege mündeten auf die breite Promenade, dort standen dicht hintereinander die weißen Bänke mit sacht geschwungenen Rückenlehnen, ein Halbkreis, direkt vor dem gähnend leeren Muschelohr des Pavillons. Der Boden war heller, fein mit dünnen Kieseln bestreut, und jeder Schritt walzte in der körnigen Masse. Die Promenade ein lichtes Gebiet, baumlos, von satten Blumenrabatten begrenzt. Wir setzten uns ausatmend auf zwei Stühle, mit dem Rücken zu den Weihern, den Blick auf die erstorbene Seite des Kurhauses.

»Blok ist neurotisch«, sagte Doris, »manchmal muß man fast Angst um ihn haben.«

»Du kennst ihn nicht«, antwortete ich, »es ist allerhand Trotz und Übermut.«

»Manchmal klopft er bei mir, dann hat er oft ein kleines Geschenk dabei, um sich für belanglose Dinge zu entschuldigen.«

»Entschuldigen? Wofür?«

»Laute Musik, unfreundliche Bemerkungen.«

»Du sollst ihm verzeihen?«

»Zumindest pro forma. Er sitzt da, ich mach einen Tee, und er schweigt. Er schaut zum Fenster hinaus und läßt sich dafür loben, wie edel er sein kann. Ich übertreibe bewußt, spendier ihm nur Schmeicheleien, und er rührt sich nicht. Entweder mimt er den Groben, oder er läßt sich bereden... Oder er sitzt rauchend im Treppenhaus, und ich höre ihn husten, schon tief in der Nacht. Ich glaube, er denkt viel an zu Hause.«

»Woher willst du das wissen?«

»Sein Vater und er liegen dauernd im Streit.«

»Spricht er darüber?«

»Nein, aber sein Vater taucht manchmal auf.«

»Frankie?! Frankie taucht bei ihm auf?«

»Der große Typ mit den karierten Hemden, das ist doch sein Vater?«

»Ja, das ist Frankie. Er ist der bestverdienende Arzt oben im Hunsrück. Er hat sich von Bloks Mutter scheiden lassen, aber das ist eine alte Geschichte.«

»Glaube ich nicht. Wenn ich höre, wie die sich begegnen, das ist Krieg. Jedesmal krachen sie gegeneinander, ganz direkt. Also ich könnte das nicht, solche Torturen ertragen. Warum treffen sie sich überhaupt, hab ich mich oft gefragt. Es geht um irgendeine Geschichte, die läßt sie nicht los, sie hakken aufeinander herum, und niemand gibt nach.«

»Eine Geschichte?«

»Es geht um Geld, ich glaube, es geht um viel Geld.«

»Aber Blok verdient doch genug, und außerdem zahlt ihm Frankie monatlich etwas.«

»Aber sie pokern, es hört sich an, als erhöhten sie laufend die Einsätze. Irgendwelche trüben Geschäfte. Weißt du was davon?«

»Blok spricht mit niemand darüber, ich durchschaue das auch nicht. Solange ich ihn kenne, war er mit Frankie im Clinch, zuerst wie zum Spiel, dann ging es ums Ganze.«

»Ist der Typ nicht in Ordnung?«

»Frag mich nicht, ich habe nichts gegen Frankie. Er ist sehr beliebt bei seinen Patienten, aber nur Blok kennt seine verborgenen Seiten.«

»Ich bleib weg von den Alten. Ist am besten so. Ich mach

sie nicht an, und sie halten Ruhe. Sie würden nicht einmal begreifen, was ich hier treibe. Mein Vater ist Winzer, wie sein Bruder; seit zwei Generationen hofiert die Familie die Fremden. Heutzutage schicken die ihre Kulis. Vater füllt im Keller heimlich den Wein aus Plastikbehältern in billige Holzimitate, und Mutter sitzt oben, in unserer guten Stube, mit den Chauffeuren und schenkt ihnen ein. Sie mauschelt ihnen was von *abgelagerten Jahrgängen* und setzt sie mit finstren Begriffen wie *Öchsle* und *QbA* unter Druck, und darauf fallen sie rein; sie nehmen für sich selbst mindestens noch einmal die Hälfte. Das sind so die Geschäfte der Alten, es dreht sich alles nur um den Wein, manchmal glaub ich, die haben deshalb soviel Wetterfühligkeit in ihren Venen. Unsere gute Stube müßtest du sehen, eine perverse Kreuzung, halb Empfangsraum, halb Wohnzimmer, so wie die Dekorationen beim *Ohnsorg-Theater.* Altdeutscher Stil, schwere Eiche, mit dunkel geblümten Stoffüberzügen. Wer da einmal reinsackt, kommt so schnell nicht mehr raus. Und genau das brauchen die Kunden. Die fühlen sich mords überlegen, sind schließlich was Feineres als diese quasselnde Winzerbagage mit ihren verrotzten Gören und den handfesten Sitten. Und die Alten spielen das aus, sag ich dir. Sie geben sich heiter und drollig, wie Figuren von Spitzweg, und die Kunden nehmen es von der leichten Seite, da zählt nicht ein Fläschchen. *Zum Wohlsein*! schreit Vater ihnen zu, immer ein wenig Dreck unter den Nägeln, und dann kommandiert er die Brüder, *zackzack*!, jawohl, *hier wird noch gespurt*! Bei diesen Gelegenheitskäufen packen die Brüder die Flaschen ab, *zackzack*!, immer zwölf in die Kiste. Später wird die Ladung zum Auto gefahren, und kurz vor dem schmerzlichen Abschied tut Vater, als habe es ihn übermannt, und läuft zurück in den Keller, um das Geschenkpaket eigenhändig zu packen. Das ist die rührende Tour, die Wiedergutmachung fordert, du siehst es den Kunden an, die ziehen mit einem Adrenalinpegel davon, mit dem kann sich der alkoholische nicht einmal messen. Dann herrscht Schweigen, die Show ist zu Ende, das Dienen hat sie alle ein wenig angeekelt, aber sie kommen schnell drüber weg.«

»Und welche Rolle spielst du?«

»Ich war *die Tochter, die alswo gern fortgeht.* Die einzige Tochter, mit drei gestandenen Brüdern. Da wirst du das Nymphchen, die permanente Touristenattraktion, sowas haben wir auch noch im Haus, ganz oben, unter dem Dach. Die Brüder wurden ruhig gestellt und ich ermuntert, mal was zu riskieren. Mit fünfzehn hab ich den Laden gekonnt unterhalten, ich hatte immer was vor und bin mit den Jungs, die mir gefielen, durchs Land. Mir hat man alles erlaubt, null Beanstandungen, die Doris, die ist von besseren Eltern. Bis einer von den gut gekleideten Gentleman, die mal gern eine Nacht in der *Krone* verbrachten, unbedingt tafeln wollte mit mir. Mit allem Prunk, das Festmenu. Ich sag dir, da war nichts dabei, der ergötzte sich nur an einer Tochter vom Rhein, aber es war schnell herum, Dorischen lottert über die Straße. Seit dem Abend galt ich als wurmstichiger Apfel, und wenn es soweit kommt, dann bist du für immer umstritten, und aus ist es mit der Lorelei. Ich bockte, ich gab keine Ruhe, ich hab sogar die Schule geschmissen. Sie haben mich zu einer Tante gesteckt, hierher nach Wiesbaden, und ich bekam eine Lehrstelle bei einem unserer Kunden, ein piekfeines Modegeschäft. Zwei Jahre hab ich geschneidert, mit Bandmaß, Kreide und Nähseideröllchen, ich hab mir selbst nicht getraut. Doch es lief, es schnurrte nur so. Wer weiß, was da in mir vorging. Abends verschnitten nach Haus, zu meiner Tante, und die

Frau ist die letzte fromme Person, streng katholisch, die griff noch ins Weihwasserbecken. Sie nähte selbst auf ihrer wackligen *Singer* und bosselte an Priestertalaren herum, hier ein Knöpfchen, dort ein Spitzchen. Sie hatte nichts anderes im Kopf, nur Dienst für die Kirche, Laienarbeit, Fürsorgepalaver im Pfarrhaus, und dann auch noch der Ältestenrat. Alles schwarz, ich hielt sie für völlig verdunkelt. Aber ich kam mit ihr aus, denn sie hatte nicht einmal Augen für mich, das war *weltlich* und deshalb weitab von ihrem geistlichen Sender. Am Ende hatte ich sie beinahe soweit, an ein paar Teufel weniger zu glauben, sie war ganz gerührt, weil ich mich nie beschwert hatte, von wegen mieser Arbeit oder niedrigem Lohn. Dabei hatte der Laden eine Chefin, der wünschst du die Hölle. Wochenlang hat sie mich bügeln lassen, mit Dampfbügeleisen. Meine Haut wurde fleckig, porös wie ein Schwamm, und das Zischen des Eisens hatte ich nachts noch im Ohr. Und dann besondere Schikanen, *noch einmal die Nahtbänder entlang, mit besonderer Sorgfalt*! Wenn sie fort war, hab ich das Heulen gekriegt und blindlings über die Tränen gebügelt. Aber nie ein Protest, das macht sie nur schärfer. Sie wollen dich an der offenen Flanke erwischen, denn sie neiden dir alles, den letzten, erbärmlichsten Putz. Wenn du noch jung bist, verlangen sie das Gemeinste von dir. So ein Mädchen ist Freiwild, das treiben sie mit ihren Hundeaugen. Ich hatte eine Freundin im Laden, die ertrug die Hatz nicht, die bekam dann Anomalien, doppeltes Sehen, kleine, verdrehte Pupillen. Nicht einmal einen Zuschuß haben sie zur Behandlung bezahlt. Ich aber hab nur gelacht und immer einen guten Morgen gewünscht, als litte ich unter angeborenem Frohsinn. Die Chefin auflaufen lassen, sie ausnüchtern, dachte ich nur. Nach der Prüfung hab ich mir bestätigen lassen, ich sei der umgängliche Sonnenschein, das ist die zentrale Formel in jedem besseren Zeugnis. Mit solchen Noten stellt man dich überall ein, und offene Türen fand ich okay. Ich hab dann eine Weile gejobbt und weiter miese Komplimente gesammelt. Die Trinkgelder waren in Ordnung, und schließlich war ich soweit, mich fragen zu können, was willst du. Für Mode hatte ich einen Tick, Modelle anschauen und wissen, wie man's *noch* besser macht. Selbst hab ich solche Kledagen niemals getragen, ich lief nur in Schwarz, da ist die Mischung total subtraktiv, wenn du verstehst, was ich meine. Meine Alten habe ich draußen gelassen, um keinen Pfennig gebettelt, ich wußte, was an deren Geld dranklebt. Ich habe mich schwindlig und dösig gerechnet, kalkuliert und selbst noch auf Zinsen gesetzt, bis ich soweit war, studieren zu können. Gib dir ne Chance, das war das einzig Konkrete, exakt zwei Jahre für ein kleines Talent…«

Ich erinnerte mich an unser erstes, vertanes Gespräch, und ich vermutete, daß sie jetzt auch daran dachte. Ich hatte ein kneifendes Würgen im Hals, ihre Geschichte war schlimm, und das offene Ende konnte nicht damit versöhnen. Ich hatte mich damals völlig danebenbenommen, wie ein kindlicher *Depp*, der nicht einmal ahnte, was er genußvoll zerstörte.

Ich wollte etwas sagen, doch ich hatte nur naheliegende, offensichtlich zu Reparaturen dienende Worte im Kopf, die am Ende nur noch größeren Schaden anrichten würden. Doris schien meine Not zu bemerken, denn sie stand auf und zog mich am Arm: »Laß nur, jetzt denken wir beide dasselbe, deshalb brauchst du mir nichts zu erklären.«

Wir stiegen über eine Pforte neben dem Kurhaus und erreichten die Kolonnaden des Theaters. Die Türen des *Großen Hauses* standen weit geöffnet, um die verbrauchte Luft abziehen zu lassen. Daneben befand sich ein Feinkostladen, ein kapriziös verträumtes Geschäft, mit zwei winzigen Tischen, an denen wir uns ältere Damen beim Sherry vorstellten. Die Waren in den Regalen waren großzügig gelagert, so daß man sie gerne studierte. In einer kleinen, fast ausgeräumten Vitrine lagen lauter langlebige Wurst-und Käsesorten, wie übriggeblieben nach einem Fest. »Nehmen wir einen *night cap*?« fragte Doris.

»Ich bin dir noch mehrere schuldig«, antwortete ich. »Im *i-Punkt*?«

»Ich war noch nie drin, wir wolln es versuchen.«

Das Lokal war überfüllt, direkt neben dem Eingang stand ein Flügel mitten im Weg. Die meisten Gäste drängten sich um die Theke, und seitwärts führte eine schmale Treppe hinauf zu einer Galerie, wo die Ermüdeten das Treiben beobachteten. Einige trugen Konzert- und Theaterkleidung, die üblichen, zu hoch gegriffenen Garderoben. Neben uns sprach ein junger Klavierenthusiast auf seine hinreißende Freundin ein, doch sie stellte sich fremd und verfolgte mit langen Blicken lieber das Geschehen.

»Was willst du trinken?« fragte ich Doris.

»Einen *Take two*!«

»Was steckt denn dahinter?«

»Gin, Campari, Orangenlikör, gut durcheist! Laß mal, ich mach schon!«

Sie arbeitete sich an die Theke vor, und ich hörte zu, wie der junge Entrückte den Aufbau einer Sonate erklärte. Es war ein ausführlicher Vortrag, mit bemerkenswerten Details, und er klang sehr fundiert. Seine Freundin quittierte ihn nur mit *ach ja*?, und ich nahm mir vor, sie gewissenhaft zu übersehen.

Doris kam mit zwei Gläsern zurück, die mich an betaute Blütenkelche im Morgengrauen erinnerten. Wir stießen an, plötzlich waren die dunklen Launen verflogen, und ich kam mir zufrieden vor, wie nach einer bestandenen Bergpartie.

»Bist du hier Stammgast?« fragte ich übermütig.

»I wo, ich hab früher fürs Fernsehen gearbeitet, und da kommt man hier nicht drumrum.«

»Was war das für eine Arbeit?«

»Schneiderei, Stoffe, Kostüme. Hier trafen sich die verschiedensten Typen, Ansager, Moderatoren, diese *Sport-Studio*-Verschnitte, alle mit einer glühenden Sehnsucht nach *Torwandschießen.* Samstagnachts war das hier die Hölle, nur geballte Athletik mit gebremstem Chromosomenausstoß. Die halbe Bundesliga hat hier ihre Krisen besoffen, jedes eingefangene Tor eine Runde, die Schiedsrichter doppelt. Manche Jungs waren geschockt von ihrem Auftritt und stammelten immer noch *das ist richtig*, später gerieten sie in die halbtolle Phase und hielten das hier für den *Betzenberg.* Aber Dieter und Harry hatten alles im Griff, da reichte die Ehrfurcht, nur der Bernd kam den Jungs zu dämlich. Sportler sind bündige Männer mit Seelen voller Fitneßprobleme, sagte meine alte Freundin Bapsie zu mir. Sie kam jeden Samstag hierher und stellte sich in die Reihe, um den Jungs die Hände zu schütteln. Sie war ganz scharf auf Leichtathleten, auf Hochspringer mit ausgefeilter Technik, leicht melancholische, unsichere Typen, für die die Latte immer zu hoch lag. Das war klassisch, wie sich die Psychen da unterschieden. Wir haben uns einen Spaß draus gemacht, ihre Disziplinen zu erraten, und Bapsie landete die meisten Treffer. Schwimmer waren am unscheinbarsten, die hatten ihre Berufung verfehlt und wurden von niemandem ernst genommen. Boxer waren oft interessant, zielstrebige Burschen, sehr ökonomisch. Ringer fielen dagegen völlig ab, die hatten immer etwas von kleinen Verhältnissen und redeten von ihren Vereinen wie von Ersatzfamilien. Und Fußballer! Ich glaube, die zweifelten alle, ob sie richtig hier waren, die hatten einen Ausnahmestatus. Kein richtiger Sport, eher ein Glücksspiel für Hobelbeine.«

»Die hatten es schwer mit euch, was?«

»Nein, nicht alle, höchstens die Verteidiger. Die sind breiter gebaut und stehen herum wie Zapfsäulen. Keinen Schritt von der Stelle, und du bekommst das Gefühl, um die mußt du rum. Aber die kleinen, wendigen Typen sind schlau, die dribbeln auch hier noch im Stand, etwas geckig, immer für sich … Schmeckt dir der Drink?«

»Gut, ja, er spult sich gut rein.«

»Beim zweiten davon schmeckst du nur noch Orange.«

»Dann gehn wir?«

»Ich mag noch nicht heim. Ist zu schön draußen. Laufen wir noch etwas weiter?«

»Ich bin dabei.«

Wir bogen in die Taunusstraße ein, nach wenigen Schritten quollen uns die warmen Nebel des *Kochbrunnens* entgegen und sonderten auf der Haut einen prickelnden Film ab. Auf dem kleinen Platz saßen die Nachtschwärmer in der Nähe der ausgebleichten Granitschale, in Gruppen verteilt, wie fahrendes Volk, das bald wieder aufbrechen würde. Wir gingen an den Antiquitätengeschäften vorbei, es war Blümchens Revier, die Zone der alten Läden mit einem leicht französischen Flair, verspieltes Rokoko in den Fenstern und hier und da ein betonter ausgeleuchtetes Bild, deutsche Schulen des letzten Jahrhunderts, Gartenidyllen oder Kampfszenen germanischer Sippen. Hier waren die teuren Wagen plaziert, an den Straßenrändern entlang, seltene, mit ihrer Unauffälligkeit protzende Modelle, dunkle Farben, die Karosserien ganz auf Blüte gebracht. Ihre Besitzer ließen sie oft stundenlang nicht aus den Augen und standen an den Theken der aufgeputzten Bistros wie treue Liebhaber, die sich sonst um nichts scherten. Keiner von ihnen nahm eine der ausgetretenen Treppen zum Bergkirchenviertel hinauf, denn dort oben begann ein anderes Gelände, Kneipen des alternativen Milieus mit den Nachrichtenbörsen für die eingeweihten Cliquen, gut abgeschirmte Terrains, wo es oft um Reminiszenzen ging oder um ewiggestrigen Streit. Hier unten jedoch war eine noble Gangart gefragt, Spielereien mit Mitbringseln und Lückenbüßern, man verlangte nicht viel voneinander, gutes Aussehen genügte. Ein paar Restaurants, die es beim Anspruch beließen, einige Kneipen, hastig zusammengewürfelt, auf raschen Umsatz erpicht. Neon und hinhaltender Rock, umgängliche Bedienung und müde Budenfiguren für alle Fälle. Schon war man über die Grenze hinaus, die Stadt war auf solche Brüche geeicht, und sie hatten nichts Schreckendes, sondern wurden aufgefangen von weichen Übergangszonen, Laternenalleen, Häusern mit großzügigen Treppenaufgängen, schließlich von der erkalteten Sphäre des Tals.

Wir erreichten den Wald, und Doris fragte mich, ob ich Lust hätte, noch auf die Höhe zu steigen. Ich machte gern mit, solche Gänge verlangten nach Weite, und ich erzählte ihr während des Anstiegs, wie ich auf Blok getroffen und ihm später gefolgt war. Während des Erzählens fiel mir das stille Land wieder ein, schon der weiche Waldboden löste Erinnerungen aus, und plötzlich sah ich uns ehemalige Schüler alle versprengt, jeder in ein andres Leben entlaufen, nie mehr rückkehrbedürftig. Es war wie ein heißer, heftiger Schuß ins Innere hinein, gemischt aus treibender Angst und ebenso kräftiger Lust. Ich behielt sie für mich, diese aufschäumende Bewegung, die mir etwas von Zukunft verriet. Sie regte an, wie eine unverhoffte Freude, die einen packt und beinahe stolz werden läßt. Dieser Stolz aber gründete in einer Ahnung von Glück, in der Vorstellung, einmal könne alles sich runden, ohne Gewalt, wie ein Segen. Solches Wissen war nur ein Verdacht, aber wirkungsvoll, rein, nicht auf Umstände angewiesen. Man hob ab wie ein Pfeil, für einen Augenblick größenwahnsinnig gewiß, den Horizont zu überwinden. Dann meldete sich schon die Vorsicht, und ich begann langsam, mich wieder zu hüten.

Wir standen jetzt oben, auf der Höhe des *Nerobergs*, von der Stadt abgestoßen, die wie ein funkelndes, aufgefächertes Blatt unter uns lag. Auf den flirrenden Straßenschneisen bewegte sich noch viel Verkehr, aber man fühlte sich entkommen, denn nach der Walddunkelheit erschienen diese Bewegungen überflüssig und phantastisch. Ganz in der Ferne war der Rhein noch zu ahnen, auch die ersten Spuren von Mainz, schwach angedeutete Umrisse, die ins Grenzenlose abfielen. Die Luft war jetzt besser, sommerlich, aber ohne drückende Schwüle. Ich sah gern auf dieses gelockerte Bild, es erweckte ein Gefühl von nachlassender Spannung, von müder werdendem Kehraus, der nichts Trostloses hatte.

»Gehn wir noch schwimmen?« fragte ich Doris. »Schwimmen?!«

»Im Opelbad, gleich nebenan, wir steigen über den Zaun.«

»Nicht schlecht, gar nicht schlecht. Zwei Bahnen Kraul, zwei Butterfly, gerade zur Abkühlung.«

Wir bewegten uns langsam an einem dunklen, hohen Bretterzaun entlang, der das von der Stadt her angleißende Licht abhielt. Sofort gingen wir geduckter, als wäre es nötig, sich versteckt zu halten. Der Boden war uneben, durchschossen von allerhand Kuhlen. In der Nähe des Eingangs konnte man leicht einsteigen, und ich half Doris hinüber.

Es war ein guter Gedanke gewesen, denn die schmalen Rasenflächen des Bades erschienen uns wie ein Ziel, als wir Schuhe und Strümpfe ausgezogen hatten. Der Körper wollte ganz an die Luft, sich dehnen, ohne behindert zu sein. Ich streifte die Sachen ab und lief hinunter zum Becken. Ein hellblauer Schimmer stieg vom Boden her auf, und ich dachte an glatte, leicht rissige Plastik. Das Becken war nicht sehr breit, eher ein altmodischer *Pool*, mit einer Rutsche für Kinder und kleinen, verloren wirkenden Brausen am Rand. Ich sprang, ohne zu zögern, ins Wasser, und die Kälte tat einen leichten, wohltuenden Schlag. Ich blieb weiter unten und schwamm, die Luft ausstoßend, mit ruhigen, mich ins Gleiten bringenden Stößen voran. Dann die Augen geöffnet, und in naher Tiefe schon das mit weißen, feinen Linien durchwebte Blau.

Nicht zuviel bewegen, nur ein Schlängeln im Monden. Die Arme vorangestoßen, geöffnet, zurück dann zur Mitte. Krächzendes Gurgeln beim kurzen Auftauchen, deine Stöße teilen das Wasser in zwei einander anfallende Hälften. Wieder hinab, diesmal noch länger unten, den Boden mit den Fingerspitzen berührt, eine leicht rieselnde Fläche, schmierig gequollen. Luftblasen sausen ums Ohr, jetzt den Kopf ins Genick, um freier zu hören. Sie ist nach dir gesprungen, du hörst sie weit hinterdrein. Anschlagen und kehrt. Unten bleiben und mit offenen Augen ihre Richtung erspähen. Deine Haare fliegen nach hinten, ein Strömungsbrausen am Kopf, das Wasser schießt an dir vorbei und behält doch seinen Druck. Kein

Gefühl mehr für Luft, es müßte da draußen zu regnen beginnen. Sie passiert dich ganz ruhig, sie schwimmt auf dem Rücken, wie eine, die sich entspannt. Du bleibst solange unten, bis deine ersten Kräfte verbraucht sind. Ihr gleichmäßiger Schlag, wie ein Eintauchen von Rudern. Dann nichts mehr von ihr. Schöner Abend, späte Stund, küss mir Kindchen meinen Mund. Unter Wasser zu küssen muß hexenhaft sein. Dein Atem geht knapper, halte noch ein wenig diese passable Balance. Anschlagen, kehrt. Früher hast du den Salto zur Wende gekonnt, eine gute Bewegung, um im Fluß zu bleiben. Halt die Arme flach jetzt am Körper, komm nur mit den Beinen voran. Schwimmen bedeutete doch immer Freude, woher das wohl rührt. Wie freies Fallen, nur ohne Panik. Und daß man die Erschöpfung erst lange Zeit hinterher spürt. Wenn der Körper wieder zur Last wird. Achtung, sie kreuzt. Sie hat sich aufs Kraulen verlegt und das Tempo beschleunigt. Es steckt etwas Festes in ihr, ein stabiler Kern, gespannt, wie kurz vor einer Ruptur. Wir gleiten getriebener aneinander vorbei. Das Wasser, zwei Hälften. Diese aufgezogenen, perfekten Schwimmbewegungen waren dir immer ein wenig suspekt. Weil sie unsinnlich sind, gegen den Sinn. Man sollte nur in strömendem Wasser gleiten, sacht geführt, so wie es kommt. Deine Augen spüren die Reizung, in deinem Mund schlottert ein verhinderter Schluck. Sie kämpft gegen dich an, sie wird immer schneller, damit war doch zu rechnen. Beißen, diese flüssigen Massen verführen dazu. In etwas sein, ohne satt von zu werden. Anschlag, noch ein letztes Mal kehrt. Du läßt dich auf Wettbewerbe nicht ein. Fliegender Puls. Jetzt hämmert dein Herz gegen die Stöße. Die letzte Hälfte mußt du dich überwinden. Laß nicht nach, sie muß denken, du packst es leicht. Hängt sowas am Willen? Wenn ich wollte, wenn ich wär. Das macht dir Zügel. Hüpfst du gleich wieder hinaus? Das wäre zu eilig. Am Beckenrand kauern? Wäre zu passiv. Sich im Wasser auflösen wäre das Beste. Jetzt schmeckt das Chlor durch, verdichtet sich in der Nase. Gleich ist es vorbei. Noch einmal schneller, du spürst jetzt die Sehnen. Auf die Dauer greift es gut an. Es packt dich, und du hältst dagegen. Anschlag, und stop.

Ich tauchte auf, hielt mich am Beckenrand fest und hob mich langsam hinaus. Dann ließ ich ruckartig los und fiel noch einmal kurz in die Tiefe, mit angezogenen Beinen. Ich schwamm mich aus, den Kopf jetzt über Wasser, als wollte ich zu mir kommen. Sie kam gerade auf mich zu, ich brauchte nur eine kleine Bewegung zu machen. Sie kraulte noch immer energisch, wie eine, die an langes Training gewöhnt ist. Sie touchierte mich leicht mit dem Fuß, schwamm aber unbeirrt weiter. Ich drehte mich um, sie im Auge zu behalten. Sie schlug an und reckte sich auf, mit der Rechten die Haare aus dem Gesicht streifend. Sie wendete auf der Stelle, sehr langsam. Ich roch die kühl anfallende Luft aus den Wäldern oberhalb des Bades. Das Wasser wirkte jetzt aufgeheizt, als hätte die Körperbewegung diese Wärme erzeugt. Ich schwamm auf Doris zu, und sie löste sich im gleichen Moment von der Umrandung. Wir bekamen uns zu fassen und hielten uns an beiden Händen. Es war ein erleichterndes Gefühl, als habe man gerade lange genug gewartet. Ich hielt sie mit einem Arm und strich mit der anderen Hand ihre Haare nach hinten. Das ruhige, gleichmäßige Streichen machte ihre Erregung stumpf, und sie wagte nicht einmal zu atmen. Sie ließ mich los und sank noch einmal schwer nach unten. Ich wollte sie nicht drängen und schwamm zum Rand zurück, doch sie folgte mir sofort nach dem Auftauchen und erreichte mich mit zwei kurzen, entschlossenen Stößen. Sie ruderte sacht auf der Stelle, knapp vor mir, ohne mich zu berühren. Ich zog sie zu mir, sie erschien mir so nah, als griffe ich nach einem Teil meiner selbst. Wir keuchten beide noch ein wenig von der Anstrengung, doch die enge Berührung beruhigte uns. Ich küßte sie auf die Stirn, und sie umklammerte mich stärker. Wir hatten gar keine Hast, es war eher ein ruhiges Finden, ganz Leib an Leib. Sie umschlang mich mit ihren Beinen, und ich hielt sie ganz leicht, lose und doch verbunden. Dann umfaßte sie meinen Nacken und zog den Kopf dicht heran. Ihre Lippen küßten sehr weich, tastend und forschend. Etwas spannte sich unaufhörlich in ihr, und sie wurde bettelnd und rascher. Ich drang in sie ein, es war eine ganz leichte Bewegung, und sie erstarrte sofort, als wollte sie nach etwas horchen. Wir hielten uns still, lange Zeit einer endlosen Ruhe, bis die Erregung unaufhaltsam wurde und die Körper enthemmte.

»War das ernst?« fragte sie. »Wollen wir jetzt darüber *reden*?«

»Und was Blok von dir erzählt hat, das war Scherz?«

»Das war schon in Ordnung.«

»Du wohnst allein?«

»Solo, wenn du das meinst.«

»Aber du wärest lieber mit jemand zusammen?«

»Schon, aber nicht dauernd.«

»Wär auch nicht nötig.«

»Du meinst, du schliefst lieber allein?«

»Kommt drauf an.«

»Worauf exakt?«

»Wenn du schlecht gelaunt bist, schmeiß ich dich raus. Ich

kann Allüren nicht ausstehen. Ich mag niemanden, der sich selbst im Wege ist, kapiert?«

»Ist das die Hausordnung?«

»Und ich lauf dir nicht nach, merk dir das gleich. Ich fühl genau, wenn es vorbei ist. Und bring mich nicht dazu, in Harnisch zu geraten. Ich mag keine verdeckten Geschichten, nichts nebenher. Das wäre die tödliche Basis.«

»Sonst noch Wünsche?«

»Ich will ein klares Agreement, ich hab eine Menge erlebt, doch das geht dich nichts an. Vorläufig nicht. Vielleicht geht es gut, wenn nicht, bin ich die Erste, die dir es beweist.«

»Hab ich dir was getan? Oder warum tust du so pfiffig?«

»Ich stelle mich gern darauf ein, ich brauch das, so ist das nun einmal. Ich will einen guten Kontakt, direkt, klar und offen. Ich will wissen, wer das ist, der mich was angeht.«

»Verschwiegen bin ich bestimmt nicht.«

»Aber wir verschweigen es Blok. Es geht ihn nichts an.«

»Das können wir nicht, ich will dich schließlich auch mal besuchen.«

»Es geht ihn nichts an! Er hat für sowas die falschen Töne, und er redet uns drein. Für Zynismus habe ich in solchen Dingen nichts übrig. Die Sache hat Beobachtung nicht verdient, nicht einmal gut gemeinte, am wenigsten spöttische. Ihr seid alte Freunde, und ich weiß, was da aufkommen kann. Also entweder du hältst ihn heraus, oder wir streichen das Ganze.«

»Schon gut, hast recht, aber glaub nur nicht, ich gäbe das noch ein zweites Mal zu.«

Ich löste mich von ihr und zog mich aus dem Wasser. Ich lief zu meinen Sachen und rieb mich mit dem Hemd trocken. Die Stadt unten in der Ebene schien beruhigt, eine langsam erkaltende Masse, mit den letzten Spuren von herumeilendem Licht. Meynard, dachte ich gelinde erschrocken, jetzt bist du nicht mehr allein!

Am nächsten Morgen rief mich Lautner an, kaum daß ich die Büroräume betreten hatte.

»*Youngster*, wo treibst du dich rum?«

»Ich bin pünktlich, auf die Minute.«

»Die halbe Nacht hab ich nach dir gefahndet. Warst nicht zu Hause. Hast dich mit Kollegen getroffen.«

»Ich war mit Blok unterwegs, was soll das Verhör?«

»*Youngster*, ich fahr immer doppelt. Ich höre den einen, ich höre den anderen. Und seit gestern Nacht husten die Flöhe, daß du nicht mehr weißt, wer du bist.«

»Es reicht, ich hab jetzt zu tun.«

»Vorsicht, Meynard! Halt mal dein Ohr an die Muschel, daß du das Echo mitbekommst. Ich hab dir geschworen, ich schmeiße dich raus, wenn du vollmundig wirst. Keine Show, nicht mit mir! Irgendwo hast du getönt, du seist auf einen Chefposten aus. Ich schick dir morgen deinen Chauffeur, einen charakterfesten Jungen, der Wohnungen ausstänkern kann. Das wär *die* Unterhaltung für dich.«

»Du fällst also auf solche Sprüche herein?«

»Ich nehm mir die Freiheit. Jede Freiheit nehme ich mir. Ich laß dich hüpfen, wohin ich will, wenn du noch einmal so dröhnst. Du arbeitest hart am Rand, das sind die Regeln, du kniest dich voll in deine Satzzeichen und liftest den Jungs ihren schattigen Stil. Mehr nicht! Keinen Fingerbreit mehr! Und damit du es klarer textest, für alle Zukunft: beim Magazin wirst du nichts, nimmer und nie. Darauf geb ich dir meine heiligen Floskeln!«

»Interessant. Ich habe dich nicht drum gebeten.«

»Du bist meine permanente Reserve, ein Zucken an meinem Ringfinger, nicht mehr. Und wohin du auch immer verschwindest, nicht ohne meine Erlaubnis!«

»Das werden wir sehen.«

»Exakt, werden wir. Wenn du mitmachst, so wie ich es vorhabe, gelangst du noch in die richtigen Bahnen. Aber das sind meine Sorgen, nicht deine. Du bleibst stocksteif auf deinem Hocker, du bist mein *Leasing*-Objekt, und solche im Augenblick toten Faktoren halten den Mund. Verstanden?«

»Klingt phänomenal. Bist mein Stolz, Lautner, ich weiß, was ich an dir habe.«

»Du hast an mir einen ultimativen Ernährer. Außerdem bin ich ab heute deine Vertrauensperson. Und die fragt dich noch einmal, wo waren wir die Nacht?«

»Unterwegs, Spitzen gegen Lautner entschärfen, den guten Lautner vor Unheil bewahren.«

»Steigt Blok ein ins Geschäft, ja oder nein?«

»Blok? In welches Geschäft?«

»Jetzt schwindel dich ab und setz mal ne Leuchte. Ich hab's genau von drei Leuten, daß er in Weinsachen macht.«

»Du bist informiert, was fragst du mich?«

»Ich brauch den Stempel, und den gibst du mir jetzt. Sonst stell ich dir meine Quittungen aus.«

»Lautner, es reicht. Ich weiß nichts von Bloks Geschäften.«

»Bist du als Teilhaber drin?«

»Teilhaber? Womit denn? Mit deinen Tausendern?«

»Ich sag dir nur eins, du vermasselst mir nichts, du steigst da nicht ein. Das ist eine viel zu happige Kiste für dich. Schreibstube, ja, aber Weinetiketten wirst du nur verwechseln.«

»Ich mache gerade den Grundkurs.«

»Ich weiß, du bist auf der Stufe *Pommard*.«

»Inzwischen schon drüber hinweg. Von wem hast du die Meldung?«

»Doris hat gute Bekannte, die sie ein bißchen umlauern. Ist ein strenges Mädchen, soweit man hört. Mit gewissen Beziehungen, die bis Aßmannshausen reichen.«

»Das ist es also. So rührst du die Suppe? Diesmal ist nichts drin für dich, Lautner, ist klare Boullion.«

»Ich höre. Und du machst sie jetzt lupenklar: Blok hat nichts vor?«

»Du hast Nerven. Nein, Blok hat nichts vor. Ich würde meine Spürhunde besser ausrüsten, da gibt es heutzutage tüchtige Sachen, selbst für Stümper geeignet.«

»Mach dich an die Arbeit, *youngster*!«

»Und wer hält mich auf?«

Die Zeit mit Doris war gut, nach allem Erlebten lauter beruhigte Tage. Ich hätte mir nicht vorgestellt, daß es jemals so gut werden könnte, aber wir kamen miteinander aus, weil keiner den anderen auflaufen ließ und unsere Verabredungen nichts Zwingendes hatten. Sie arbeitete viel, aber eher heimlich und nüchtern, und sie belästigte mich nicht mit langen Geschichten oder dem Künstlereinmaleins. Das meiste von ihrer Arbeit blieb mir verborgen, und ich hätte nicht sagen können, ob sie vorankam. Sie stand früh auf, es war so ihre Gewohnheit, und mir blieb dadurch jedes Morgentheater erspart. Auch der Sex hatte seine sachliche Seite, sie gab sich oft so, als nehme sie sich nur, was sie brauche. Auf diese Weise kamen wir ohne falsche Verdrehungen aus, ein Paar, das sich geschickt, fast lautlos verstand und der feierlichen Zeremonien nicht bedurfte. Wir hatten einander gefunden, nicht vorsätzlich, doch recht direkt, und so war es nicht nötig, einander Briefe zu schreiben. Von Liebe war nicht die Rede, wir hatten an uns selbst genug und brauchten nichts Drittes.

Nur an den Wochenenden sahen wir uns tagsüber, am Samstagmittag hatten wir unsere einzige feste Verabredung, denn es war Gewohnheit geworden, sich nach dem Einkauf, den Doris allein erledigte, in einem Lokal in der Nähe des Marktes zu treffen. Meist saßen wir dort dann Stunden zusammen, tranken Sekt und aßen von einem Teller. Die Plastiktüten mit Brot, Gemüse und Obst lehnten an den Tischbeinen und sackten immer mehr zusammen, je länger wir schwatzten. Ich konnte mich mit Doris gut unterhalten, es war ein lebhafter Austausch von Mitteilenswertem, und der Sekt hielt uns wach. Wir gerieten in eine leicht rauschhafte Wochenendstimmung, eine Art gelassenes, schwebendes Treiben, und es fiel schwer, sich aus diesem Zustand zu lösen.

Wir liefen aus Prinzip nicht gemeinsam durch die Stadt, niemand sollte diesem mißverständlichen Bild begegnen. Irgendwo zusammen zu sitzen hatte dagegen einen anderen Charakter, etwas von möglichem Zufall oder vorläufigem Basteln. Weite Ausflüge oder Spaziergänge ersparten wir uns, in der vollen Gewißheit, uns bei solchen Gelegenheiten nur zu ermüden. Ich nahm die Tüten, ein flüchtiger Kuß, dann verschwand ich in meine Wohnung. Am frühen Abend würde Doris auftauchen, sie kochte, und ich schnitt Lauch, Schalotten und Zwiebeln oder wechselte hin und wieder die Platten. Erst spät in der Nacht gingen wir aus, selten zum Tanzen, meist in Weinstuben mit Namen wie *Eimer* oder *Caspari*, wo die Gäste fremd oder gemischt genug waren, um nicht in der Gewöhnung abzusinken. Es waren kleine, alte Lokale, voll der üblichen Weinsouvenirs, und Doris hielt sich gern in ihnen auf, weil ihre überkommene Einrichtung fern von allem Design war. Außerdem wirkten die meisten Gäste kurios, freundliche, mit betonter Dezenz gekleidete Herrschaften, kurend oder auf Geschäftsreise, finster entschlossen, irgendwann ein Lied anzustimmen. Doch bis sie zu diesem Zustand der Sause gelangten, waren sie aufgeweckt, manchmal dreist und oft von verblüffender Schlagfertigkeit. Wir spielten in ihren zunehmend lebendiger werdenden Runden *das junge Paar* und bekamen zu hören, wie schön die Liebe immer noch sei. Wir hatten nichts gegen solche Feststellungen einzuwenden, es waren in unserem Fall sowieso eher Prognosen. Um Mitternacht hatte oft irgendein Glückspilz Geburtstag, und alle waren erleichtert, Grund zum Feiern zu haben. Vorsorglich wurden eilig hergerichtete Platten mit Käsewürfeln gereicht, doch es war meistens zu spät, die trunkene Post rollte bereits, immer knapp am Entgleisen entlang. Wir machten uns rechtzeitig aus dem Staub, sowieso stand uns der Sinn jetzt nach Jazz, nach einem fingerfertigen, klärenden Jazz, mit schmeichelnd warmen chromatischen Schritten, und den gab's bis morgens um fünf *Bei Oleg & Bert.* Die beiden Besitzer waren ehemalige Entertainer von umstrittenem Format, sie wechselten sich Nacht für Nacht in der Thekenherrschaft ab und trugen beide schwarz-grau gestreifte Westen, aus denen die Hemdärmel wie gut durchzupfte weiße Flügel herausquollen. Ihre *Piano-Bar* hielt korrekt, was ein solches Etikett versprach; es war ein düster verplüschtes Etablissement, mit rot getönten Lämpchen, zentimeterdicken Teppichen und Gläsern aus Kristall, die schwer in der Hand lagen und an die man mit Brillantringen klopfte. An Speisen wurden nur Toasts geboten, zwei knochentrockene, angekohlte Scheiben mit triefendem Speck und einer bläschenwerfenden

Käseschicht, doch aus unerfindlichen Gründen wurde gerade dieser fast rüpelhaft zugerichtete Ballast von vielen Gästen geschätzt. Es herrschte eine lockere Club-Atmosphäre, als wären die Gäste zu Besuch bei guten Bekannten, man unterhielt sich leise, diskret und vermied jede Berührung von gewichtigeren Themen.

Die heimliche Attraktion in den dämmrigen Zimmern, von denen man gerne behauptete, sie hätten einmal bessere Zeiten gesehen, war jedoch Knobel, ein älterer, erfahrener Salonpianist, der in abgetragenen, grauen Anzügen, mit leicht schief geneigtem Kopf und der Miene eines längst Verdrossenen nur spielte, wonach ihm zumut war. Er benahm sich, als seien die Gäste fade Figuren, deren Wünsche bedauernswerte Mißgriffe darstellten, und beantwortete die Fragen von Uneingeweihten, welchen Drink er spendiert haben wolle, nur mit einem knappen, unmißverständlich anschwellenden Forte. Knobel war eine wahrhaft elitäre Erscheinung, schon daß er beobachtet werden konnte, schien ihn zu schmerzen; er besaß eine zur Manie gewordene Hybris, und er begegnete diesem bei schwachen Naturen leicht ausartenden Zug mit dem zur Komik neigenden Ernst jedes wahrhaft Elitären. Er spielte Stücke von Schubert und Brahms nach knappen, Abneigung andeutenden Ansagen wie *von Franz* oder *von Johannes aus Hamburg* und konnte, gerade wenn die Melodien sich einzuprägen begannen, in einen beleidigenden Ragtime wechseln. Es war nicht zu entscheiden, ob er aller Musik überdrüssig oder so eins mit ihr war, daß sie sein Befinden verriet. Auf den ersten Blick erschien er zerfahren und schludrig, doch nach seinen ersten Anschlägen wußte jeder, hier triumphierte die List. Sein Spiel war völlig unverkrampft und doch nicht mondän, Knobel schien alle musikalischen Regionen gleichzeitig so lange durchlaufen zu haben, bis ihre Ebenbürtigkeit ihnen etwas Lasterhaftes verliehen hatte. Er war ein erschrekkend bleiches, ausdruckslos gewordenes Phantom, eine bestechend klimpernde Hülle aus dünner, faltiger Haut ohne jedes Gebaren.

Wir saßen ihm oft auf einem Sofa, das bei jeder heftigeren Bewegung ins Schwanken geriet, gegenüber und behielten ihn während unserer Gespräche im Auge. Durch Knobels Spiel kam man vollends zur Ruhe, und wir machten uns erst auf den Weg, wenn er den Flügel verschlossen hatte und einer der Besitzer zum Rausschmiß die Ukulele auspackte.

Ich fuhr in diesen Monaten selten nach Haus. Die Stimmung in dem kleinen Reihenhaus erschien mir noch bedrückender als während der Schulzeit, denn ich konnte mich nicht mehr unter Vorwänden davonmachen oder durch Ausreden schützen. Vater hatte zwei leichte Unfälle gebaut, beide beim Ausfahren aus Parklücken. Er schien an Substanz zu verlieren und bekam das Aussehen eines aufgeriebenen *BKA*-Fahnders, der seine Aufträge nur noch von ihm früher untergebenen *V-Männern* erhielt. Das jahrelange, erbärmliche Stochern in Prozeßakten hatte ihm jeden Glauben an überschaubare Verhältnisse genommen, und er versuchte, diese übertriebene Reaktion mit Gebärden eines abgrundtiefen Lebensekels zu adeln, die ich als Entschuldigungen nicht gelten ließ. Seit ich das Elternhaus verlassen hatte, begegnete er mir mit einer gewissen Scheu, als wage er mich nicht nach meinem Leben zu fragen. Gerade dadurch aber fühlte ich mich zu einigen Andeutungen gezwungen, die meist nur in hilflosem, entwürdigendem Gestammel endeten. Vaters enttäuscht wirkender Blick schaffte es leicht, selbst einfachen Erklärungen den Nerv der Unbekümmertheit zu ziehen. Schilderungen harmloser Ereignisse erhielten in seiner Gegenwart etwas von Zeugenaussagen, bei denen jeder nicht angebrachte Schlenker gleich auf einen zweifelhaften Charakter hindeutet. Ich hätte mich einem von beiden Seiten mit Interesse geführten Gespräch nicht entzogen, aber Vater blieb meist stumm, falsch resigniert, als habe er sich auch in mir nur verrechnet. Ich war kein juristischer Fall, Justiz war eine durch und durch unglückliche Sache, und ich fühlte mich weit von einem derart unausgegorenen Unglück entfernt. So hatten wir nichts voneinander, jeder zog im Haus seine Kreise, erleichtert, wenn er dem anderen nicht begegnete.

Mutter und Sarah dagegen hatten endgültig die Rollen getauscht, fast hätte man Sarah schon für die ältere von beiden halten können. Sie hatte jetzt etwas Ernstes, Bestimmtes, von ihren herausragenden Schulleistungen wurde in der Kreisstadt viel gesprochen. Mit der Zeit hatte sie alle Jungmädchenposen abgestreift; sie bemächtigte sich der Lernstoffe mit unermüdlicher Zähigkeit und war auf allen Gebieten gleich gut. In Biologie aber schien ihr Können bereits jede Vorstellung zu übertreffen, so daß man sich in der Direktion des Gymnasiums Gedanken über ein vorgezogenes Abitur, das ihr einen baldigen Studienbeginn ermöglicht hätte, gemacht hatte. Sarah ließ sich jedoch durch ihren Ruhm nicht irritieren; ihr Lernen war wie ein selbstverständliches Grasen und Wiederkäuen, eine unablässige Zufuhr von Rohstoffen, die sich in ihrem gescheiten Kopf zu massiven Legierungen zu verdichten schienen. Ihr Gedächtnis konnte es mit dem Bloks längst aufnehmen, und sie setzte ihrem Aufnahmewillen die Krone auf, als sie einen Sonderkurs Hebräisch belegte und nach wenigen Monaten soweit gekommen war, daß ihr

Wortschatz den ihres Lehrers, der für diese Stunden extra aus Bingen anreiste, übertraf. Auf Freunde konnte sie angeblich leicht verzichten; die zappligen, unaufmerksamen Buben waren unter ihrem Niveau, und die stillen, lernwilligen setzte sie ohne Entschuldigungen vor die Tür, wenn ihnen nichts Neues mehr einfiel. Sarah war strikt, eine in allen Belangen entschieden handelnde Person, die kein natürliches Alter mehr besaß, dafür aber jenen spröden Charme, wie man ihn von Vestalinnen der Wissenschaft erwartete, die schon früh beschließen, ein Leben lang allein zu bleiben.

Auch im Haus hatte sie längst das Regiment übernommen; sie bestimmte, was eingekauft oder gegessen wurde, ihr Geschmack entschied bei der Anschaffung von Möbeln und Küchengeräten. Wenn sie sich zum Lernen zurückzog, hatten wir anderen respektvoll Ruhe zu bewahren, nur alle Stunde öffnete sich ihre Tür, und sie erschien in der Küche, um sich ein Glas Tee aufzugießen. Sie sprach in solchen Momenten nicht einmal mit uns, meist galten wir als lästige Störelemente, die *das oberste Wesen des Seins* bei der Ausstellung des lebensentscheidenden *IQ* rücksichtslos vernachlässigt hatte. Sarah hatte nicht vor, uns für diesen Mangel zu entschädigen; im Gegenteil, ihr eigenes Verhalten hatte ebenfalls etwas Rücksichtsloses, Barbarisches, denn die Härte, mit der sie sich selbst behandelte, sollten auch die anderen zu spüren bekommen. Insgeheim atmeten alle auf, wenn sie einmal zu einer ihrer Exkursionen das Haus verließ; für zwei, drei Stunden herrschte entspannte Ruhe, dann schellte es Sturm, und einer von uns mußte ihr behilflich sein, sie von ihren Beutesäcken mit Pflanzen und noch lebenden Tieren, denen die baldige Präparierung bevorstand, zu befreien.

Mutter hatte es längst aufgegeben, in Sarahs Entwicklung einzugreifen. Dieses niemals zur Sprache kommende Versagen versuchte sie zu überspielen, indem sie sich allmählich in eine anspruchslose Adeptin merkwürdigster Lehren verwandelte, deren Zusammenhang ihr wohl selbst nie recht klar geworden war. So führte sie die entlegensten Worte im Mund und verwendete sie mit erschreckender Dreistigkeit für Sachverhalte, die erheblich schlichtere Benennungen verdient gehabt hätten. Seit die Kreisstadt verkabelt war, galt sie plötzlich als *globales Dorf*; das obligatorisch gewordene Frühstück mit Knäckebrot, Früchtemüsli und Joghurt war von *freiwilliger Einfachheit*; Kontakte mit anderen Menschen vermehrten das *analoge Wissen*, um das man sich jahrhundertelang zu wenig gekümmert hatte; Erlebnisse, die mit besonderen Anstrengungen verbunden waren und bereits dadurch unvergeßlich erschienen, erlaubten *transpersonale Erfahrungen.* Vollends verschwenderisch aber wurde das harmlose Wörtchen *sanft* gebraucht; Mutter war stille Teilnehmerin einer weltweiten, den Kosmos überschwemmenden *sanften Verschwörung*, die den Geist der Technik mit dem der Natur in absehbarer Zukunft versöhnen würde. Das Paradies war ein durch Computer gesteuertes System, in dem die zu Empfängern mystischer Botschaften des Leibes degenerierten Menschen die eigenhändig angebauten Früchte der Erde genießen würden.

Man hätte vor Mutter Angst bekommen können, wenn die Verwendung all dieser Begriffe und Einsichten ihr nicht eine tiefe Einfalt beschert hätte. Seit die zentrale *Sanftheit* ihr Leben regulierte, wirkte sie wie eine leicht abwesende, träumerische Figur, die ganz *von innen heraus* leben wollte. Ich vermutete hinter diesem *von innen* lange Zeit einen besonders raffiniert ausgedachten Bluff, denn Mutters abstoßend verlangsamte Bewegungen stachelten einen nicht selten dazu an, ihr gewisse unangenehme Hausarbeiten abzunehmen. Sarah aber belehrte mich mit einigen barschen Bemerkungen darüber, daß Mutter versuche, einen neuen Glauben zu finden, und man ihr bei dieser Unternehmung nicht im Weg sein dürfe. Ich hätte etwas darum gegeben, die schwankenden Grundlagen dieses Glaubens zu erschüttern, aber Mutter wurde von Sarah abgeschirmt, so daß ich gegen die neuen Kräfteverhältnisse nicht ankam. So machte unsere Familie eine *sanfte Wandlung* durch; Sarah trat an die Spitze, hemmungslos darauf bedacht, eine starke Einzelle zu werden; Mutter verabschiedete sich aus dem banalen Leben, um die esoterischen Rufe *von innen heraus* deutlicher zu vernehmen, und Vater glitt in das Schattenreich der müden Depressiven, denen längst alles zuviel war. Eine Zeitlang beunruhigte mich diese Konstellation; dann aber erinnerte ich mich daran, daß ich unserem Familienverband noch nie etwas zugetraut hatte. Familien hatten ihren Sinn, als gute Bündnisse auf Zeit; meine Zeit in diesem Kreis jedoch war abgelaufen, und ich hatte zu sehen, wie ich ohne Hilfen auskam.

Meine Korrektortätigkeit war freilich nicht dazu geeignet, mein Bild der Zukunft ein wenig aufzuhellen. Ich wußte selbst, ich kam nicht voran, und meine wenigen Talente kamen nur beschränkt zur Geltung. Insgeheim zögerte ich noch immer, und wenn ich im stillen Ernst mit mir machte, gestand ich mir, daß ich auf etwas Entscheidendes wartete. Ich hatte den naiven Dünkel derer, die darauf vertrauen, alles falle ihnen in den Schoß, doch ich haßte mich oft selbst wegen dieses zwar abenteuerlichen, aber bequem machenden Selbstvertrauens. Die Zeit schleifte so dahin, und um mich herum machten die anderen ungehemmt Anstalten, die noch freien Plätze zu besetzen. Nur Bloks Verhalten ähnelte noch beruhigend dem meinen; er hatte sein Abitur hinter sich gebracht, und obwohl ich geschworen hätte, daß dies für ihn eine Zäsur bedeuten würde, änderte sich nichts. Zwar machte er Andeutungen, daß Frankie gedroht habe, die monatlichen Zahlungen einzustellen, wenn er, Blok, sich nicht entschließe, ein Studium aufzunehmen, doch waren diese Andeutungen von so verächtlicher Art, daß sich in mir die Ahnung verstärkte, Blok führe etwas im Schild. Statt jedoch damit herauszurükken, widmete er sich nur noch mehr als zuvor seinem Job. Nein, er konnte nicht ernsthaft vorhaben, im *Savoy* etwas zu werden, ein Hoteldirektor Blok wäre nur eine Farce gewesen, und unter dem Direktorposten hätte er es nicht getan. Man sprach davon, er horte ein kleines Vermögen, aber auch das war unwahrscheinlich, obwohl sein immer auffälliger werdender Geiz darauf hindeutete. So wartete ich neben ihm, noch immer sein Begleiter bei nächtlichen Streifzügen; Doris' Name fiel nie zwischen uns, und die Weinabteilung des *Mövenpick* war seit einer verunglückten Probe eines allzu kurzfristig importierten *Rioja* passé.

Männie schien allmählich etwas ruhiger zu werden, Honolka war im Tennis zu einem Spitzenclub gewechselt und erhielt angeblich bereits beträchtliche Gewinngelder, Blümchen träumte weiter von einem eigenen Geschäft, Hegeler konnte die Angebote von Nichtschwimmerinnen, ihnen einen Grundkurs zu erteilen, nicht mehr zählen, und Walter schrieb mir Briefe mit prall daherkommenden Wendungen aus dem Sportlerjargon. Er machte zusammen mit Bessin jetzt Dienst in einer Elitetruppe; anscheinend waren es lauter gut gelaunte, mit einem kraftvollen Ego ausgezeichnete Jungs, die nicht vorhatten, jemandem etwas Böses zu tun. Es war eine ruhige Zeit, ja, ich sagte es schon, und doch fühlte ich mich manchmal kurz vor dem Zerplatzen. *Zugreifen*!, sagte ich mir, aber nichts lockte. Ich glaubte mich stillgelegt, ausmanövriert. Das Zusammenleben mit einem anderen Menschen kann leicht etwas Trügerisches bekommen, wenn man sich selbst dabei vergißt. Doris gestaltete seit neuestem Gartenräume und sprach verdächtig häufig von *kleinen runden Inseln aus Stein* oder *dunklen Runen aus Lehm* Auch ich mochte begrünte Innenhöfe mit Teichanlagen, japanisch inspiriert nach den Lehren des Zen; lieber jedoch wären mir Explosionen gewesen, turbodynamische, ohne daß ich an Autos gedacht hätte.

Dann aber kamen diese alles verändernden Tage, und es war später Frühling, und ich hatte kaum noch Reserven.

Morgens gegen elf rief Lautner mich an. Ich machte mich auf einen seiner Anfälle gefaßt, doch diesmal klang seine Stimme ruhig, fast gesittet.

»Hallo *champ*, wie sind wir in Form?«

»Könnte nicht besser sein.«

»Gut, hör ich gern. Paß auf, *champ*, ich hab was für dich. Es gibt da einen neuen Star im Theater, Linda Francis, Schauspielerin, Allroundtalent. Spielt alle an die Wand, zutiefst expressiv, ist das klar?«

»Ich hab verstanden.«

»Du schreibst mir ein Porträt. Du gehst hin, morgen Mittag um zwölf, und du quetschst sie aus, nach allen Regeln der Kunst. Du bist angemeldet, sie weiß, daß du kommst. Du blätterst sie durch, Seite für Seite, ich will einen messerscharfen Bericht, kein Blabla.«

»Lautner, was ist denn in dich gefahren? Das ist gegen die Abmachung.«

»Spar dir den Kommentar, ist eh Zeitverschwendung. Du machst etwas vom Feinsten daraus, vollauf subtil, wird dir nicht schwerfallen. Wann kann ich es haben?«

»Sagen wir… in drei Tagen.«

»Bist du der *champ* oder nicht? Übermorgen! Um zehn hol ich es mir. Nicht unter fünf Seiten, maximal acht. Ach ja, noch eins, sie proben ein verdammt mottiges Stück, mach dich da firm! *Das Leben ein Traum*, irgendein spanischer Schinken. Schon mal was von gehört?«

»Oberflächlich.«

»Okay, dann geh in die Tiefe. Erspar uns jede Art von Blamage! Sie muß denken, du hast alles im Griff. Noch Fragen?«

»Wie alt ist sie denn?«

»Sie ist voll drauf, so um die dreißig. Photos haben wir schon, sind zum Ablecken. Halt dich zurück!«

»Bin ich ein Wilder?«

»Nein, du bist der *champ*!«

Am nächsten Tag fand ich mich zur angegebenen Zeit im Theater ein. Man sagte mir, daß die Proben noch im Gang seien, und ich ging in den Zuschauerraum, um wenigstens einen flüchtigen Eindruck zu erhaschen. Ich hatte das Stück noch in der Nacht gelesen, ein Spanier namens Calderón hatte es vor mehr als dreihundert Jahren geschrieben, wie zu erwarten, bestand es aus lauter Ungeheuerlichkeiten. Ich hatte die langen Monologe nicht durchgestanden, die gedrechselte Sprache der Übersetzung hatte mich schnell müde gemacht, und ich hatte vergeblich versucht, die Handlung herauszufiltern. Es ging um ein Monster von Mensch, in einem Turm aufgewachsen, das blindlings auf Diener und Frauen losging; am Ende hatte es Beherrschung gelernt und wurde von allen Seiten dafür gelobt.

Ich setzte mich in eine der dunklen, hinteren Reihen. Linda Francis war auf den ersten Blick zu erkennen, sie stand vorn an der Rampe, eine große, filigrane Gestalt mit langem, schwarzen Haar und stark hervortretenden, hoch ansetzenden Backenknochen. Ihr Äußeres erinnerte an das eines verwöhnten Modells, doch sie trug betont unauffällige Kleidung, eine weit ausgestellte, dunkle Hose und einen grauen Pullover, die Ärmel hochgestreift. Anscheinend war sie mit einer Regieanweisung nicht einverstanden, denn sie redete auf den nur müde abwinkenden Regisseur ein, der in seinem Textbuch blätterte.

Ich beobachtete die Auseinandersetzung mit heimlicher Schadenfreude, genau *so* hatte ich mir Theaterproben vorgestellt, Zeter und Mordio, lächerlich und überflüssig. Man verausgabte sich, um einander seinen Ernst zu beweisen, und am Ende hatten alle ein gutes Gewissen, weil sie nichts unversucht gelassen hatten, das Spiel zu blockieren. Der Regisseur verteidigte sich, aber es klang zu sehr nach Rechtfertigung, um schnell zu überzeugen. Er machte den entscheidenden Fehler, er bezog die Attacke auf sich, und schon war er draußen, ein zappelndes Männchen, das um Aufmerksamkeit bettelte. Linda brauchte sich nur zu wiederholen, jedesmal wurde seine Antwort um ein Geringes schwächer. Er trug eine Hornbrille, die er abnahm, wenn er nicht ins Textbuch schaute, schon das war daneben, denn die Geste unterstrich seine Behinderung. Es ging nicht voran, die beiden beharrten auf ihren konträren Gedanken, und so rettete man sich in die Pause, die der verkrampften Affektiertheit sofort ein Ende machte.

Ich stand auf und ging durch den Mittelgang langsam nach vorn. Als Linda mich bemerkte, schaute sie auf die Uhr. »Oh, das ist spät!« rief sie, noch ganz im Stil der Aufführung, der den Ungeheuerlichkeiten des Stückes nichts entgegenzusetzen schien. »Sie sind der Redakteur? Kommen Sie nur auf die Bühne!« Ihre lauten Zurufe hatten die anderen Schauspieler aufmerken lassen, und Linda kostete es aus, der Presse Beine zu machen. Sie gab mir die Hand, in ihrer Nähe begriff ich sofort, warum kein Regisseur ihr gewachsen war. Sie spielte Regie, sie hatte mir das Zeichen für meinen Auftritt gegeben. Ungeduldig stieß sie nach.

»Ich irre mich doch nicht?!«

»Ich bin Meynard.«

»Dann sind wir verabredet. Bitte, wir gehen kurz in meine Garderobe, essen können wir in der Kantine. Da läßt sich alles leichter besprechen. Einverstanden?«

Sie ging zielstrebig voraus, wir verließen die Bühne, und sie redete voraneilend, den Kopf seitwärts zur Schulter gedreht, weiter, als dürfe sie keine Zeit verlieren.

»Das Stück ist amorph, ich liebe es sehr. Aber man muß sehr sparsam sein, Sie verstehen, man muß die Katastrophen gekonnt unterlaufen. Zum Beispiel die Rosaura, die spiele ich, die besteht aus mehreren Rollen, sie ist Mann, Tochter, Liebende, Gedemütigte, in jeder Szene eine andere Figur. Man darf diese Rollen nicht zusammenzwingen wollen, sie sind so verwirrend, eben *weil* sie nicht harmonieren. Das ist klar, denke ich, doch ich kann es nicht immer wieder erklären. Ich stoße auf taube Ohren, wer laufend zitiert, hat gar nichts begriffen.«

Wir begegneten auf unseren labyrinthischen Wegen immer neuen Gruppen von Menschen, es war ein ununterbrochenes, beschwingt wirkendes Strömen, doch so, als nehme keine Gruppe von der anderen große Notiz. Gerade dadurch erhielten die Bewegungen etwas Passioniertes, Übereifriges, man hätte glauben können, alle seien auf getrennten Wegen zu einem geheimbündlerischen Treffen unterwegs. Die knappen Begrüßungen kamen mir in der Eile wie Losungsworte vor, und die laut an uns vorbeipolternden Stimmen machten die Szenerie unwirklich, fast ein wenig gespenstisch.

Wir erreichten Lindas Garderobe und betraten den kleinen Raum, den der starke Duft eines Freesienstraußes ausfüllte. Sie warf sich, noch immer nicht ganz frei von den Allüren des Spiels, auf einen Stuhl und schaute für einen langen Moment angestrengt in den Spiegel, als müßte sie sich ihres Ebenbildes vergewissern, um wieder auf die Erde zu kommen. Sie faßte sich mit beiden Händen kurz an die Schläfen und massierte an ihnen entlang; dann wandte sie sich zu mir um.

»Entschuldigen Sie, ich war etwas nervös. Jetzt bin ich ganz für Sie da. Linda Francis, sagen Sie ruhig Linda zu mir. Ich freue mich auf unser Gespräch, wir wollen das Beste draus machen. Wie lange arbeitest du schon als Journalist, Meynard?«

»Wissen Sie…«

»Ach bitte, sagen wir ›du‹ zueinander…«

»Gern, ja. Ich bin nur als Vertretung losbeordert, vom Theater versteh ich nicht viel.«

»Jeder versteht etwas davon, das ist doch das Schöne. Theater ist Offenbarung, kein Dialog ohne Gegenspieler! Gehen wir, wir haben gute zwei Stunden Zeit. Wird dir das reichen?«

»Ich denke schon.«

Sie nahm einen Mantel vom Bügel und griff nach einer kleinen Tasche. Wieder ging sie entschlossen voraus, sie hatte, wie ich dachte, *das Heft in der Hand.*

Die Kantine war überfüllt, aber sie verständigte sich sofort mit einer kleinen Gruppe von Kollegen, und wir bekamen einen Tisch für uns. Es gab Fisch, eine dünne, kaum panierte Scheibe mit einem versoßten Haufen Kartoffelsalat.

»Tut mir leid, das Essen ist *dégoûtant* …«

»Ich hätte Sie… ich hätte dich gerne eingeladen.«

»Das holen wir nach, jetzt bin ich zu sehr in Eile. Es sind die letzten Proben, die Spannungen sind noch nicht austariert. Aber das ist unser Geheimnis, nicht wahr?«

»Ich werde die Proben nur streifen.«

»Weißt du, die Situation ist für mich schwierig. Ich habe die Übersetzung bearbeitet, der Text ist in dieser Fassung von mir, deshalb kämpfe ich um jedes Wort.«

»Du sprichst Spanisch?«

»Meine Mutter ist Spanierin, Vater Amerikaner, und ich wurde in Deutschland geboren. Vater war eine Zeit als Offizier bei der *Army*, heute leben meine Eltern in Boston. Ich bin hier zur Schule gegangen, kam dann viel herum und hab in den Staaten mit Gesangsunterricht begonnen.«

»Du wolltest Sängerin werden?«

»Ich will, aber das ist noch ein Traum. In den Staaten bildet man sich zuerst als Schauspielerin aus, das verschafft einem die Grundlagen. Außerdem brauche ich das Schauspiel, es gibt mir sehr viel.«

»Wie lange bist du schon hier?«

»Das ist meine erste Saison in Wiesbaden, vorher hab ich in Frankfurt gearbeitet.«

»Gefällt dir die Stadt?«

»Oh ja, *pretty good*, ein bißchen *fancy*, mit einem Touch alten Stils.«

»Drei Sprachen ... wie kommst du mit drei Sprachen zurecht?«

»Schwer zu sagen, eine schwierige Frage ist das. Weißt du, ich habe keine Muttersprache, ich bin mit diesen drei Sprachen zugleich aufgewachsen, später kam noch Französisch hinzu. Wenn du dich so sicher in den verschiedensten Sprachen bewegst, merkst du, daß viele Menschen mißtrauisch werden. Sie trauen dir nicht. Sie halten die Perfektion, über die du verfügst, für ein Zeichen von Unehrlichkeit. Sie denken, mein Gott, die kann unsere Sprache *zu gut*. Ein wenig soll man als Fremde immer verstört sein, unsicher, hinter den passenden Wendungen her. Wenn man perfekt ist, glauben viele, man sagt nie die Wahrheit, sondern zitiert oder flirtet. Flirten ist ja ein ganz ungehemmtes Benehmen, mit dem Blick zu gefallen und rasch jemandem näher zu kommen. Ich will nicht so sein, aber viele reagieren auf mich und denken, die hält sich für sicher, der zeigen wir es. Sie wollen etwas aufschrecken in mir, und das ist nicht gut, denn ich gehe leicht darauf ein.«

Ich verstand, was sie meinte. Ihr Aussehen mochte manchen herausfordern, denn diese starke Durchdringung von Schönheit und Fremdheit reizte zu Ursachenforschung. Man glaubte dem, was man sah, nicht ohne Zögern, man behielt sich vielleicht gern etwas vor, um nicht willenlos einem Blendwerk zu verfallen. Ihr Äußeres erschien so makellos, daß ich dies beinahe als Übertreibung empfand, und es war klar, daß gerade in ihrem Beruf jeder Dumme eher nach Fehlern als nach Vorzügen fahndete. Andererseits machte sie es mir nicht schwer; seit wir einander gegenübersaßen, sprach sie ruhig, konzentriert, als verdiente ich Einweihung. Sie sperrte sich nicht, im Gegenteil, sie war offen, konkret, ohne bereuende Scham. Sie besaß die zupackende Energie einer Amerikanerin, die Fähigkeit, sich jemandem vorurteilslos anzuvertrauen; gleichzeitig aber erschien sie betörend entrückt, als wäre sie hier nur kurz zu Besuch. Es war ein Schwanken zwischen Nähe und Ferne, aber reizvoll, nicht unangenehm.

Wir beendeten die kleine Mahlzeit, und sie schlug vor, noch ein wenig nach draußen zu gehen. Unterwegs fragte ich sie nach weiteren Details, die ich für meine Darstellung brauchte. Sie antwortete ausführlich, als wolle sie die bloße Befragung überspringen und lieber ein Gespräch anknüpfen. Nach einer Stunde verabschiedete ich mich mit dem Versprechen, in die Premiere zu kommen.

»Das kostet dich etwas Überwindung, nicht wahr?«

»Ja, ich spräche lieber über das Stück, als daß ich bei einer Aufführung zusähe«, antwortete ich.

»Du schickst mir deinen Artikel?«

»Das wird erledigt.«

Ich ging ins Büro zurück und überflog meine Notizen. Es war eine Menge zusammengekommen, schlankes Material, das nach einer geschickten Verknüpfung verlangte. Ich wollte aus Linda Francis keine fest umrissene Figur machen, sondern es bei den Vermutungen belassen, die mir nach einem so kurzen Treffen durch den Kopf gingen. Das war die einzig brauchbare Methode, ein Eingestehen von Lücken, ohne das branchengemäße Auftrumpfen mit diversen Verzählchen. Gerade solche leicht einsetzbaren Geschichten hatte sie mir in Fülle angeboten; doch ich wollte sie nicht nur widergeben, sondern mir alles selbst zusammensetzen.

Ich brauchte lange zur Einstimmung, und ich hatte Glück, daß niemand mich störte. Erst am späten Nachmittag war ich mir des ersten Satzes gewiß. Der erste Satz entschied über den Ton des ganzen Artikels, das wußte ich. Ich schrieb langsam, Satz für Satz auf seine Fugen hin kontrollierend, ohne dem inneren Parlando zu folgen. Ich merkte nicht, wie die Stunden vergingen, es war ein ausfüllendes, bei guter Beherrschung zufrieden machendes Handwerk. Als ich beschloß, der Sache ein Ende zu machen, war es kurz vor Mitternacht. Ich ließ alles liegen, so wie es war, um es am nächsten Morgen noch einmal ins Reine zu schreiben. Ich rechnete mit gut acht Seiten, es war ein sauber gearbeitetes, dichtes Porträt.

Lautner war am nächsten Morgen pünktlich erschienen und hatte den Artikel ohne Kommentar an sich genommen. Ich hatte mit einer schnellen Reaktion gerechnet, aber er ließ nichts von sich hören. Es paßte mir nicht, ihn um seine Meinung zu fragen, obwohl ich neugierig war. So ließ ich die Sache auf sich beruhen, bis mich an einem Morgen die Chefredaktion des *Wiesbadener Boten* anrief. Piehl, der stellvertretende Chefredakteur, bat mich um eine Unterredung, den Ort sollte ich bestimmen. Ich erinnerte mich an die gutbürgerliche Schlichtheit des *Dortmunder;* Piehl stimmte sofort zu, nicht ohne ein Extra-Lob für meine Bescheidenheit.

Zwei Stunden später wartete ich auf ihn. Er hatte ein ausgedehntes Mittagessen angekündigt, es hörte sich bedeutend an, aber ich traute solchen Aufwallungen nicht. Piehl erschien mit großer Verspätung; er war ein sich hemdsärmelig gebender, pompöse Betriebsamkeit ausstrahlender Mann um die fünfzig. Er hatte eine schmale Akte dabei, und ich dachte sofort an ein Verhandlungspapier. Wir saßen uns an einem kleinen Fenstertisch gegenüber, und Piehl schlug auf die westfälische Pauke: Bier, Korn, Brägenwurst. Er tändelte eine Weile herum und erzählte einige Streßgeschichten; dann konnte er seine Absichten nicht mehr verbergen.

»Also, was Sache ist, muß ich Ihnen erklären. Seit einem halben Jahr bringen wir eine *scene*-Seite, eine Seite für junge Leute, einmal die Woche. Locker gemacht, aber mit Dampf, ganz speziell. Ein bißchen Techtelmechtel mit der großen Welt, sonst aber hart regional, die Provinz ist das Zentrum. Nichts für Aussteiger, sondern für Einsteiger, da muß einem was einfallen. Wir wollen niemand kopieren, verstehen Sie mich richtig, wir setzen auf neue Ideen. Das Gestrüpp ist sehr dicht in diesem Bereich, die Grenzen sind Schnulze und biederer Pop, Musik hängt leicht über. Gut, das darf ja nicht fehlen, obwohl, ich bin es satt. Wir haben gefiltert, probiert, ich sage, es quillt noch nicht durch. Das wittern Sie auch von ganz außen. Setzkastenmanieren, hier eine Spalte und dort, was für die Freaks und was für die Schnuckis. Ich halt mich mit sowas nicht auf. Frech muß es sein, rotzfrech, eine scharfe Seite ohne Respekt. Nur dann liegen wir vorn, ganz an der Spitze, weitab von diesem *scene*-Gelümmel. Verstehen Sie richtig, kann alles rein, muß sogar drin sein, Platten, Lokale, Termine, aber kein Schnickschnack. Das Wichtigste ist: aus *einem* eisernen Guß! *Ein* Ton! Nicht Detlev hier und Olibert dort, und dann noch die Frauen, Sie verstehen mich schon. Das macht keine Presse, da ist Platz sonstwo dafür. Wissen Sie, als Mann aus der Schule denke ich *britisch.* Britisch ist gediegen, aber zupackend, professionell und altklug, mit einem Wort: Tradition aus dem Bauch! Und dafür such ich die Feder!«

»Das klingt anspruchsvoll …«

»Geht nicht anders, nehm ich mir raus. Also das wäre gebongt. Wir haben hin und her überlegt und uns die Nächte um die Ohren geschlagen. Immer wieder: rein nichts, war es nicht, war nur Gedöns, Sie verstehen. Woran hat es gelegen? Ja woran? Ich will es Ihnen sagen. Die Mixtur war zu bunt, und das Projekt lief zu lax, nur nebenher, ohne maßgeschneiderte Zuständigkeit. Der Großteil des Stoffs kam aus dem Lokalteil, viel Abfall dabei, und vor allem: jeder schrieb, wie er sich's dachte. Daneben hatte ich zwei vom Feuilleton daran gesetzt, denen hat niemand die Hände gebunden. Der eine ist fünfunddreißig, der andere zwei Märzen darüber. Gut, sie haben alles versucht. Aber wissen Sie was? Die sind zu durchtränkt, die hatten die ganze Pressemaschine im Kopf, das volle Theater, Rücksichten hier und Anmache dort. Die rechneten nur in fremden Frequenzen, immer voll auf der Lauer, wie das so ist. Was meint der Heinz und was sagt die Helga dazu? Und das ist grundfalsch. Also ich laß hier den Vortrag, ist sowieso nichts für Sie, nur mal knapp. Rückendeckung ist gut, das lernen Sie schnell. Redaktionen sind wilde Gespanne, da kann nicht einer allein lospreschen. Aber in diesem Fall ist das anders. Hier will ich: einen allein! Zwei – schon zwei war ganz falsch! Und dann schließlich der Punkt: die Jungs waren zu alt. Stellen Sie sich das vor: mit fünfunddreißig zu alt! Kapiert man sofort, liegt ja ganz auf der Hand, aber ich Trottel brauche ein Stück Leben dafür! Mit fünfunddreißig sind Sie nicht mehr ganz frei, nicht im Hirn, nicht was die Drüsen betrifft. Sie sitzen bereits mitten im Zug, und draußen flattert die Landschaft vorbei. Ist ja köstlich, was da alles passiert! *Die* Perspektive ist übel, denn die haben wir alle im Kopf, ich nehm mich nicht aus. Keiner reizt mehr voll durch, sie mauscheln über gezinkten Karten und donnern sie hin, mit dem Brustton der Überzeugung. Aber danach? Sie lachen sich eins,

Schneider angesagt, gespielt aus der Hand! Und davon hab ich genug. Die Jugendseite ist mir zu schade dafür … Also, wir müssen das klären, *einer* leitet in Zukunft den Laden, der hat seinen Stil, der ordert die Beiträge, der koordiniert, der bedient sich aus allen Abteilungen, der hat die Regie…«

»Ich darf Sie mal unterbrechen …«

»Dürfen Sie alles, aber noch bin ich dran. Denn jetzt kommt der Coup! Und damit baumeln Sie schon an der Angel. In diesem Hefter hier ist alles sortiert, was ich über Sie weiß. Daten, Artikel aus einer Schülerzeitschrift, ein Dribbling um unsere neue Theaterschönheit …«

»Woher haben Sie das?«

»Von langer Hand vermittelt, das kümmert Sie nicht. Das Wichtigste ist: Sie kommen von draußen, aus der tiefsten Prärie! Niemand hat Ihnen etwas gelötet, Sie sind ein frischer Landexport, erste Ware! Eingestiegen sind Sie noch nirgends, das war mit Herrn Lautner vereinbart. Sie haben Korrekturen gelesen, nicht mehr, Herr Lautner hat sich daran gehalten, obwohl, bei ihm ist man nie sicher. Weiter! Sie sind jung, einer von denen, für die Sie schreiben, da macht Ihnen keiner was vor! Alles zusammen: Sie wären der richtige Mann vorn an der Reling …«

»Da sind Sie sich sicher?«

»Sicher?! Was soll denn das Wort? Hier wird was gewagt, hier setz ich auf Zahl!«

»Meine Ausbildung …«

»Jetzt enttäuschen Sie mich nicht. Ich weiß exakt, wieviel Sie für Lautner getan haben. Sekretariat, Redaktionelles, Gestaltung, Satz, sogar im Layout. Lautner hat mir bestätigt, Sie beherrschen das Handwerk. Und was Sie brauchen, das lernen Sie rasch. Die ersten Monate sind ihnen die Jungs vom

Lokalen behilflich. Schritt für Schritt übernehmen Sie alles, das wäre gelacht. In einem Jahr tanzt alles nach Ihrem Kommando.«

»Und die Kollegen vom Feuilleton?«

»Sind schon zurückgepfiffen! Die haben andres zu tun.«

»Ich bräuchte sie nicht einzubeziehen?«

»Sie dürfen nicht mal dran denken! Hören Sie zu: es ist *Ihre* Kiste! Und da packen Sie rein, wer Ihnen gefällt!«

»Ich kann die Mitarbeiter selbst aussuchen?«

»Mein Angebot! Aber Sie nehmen nur Leute von außen, Sie verstehen mich schon. Sie formieren ein eigenes Team, unter Ihrer Leitung, Sie lassen sich Zeit, dann wird etwas daraus.«

»Und wer steht mir vor?«

»Die Kontrolle bin ich. Und damit Sie klar sehen: mit mir wird es nicht einfach. Ich sag Ihnen knallhart, wenn mir etwas nicht paßt. Doch alles läuft nur zwischen uns, da mischt sich niemand sonst rein. Nach außen herrscht Schweigen, darauf verpflichte ich Sie! Nicht einmal zu einem Mitarbeiter ein Wort! Doch wir beide, wir sagen uns jede Woche die Meinung. Wegen mir hier, im *Dortmunder*, bei Korn, Bier und Mäusespeck!«

»Wieviel Zeit habe ich?«

»Sie können nächste Woche einsteigen. Als Erstes bringen wir Ihr Linda-Francis-Porträt, das sitzt, das hat Schwung, und ein Photo der Dame bringt die Augen zum Leuchten. Sie ist jetzt *Ihre* Entdeckung, oder auch anders herum, ganz wie Sie wollen. Sie arbeiten sich ein, sie bekommen das ganze bisherige Material, fliegen Sie mal drüber! Picken Sie sich das Beste heraus, aber denken Sie an das, was ich sagte: keine Mimikry! Und von Ihnen selbst ist jede Woche etwas dabei! Dann rosten Sie nicht!«

»Gut, ja, eine Glosse wäre möglich.«

»Glosse?! Sie steigen gleich ein, was? Ich wußte doch, ich liege richtig. Übrigens sind Sie jederzeit kündbar, das kriegen Sie schriftlich. Vorerst dreitausend im Monat, das ist fürstlich für einen, der ohne Fallschirm ins Zielgebiet schwirrt! Nach einem Jahr sehen wir weiter. Mitarbeiter nur auf freier Basis, darüber reden wir noch. Und jetzt schlagen Sie ein, Sie sind mein Mann!«

»Ihr Vertrauen ist groß…«

»Ich weiß genau, was ich will, die Hintergründe gehn Sie nichts an. Sie sind frisch, jung, und ich denke, Sie sind gierig genug. Was will man mehr? Die Seite läuft nur mit *power*, sonst kanzeln wir das …«

Er streckte mir seine Rechte entgegen, sie fühlte sich erstaunlich trocken an. Er ließ sein Thema sofort wieder fallen und tat, als hätten wir uns nur durch Zufall getroffen. Er bezahlte und bestellte mich für den nächsten Tag in die Redaktion.

Ich saß eine Viertelstunde für mich. Dann stand ich auf und bog nach links ab zum *Savoy;* zum ersten Mal hatte auch ich einen Grund, Champagner zu trinken.

Ich schickte meinen Arbeitsvertrag vor der Unterzeichnung an Vater und bat ihn um eine juristische Überprüfung. Ich drängte ihn, dazu nicht mehr als ein Wochenende zu benötigen und *die Wechselfälle des Lebens* dabei nicht in Rechnung zu stellen, sondern wie bisher mir zu überlassen. Ich legte einen kurzen Brief an Sarah bei, in dem ich sie ersuchte, einem Laien die aktuellen philosophischen Fragen, plus Literaturangaben, zu skizzieren, ausdrücklich ausgenommen zweifelnde Beiträge von gegenüber ihrem eigenen Fach skeptisch gewordenen Naturwissenschaftlern, die um den Begriff der *Verantwortung* kreisten. Ich ging mit Doris in mehreren nächtelangen Sitzungen die bisher vorliegenden graphischen Entwürfe für die *scene*-Seite durch und beauftragte sie mit einem Konzept, das ohne Anleihen aus der Werbung auskommen sollte. Ich offerierte Männie eine Stelle als ständiger freier Mitarbeiter, unter der Voraussetzung, daß er seine Berichte einem Diktiergerät anvertraute und ich sie nach Gutdünken umschreiben durfte. Gemeinsam legten wir eine Liste der wichtigsten Kneipen an, einschließlich der uns bekannten, dort verkehrenden Figuren. Wir vereinbarten einen ständigen Austausch von *Milieu-Nachrichten* über bestimmte Kontaktpersonen, eine interne Börse, wie hoch welches Lokal in der Gunst welcher Leute stehe. Für diese Börse erhielt Männie einen besonderen *Kneipenfonds*, mit dessen Hilfe er Gäste zum Plaudern anregen und sie, wenn alles nichts half, einladen durfte. Ich stellte klar, daß er bei diesen Anlässen entsprechend gekleidet sein müsse und *scene*-Lokale, die sich Papageien unter UV-Strahlern leisteten, nicht ohne Sakko betreten dürfe. Um sicher zu gehen, daß er seinem hoch gezüchteten Geschmack Grenzen setzte, ging ich mit ihm ins *Tango.* Wir erstanden für ihn einen Anzug aus *Shantungseide*, ein paar Knitterseidenhemden sowie einen dunkelgrünen Kittelmantel, der ihm etwas Extraterrestrisches verlieh. Seine verständliche Aufregung wegen der ungewohnten, neuen Montur beruhigte ich dadurch, daß auch ich meinen eigenen Schrank neu bestückte; ich dachte an etwas Britisches, Schlichtes und wählte ein *Katharine Hamnett, London*-Sakko und zwei Paar *Kenzo*-Schuhe ohne Nähte. Ich beschloß, in Zukunft mehr Schwarz zu tragen und das Versteckspiel mit Doris bald zu beenden; zwei junge, schöne Menschen in Schwarz wären ohne Zweifel ein erfreulicher Anblick. Ich übertrug Blümchen das Revier Taunusstraße, Diskotheken, Luxusrestaurants, Läden, mit den neusten Meldungen über spektakuläre Einkäufe und die snobistischen Vorlieben der Jungunternehmerschicht. Für den Sommer verabredeten wir ein Treffen mit ausgewählten Vertretern dieser Spezies auf dem Segelboot seines Vaters; ich versprach, für die Getränke aufzukommen und die Nacht zu einem unvergeßlichen Erlebnis zu gestalten. Ich schickte an Lautner ein Glückwunschtelegramm, großzügig bedruckt: *Selig sind, die da Leid tragen, denn sie werden getröstet werden*! Ich bat ihn auch fortan um Unterstützung und versicherte ihm, daß ich mein Bestes geben werde. Meine Stelle kündigte ich auch offiziell, nicht ohne vorher die Adressenkartei von *Wiesbaden live* noch einmal gründlich durchforstet zu haben. Aus den Angaben erstellte ich mir eine Privatkartei mit über zweitausend Namen, die mein alter Schulfreund Paul, der inzwischen Erfahrungen im Computerbereich gesammelt hatte, für mich handlich auf Diskette speicherte. Ich traf mich mit ihm in Frankfurt und ließ mich beim Einkauf eines PC beraten, den ich in meiner Wohnung aufbaute. Ein Zimmer erklärte ich zum Arbeitszimmer; die aus dem Elternhaus mitgebrachten wackligen Möbel mit ihren nostalgischen, aber schäbigen Flecken und Wunden verkaufte ich, die Wände wurden weiß gestrichen, ich ließ Parkett legen und einen feinen, im Wind schaukelnden Sonnenschutz anbringen. Blümchen beschaffte mir gebrauchte, aber neuwertig erscheinende Büromöbel in italienischem Design, Doris hatte die Regalanordnung entworfen. Die Küche ließ ich völlig renovieren; sie sollte in der Zukunft auch ein Empfangsraum für flüchtige Bekannte sein, die mit einem Drink abgespeist werden konnten; notfalls würde ich die chromblitzende Espresso-Maschine unter Dampf setzen, die mir Blok aus Anlaß der Anstellung geschenkt hatte. Ich bestellte eine Einbaueinrichtung der Marke *Chicago weiß/blau*, mit einem Kühlschrank in Brusthöhe und einem Herd mit vier versenkten, in Funktion dunkelrot aufleuchtenden Platten. Gardinen wurden hier wie auch in den übrigen Räumen entfernt. Nur im Schlafzimmer hatte ich altweiße Stores anbringen lassen, sie brachten die japanischen Akzente, die vor allem von einigen nach den Lehren des Zen ausgelegten *Tatami* bestimmt wurden, auf denen schwere Futon-Matten ausgelegt waren, gut zur Geltung. Meine Wohnung sollte funktional, kühl, hell und doch intim erscheinen, eine weltoffene Klause, die einladend wirkte, ohne die Gäste behaglich zu umschmeicheln. Ich nahm mir vor, weiterhin auf ein Auto zu verzichten; irgendeinen Spleen konnte ich mir leisten, und dieser war nicht der schlechteste. Ich verstand nichts von Autos, und ich wollte mich nicht auf ein Modell festlegen, im Stillen gewiß, daß solche Entscheidungen von anderen gedeutet werden würden. Statt dessen würde ich mir über die Zeitung eine Netzkarte der Bahn besorgen; vielleicht war es möglich, sie durch eine gleichzeitig geschaltete Anzeige oder einen attraktiven Bericht über die Vorzüge von Netzkarten für Jungunternehmer billiger zu erhalten. Solchen lukrativen Wegen gebührte besondere Aufmerksamkeit; hier würde die Anzeigenkartei von *Wiesbaden live* nützliche Dienste tun, die ich ebenfalls in meine Unterlagen aufgenommen und für alle Fälle umständlich codiert hatte. Honolka war für Sport zuständig, sollte sich jedoch möglichst auf neue Sport*artikel*, die Furore machten, beschränken; zur Seite stand ihm Bessin, der keinen Gedanken klar formulieren konnte, dafür aber Einblicke in Welten der *Fitness-Center* hatte. Hegeler kannte sich im HiFi-Bereich aus und würde über technische Trends berichten. Das meiste jedoch beschloß ich selbst zu erarbeiten. Ich durfte nur auf wenige Mitarbeiter angewiesen sein, und höchstens in *den* Branchen, von denen mich ein guter Instinkt ferngehalten hatte. Ich dachte daran, mir einige passende Pseudonyme zuzulegen, mit denen ich die Artikel zeichnen würde. Niemand sollte das Spiel durchschauen, dafür würde ich sorgen; die Figuren, die ich aufbieten würde, durften einander nicht wohlgesonnen sein, selbst auf dieser einen Seite würde ich Widerspruch dulden, ja geradezu provozieren. Außerdem würde ich mir auf diese Weise etwas dazuverdienen, ohne allzu regelwidrig zu schummeln. Karl Kraus hatte seine *Fackel* allein geschrieben, da würde ich mit einer Seite pro Woche keine Mühe haben. Wie hatte Piehl mir geraten? Einer allein! Das war eine gute Devise, in den letzten Jahren hatte ich eine Menge Selbstbewußtsein aufgehoben, die nun zur freien Verwendung anstand. Ich summierte: die kleinen, beweglichen Faktoren waren besetzt, viel kam auf Männies Dienste an und darauf, daß er durchhielt. Ich würde ihn entsprechend belohnen, nicht mit Geld, sondern mit kleinen Extravaganzen, sowas würde sich finden. Die anderen Posten waren flexibel, ich konnte sie von einem Tag zum andern auflösen. Um mich herum ein wabernder Teich, die Seerosen würde ich selbst zum Blühen bringen. Ich wollte eins mit der Arbeit werden, ein Fixstern, um den sich die Nebel streuten. Mit Piehls Widerstand war nicht zu rechnen; nach einigen Monaten würde *ich* den Grünkohl aufmarschieren lassen, da konnte er sicher sein. Ich hatte ein feines Netz gesponnen und das Terrain entsprechend bereitet; die achtbare Kommune sollte mich kennenlernen. Nachts flanierte ich siegesgewiß durch die Stadt. In all diesen aufgepeppten Verhältnissen fehlte eine deutliche Stimme, eine, die die Verhältnisse benannte und ihnen ihre Harmlosigkeit nahm, die Stimme des Einbrechers, der die Behausungen der Ausgeraubten hohnlachend verließ. Schon trafen die ersten Briefe und Berichte bei mir ein, im Verlagshaus hatte ich ein kleines Büro bezogen, mit Blick auf eine belebte Einkaufsstraße. Tagsüber wollte ich sie hören und sehen, diese verträumten Konsumdilettanten, die mit dem Luxus der Waren geistig nicht mehr Schritt halten konnten. Ich würde ihre Hemmungen lockern und sie in schwachen Momenten erwischen. Ich würde die ganze Pracht dieser achtziger Jahre vor ihnen auftischen, dick, satt, gewürzt mit dem Gift einer hochgestochenen Kritik, deren Maßstäbe lauteten: Ich allein! Ich, der Blick, der Beobachter; ich, das Entsetzen, die Ruhelosigkeit; ich, das fremde Partikel in einem quecksilbrigen Strom! Ich kalkulierte alles noch einmal durch, nur für Blok hatte ich mir noch etwas aufgehoben, *vom Feinsten*, wie Lautner gestammelt hätte. Um alles abzurunden, kaufte ich mir einen Anrufbeantworter, und ich sprach den Text auf das Band mit hastiger Stimme: »Hier ist die Stimme des Wahns, Meynard, der Empfänger! Sie werden verstehen, ich habe zu tun. Ihnen bleiben nach dem Zeichen drei Minuten, versuchen Sie es mit einer!«

Am späten Abend war ich mit Blok durch den Kurpark ins *Aukammtal* gegangen; das Thermalbad war lange geöffnet, und wir waren nach draußen geschwommen, in das nur unter Wasser erleuchtete Freibecken, wo man sich mit dem Kopf in der Kühle der Nacht, mit dem übrigen Körper aber in einem warmen Suhl befand, der an die Badewannenfreuden der Kindheit erinnerte. An den Rändern sonderten sich feine Dämpfe ab, das Wasser war kaum bewegt, hier war kein Platz für Schwimmer, sondern für Wollüstige, die in der dunklen Abgeschiedenheit vor sich hinbrüteten und leise Worte mit ihren Nebenleuten wechselten. Blok hatte sich über meine Anstellung gefreut, er grübelte noch immer darüber nach, wie es dazu gekommen sein mochte, und ich machte gern mit, denn auch ich hatte keine völlige Klarheit.

»Lautner soll mich empfohlen haben«, sagte ich, »das bedeutet, er hat mich die ganze Zeit im Auge behalten. Ich sollte keine Artikel schreiben, weil ich nicht in Erscheinung treten durfte.«

»Klug eingefädelt, aber Lautner ist der Letzte, der so etwas aus Freundschaft tut.«

»Warum nicht? Er sagte schon früher, ich hätte die richtige Schreibe im Kopf. Er ist ein guter Bekannter von Piehl, das könnte den Ausschlag gegeben haben.«

»Daß niemand dich kennt, das ist wahrhaftig ein Coup. Sie setzen der Mannschaft einen vor die Nase, und der ist jünger und nicht verbraucht. Du wirst es sehr schwer haben.«

»Ich *habe* es schwer, es hat schon begonnen. Die Gegner sitzen im Feuilleton, denn in deren Ressort breche ich zwangsläufig ein. Jahrelang haben sie sich auf ihren Sesseln gelümmelt und ihre Theaterkritiken geschrieben, ausgetretenes Zeug über Aufführungen in Bochum und Recklinghausen, mit Witzeleien aus dem Pennälerjargon. Die kleinen Götter mit ihren Duftmarken aus Vorbehalten, Ressentiments und eingebildeter Cleverness, sie kommen alle zu spät. Mit der Zeit sind sie müde geworden, verbraucht, ihre eigene Sprache ekelt sie an, all diese aufgesetzten Ohs und Achs, mit denen sie so lange schon getrommelt haben. Ein Leben nur in Kritik, stell dir das vor, ein Leben lang nur hinterdrein, possierlich an der Leine geführt. Jeder von ihnen hat an seinen letzten Resten von Charme gebastelt, um sich etwas Eigenes zu erhalten, denn im Grunde besitzen sie nichts. Jede gute Aufführung ist tausendmal mehr wert als ihre Begeisterung, jede schlechte bedarf nicht ihrer Kritik. Es ist nirgends Platz für sie, sie wirken in einem toten Bereich, unkreativ, dazu verdammt, die Glocken läuten zu hören, ohne selbst einmal am Strang ziehen zu dürfen. Hänfling leitet den Club, schon weit über fünfzig, und noch immer ohne einen Zentimeter Boden unter den Füßen. Er sichert sich ab, krumm geworden über seinen Kollegenknicks. Überall hörst du ihn reden, jedes durchwalkte Thema stößt er mit seinen halbherzigen Sätzen vor sich her, ein trauriger Typ, ohne einen Funken Esprit. Aber er dünstet sich aus, drei Zimmer hat er zu seiner Verfügung, voll von ranzigem Angestelltenmief mit den dazugehörenden Geschichten, wie in Büchern von Walser. Sag mal, was wollen so Leute denn noch? Was schleichen die durch die Gänge? Wofür geben die etwas her? Durchgesackte Erscheinungen sind es, ausrangiert, und sie wissen es selbst. Sie kommen einfach längst nicht mehr mit. Geborgte Ansichten, vielleicht etwas für Gewerkschaftszirkel und Volkshochschulen. Und selbst damit sind sie niemals ins Reine gekommen. Was ist Kultur denn für die? Der Spott, den sie über Leute wie sich selbst ausgießen! Sie treffen nicht, sie vergleichen; leider wirft niemand das Handtuch für sie. Hänfling kommt gegen elf, schon das offenbart den Versager. Er hat sich rumgetrieben, zu lange gefrühstückt, mußte erst fertigwerden mit dem frühen Morgen, bevor er sich etwas zumutet. Diese mimosigen Halbintellektuellen! Der Verstand hat sie in ihren Jugendjahren mit ein paar Gedanken beschenkt, und geblieben ist ihnen davon ein Sinn für nicht kratzende Unterwäsche. Geist ist umgeschlagen in betuliches Gebaren, in feminines Empfindeln.

Da sind mir die Politischen lieber, die stinken wenigstens offen so, wie sie reden. Kultur ist Parfum, in den Redaktionskonferenzen schweigen alle betreten, wenn die Feuilletonisten sich melden. Wieder Minuten verschenkt! Hänfling weiß das, und er schluckt es in sich hinein, den vollen Tran! Er hat müde Augen vom Ampelngucken, und seine Hände zittern schon, wenn sie unbeschriebenes Papier sortieren. Was schreiben wir da nur drauf, ja was nur? Was fällt uns heute denn ein? Nicht einmal einen Computer kann er bedienen, und er meldet, daß er *nicht will*! Hänfling will nicht! Computer sind nichts für ihn, seine Finger versagen vor soviel Technik! Statt dessen sitzt er weiter mit hoch gezogenen Schultern vor der Maschine, laut vor sich hinmurmelnd, und die Tür wird verschlossen. Hänfling schreibt bei verschlossener Tür, Telephongespräche muß die Sekretärin abschnappen. Und Hänfling sitzt und quetscht sich den Schweiß auf die Stirn, zwei Stunden für einen knappen Artikel, nicht einmal selbst ins Reine geschrieben. Ich glaube, der hält das für Kunst. Für Kultur. Arbeit als maximal ausgesessener Schweißaufwand bei extremer Anstrengung der Gesäßmuskeln! Aber jetzt wittert er was. Gleich am ersten Tag hat er mich zu sich bestellt. Ein Cognac, das Zigarettenetui! Auf gute Zusammenarbeit! Die wird sich in Grenzen halten, hab ich gesagt. Wie meinen Sie das? Ich bestell meinen Acker allein, hab ich gekontert. Du hättest ihn sehen sollen, wie ihm da etwas schwante! Ich denke, unsere Themen überschneiden sich nicht, und wenn, kann es nicht schaden, habe ich ihn weiter gequält, die Leser sind mündig, und ihr Urteil ist sicher. Was soll das heißen? hat er gefragt. Ach, lassen Sie mal, hab ich ruhig getönt, Sie hatten Chancen genug, jetzt habe ich meine. Höre ich richtig? feixt er mich an. Sie machen Kultur und ich das Beiprogramm, hab ich erklärt, wollen hoffen, daß sich da nichts verschiebt. Prost, Dank für den Cognac, ihre Zigaretten sind zu schade fürs Etui, ich besorg Ihnen orientalische, wenn Sie mögen, zum Kulturrabatt! Dann bin ich raus, Tür zu, *exit*, und er hatte in drei Minuten meine Antrittserklärung!«

»Ob das klug war?!«

»War es, war es bestimmt. Er mag mich nicht, ich mag ihn nicht, es kann nur besser werden. Also setzt man an den Anfang die Auseinandersetzung, den Wettbewerb. Ich will Hänfling Respekt abnötigen, er soll wissen, mit mir kann man sich nicht unter dem Tisch verständigen. Und warum sollten wir uns denn *verstehen*? Ist doch keineswegs notwendig! Sich verstehen wollen – das ist gerade das Mißverständnis. Ich muß mit Hänfling auskommen, vielleicht, es bedarf einiger Absprachen, gut, aber deshalb muß ich ihn doch nicht *verstehen*. Das liegt auf einer ganz anderen Ebene. Und diese schiefe Ebene, diese munkelnde Geselligkeitssprache, die wollte er einfordern. *Zusammenarbeiten* – nein, das braucht es doch nicht. Absprachen sind keine Zusammenarbeit, solch ein Begriff ist strapaziös, und er klittert.«

»Gut, du hast es ihm also gegeben…«

»Nein, auch das nicht! Ich wollte ihn nicht provozieren, er hat *mich* provoziert. Ich bin nicht der junge Freund, mit dem man jovial umgeht, ich bin überhaupt nicht seinesgleichen, wenn auch im selben Metier. Ich bin ich, das soll er sich merken und nichts in diesem Geschäft vertauschen. Menschen und ihre Arbeit müssen klar profiliert sein, umso besser kommen sie miteinander aus.«

»Du wärst gut in Unternehmensberatung …«

»Das mußte ja kommen. Dabei mein ich es ernst. Versteh mich genau, ich werde jetzt in etwas hineingezogen, an dem ich mitbauen soll. Nichts um mich herum kann mir mehr gleichgültig sein, auch nicht Hänflings fatale Neurosen. Denn diese Neurosen prägen den Ort, an dem ich durchhalten will, unbestechlich, ohne Kungelei. Ich will *mein* Programm, darauf setze ich jetzt, und wehe dem, der mich mit seinen kleinkarätigen Vorbehalten belastet!«

»Nun steck mal zurück, du bist nicht der Boß!«

»Weiß ich, und doch muß ich in meinen Augen einer sein. Ich bin kein Angestellter, der seine Tarifverträge absitzt, ich will etwas erreichen, eine einzige blitzgescheite Seite in der Woche, die man mit Neugierde liest. Wenn das scheitert, wenn es die Leser nicht wollen, wenn die Redaktion es auf die Dauer verweigert ...dann geh ich sofort!«

»Das sagst du heute ...«

»Gut, ja, ist gestrichen. Aber sag selbst, ist der Journalismus nicht etwas Feines, wenn man ihn richtig scharf nimmt, harte Arbeit an Formulierungen, die den Lesern Sprache anbieten? Gute Sprache! Das ist das Größte überhaupt.«

»Du wirst dich wundern ...«

»Ja, diese mediokren Einwände habe ich auch schon im Kopf. Komm mir nicht damit! Du weißt doch, was ich meine. Viele halten Journalisten für eine schäbige Truppe, für Maulhelden, für solche, die bei jeder Gelegenheit das Gleichgewicht verlieren. Solche Typen haben das Genre zerstört. Das heißt aber nicht, daß dieses Genre chancenlos wäre. Es hat eine Chance, und das meinte ich, als ich zu Hänfling sagte, ich nehme mir meine. Genau so muß es sein!«

»Hast du dir noch weitere Feinde gemacht?«

»Hänfling sind zwei Redakteure zugewiesen, Plank und Stubach, der eine für den Sektor bildende Kunst, der andere für Film, Funk und Fernsehen. Die beiden waren auf meinen Bereich angesetzt, mit denen kann es nicht gutgehen. Seit neustem halten sie wieder zu Hänfling, die verlorenen Söhne sind heimgekehrt. Plank hat mich angeblich als *Jungaufsteiger* tituliert, für Stubach bin ich *Meynard, der Strich.* Weil ich alles gestrichen habe, was die beiden sich ausgedacht hatten. Die wollten die *Medien*seite, Unterhaltung, Pop, Klatschdistribution, das, was woanders viel besser steht, auf ein erbärmliches Jugendniveau zerbröselt.«

»Und was willst du?«

»Biographien! Ein Forum für Biographien! Was fangen Menschen, die hier leben, mit der Gegenwart an? Was benutzen sie und warum? Wie gehen sie mit den Angeboten um? Detailliert, den *mainstream* der Oberflächen zerlegen! Und ohne Besserwisserei! Statt dessen ein Studium der *facts*!«

»Also Interviews?«

»Gott bewahre! Obwohl, versteh mich richtig, ein Interview ist eine wunderbare sprachliche Form, präzise Stichworte für einen, der den *Monolog* beherrscht! Aber da braucht es einen Artisten! Ich suche *Porträts*...«

»Ist da etwas dran, ich habe gehört, du hast eins geschrieben...«

»Kennst du Linda Francis?«

»Die exaltierte Schönheit vom Theater? Sie taucht manchmal im *Savoy* auf. Unausstehlich, sie kultiviert jedesmal einen anderen Tic. Mal steht sie auf Whisky, *Herr Ooober, einen doppelten Bourrrbon*!, mal schaukelt sie ihre Verehrer hoch und ergötzt sich an ihren Komplexen.«

»Ach ja, sie ergötzt sich? Hätte ich nicht gedacht.«

»Sagen wir, sie läßt dieses Theater zu, schlimm genug. Wer so auffallend wirkt wie Linda Francis, sollte sich an Ingrid Bergman halten. Da macht man sich lieber etwas kleiner und beherrscht das Spiel dann von der Seite: *schau mir in die Augen, Kleines*!«

»Falsch! Du hast auch keine Ahnung! Es heißt: *ich schau dir in die Augen, Kleines…*, genau *so*!«

»Was? Aber ja, du hast recht! Es wird immer anders zitiert. Warum nur?«

»Deine Version ist die Macho-Fassung, die andere ist die des Verlierers. Siehst du, über sowas werde ich schreiben… Wenn wieder einmal *Casablanca* läuft, komme ich damit. Oder mit Umberto Ecos Deutung des Films, daran werden die *kids* sich erfreuen, wenn man es ihnen erklärt…«

»Klingt gut…«

»Blok, ich habe schon alles im Kopf. Ich bin die Maschine, die schreibende Kraft, ich bin die laufende Unruhe, der scharf zupackende Zeit-Kommentar!«

Ich stieß mich vom Beckenrand ab und tauchte auf den niedrigen Grund, ich spürte den Boden, während ich knapp über ihm entlangglitt, und plötzlich rauschte es wieder in meinem Kopf auf, das heiße Erinnerungsbild, das schon etwas Archaisches hatte. Ich kam nach oben und wollte sofort weiterschwimmen, aber die allgemeinverbindliche Ruhe um mich herum brachte mich schnell zur Besinnung. Ich paddelte zu Blok zurück.

»Paß auf, ich will, daß du mir hilfst!«

»Nein, Meynard, ich schreibe keine Zeile, das kannst du mir glauben. Das ist nichts für mich. Ich finde daran keinen Geschmack.«

»Hör zu! Ich brauche gute Restaurantkritiken! Ich schicke dich in die besten Kaschemmen, du verstehst was davon. Du inspizierst die Läden, Stil, Atmosphäre, Essen, und gibst mir einen unumwunden klaren Bericht. Ich mache was draus.«

»Dank dir, ist keine schlechte Idee. Aber ich lehne ab, aus persönlichen Gründen.«

»Mach dich nicht lustig…«

»Aus persönlichen Gründen… Meynard, du erfährst es als Erster… Ich höre auf im *Savoy*.«

»Gratuliere! Und dann?«

»Ich eröffne was eigenes.«

»Sag das nochmal!«

»Ist schon alles geplant… Ich eröffne ein eigenes Etablissement…«

»Was?«

»Nicht weit vom Schuß, eine *American Bar*. Cocktails, Drinks aller Art, kleine, aber gute Küche, öffnet nachts gegen zehn und läuft, bis ich nicht mehr will.«

»Woher hast du das Geld?«

»Von Frankie.«

»Dein Vater zahlt?«

»Zum großen Teil…«

»Etwa aus Liebe zum Sohn?«

»Frankie zahlt, weil er *muß*!«

»Nun mal genauer…«

»Ich hab ihn gestellt, er ist mir aus Dummheit in die Falle gelaufen. Er wußte nichts vom *Savoy*, ich hatte das Kellnern für mich behalten, denn was ging ihn das an? Er hat jeden Monat seine Pauschale bezahlt, das hat ihn beruhigt. Dann aber erfuhr ich durch Zufall, daß er Gast im *Savoy* war. Anfangs selten, höchstens einmal im Monat, schließlich häufte es sich. Er machte hier einen drauf, ein Wochenende, auch mal länger, mit einer fremden, zugänglichen Schönheit aus dem Airport-Bereich. Bodenpersonal, eine aus der Informationsriege. Frankie war die Dressurprüfungen satt, er hatte genug von Banden, Zylindern und Pirouetten, im *Savoy* hielt er wieder die Zügel und machte die Durchsagen. Ich habe ihn beobachtet, schon bei der Ankunft, ich wußte seine Zimmernummer und kannte sein durchgechecktes Programm. Ein Menu, dann ab in die Spielbank, einige Tausender gingen pro Abend da drauf. Er mochte es *kritisch*, ein bißchen Verwöhnung genügte ihm nicht, und er hatte die Nerven, es immer weiter zu steigern. Das Geld war da, und er verteilte es passend. Deshalb dachte ich mir, da gehst du nicht leer aus…«

»Nicht leer aus? Du hast ihn erpreßt?«

»Ich habe meinen Teil angefordert, eine Investition. Es war ein Schock für ihn, ein harter Sturz aus dem Spielerhimmel. Er glaubte, er könne mich mit Worten hinhalten, aber das belastende Material, das war in meinem Besitz. Ich hatte den Stoff für eine Exklusivreportage! *Relax*!… *Frankie Goes to Hollywood*…«

Ich schaute ihn an, Blok war ganz ruhig, einer, der Geschichten erzählte, die ihn nicht mehr berührten. Er tauchte kurz unter und kam grinsend wieder hoch.

»Hättest du nicht erwartet, was? Jetzt liest du mir die Leviten, ja? Eine Portion harscher Moral… Ich weiß schon, es ist nicht sauber, aber glaub mir, ich habe den Sack nur verknotet. Das ist mein Abschied von Frankie. Er hat mein Wort drauf bekommen. Keine Erbschaft, keine weiteren Ansprüche, das hat er schriftlich von mir. Besiegelt von einem Anwalt.«

»Bist du noch gescheit?«

»Für eine halbe Million tu ich alles. Da blase ich selbst den Zapfenstreich…«

»Eine halbe Million?«

»Sofort investiert… Das Geld geht mich nichts an, ich will mehr daraus machen, der Gewinn ist dann mein.«

»Das sind kalte Manieren... und alles geheim? Kein Wort darüber zu mir? Keine Silbe nach draußen? Blok, ich werd dir was sagen. Das sind Geheimdienstmanieren, das läuft auf Kaltstellen hinaus, auf Spionage, auf Dienste im Dunkeln...«

»Sag nur, du treibst es anders...«

»*Agenten*, Blok, du handelst wie ein Agent... Wir alle haben etwas davon. Wir trauen unseren Freunden nicht mehr, wir handeln nur im Verborgenen. Unsere Geschäfte sind *kritisch*, genau wie du sagst, und wir führen sie aus, unbeteiligt, mit Sachverstand. Was ist nur mit uns? Ich seh es genau, wir spielen uns die Trümpfe geschickt in die Hand, wir verheimlichen, sehr routiniert, wir schicken den *agent provocateur*, andere reinzulegen, uns selbst zum Plaisir... Warum läuft es denn so? Wir gehören niemandem an, wir rechnen uns nirgends dazu, das wird es sein. Ganz für uns, jeder für sich! Das erzieht, das verschafft uns die Spannung! Und wir sind nicht einmal entsetzt! Entsetzen kennen wir nicht, wir sind an alles gewöhnt, wir sind zwar empfindlich, doch nur auf lustvolle Weise, nach innen. Lust! Ist es denn das? Ist es Lust? Diese feine Begleitung der Nerven, egal, was sie melden? Dieser Sinn für Extreme, für Reizung, Motive, für Handstreiche, für Überfälle? Dieser Genuß, dieses Genießen der Provokation, dieser Blick auf Niveaus, Blicke, immer nur überbelichtete Blicke! Diese Manien, all diese Manien, zu Ende gereizte Prozesse, Seuchen von Phantasien, Seuchen von Leuchtziffermodellen! Warum leiden wir nicht? Warum geht uns das alles nichts an? Agenten stehen draußen, Blok, sie leben außerhalb aller Verhältnisse, nur ihre eigenen im Kopf. Und die Körper sollen das alles erfassen. Unsere lebensmüden Körper, Ausgeburten von Gespenstern, die nichts mehr zu orten vermögen. Sind wir daraus? Aus porösen Stoffen, aus Spurenelementen, die gestaltlos fluktuieren, zusammengetrommelte Moleküle, von allen Seiten belastbar? Macht das uns so streitbar? Streit! Immer nur Streit! Fanatismus, hilflos gewordener Fanatismus…«

»Jetzt komm doch zu dir!«

»Komm zu mir, komm zu dir… Ich versteh es nicht mehr, Blok! Ich sehe dich nicht und mich nicht. Keine Gestalten, immer nur Fixative…«

»Meynard, beruhige dich…«

»Es ist randlos…«

»Komm, gehn wir jetzt raus…«

»Blok!… Du mußt mir helfen!!«

Er zog mich am Arm und schob mich mit aller Gewalt zu der kleinen Sperre, durch die man in die Halle gelangte. Wir retteten uns aus dem Wasser, und Blok rückte mir einen Liegestuhl zurecht. Ich streckte mich aus und schloß die Augen. *Agenten*! Ich wurde das Wort nicht mehr los; ich sah uns dicht bedrängt, unfähig, die Regie zu übernehmen. Ich spürte einen heftigen Druck in der Nähe des Herzens, eine unangenehme Verkrampfung, Atemlosigkeit. Es weckte die Erinnerung an die einsamen Nächte, an diese Wechselbäder, die ich längst für vergangen gehalten hatte. Blok beugte sich zu mir.

»Sag mal, geht es jetzt besser?«

»Es ist so schwül hier, Ausdünstungen, lauter Nebel… Diese Temperaturen sind extrem…«

»Auf, komm, ganz nach draußen… Wird es gehen?«

Ich stand auf, und wieder schwankten die Leiber vor meinen Augen. Es war ein sinistrer Gliederspeck, keine Konturen. Meine Haut kam mir ausgedörrt vor, seltsam entschlackt, von den Fesseln befreit. Blok ging langsam voraus, als ebne er einem Untüchtigen den Weg. Ein Bademeister erkundigte sich nach meinem Befinden, doch Blok winkte ab. Er hielt mir die Tür auf, dahinter begann der Bereich der Umkleidekabinen, dunkelblaue Rhythmen, gestaffelte Denkmäler. Ein leichter Durchzug, eine Kühle, als saugte man Luft ab von oben…

Dann wurde mir plötzlich sehr schwer. Einige Schritte, und ich setzte mich eine Weile. Der regelmäßige Atem kam allmählich zurück, Schweiß auf der Stirn. Ich zog mich an, Stück für Stück, die Reihenfolge bedenkend. Dann an den rauschenden Föhnen vorbei, röhrende Triebwerke, nichts sonst… Blok wartete oben vor dem Ausgang, und wir gingen nach draußen. Der Abend! Nichts mehr als der Abend!

»*Der süße Abend kommt, der's mit den Schächern hält*«, sagte ich leise. »Dir geht's besser?«

»Ja, alles in Ordnung!«

»Hätte ich es dir nicht erzählen sollen, das mit Frankie?«

»Nein, das war es nicht.«

»Bist du wieder in Form?«

»Bin ich…«

»Weißt du was, wir machen es noch einmal wie früher…«

»Was?«

»Ein paar Runden *Kölsch*… Das entspannt. Hältst du mit?«

»Ich zahle.«

»Wo wir schon dabei sind, alles zu klären… Hast du gar nichts geahnt, von Frankie und mir?«

»Nichts.«

»Aber du hast es doch gehört, all dieses Streiten…«

»Ich?! Wo gehört?«

»Nebenan, du lagst doch mit Doris direkt nebenan.«

»Du weißt davon?«

»Für wie dumm hältst du mich?«

»Hat sie dir etwas erzählt?«

»Ich hab euch gehört, ich hab euch gesehen, und zum Dritten: Lautner hat es schon vor Monaten gemeldet...«

»So ist das...«

»Ja, so *ist* das...!«

Meine Anstellung hatte sich bald herumgesprochen, ich merkte es an der jeden Tag reichlicher werdenden Post. Ich erhielt Einladungen zu Vernissagen und Vorträgen, zu Weinproben und internen *dates* mit klug ausgewählten, bunt zusammengestellten Mannschaften. Die Stadt hatte sich in den letzten Jahren verändert, sie hatte viel Jugend angezogen, Aufsteiger aus dem Frankfurter Umland, die hier ihre Nächte verbrachten, Unternehmer, die ein passendes Ambiente suchten, kleine Geschäftemacher, die Boutiquen und Kneipen eröffneten. Das Operettenflair des letzten Jahrhunderts erwies sich als Marke, man brauchte die Szenerien nicht erst zu erfinden oder neu aus dem Boden zu stampfen. Die verplüschten Absteigen wurden gekonnt renoviert, und aus alteingesessenen Weinstuben wurden Probierlokale mit ausgefallenen Sorten. Sanierungen trieben alles voran. Der Bezirk um das Verlagshaus wurde zur *Altstadt* erklärt und blieb kleinen Läden vorbehalten, die auf schnelle, vermögende Kundschaft setzten; Baulücken wurden durch Galerien und Passagen geschlossen, verspiegelte Fluchten, in denen niemand lange verweilte. Die früher noch deutlich unterscheidbaren Viertel verschmolzen zu einer einzigen, geschlossenen Zone, dem immer dichter und uniformer werdenden Terrain der Innenstadt, die mit ihren Ablegern nichts mehr verband. Diese früher dörflichen Bezirke vor den Toren verwaisten und wurden zu Endhaltestellen von Bussen, die regen Verkehr imitierten. Es war eine Zeit hektisch betriebener Verwandlungen, das Alte durfte erstrahlen, und das Neue wurde aus seinem Fonds bezogen. In allem aber bewies sich ein Sinn für Kulissen, Verkleidungen, für das Interieur; die Waren wurden reich dekoriert, und die Passanten fügten sich ein in die gestellten Bilder von kühler Erstarrung. Das Abrupte schied aus, man kultivierte die Übergänge, die gedehnte Bewegung überspielte die Brüche. Die Schau galt dem Material und seiner Kombination, ein Sich-Vertiefen in Stoffe, Farben und ihre Noten, bei denen Halbwerte vorherrschten. Nichts Durchdringendes, nur Atmosphären von Abwesenheit; keine Annäherungen, nur langes Verweilen. Am frühen Abend saß ich gern noch für eine Stunde in meinem Büro, auf den leeren Gängen unterhielten sich die Putzfrauen; die Menschenströme draußen vor meinem Fenster waren untergetaucht, und die Kehrmaschinen dröhnten durch die Fußgängerzone. Ein erstes Flackern drang schon herauf, Waben von Leuchtreklamen, die immer von neuem ansprangen; ich öffnete das Fenster, ein Warten auf das ersterbende Gemurmel. Die Stadt erschien mir jetzt wie ein Gewächs, aufbrechend, narkotisierend. Ich stand ganz still und lauschte; der flüchtende, dünner werdende Verkehr, die ersten, das Terrain erkundenden Gruppen, diese Balancen prägten sich ein. Ich zündete mir eine Zigarette an und dachte mich in meine Rolle zurück; hier stand ich, die Atmosphären einsaugend, ein Späher…

Calderón ließ mich kalt. Zum Dank für meinen Artikel hatte mir Linda Francis zwei Premierenkarten geschickt; ich war mit Doris hingegangen, es war unser erster gemeinsamer Auftritt, und wir bemerkten die prüfenden Blicke unserer gemeinsamen Bekannten, die auf Lindas Schauspielkunst neugierig geworden waren. Sie hatte sich durchgesetzt, das erkannte ich gleich; aus der Rolle der Rosaura hatte sie eine Hauptrolle gemacht, und sie verlieh ihr etwas Stolzes und zugleich Ruheloses, indem sie die Verwandlungsspiele, die sie bald als Mann, bald als liebende Frau vorstellten, auskostete. Ihr Spiel war glanzvoll, ein berechnender Umgang mit den Extremen, gipfelnd in einem langen Monolog des letzten Aktes, den sie mit großer Verzögerung, fast gebärdenlos, sprach. Man folgte ihrem Spiel mit innerer Beteiligung, die Augen aller ruhten auf ihr, doch selbst ihre Kunst konnte die schwerfälligen Konstruktionen des Stückes nicht vergessen machen. All diese Geschäfte und Verwicklungen wirkten aufdringlich unzeitgemäß, man sollte an ihrer Klärung Gefallen finden und empfand sie doch nur als lästige, aufhaltende Momente, die den Fluß der Darstellung behinderten.

Nach der Premiere machten wir uns auf den Weg ins *Rheingold*, wo sich die Schauspieler gewohnheitsgemäß trafen.

»Hast du bemerkt, wie sie den anderen die Schau stiehlt?« fragte mich Doris.

»Sie ist sehr selbstbewußt.«

»Unmöglich führt sie sich auf! Sie reißt alles an sich, in jeder Szene, in der sie auftritt, sind die Übrigen nur Statisten. Und sie sucht den Kontakt zum Publikum, ganz direkt. Während ihres Monologs hatte sie sogar noch ein Auge für die ersten Reihen.«

»Ist mir nicht aufgefallen.«

»Stell dich nicht dumm! Du hast sie die ganze Zeit über angestarrt, es war nicht zum Aushalten.«

»Unsinn! Ich habe sie nur genau beobachtet.«

»Aufgefressen hast du sie mit deinen Blicken! Ein Wunder, daß du nicht auf die Bühne gehüpft bist.«

»Doris, bitte! Es gibt keinen Grund für Eifersucht.«

»Gibt es doch. Erinnere dich daran, was wir verabredet haben. Nichts nebenher! Wenn du dich ranmachst an sie, wirst du mich kennenlernen…«

»Ich?! Mich ranmachen? Wie kommst du darauf?«

»Sie braucht Leute wie dich, sie weiß, wie man die Presse einwickelt.«

»Für so einen hältst du mich? Für einen, der seine Stelle ausnutzt? Das wäre ein mieser Anfang in diesem Geschäft.«

»Du wärst nicht der Erste. Sie kennt alle Tricks, im Leben noch mehr als auf der Bühne. Sie ist die geborene Verführerin.«

»Das denkst du dir so. Sie hat eben Ausstrahlung, was spricht denn dagegen?«

»Meynard, sei nicht naiv! Hast du noch die Szene im Kopf, wo der arme Irre sie beinahe vergewaltigt hätte?«

»Du meinst Sigismund, den Sohn des Königs?«

»Frag nicht so scheinheilig! Er hat sich auf sie gestürzt, sie hat ihn bis aufs Blut gereizt mit ihren Koketterien, die ganze Skala ging sie durch…«

»Stimmt, sie war nicht schlecht.«

»Nicht schlecht?! Heiß und kalt ist mir geworden, man sah genau, wie sie's drauf anlegt.«

»Sie spielt die Szene aus…«

»Das war kein Spiel! Sie hat sich hingegeben, rückhaltlos, sie war verzückt, nah am Exzeß…«

»Jetzt übertreibst du.«

»Hart an der Grenze hat sie ihn geködert, wer so spielt, hat sich entlarvt. Sie bringt die anderen in Gefahr.«

Wir betraten das *Rheingold*, und Blok, der in der Nähe des Eingangs saß, gab uns ein Zeichen. Wir setzten uns neben ihn, und Doris ließ nicht locker. Sie wollte wissen, wie es Blok gefallen habe.

»Ganz passabel«, sagte Blok, »das Stück taugt nicht viel, aber sie macht das Beste daraus.«

»Männer!« erwiderte Doris. »So reagieren Männer! Sie spielt ein heuchlerisches Weibsbild, und euch gefällt es.«

»Sie spielt exaltiert, wenn du das meinst«, sagte Blok, »normal kann ich sowas nicht ausstehen, doch in diesem Fall sitzt es. Sie muß eine anstrengende Person sein.«

»Was ihr nur habt«, sagte ich, »ich kam sehr gut mit ihr aus. Sie ist offen und zugänglich, ohne Theater.«

»Heb sie nur weiter auf den Sockel«, meinte Doris, »dir hat sie ihren Ruhm zu verdanken, und ich wette, sie läßt dich nicht los.«

»Meynard ist über sowas erhaben«, sagte Blok grinsend, »der pflegt sein eigenes Spiel. Ich kann mir nicht denken, daß Meynard die Kontrolle verliert.«

»Wenn ich's erfahre, kann er mit mir rechnen«, erwiderte Doris, doch Blok hörte ihr nicht zu, sondern, wandte sich zur Tür, durch die Lautner und seine Gefolgschaft das Lokal betraten. Linda Francis war darunter, als sie mich sah, kam sie sofort zu mir.

»Setz dich zu uns, Meynard«, sagte sie einladend, »ich will deine Meinung hören.«

»Er gehorcht aufs Wort, schöne Frau«, meinte Doris, als ich aufstand, um mich an den reservierten großen Tisch zu setzen, an dem schon einige Schauspieler Platz genommen hatten. Im Stillen brachte ich sie mit ihren Rollen in Verbindung, die Erinnerung wirkte ganz frisch, doch die meisten gaben sich ausgelassen, leicht überreizt, als wollten sie die Aufführung möglichst rasch vergessen.

»Gott«, sagte Linda, »wie heiß mir ist! Kinder, macht die Tür einen Moment lang auf, ich komme sonst um.«

»Wir unterhielten uns gerade über das Stück«, sagte ich und nahm neben ihr Platz, »man hat seine Mühe mit all den Verwicklungen.«

»Habe ich dir schon gratuliert?« fragte Linda. »Aus der Vertretung ist ja rasch mehr geworden! Der Aufstieg gefällt mir.«

»Es kam wie aus heiterem Himmel, ich hatte nie mit sowas gerechnet.«

»Aber natürlich hast du! Alle Welt weiß doch, wie Lautner dich aufgebaut hat.«

»Aufgebaut hat?! Davon habe ich selbst am wenigsten mitbekommen. Wir waren nicht einmal Freunde.«

»Freunde baun sich nicht gegenseitig auf, Freundschaft trübt nur den Blick. Ich bin auch nicht mit meinen Kollegen befreundet, da gibt es Grenzen.«

»Gut, auch ich respektiere die Grenzen. Trotzdem, meine Einladung gilt nach wie vor, überleg es dir einmal.«

»Das brauche ich nicht, mit dir ist es was anderes. Wo und wann? Warte, ich schreib es mir auf...«

Sie holte einen Kalender aus ihrer Tasche, und wir vereinbarten einen Termin. Ich bemerkte, daß Lautner uns beobachtete; mein Blick begegnete seinem, er stand auf und ging an die Theke, als wollte er mit mir etwas besprechen. Ich folgte ihm, und wir unterhielten uns, den anderen den Rücken zudrehend.

»Also, *champ*«, begann Lautner, »die Sache ist astrein gelaufen. Ich hoffe, du siehst klar, wem du deine Karriere verdankst. Wir verstehn uns?«

»Lautner, ich sage dir offen, ich war überrascht. Wir hatten nicht gerade den besten Kontakt.«

»Vergiß es! Das ist Schnee von gestern. Jetzt bist du voll drauf, und ich erwarte mir einiges.«

»Ich hänge mich rein, das kannst du glauben…«

»Reden wir mal nicht drumrum! Ich bin für Klarheit, das bist du von mir gewohnt. Ohne mich wärst du nichts, soviel steht fest. Und ohne mich wirst du nicht bleiben, das ist deutlich. Du mußt wissen, wem du etwas schuldest.«

»Schulden?! Das geht zu weit. Dankbar bin ich dir, ja, doch schulden tu ich dir nichts…«

»Halt die Luft an! Was glaubst du, wofür ich dich eingebracht hab? Für ein paar freundliche Worte? Mach dich nicht lächerlich! Klipp und klar: wir halten engen Kontakt, ich leg dir einige Nummern auf, und du bringst meine zum Rauschen! Da läuft nichts gegeneinander! Ich laß mit mir reden, aber nur, wenn es spurt; ein paar Anzeigen sind für dich drin, unauffällig gechartert, ich mach das schon locker…«

»Aber Lautner, du bist noch immer der Alte. Unverschämt, dreist, großkotzig. Auf diese Tour läuft mit mir nichts, das weißt du genau.«

»Ach ja? Das werden wir sehen. *Champ*, du bist neu im Metier, vergiß das nicht! Schneller Aufstieg, rascher Fall! Wollen nicht hoffen, daß es soweit noch kommt. Ich bin kein Unmensch. Ich verlange Kooperation, verschwiegen und klassisch, das biete ich an. Du stänkerst mir nicht gegen alte Bekannte, du bleibst an der Leine. Durch dich hab ich meinen Fuß in der Zeitung, und diese offene Tür schlägst du mir nicht zu!«

»Hör zu, Geschäftemacher! Gegen Kontakt habe ich nichts, Versprechungen aber gebe ich keine. Wollen wir nicht erst mal sehen, wie sich alles so anläßt? Komm, mach mal ein freundliches Gesicht! Ich bin gar nicht so…«

»Okay, so gefällst du mir besser. Aber, jetzt ganz zwischen uns: Keine Extratouren! Und, was unseren gemeinsamen Star hier betrifft, von der läßt du die Finger!«

»Lautner, du übertriffst dich! Seit wann regt sich in dir denn eine Empfindung? Sowas kennst du doch sonst nicht…«

»Komm mir nicht schäbig, ich hab es dir deutlich gesteckt, nur zwischen uns!«

»Ist ja gut, reg dich nicht auf. Ich weiß zu schätzen, daß es dich hinreißt.«

»Nichts weißt du, gar nichts, wie immer.«

»Na, um so besser… Komm, ich geb einen aus, soweit laß ich mich gehen.«

»Stop, da wäre noch was… Ich hab dich damals nach Bloks Plänen gefragt, da hast du mich sauber gelinkt. Er hat das Rennen gemacht, mit undurchsichtigem Kapital…«

»Davon wußte ich nichts, das kannst du mir glauben…«

»Wenn ich dir's glaube, will ich hören, woher er das Geld hat…«

»Nein, da fragst du den Falschen… Frag Blok, der ist der Richtige.«

»Du behältst es also für dich? Gut, *champ*, ich verstehe. Ich behalte euer Tandem im Auge, kannst du mir glauben.«

»Mach, was du willst, jetzt trinken wir einen und lassen die dumpfen Andeutungen!«

Ich bestellte zwei Bier und versuchte, ihn von seinen Themen abzubringen. Als ich mich umschaute, war von Doris nichts mehr zu sehen. Blok stand gerade auf und wollte sich ebenfalls davonmachen. Ich ging zu ihm, und er fragte mich knapp: »Sag mal, was willst du nur mit den Scheißern?« Dann verließ er das Lokal.

Ich setzte mich wieder neben Linda; sie schien die Szenerie

zu beobachten. Sie legte mir eine Hand auf die Schulter und unterhielt sich dabei mit ihrem Gegenüber. Ich sagte nichts, es war ein gutes Gefühl, und ich wollte es mir erhalten.

Gegen acht im Büro sein, vor den anderen, die Agenturmeldungen durchgehen. Lesen diagonal, gekonnt destillieren und umschreiben. Anrufe für knappe Recherchen, Vertraulichkeit zusichern, Band mitlaufen lassen. Schreib dich ein, schreib dich heiß, gegen zehn, wenn die anderen erscheinen, hast du die ersten Verse geschmiedet. Kurz nach draußen, kleines Frühstück in zwanzig Minuten, vorbestellt, zwei Eier im Glas, Toast, ausgepreßte Orangen, dazu *Süddeutsche Zeitung*, obligatorisch das *Streiflicht*, Münchener Petitessen und Bayernfolklore. Zurück, keine Gespräche, eine halbe Stunde konzentriert im Lokalen. Wovon träumen *Die Grünen*, auf welchen Festen tanzt der *OB*? In einer Diskothek wurde gezündelt, man munkelt Vergeltung. Kurzer *small-talk* mit Piehl, Rükkendeckung für einen Schuß gegen *fast-food-Klitschen* im Sanierungsgebiet. Arbeit an einem Artikel, Konzentrationsstörungen bei Jugendlichen und Tablettenkonsum. Gegen zwei Uhr Treffen mit Männie, der mehr über den Brand weiß, kein Alkohol, nur *Fachinger* Wässerchen und Salatvitamine. Den Artikel beenden, liegenlassen bis morgen früh. Vormerken, als Erstes redigieren. Kataloge durchgehen und bei Verlagen Bücher anfordern. Kurze Briefe nur mit der Hand, läuft schneller, macht guten Eindruck. Post sortieren, Grundregel: umgehend beantworten, Interesse andeuten, Zusagen ausschließlich mündlich. Mit Doris verabredet, Besuch von zwei Galerien in vierzig Minuten, *junge Künstler stellen sich vor*, Photograph im Schlepptau, Kunstgestammel der lauesten Sorte, warum bringt sich das Innovative ums Denken?

Noch einmal zurück ins Büro, Zeit zum Planen, Zeit zum Studieren. Termine von morgen durchgehen, telephonische Rückversicherung, auf Pünktlichkeit bestehen. Kurze, gezielte Kontakte, Empfehlungen für den *Belegversand*, ein Sprung in die Druckerei. Hausmannskost, Hausinterna, da drunten rotiert es. Im Haus wird es stiller, du streifst durch die Gänge, hier und da fällt etwas ab. Jetzt kreist der Tagesnippes in dir, du kommst nicht zur Ruhe. Zurück an deinen Tisch, lies dich still. Einsteigen, aufsteigen, *Spider 2000*. Noch zwei Lokale am Abend, fader Klatsch, doch du mußt ihn schlucken, denn du bist längst ein Teil. Spätestens Mitternacht willst du für dich sein, aber du weißt, du versprichst dir zuviel.

Seit Männie mit mir zusammenarbeitete und als meine rechte Hand galt, ließ er sich *Mano* nennen. Schnell hatte er im Pressehaus Zugang zu fast allen Abteilungen gefunden. Er kleidete sich jetzt nach den neuesten Trends, lässig und bequem, und er verstand sich am besten mit den weiblichen Mitarbeitern, die ihn hätschelten, wann immer sie konnten. Männies kurze Auftritte waren beliebt, denn er sorgte für gute Stimmung; er konnte es sich leisten, frech und unbekümmert zu erscheinen, weil er noch als einer von draußen galt, unabhängig, aber an jeder Neuigkeit interessiert. Er hatte ein besonderes Geschick, die anderen zum Reden zu bringen; mit einigen lockeren Bemerkungen bereitete er den Boden, seine Witze und Redensarten machten die Runde. Sobald man auf sie einging, war man verloren; er verstrickte einen in ein kurzes Palavern, dann war man schon mitten in einer Erzählung, und Männie machte noch Fahrt, indem er einem zunickte oder Verständnis anklingen ließ. Man steckte ihm Zigaretten und Süßigkeiten zu, und er verstaute dieses Animiergeld in seinen ausgebeulten Taschen, die er nie zu leeren schien und in denen er zerstreut herumfingerte. Er konnte sich für Momente zu völliger Ruhe zwingen, dann blickte er einen stumm und eindringlich an, als erwartete er Besonderes; leicht ließ man sich in solchen Situationen zur Ausführlichkeit hinreißen, doch mit einer einzigen plötzlichen Bewegung durchtrennte er diesen Faden und machte sich wieder davon. Auf nicht zu Ende geführte Gespräche baute er auf; er behielt die angerissenen Themen länger im Kopf als man selbst. Mit einigen Stichworten rief er den Text ab und streute dazu, was ihm durch den Kopf gegangen war; viele ließen sich gern so von ihm ansprechen, denn er suggerierte mehr als die Bereitschaft, gut zuzuhören. Wahrhaftig wartete er auch mit kleineren Hilfeleistungen auf, als ginge es ihm um das Wohl der anderen. Mir gegenüber verhielt er sich sachlicher, aber ich wußte, daß er an vielen Ecken seine Geschäfte betrieb, ein allzeit gut aufgelegter Kumpel, dem niemand Böses nachsagen konnte.

Zu Franz Schmahl hielt er den besten Kontakt, und alle wunderten sich über das Duo. Schmahl war einer der älteren Mitarbeiter, seit mehr als zwanzig Jahren arbeitete er bei der Zeitung, eine unentbehrliche, niedrig bezahlte Kraft, die das Haus mit jenen Knittelversen und Kalauern versorgte, wie sie nur einem gebürtigen Mainzer zuzutrauen waren. Schmahl wohnte noch immer in Mainz, kaum ein Tag verging, ohne daß er seine Herkunft hervorhob und sein *Anderssein* betonte; auch in zwei Jahrzehnten war ihm Wiesbaden fremd geblieben, eine zwielichtige, undurchschaubare Stadt, von der man sich fernzuhalten hatte. Mainz dagegen war angeblich harmlos und heiter, ein Ort voller schlitzohriger Alleinunterhalter, die nichts wörtlich meinten und ihr Understatement gern übertrieben. Schmahl galt als *son-*

nig; er war klein, untersetzt, gesegnet mit jenem Humor, den man Rheinländern nachsagt und der mit der Zeit etwas schal geworden war. Dazu gehörte sein breiter Dialekt, ein Auftrumpfen mit gequetschten Vokalen und falsch angeschlossenen Nebensätzen, das er eigensinnig beibehielt. Seine Komik wirkte drastisch, vollmundig und löste sich leicht von ihrem Anlaß; er verstand sich auf Anzüglichkeiten, und er brachte sie unter, als wäre alle Welt an sie gewöhnt. Man gab sich schockiert, doch längst hatte Schmahl die versteckten Lacher aufgegabelt und für sich verwendet. Solch ein Verhalten ließ an Schläue denken, doch es folgte nur einem sicheren Instinkt; es war der Instinkt des ewig Unterlegenen, der gern überspielte, daß er sich zurückgesetzt oder betrogen fühlte.

Schmahl arbeitete in der Anzeigenabteilung, doch er verstand sich als frei verwendbarer Gehilfe, der gern für andere einsprang, ohne zu murren. Bei Krankheitsfällen hatte er Kollegen aus den verschiedensten Bereichen vertreten; er konnte sich in der Druckerei nützlich machen, oder er half an der Pforte aus. Jeder dieser unterschiedlichen Dienste schien gerade für ihn geschaffen, nirgends wirkte er fremd, sondern meist wie einer, der alles mit Routine betrieb. *Routine* war eins seiner Lieblingswörter, von denen die meisten beschwichtigend klangen; sie waren Ausdruck einer langen Gewöhnung, die ihm etwas Zeitloses, Entspanntes verlieh. In seinen privaten Verhältnissen hatte er ebenfalls alles gerichtet, er lebte allein und kam gut damit aus.

Männie und Schmahl suchten einander, aus jeder zufälligen Begegnung machten sie ein sich hinziehendes Treffen. Sie hatten eine eigene Weise des Umgangs gefunden, ein Sich-Uzen und Foppen, mit Spuren rüden Vergeltens. Ihr Schlagabtausch konnte sich einen ganzen Tag lang hinstrecken, sie ließen nicht nach, bis sie ermüdet waren oder der Feierabend dem ein Ende setzte. Oft traf man sie dann in der Kantine; sie tranken Bier aus Flaschen und spielten die rohen *Underdogs*, die sich über andere nur noch mokierten. Bei solchen Gelegenheiten war es besser, das Weite zu suchen; die beiden verunglimpften alles, kleine Stiche und Beleidigungen waren nicht selten. Ihre Sympathie füreinander bekam mit der Zeit etwas Unheimliches, und sie wurden zu einem immer dreisteren Gespann, das sich an seinen respektlosen Formulierungen ergötzte.

Ich hatte mir vorgenommen, mit Männie darüber zu reden, es war besser, solche Anwandlungen schon im Keim zu ersticken. Ich wartete eine günstige Gelegenheit ab, an einem Mittag waren wir allein in meinem Büro.

»Männie«, setzte ich an, »zwischen Schmahl und dir, was laufen da für trübe Kontakte?«

»Zwischen Schmahl und mir? Was soll da schon laufen? Du kennst Schmahl doch selbst. Büroklatsch, der übliche Blödsinn…«

»Was für Büroklatsch?«

»Na zum Beispiel gezielt über dich …«

»Schmahl lästert herum über mich, und du beteiligst dich auch noch daran?«

»Quatsch! Schmahl lästert nicht, er hält dich für einen *Profi*. Meynard, sagt Schmahl, ist ein ganz Ausgekochter, wie der durch die Gänge pest, keinen Blick rechts, keinen links, nur seine Seite im Kopf! So einer imponiert, sagt Schmahl, so einer steht über den Dingen! Und dann seine Artikel, die Glossen, das *Schlaglicht*! Einfach *Spitze*! Dem Meynard, sagt Schmahl, dem macht keiner was vor. Der ist als Erster morgens am Schreibtisch, und der hat die Spreu längst gesondert, wenn die anderen noch scheffeln. Meynard ist ein *workaholic*..., sagt Schmahl.«

»Und diesen Unsinn hörst du dir an?«

»Ich hab Schmahl doch darauf gebracht. Der kommt nicht auf sowas, dem wuselt es höchstens im Hirn, aber allein, für sich, leistet der so etwas nicht.«

»Du flötest ihm sowas? Und wozu?«

»Damit dir keiner krumm kommt. Meynard, der *Profi*! Das ist dein Image! Das brauchst du. Wenn sie so über dich denken, bleibst du von allem verschont. Sonst aber, ahoi! Sie könnten denken, du seist arrogant, du hieltest dich für etwas Bessres als sie. Und da sind sie empfindlich.«

»Männie, das paßt mir nicht...«

»Weißt du was? Ich schotte dich ab, für die bist du nur ein Phantom. Ein besessener Typ, ohne alle Geschichten. Einer, dem man nichts nachsagen wird. Und, mal im Ernst! Ist das nicht so? Du *bist* doch besessen, dir steht doch der Sinn nach nichts anderem mehr! Keine Frauengeschichten, höchstens mit Doris, zwei-, dreimal die Woche ein Rundflug. Ist ja nicht mehr normal, deine Verrücktheit!«

»Du siehst das selbst so?!«

»Ich will dir nur helfen, glaub mir das mal! Deine Seite ist ein Luxusartikel, die Belegschaft stürzt sich darauf wie auf ne Droge. Die wollen *glamour*, das Besondere, die zackige, auffällige Schreibe! Und du bringst es! Du bringst es wahrhaftig! Wer schafft das denn schon? Und was bleibt dir übrig? Entweder du *lebst* nach deinen Sprüchen, dann will man mehr Staat, mehr Angeberei, lauter *highlife*-Histörchen! Oder du verweigerst dich strikt, Meynard, der *Profi*, der die Welt nur in seinen Artikeln verbraucht.«

»Beides ist ekelhaft genug.«

»Ach ja? Und das dämmert dir jetzt? Du sitzt mitten drin, vergiß das mal nicht, und ich sitze mit, und ich habe vor, lange zu sitzen. So einen exklusiven Job gibt es nicht nochmal. Mach dir das klar!«

»Ich weiß schon…«

»Nichts weißt du, du machst dir nicht mal Gedanken! Du denkst, es genügt, du *powerst* dich aus! Aber nix da, gefüttert wollen sie werden, die Belegschaft hungert nach so einem wie dir. Wenn es nach mir ginge, liefst du ganz anders herum.«

»Und wie?«

»Ich liefre dir die Frauen direkt an die Hand. Wenn du willst, alle paar Wochen ne neue. Ich mache sie fiebrig und startklar für dich, das kannst du mir glauben. Ich bräuchte nicht mal viel Energie, die Bestellungen hab ich schon in der Tasche.«

»Du hast was…?!«

»Eine Handvoll, die schielen nach dir. Man weiß, wo du frühstückst, man kennt deine Manieren. Je weniger du von dir preisgibst, um so näher rückt man doch ran… Was ist? Glotz doch nicht so! Gib den Startschuß, und ich manage dir deine Rennen!«

»Hör jetzt auf, ich will nichts hören davon!«

»Gut, ja, der *workaholic*! Wir sprechen uns noch!«

Er lief hinaus, das Gespräch hatte ihn aufgeregt. Hatte er recht? Sollte mich das alles überhaupt etwas angehen? Ich verstand meine Arbeit als streng, sie zum Lebenselixier auszugestalten, wäre mir nie in den Sinn gekommen. Der Besessene, diese Rolle gefiel mir mehr als die eines albernen Tändlers, der seine kostbare Zeit für Amouren opferte. Andererseits mußte ich zugeben, daß das Leben mit Doris einförmig geworden war, ein Zusammensein ohne den Stachel heftiger Verlockung.

Ich räumte meinen Schreibtisch auf und lief auf die Straße. Das Strömen, all diese gleitenden Bewegungen… Ich atmete tief durch, dann mischte ich mich eilig hinein…

An diesem Nachmittag ließ ich die Arbeit liegen. Ich ging ins *Dortmunder* und bestellte ein *Kölsch*. Das Lokal war zu dieser Stunde fast leer, nur neben mir an der Theke unterhielt sich eine kleine Männerrunde, die Rechte in der Hosentasche, die Linke am Glas, nicht um Worte verlegen. Es waren Immobilienhändler aus dem Frankfurter Raum, ein Zahnarzt, der seinen freien Nachmittag durchbrachte, und ein Croupier, der alle in der Meinung bestärkte, beim Spiel gebe es nichts zu gewinnen. Ich stand etwas abseits, voller verstreuter Gedanken, und versuchte, die alte Leichtigkeit wiederzufinden. Ich durfte nicht lange an etwas Einzelnes denken, schon diese Fixierung verdarb schnell die Stimmung. Ich trank hastig, das kühle Bier hatte wie früher eine beruhigende Wirkung, ein Ausgleichen von Spannungen, die sonst nur an mir zerrten. Manchmal hatte ich in den letzten Tagen solche Krämpfe gespürt, unerklärlichen Druck, durch nichts Ordnendes zu verscheuchen. Die Arbeit war anstrengend, und sie versetzte mich oft in einen unaufhaltsamen Taumel. All die Themen, Projekte und Phantasien bildeten dann ein sich immer dichter zusammenschnürendes Geflecht, in dem ich den Überblick verlor. Ich hatte gehofft, so etwas wie *Öffentlichkeit* mitzugestalten, einen dichten, lebhaft besetzten Raum voller scharfer Debatten. Statt dessen saß ich in einem beinahe lautlosen Käfig, anscheinend angewiesen auf die schwankenden Stimmungen einer Belegschaft, die sich auf Blößen verstand. Seit ich in der

Zeitung arbeitete, war ich einsamer geworden, und ich wußte, daß ich nur deshalb so unbarmherzig früh aufstand, um dem schleifenden Ablauf des Tages eine Gegenwehr zu bieten. Viele Redakteure litten an diesem unmerklichen Driften wie an einer Krankheit, die nicht zu heilen war. Sie begann mit Ausschlafen am Morgen, mit kleinen Mitteln gegen die Dumpfheit, mit ausgedehnten Mittagen, und sie mündete in das Empfinden, jede Kontrolle verloren zu haben. Es war ein Gefühl des Versandens, verursacht durch ein maßloses Ungleichgewicht von Aufwand und Zweck. Im eignen Innern drehte sich eine feine Spirale, auf der nichts wahrhaftig vorankam; um so kräftiger die Verlautbarungen, um so gehetzter der Umgangston. Man hätte sich diesem Aufputschen gerne entzogen, letztlich war es nur ein lächerliches Relikt überkommener Vorstellungen von diesem Metier, doch es drängte sich überall auf und wurde immer mehr eins mit den Dingen. Schließlich erschien einem der tonlose Raum um einen herum, auf dessen fordernde, werbende, urteilende Stimmen man nur vergeblich wartete, wie ein molekulares Gebilde, eine Kette beliebiger, teils zufälliger, teils mechanischer Reaktionen, die keine Berechnung mehr erfassen konnte. Das *Material*, das Material war zu nachgiebig, viel zu porös, nirgends knüpfte eins ans andere an, kein Faden, nur diese Versprengtheit …

Ich trank weiter, und wie oft in diesen Momenten packte mich eine Verbindung von Gleichgültigkeit und Lust. Gleichgültig war das alles um mich herum, ein ferner rückendes Einerlei, bestimmt von immer denselben trivialen Gesetzen; die Lust aber zog mich hinaus, ein stärker werdendes Beharren auf Ausschweifung, auf rasches Verstehen ohne peinigenden Vorspann. Ich bestellte zum Abschluß noch einen *Aquavit*, damit wäre dem hier vorläufig ein Ende gemacht. Draußen tummelten sich jetzt die Passanten, aber ich nahm ihre Bewegungen nur noch gebrochen wahr, abgeschnitten von mir, lästige Figuren, die nicht an mich rühren sollten. Rasch, nur rasch irgendwo hinein! Ich betrat ein Bistro, auch hier nur diese müden Gesichter und die verspielt wirkenden *Espresso*-Tassen mit den hellbraunen Schaumrändern! Weiter, jetzt vielleicht einen *Prosecco*? Ich nahm mir eine Zeitung vor und begann zu lesen. Nichts, diese Texte erreichten mich nicht mehr, allesamt erschienen sie *komisch*, als böten sie nur den Stoff für einen theatralischen Akt. Und diese Verrenkungen, und all die Leiber in meiner Nähe! Warum diese Distanz? Warum dieser Schnickschnack falscher Redensarten und diese viel zu deutliche Gläubigkeit gegenüber allem Realen? Noch einen *Prosecco*, man grüßte, eine Stimme ganz dicht an meinem Ohr, doch ich war nur ein Phantom, huschhusch, gleich wieder hinaus! Immer weiter, wo war nur ein Halt? Ich betrachtete die Auslagen in einem Fischgeschäft, rosarot, hellgrün, türkis hatte es sich da zusammengerottet. In einem Aquarium schwebten maulwerfende Karpfen mit zuckenden Kiemen und verwundeten Schuppen; unter ihnen ein Wels, dessen feine Barthaare am Glas entlang streiften. *Austern*! Jetzt nichts als Austern! Ich ging hinein und ließ mir ein halbes Dutzend öffnen, einen trockenen Weißwein dazu. Den Tag über hatte ich nichts gegessen, so war es richtig, geringe Mengen mit narkotisierender Wirkung! *Zitronen*! Zwei halbe Zitronen, schon dieses Duften machte euphorisch. Ich biß in eine der Hälften, vorsichtig, nur einen Schluck, das Gallert schnell hinterher! Diese feinen Abstimmungen erweckten immer ein Glück. Ich hatte nichts vor, dieser Tag sollte ziehen …

Ich trank aus und brachte den Teller mit den Schalen zurück. Jetzt nicht nachlässig werden! Ich überlegte kurz, wie es weitergehen könnte. Keine Bescheidenheit! Keine halbherzigen Manöver! Ich schlug ein Telephonbuch auf und suchte nach Lindas Nummer. Sie meldete sich, und ich fragte sie, ob wir unsere Verabredung vorziehen könnten. Heute Abend, in einer Stunde! Sie stimmte zu, und ich machte mich auf den Weg zu dem italienischen Lokal, in dem wir uns treffen wollten. Es war besser, jetzt nirgends mehr einzukehren. Studiere die Örtlichkeit, trink weiter, aber gezügelt! Iß etwas Brot und denke dir nichts! Du bist Meynard, der *Profi*!

Als Linda das Lokal betrat, durchzuckte mich für einen Moment der Gedanke, ich sei zu voreilig gewesen. Sie trug eine kragenlose Jacke, darunter eine Weste mit großen Knöpfen, und sie machte durch ihre betont modische Kleidung einen so eleganten Eindruck, daß ich mir als der falsche Partner vorkam. Sofort war man auch aufmerksam auf sie geworden, zwei Kellner bemühten sich mit übertriebener Höflichkeit um sie, und obwohl sie direkt auf meinen Tisch zusteuerte, folgten sie ihr wie zwei schnüffelnde Köter, die die Spur aufnahmen. Ich stand etwas steif auf und ging um den kleinen Tisch herum, um sie zu begrüßen. Schon diese Formen waren im Grunde ein Zuviel, doch ich hielt sie ein, um nicht unhöflich zu erscheinen.

»Schön, daß du Zeit hast«, sagte ich und ließ sie Platz nehmen, »ich hatte einen schwierigen Tag, und da dachte ich, dem wollen wir Abhilfe schaffen.«

»Was war denn los?« fragte sie und lächelte kurz einem der Kellner zu, der sich bemüßigt fühlte, eine neue Kerze auf unseren Tisch zu stellen.

»Heute lief alles daneben«, sagte ich, »kein Schwung, keine Extras! Es gibt diese Tage, an denen einem die Luft fehlt.«

»Das kenne ich auch, das ist bei mir die Regel. Morgens denke ich noch, du wirst es schaffen, doch schon während der ersten Probenminuten streikt es in mir.«

»Und wie kommst *du* drüber weg?«

»Durch Streit! Durch gemeinen Streit. Ich leg mich mit jemandem an, ich hasse ihn durch und durch, ich renne wie eine Wilde gegen die Wand, das erleichtert.«

»Vielleicht keine üble Methode. Doch mit wem sollte ich schon Streit anfangen? Lohnt sich gar nicht für mich. Ich wäre mir nur selbst im Weg, in der Redaktion tragen sie es einem tagelang nach.«

»Streiten entkrampft etwas in mir. Ich komme dann besser klar, ich sehe plötzlich Land und denke ganz überrascht, so ist das also, das hast du die Zeit über im Kopf gehabt.«

Die beiden Kellner ließen unseren Tisch nicht mehr aus den Augen. Sie fanden laufend einen Grund, sich uns zu nähern, und ihre Aufdringlichkeit machte mich gereizt. Ich reichte Linda die Karte, in der Hoffnung, daß sie sich nach unserer Bestellung beruhigen würden.

»Calderón ist ein Erfolg«, sagte ich, »ich lasse mir immer die Zahlen durchgeben, wie die Aufführungen besucht sind.«

»Ich glaube, wir sind besser geworden«, antwortete sie, »du solltest dir die Aufführung noch einmal anschauen. Wir gehen jetzt ganz selbstverständlich damit um, in diesem Fall hat die Gewöhnung an den Stoff uns geholfen.«

»Ja? Ist das so? Die inneren Konturen werden immer klarer, der Stoff tritt in den Hintergrund?«

»Genau *so*. Ich bin jetzt ganz auf meine Empfindungen konzentriert, ich gebe mich dem Ausdruck hin, und der Stoff ist lediglich eine Folie.«

»Das muß das Schönste sein für einen Schauspieler, sich in einer Rolle so zu erleben, daß man sich als fremdes Wesen agieren sieht.«

»Woher weißt du das? Du erstaunst mich. Ich habe mich schon früher gewundert, wie gut du über Dinge sprichst, die du nicht aus eigener Erfahrung kennst.«

»Hast du? Wann denn zum Beispiel?«

»Nach der Premiere. Wir saßen im *Rheingold*, ich war ein wenig betrunken, und du sprachst von meiner Rolle, wie schwierig es sein müsse, in ihr das Männliche und das Weibliche zu verbinden. Ich wurde ganz wach über deinem Sprechen, ich hörte zu, als spräche ein Regisseur zu mir.«

»Wirklich? Aber es war dummes Zeug, nur ein paar unsortierte Ideen, die mir während der Aufführung durch den Kopf gegangen waren.«

»Dumm war es bestimmt nicht, sei nicht auf Komplimente aus! Weißt du, es kommt gar nicht so häufig vor, daß man mit uns Schauspielern so über eine Rolle redet.«

»Ich denke, ihr redet den ganzen Tag über sowas?«

»Ja, schon, wir reden den ganzen Tag, aber es wird eigentlich nichts recht klar. Wir sind zu sehr mit anderen Dingen beschäftigt.«

»Womit denn?«

»Viele brauchen ein Konzept, eine Rechtfertigung, etwas, das man über das Stück stülpen kann. Sie sind unsicher, sie müssen sich erst Bedeutungen zurechtlegen.«

»Und mit so fixen Ideen soll man *spielen*?«

»Nein, diese Ideen sind nur im Weg, das sage ich ja auch immer. Aber ich dringe nicht durch bei den anderen.«

»Hast du es eigentlich schwer?«

»Schwer? Wieso? Wie meinst du das?«

Ich konnte mir mit der Antwort Zeit lassen, weil einer der beiden Kellner an unseren Tisch trat, um die Bestellung aufzunehmen. Linda zeigte sich unschlüssig, sie hatte die Karte nur überflogen, das Gespräch schien sie zu beschäftigen. Ihre Gegenwart wirkte wie schon früher stimulierend auf mich, ich sprach gern mit ihr, denn sie machte gut mit, ohne sich an Vorbehalte zu klammern.

»Seezunge«, sagte ich, »nehmen wir doch beide Seezunge, dazu Salat und eine Karaffe Weißwein.«

»Einverstanden«, sagte sie sofort und schaute den Kellner aufmunternd an. »Aber weiter, wieso habe ich es schwer?«

Ich wollte mehr von ihr erfahren, aber solche nachforschenden Fragen bedurften einiger Vorsicht. Ich zögerte ein wenig, bis der Kellner sich endlich davongemacht hatte; gerade durch dieses Zögern wurde die Pause unnötig bedeutungsvoll, als kostete es mich einiges, mit der Antwort herauszurücken.

»Ich versuche, mich in deine Kollegen zu versetzen«, sagte ich. »Es könnte sein, daß sie dir nicht recht trauen.«

»Und warum nicht?«

»Wegen deines Aussehens. Von einer, die so aussieht wie du, erwartet man etwas anderes als Schauspielerei.«

»Und was?«

»Bitte, du weißt selbst, wie du aussiehst. Solche Schönheit hat etwas Überindividuelles, und das hält einen ganz auf Distanz. Auf den ersten Blick erkennt man keinen Charakter, sondern höchstens eine Form, eine in sich geschlossene, nicht antastbare Form.«

»Ist das so? Mach nur weiter, es interessiert mich.«

»Ja, deine Züge haben etwas von einem *Ideal*…, wenn du mich da richtig verstehst. Ein Ideal ist eine Art klassischer Komposition, jedes Element genau an seinem Platz, ohne Abweichungen. Von einer Schauspielerin würde man, jedenfalls auf dem Theater, anderes erwarten. Du wärst gut für den Film.«

»Was würde man erwarten?«

»Eine erkennbarere Prägung, eine Verletzung, eine Kerbe, etwas, das an eine Vorgeschichte erinnert.«

»Und die habe ich nicht?«

»Natürlich hast du, aber sie ist nicht erkennbar. Dein Äußeres verbirgt sie.«

»So ist das also?«

»Bitte, ich will dich nicht kränken, bestimmt nicht. Aber wir wollen doch offen miteinander sprechen, nicht wahr?«

»Du kränkst mich nicht, ich habe selbst oft darüber nachgedacht. Es ist gut, mit dir darüber zu sprechen. Mach nur weiter!«

Wieder unterbrach uns der Kellner. Er stellte die Karaffe mit einer langsamen, gedehnten Bewegung auf den Tisch, und ich nahm sie sofort, damit er sich nicht mit dem Einschenken aufhielt. Wir stießen mit unseren Gläsern an, und ich spürte, daß man uns weiter genau im Blick behielt. Die anderen mochten denken, hier treffen sich zwei, die es miteinander versuchen. Die Situation war ein wenig verfänglich, wie immer, wenn ein Gespräch den gemeinsamen Erfahrungen weit vorauseilt. Der Wein war gut gekühlt und tat ein Übriges, meine Laune aufzuhellen. Ich hatte keine Bedenken, so mit Linda zu verkehren, denn ich war mir sicher, daß sie mir viel erlaubte. Dennoch bestand kein Anlaß zum Übermut.

»Lebst du allein?« fragte ich ohne Umschweife.

»Was?«

»Du kannst mich stoppen, wenn meine Fragen unverschämt werden.«

»Ich… Du bist nicht unverschämt, sonst würde ich mich nicht mit dir treffen.«

»Bist du sicher?«

»Was ist es? Was willst du von mir?«

Ich griff zum Glas, trank es leer und schenkte mir nach. Das Gespräch hatte eine Wendung bekommen, die mir nicht gefiel.

»Auf solche Fragen antwortet man nicht«, sagte ich. »Sie gehen zu weit.«

»Jetzt weichst du aus.«

»Nein, ich könnte schon etwas dazu sagen, aber doch nicht jetzt. Es ist viel zu früh, sich über so etwas Gedanken zu machen.«

»Ach ja?«

»Komm, du kokettierst…«

»Gut, also… Was wolltest du wissen? Wie ich lebe…, ob ich allein lebe… Solche Fragen gehen nicht zu weit?«

»Nein, ich habe ganz sachlich gefragt.«

»Aha, sachlich! So nennt man das. Aber egal… Ich weiche nicht aus. Ja, ich lebe allein.«

»Wahrhaftig? Hätte ich nicht gedacht. Ich hätte schwören können, du lebst mit jemandem zusammen.«

»Und warum?«

»Ich glaubte es dir anzusehen.«

»Wie sieht man jemandem so etwas an?«

»Du wirkst so entschieden, *für dich* entschieden. Und ich dachte, eine solche Entschiedenheit entsteht durch ein gutes Zusammenleben. So daß das Zusammenleben alles im Gleichgewicht hält…«

»Unverschämt! Du nimmst mich auseinander, was? Du hast dir vorgenommen, mich zu durchleuchten?«

Ich schenkte ihr nach und bestellte eine neue Karaffe. Wir waren auf der richtigen Bahn, und ich nahm mir vor, noch mehr Tempo zu machen.

»Ist trotzdem seltsam«, fuhr ich fort, »daß jemand wie du nicht fest befreundet ist. Das schreit doch geradezu nach einer leidenschaftlichen Bindung.«

»Das?! Bin ich ein Neutrum?«

»Dumme Allüren…«, ließ ich nicht locker, »so allein zu leben. Am Ende bist du noch stolz drauf oder denkst, es sei ein Kunststück. Dabei ist es nur trostlos. Zu dir gehört doch jemand…«

»Wie unverschämt! *Jemand…*«

»Ein Mann, ja, ein Mann! Soll ich es so sagen? Zu dir gehört ein Mann. Alles andere ist *Gesellschaftspolitik* und hängt mit modischen Überlegungen zusammen. Du brauchst mir nicht damit zu kommen, ich höre nicht hin. Ich kenne die entsprechenden Frauengeschichten, und um Begründungen bist *du* gewiß nicht verlegen.«

»Frauengeschichten, so! Und wie ist es mir dir? Na? Raus damit, jetzt will *ich* etwas hören.«

»Ich hab eine Freundin, das weißt du genau.«

»Der Mann ist befreundet, er lebt zwar allein, aber er führt die Passende aus. Das hat *Stil*!«

»Unsinn! Ich bin mit Doris gut befreundet. Wir wollen nur nicht zusammenleben, weil…«

»Ach, komm, hör bitte auf! Das sind doch Männergeschichten. Meinst du, sie sind nur eine Spur weniger trostlos?! Eine abgeklärte Freundschaft, in der jeder sein Alleinsein kultiviert? Dann lieber richtig allein! Tür zu! Aus! Ich nur mit mir!«

Die beiden Kellner begannen mit dem Servieren. Der eine schenkte uns Wein nach, der andere tranchierte die Seezunge so langsam und gründlich, daß wir nicht weiterredeten. Gemeinsam schauten wir ihm zu, und er nutzte die Chance, seine Verspieltheit zu demonstrieren. Ich blickte starr, darum bemüht, den Faden nicht zu verlieren. Das Ritual der Zubereitung störte erheblich, diese Italiener hatten nichts anderes im Kopf, als einen mit ihren kindlichen Macken zu behelligen. Gut, daß auch Linda nicht mit ihnen redete, sonst hätten sie ihre Leibesübungen noch verstärkt. Ich nutzte die Gelegenheit und hob noch einmal mein Glas, um mit ihr anzustoßen. Sie sollten erkennen, wie sehr wir für uns sein wollten. Linda machte das Spiel mit, und wahrhaftig schien unsere Geste Wirkung zu zeigen. Wir erhielten die Teller, auf denen die Fischstreifen neben einigen Kartoffeln und etwas Spinat ein karges, aber angenehmes Bild boten.

»Ausgezeichnet«, sagte Linda, nachdem sie probiert hatte, »ganz ausgezeichnet! Ich esse Fisch lieber als jede Art Fleisch.«

»Lenk nicht ab!« sagte ich. »Es war gerade so interessant. Du hattest mit dem Aufrechnen begonnen…«

»Ich denke nicht dran«, antwortete sie, »ich laß mich von dir nicht noch einmal herausfordern.«

»Nicht so«, erwiderte ich, »nicht dieses Konversationsgeplänkel! Schärfer, viel schärfer! Das große, altmodische Wort muß heraus: *Liebe*! Wir sprechen die ganze Zeit davon, und keiner nennt die Sache beim Namen.«

»Du willst mir doch nicht erzählen, du seist in Doris verliebt?«

»Nein, ich bin nicht verliebt. Das ist es nicht. Ich bin gern mit ihr zusammen, ich unternehme gern etwas mit ihr, ja, aber ich liebe sie nicht. Ist das schlimm? Soll die Liebe ein Maßstab sein? Glaube ich nicht. Muß doch nicht sein.«

»Jetzt wirst du sophistisch und dazu noch trivial. Natürlich muß man jemanden *lieben*, wenn man mit ihm zusammensein will. Das ist das Einzige, die Liebe ist die große Herausforderung, und ich will dir etwas sagen: du weißt es genau, aber du betrügst dich gerne ein wenig. Warum?! Du wirst es besser wissen.«

»Ich habe keinen Grund, mich zu betrügen.«

»Hast du nicht? Weil du dich nicht stellst? Weil du lieber deinen *Stil* vorführst? Meynard, ich war ein einziges Mal in meinem Leben verliebt, wirklich verliebt. Ich war drei Jahre lang damit beschäftigt, und es beruhigte sich nicht. Ich hatte eine glückliche, unglückliche Zeit, es war eine dauernde Anspannung, ohne einen einzigen ruhigen Tag. Ich fühlte mich niemals sonst so gefangen, deshalb hüte ich mich heute davor. Zusammenzuleben… das wäre einfach für mich. Meinst du, sie stünden nicht täglich vor meiner Tür?«

»Stehen Sie? Also doch!«

»Natürlich. Ich werde angerufen, eingeladen, ausgeführt, man bemüht sich… Du kannst es ruhig wissen, ohne daß du es gleich herumreichen mußt. Was, glaubst du, hat etwa Lautner anderes im Sinn? Alle zwei Wochen bekomme ich einen Strauß Blumen von ihm, es ist mir schon peinlich. Nachts ruft er an, wenn er angetrunken ist, es läßt ihn nicht los, obwohl ich ihm deutlich gesagt habe, das ist nichts für mich. Ich will nicht solch eine Freundschaft, ich will jetzt für mich sein, das ist entschieden. Ich glaube, diese Liebe, von der du so leichtsinnig sprichst, die gibt es im Leben vielleicht nur ein- oder zweimal... Und du?! Dich hat es vielleicht noch niemals gepackt!«

Sie hatte aufgehört zu essen und blickte mich fest an. Ich war erschrocken. Soweit hatte ich es also gebracht. An der Grenze zur Trunkenheit lockte es einen, zu Waffen zu greifen, die einem sonst fremd waren; ich hatte ein Terrain betreten, für das ich in diesem Moment nicht kräftig genug war. Eine unbestimmte Sehnsucht hatte alles geweckt, und ich war nicht imstande, dem Einhalt zu gebieten. Warum sagte ich ihr nicht, wie gern ich mit ihr zusammen war? Waren solche einfachen Sätze jetzt eine Lösung? Ich hatte mich zu weit vorgewagt, es blieb nichts als der Rückzug.

»Entschuldige«, sagte sie, »ich wollte das nicht sagen. Es tut mit leid, und es ist ... wie hast du eben gesagt? Dummes Zeug!«

»Die Seezunge ist wirklich ausgezeichnet«, antwortete ich, »Fisch ist besser als jede Art Fleisch, denke ich auch.«

»Lenk nicht ab! Beleidigte Männer finde ich gräßlich ...«

»Findest du?! So? Ich will dir was sagen: du hast vollkommen recht. Ja, du hast recht. Was die Liebe, was dich, was mich betrifft. Die Liebe, das ist das Einzige. Meinst du, ich dächte nicht auch so? Oh, und *wie* ich so denke! Früher habe ich mein Alleinsein verflucht, diese langen Nächte mit den unentwegten Märschen! Dann aber, nachdem ich Doris kennengelernt hatte, war es noch immer ein *Warten*! Du sitzt neben einem Menschen, den du gern hast, ja ... aber du wartest! Und worauf? Auf eine Erscheinung? Soll ich mir die Nächte um die Ohren schlagen auf der Suche nach diesem Glück? Ich mache mich nicht lächerlich ... Ich habe dich angerufen, gut, ich habe dich damals eher durch Zufall … getroffen habe ich dich doch wohl … wenn auch die Verabredung …«

Sie schob ihren Teller zur Seite und nahm einen kurzen Schluck.

»Meynard? Laß mich jetzt gehen, ja? Bitte, laß mich jetzt gehen! Ich will das hier nicht fortsetzen.«

Sie stand auf, und sofort war einer der beiden Störenfriede beim Überstreifen des Mantels zur Hand. Ich beschloß, nicht zu reagieren. Einfach sitzenbleiben! Noch eine Karaffe Wein bestellen! Ein Abschied in bestem Einvernehmen! Sie winkt dir noch einmal kurz zu, sie hat vielleicht noch etwas anderes vor! Die Männer stehen Schlange vor ihrer Tür! So hattest du es dir doch die ganze Zeit gedacht! Jetzt ist sie hinaus, der süße Abend kommt, der's … Zu spät! Alles zu spät! Die Trunkenheit hat dich längst überfallen. Seit Stunden bist du nun unterwegs, herumgetrieben! Sie wird einem anderen den Arm reichen, sie wird den Kopf über dich schütteln. Vielleicht wird sie einem von dir erzählen, von deinen Vorbehalten, diesen Spuren von Wahn … Und? Wie? Was ist nur mit dir? *Lieben*?! Liebst du sie denn? Wolltest du davon noch sprechen? Niemals, das Wort kommt *dir* nicht über die Lippen. Einfaltswort, Ohnmachtswort! Trink nur, trink nur *für dich*! Du hast dich noch einmal gerettet, und das wirst du feiern…

Blok hatte mich eingeladen, bereits eine Stunde vor Eröffnung seiner *American Bar* zu erscheinen, denn er wollte mir die Räumlichkeiten vor allen anderen Gästen zeigen. Ich hatte über ihn eines meiner Porträts geschrieben, eine dichte Drei-Spalten-Geschichte von jener Machart, für die ich inzwischen berüchtigt war. Solche Geschichten sorgten meist für Furore, auch andere Medien griffen dankbar danach, denn ich hatte diesen *stories* einen weit ausholenden *touch* gegeben, wie er in Zeitungen sonst nicht üblich war. Bloks Lokal hatte ich während der Umbauarbeiten nicht betreten; ich wollte mich überraschen lassen und hoffte auf etwas Besonderes.

Blok empfing mich in dem dunklen Vorraum, in dem die Garderobe untergebracht war. Durch einen breiten, roten Samtvorhang gelangte man in die Bar. Der große Raum war nirgends unterteilt. Zur Rechten zog sich der lange Tresen hin, sanft gebogen wie ein Bumerang, links standen kleine marmorierte Tische mit lederbezogenen Stühlen und Bänken. Blok ging hinter die Theke, und ich setzte mich auf einen der hohen Hocker, vor denen eine Messingfußstange über dem Boden entlanglief.

»Du bekommst den ersten Drink in der Nobelhütte«, sagte Blok. Er trug auffällige Kleidung, ein dunkles Sacco über einem marokkanisch anmutenden, bunten Hemd, dazu eine weiße Baumwollhose und bequeme, braune Sandalen.

»Was spielst du heut Abend? *Casablanca*?« fragte ich ihn.

»Exakt… und zwar die Macho-Variante. Ich denke, wir nehmen einen *Jack Daniel's*, das hat seine Geschichte.«

»Ja«, sagte ich, »sie hat schon eine gewisse Patina.«

Er stellte uns zwei Gläser hin, füllte sie mit Eiswürfeln und goß reichlich ein.

»Deine *Frank-Blok-Hymne* hab ich gelesen«, sagte Blok, »hätte nie gedacht, daß man soviel aus mir rausholen kann. Ich dank dir, du weißt, das tut gut, gerade jetzt, wo es drauf ankommt.«

»Es ist meine beste Geschichte bisher«, antwortete ich, »schon der erste Satz hat Dimensionen: *Frank Blok hat nie nachgegeben …*«

»Ein Satz, der ein Lokal eine Weile füllen kann. Wenn du Stammgast wirst, kann nichts mehr schiefgehen.«

»Also Prost! Ich schau dir auf die Finger, Kleiner!«

Blok schob mir eine Schale mit Chips hin und setzte sich ebenfalls.

»Leg mal los«, sagte ich, »was hast du dir hierbei gedacht?«

»Das *Design* stimmt«, antwortete Blok, »kühl, streng, einfach *richtig*. Doris hat mir gute Leute vermittelt.«

»Doris? Das wußte ich gar nicht.«

»Kein Grund zur Eifersucht, mit Beziehungen läuft bei mir nichts. Ich habe zu tun, mein Lieber, am besten, man steht alles allein durch. Also, der Tresen hier ... schweres Eisen, gewachst, ein Bollwerk für alle geneigten Trinker. Der gesamte Barraum verspiegelt, Neonröhren an der Decke entlang, sonst nur gezielt eingesetzte Strahler. Die Beschallung indirekt, alles in der Decke, und gespielt wird hier ausschließlich Jazz, das bin ich mir schuldig. Die Tische sind Spezialanfertigungen, die Wände gelb-weiß gefleckt, daran haben wir zwei Wochen getüftelt.«

»Werd ich erwähnen«, sagte ich und machte mir einige Notizen für meinen Eröffnungsartikel.

»Mit wieviel Gästen rechnest du?«

»Die Hütte wird jeden Abend voll sein, das kann ich dir schwören. Zweihundert, dreihundert, darunter läuft bei mir nichts. Falk führt die Küche, du wirst dich an ihn erinnern, und Hegeler, unser brauner *smarty*, hat die Aufsicht über die Kellner. Ich hab den Jungs rot-weiß gestreifte Hemden und schwarze, breite Hosenträger versprochen, sie sind ganz wild darauf.«

»Falk? Der war doch bei dir in der Klasse? War das nicht der, der Koch werden wollte?«

»*Werden*? Er ist doch längst einer. Falk, hab ich gesagt, du brauchst keine Ausbildung. Bei mir bist du richtig. Kleine, intensive Sachen, Salate, Sandwiches, eine kräftige Rheingauer *soupe à l'oignon*, damit schmeißen wir das. Große Küche gibt es woanders, und ich steh nicht auf diesen Finessen. Das hier ist etwas Spezielles für Trinker. Drinks, Cocktails, die ganze amerikanische und karibische Küste.«

»Wie kommt man an sowas?«

»Über Männie, der hat Kontakte zu den *US-Depots.* Beste Ware, zu Niedrigpreisen. Außerdem hab ich *connections* zu amerikanischem Flugpersonal, die kippen die Drinks hier auf Rabatt. Bei Bettschwere vermittle ich sie ans *Savoy*, und die vergelten das mit ein paar Kisten Champagner. So greift eins ins andre …«

»Ist ja atemberaubend.«

»Dank dir. Das Wichtigste ist, ich komme um Lautner herum. Der beliefert die halbe Branche. Wen er hat, den hält er am Wickel. Mit Drohungen bin ich schon versorgt.«

»*Realen* Drohungen?«

»Irgendwo hat er hören lassen, ich werde mich nicht lange halten. Meine Anzeige in *Wiesbaden live* hat er gekanzelt. Wir werden sehen.«

»Sag mal, warum steht ihr so gegeneinander? Was steckt dahinter?«

»Neid, blanker Neid. Lautner wandern die *girls* ab, die er zu seiner Manneskosmetik braucht.«

»Lautner und Frauen?!«

»Nichts Festes, nur der Troß, den er hinter sich herzieht. Ich hab sie nach und nach ins *Savoy* locken können.«

»Damit warst du also beschäftigt …«

»Nicht wie *du* denkst… Ist doch simpel, ich brauche die

girls hier in der Bar, ohne die gibt's keine Stimmung. Hegeler hatte ja viele von ihnen am Bändel, die *Opelbad*-Geschichten, du weißt. Deshalb hab ich ihm die Regie übertragen.«

»Blok, wenn ich das alles schreibe, kannst du schließen. Du bist viel zu gerissen.«

»Dann laß es weg. Schreib lieber: *Seit gestern ist Wiesbaden um einen Nobelort reicher*… Du wirst es schon bringen.«

»Wieviel springt für mich raus?«

»Ich sagte doch, du wirst hier Stammgast.«

»Und das heißt?«

»Du trinkst hier umsonst.«

»Ist das dein Ernst?«

»Wenn du je zahlst, fliegst du raus.«

»Gut, der Artikel steht.«

Blok drückte auf einige Knöpfe der *HiFi*-Anlage, und die Musik setzte ein. Hegeler kam aus der Küche.

»Hey, Meynard, die Presse ist schon am Drücker?«

»Exklusiv-Bericht! Ich mach euch zu Göttern der Nacht.«

Die ersten Gäste erschienen, und Blok überließ Hegeler seinen Platz hinter der Theke. Er ging in den Vorraum, und ich hatte Zeit, mir die Bar genauer anzusehen. Erst jetzt fiel mir der Mosaikboden auf, eine Kombination von afrikanischen und europäischen Mustern, aus flach gewölbten Steinen, Holz und schimmernden Keramikelementen. Hegeler bemerkte, daß ich mir etwas notierte.

»Der Boden betont das *Raumgeschehen*«, sagte er, »Doris setzt auf Instinkte.«

»Hat sie das entworfen?« fragte ich nach.

»Hat sie. Das wußtest du nicht? Ich denk, ihr seid eng liiert.«

»Eng? Jeder braucht seinen Raum.«

»Sag ich ja, Raumgeschehen … Doris nennt es *Dialog zwischen Kulturen.* Sie hat für das die passenden Sprüche.«

»Die hat sie.«

»Ihr seid nicht mehr zusammen?«

»Wer redet denn davon?«

»Man hat seine Souffleusen. Und die säuseln von Linda und dir…«

»Wer säuselt?«

»Männie bringt allerhand unter die Leute. Er hat euch im *da Franco* gesehen. Seezunge, Kerzenlicht, der ganze Zauber.«

»Das war ein Arbeitsgespräch. Ich schreib was übers Theater.«

»So ist das. Sagte ich gleich, ich weiß, du hältst dir die Frauen vom Leib.«

»Im Gegensatz zu dir.«

»Na und? Auch kleine Schwächen führen zu großem Erfolg, wirst schon sehen.«

»Ich hab davon gehört, ihr braucht ein paar weibliche Raumausstatter, stimmt's?«

»Fürs *Raumgeschehen*, exakt. Da lebt der feine Boden erst so richtig auf, wenn da die passenden Leute drauf tanzen.«

Jemand berührte mich an der Schulter, und ich drehte mich um. Walter stand vor mir.

»Hallo, Meynard, lange nicht gesehen …«

»Walter! Komm setz dich! Das ist eine Freude. Wie kommst du denn hierher?«

»Blok hat das geordert. Ich wußte schon, ich würde dich treffen. Bist ja groß im Geschäft, man hört und liest so manches.«

»Tut man? Ist halb so wild. Erzähl doch von dir? Was treibst du jetzt so? Noch immer beim Bund?«

»Noch einen Monat, dann ist es soweit.«

»Was ist dann?«

»Ach, du weißt nicht Bescheid? Ich denke, du bist laufend mit Blok zusammen?«

»Ich hab keine Ahnung, hier plant jeder für sich.«

»Ich zieh in einem Monat hierher, Blok räumt seine Bude für mich.«

»Er zieht aus?«

»Er hat doch jetzt die Wohnung hier über der Bar.«

»Richtig, davon hat er gesprochen.«

»Ich arbeite fürs Fernsehen, seit ein paar Wochen läuft das jetzt schon.«

»Fürs Fernsehen? Wie bist du denn daran gekommen?«

»Bloks Beziehungen! Er hat einen Freund, der ...«

»Meinst du Killes?«

»Genau den. Der hat eine Stelle drüben in Mainz, Südwestfunk, Landesstudio, die Typen vom Sport. Die haben vor einiger Zeit einen Film bei uns gedreht, in der Sportkompanie. Seither mische ich mit.«

»Wie mischst du mit?«

»Zuerst lief das nur so zum Spaß. An meinen freien Wochenenden hab ich ausgeholfen. Dann bin ich bei der *Landesschau* eingestiegen, als freier Mitarbeiter. Meinen ersten Bericht hab ich schon im Kasten. Nur zwei Minuten, aber es steckt ne Menge Arbeit darin.«

»Du wirst nicht studieren?«

»Klar werd ich, flink nebenher. Sport und Geographie, drüben in Mainz. Man weiß ja nie. Aber ich hoffe, ich schaff es bei denen vom TV.«

»Dann sind wir also Kollegen?«

»Kannst es so nennen.«

»Auf gute Zusammenarbeit. Komm, trinken wir einen.«

Die Bar war bereits überfüllt. Ich erkannte Lautner in einem Pulk junger Leute, er bemerkte mich ebenfalls und kam zu mir rüber.

»*Champ*, ich sehe, du sitzt in der Loge.«

»Gib zu, ich hab es verdient.«

»Hast du! Niemand sonst hat Blok den Arsch so gestriegelt. Scheint ne Goldgrube zu werden, und ich wette, wir lesen bald deinen Werbetext.«

»Da liegst du nicht falsch.«

»Hör zu, *champ*, du vermasselst es dir. Schreibst Hofberichte für deine Freunde, und Lautners Freunde werden draußen gehalten. Ist das dein Kurs?«

»Deine Freunde sind mir egal.«

»Sag ich ja, das sind so die entscheidenden Fehler. Ich werde Piehl mal was läuten.«

»Piehl steht auf meiner Seite.«

»Piehl hat noch niemals gestanden, der schwankt nur.«

»Und was sollte ich tun, nach deiner geschätzten Meinung?«

»Ich hab es dir schon einmal deutlich gesteckt. *Meine* Kunden, das ist dein Stoff! Über *die* solltest du schreiben. Morgen fliegt dir die Liste zu, und ich erwarte saubere Texte, ganz in dem Stil, den wir alle so mögen.«

»Dank dir, ich höre heute nur Gutes.«

Lautner verschwand, und ich sah, daß er Linda begrüßte. Sie schien mich bemerkt zu haben, aber sie drehte mir den Rücken zu. Ich überflog den Raum, es war eine gemischte Gesellschaft, viele Amerikaner, die sich um Blok scharten, darunter Piloten in Uniform, mit Geschenkkartons unter dem Arm. Die Tische waren bereits alle belegt, und die Kellner liefen mit kleinen Tabletts zwischen den Gästen herum. Blok gab Hegeler ein Zeichen, und der drehte die Musik etwas leiser. Blok sprach einige Worte zur Begrüßung, aber ich konnte kaum etwas verstehen; schließlich klatschten alle wie auf ein Kommando, und Blok verneigte sich, als habe er gerade ein Zauberstück vollbracht. Dann wieder der Jazz, diese gedämpften Rhythmen, wie nach den Abendgesellschaften daheim.

Ich unterhielt mich mit Walter. Er war noch kräftiger geworden, irgendwie *diszipliniert*, und er sprach tiefer als früher, ruhig wie einer, den nichts mehr erschüttert. Mir fiel der Ring auf, den er trug, ein schwerer Siegelring mit einem Adlermotiv. Walter trug straff gebügelte Hosen, manchmal wischte er sich beim Sitzen über die Schenkel, als wollte er Fühlung mit der Falte gewinnen. Seine Bewegungen schienen durch den Sport geformt, es waren reinliche Gesten, ausgeführt mit besonderem Nachdruck.

»Die Zeit beim Bund hat mir gutgetan«, sagte er, »ich hab meine Leistungen erheblich verbessert.«

»Wie in einem Trainingslager, was?«

»Ich bin fit, und ich bin *geil*. Die ganze Zeit lief nichts mit Frauen. Du freundest dich an, du opferst jede freie Minute, aber es reicht nicht. Sie wollen Typen, die jeden Tag strammstehen, nicht nur am Wochenende.«

»Na dann, hier sind Frauen genug...«

»Ach was, die sind doch alle vergeben. Da bilde ich mir nichts ein. Deine Freundin übrigens, die ist in Ordnung, ich hab sie schon kennengelernt.«

»Du meinst Doris?«

»Ha, du hast mehrere, was? Hab ich mir gleich gedacht. Bei Meynard, hab ich gedacht, da läuft es jetzt täglich. Der kommt gar nicht mehr raus, der gibt alles, der Vogel. Erzähl mal, wie organisiert man denn sowas, damit es nicht auffällt?«

»Fürs Erste genügt ein Anrufbeantworter mit Fernbedienung. Dann legst du dir eine Kartei an, für jede Frau eine Nummer. Du notierst dir ihre Gewohnheiten, ihre Lieblingsgetränke, all diesen Schnickschnack. So bist du immer im Bild.«

»Du verscheißerst mich, was? Aber zuzutrauen wäre es dir. Genau so würdest du vorgehen. Mal im Ernst, wie läuft denn die Arbeit?«

»Wenn ich ehrlich sein soll, ich bin mir nicht sicher. Man lebt in einer Welt von Gerüchten, widerlicher Brei, der einem die Kräfte raubt. Ich sehe nicht klar, ich stolpre nur so durchs Gelände.«

»Das hab ich aber anders im Ohr. Man spricht doch von deinen Artikeln, ich hab selbst ein paar gelesen, die macht dir keiner nach.«

»Kann schon sein, wenn diese Artikel nicht wären, stünde es schlimm. Sie helfen mir durchzuhalten. Aber in ein paar Monaten hab ich die volle Verantwortung am Hals, die ganze Koordination, und darunter ist Zeug, mit dem man nichts zu tun haben möchte… Da fällt mir ein, so einen wie dich könnte ich brauchen.«

»Ja, ich wollte dich schon danach fragen. Wir reden darüber, sobald ich mich als freier Hirsch auf die Wildbahn begebe. Dann sollst du mich kennenlernen.«

»Ich weiß, fit, frei und geil, eine stupide Mischung.«

»Du verstehst mich, das ist beruhigend.«

Blok kam für einen Moment zu uns und berichtete, er lasse niemanden mehr herein. Mit diesem Ansturm habe selbst er nicht gerechnet. Er tat geschäftig, und es kam ihm zugute, daß er nicht angestrengt wirkte, sondern immer noch wie einer, der nie einen geröteten Kopf bekommen würde. Der spielerische Umgang war ihm durch die lange Zeit als Kellner ganz selbstverständlich geworden; hatte er sich früher noch gegen vieles gesperrt, so erschien er jetzt gewandt, beinahe routiniert, ganz der selbstbewußte Besitzer, der sich von niemandem dreinreden ließ und den Umgangsstil seiner Gäste mitbestimmte. Ich sprach mit Walter über ihn.

»Blok habe ich nicht wiedererkannt«, sagte Walter, »der ist ein richtiger *beau* geworden. Die Frauen himmeln ihn an, doch keine rückt ihm zu nahe. Wie hält er sowas nur aus?«

»Ganz einfach, er war immer so. Er hat nur seine Anlagen verfeinert und alles draußen gehalten, was ablenkt.«

»Richtig neidisch könnte man werden.«

»Ja, Walter, Sport ist eben nicht alles. Da hast du dich anderthalb Jahre geplagt, immer hart auf der Außenbahn, außen herum, weißt du noch, und Blok ist die ganze Zeit innen gelaufen, nur im Windschatten.«

»Blok treibt doch keinen Sport.«

»Irrtum, er geht jede Woche mehrmals zum Schwimmen, aber darauf kommt es nicht an. Blok ist von innen her schöner geworden.«

»Ein Spezialverfahren, was?«

»Ja, und die Regel lautet: den Blick nur aufs Ziel gerichtet, nicht die geringsten Ablenkungsmanöver. So etwas formt.«

Ich zog ihn weiter auf, Walter reagierte manchmal noch ganz wie früher, ungläubig und überrascht, als mache alles einen tiefen Eindruck auf ihn. Er sprach ausführlich von seiner Bundeswehrzeit, und ich merkte, daß es ihn erleichterte, davon berichten zu können. Ich unterbrach ihn nur selten, eigentlich wollte ich von all dem nichts wissen, aber ich ließ ihn gewähren, weil uns die alte Freundschaft verband.

Die Gruppe um Lautner demonstrierte Zusammenhalt. Sie hatte eine Ecke für sich erobert, und einige kommentierten das Geschehen anscheinend hämisch. Blok ignorierte sie, er tändelte viel an der Theke herum, wo Hegelers Bekanntschaften saßen, hellwache Frauen im Boutiquenfieber, die unterhalten werden wollten. Ich beobachtete heimlich Linda, sie stand mit ein paar Schauspielkollegen ganz in der Nähe, doch sie zeigte nicht die geringste Bereitschaft, Kontakt aufzunehmen.

Inzwischen hatten sich illustre Kreise gebildet, in laute Gespräche vertieft wie auf einem Empfang. Jeder hatte längst seinen Platz gefunden, und die neugierigen, suchenden Blicke waren seltener geworden. Die ersten kleinen Speisen wurden serviert, und Falk kam kurz aus der Küche, um anzudeuten, daß er dafür zuständig war. Ich erkannte Doris, sie hatte sich etwas verspätet und stand mit einer Freundin in der Nähe des Eingangs.

Blok kam wieder zu uns, ich hatte ihn noch selten so lebhaft gesehen. Er hatte seine sonstige Gleichgültigkeit gegen ein lebendiges Benehmen eingetauscht, das ihm etwas von einem Unterhaltungskünstler verlieh. Bei keiner Gruppe hielt er sich zu lange auf; er hatte für alle ein paar Worte, meist ließ er einige Lacher zurück.

»Na, wie gefällt's euch?« fragte er uns.

»Wenn's nach mir ginge, könnte es bald ruhiger werden«, sagte ich.

»Später, warte nur, später. Zur Eröffnung darf getanzt werden.«

»Tanzen, genau«, sagte Walter, »ein bißchen die Glieder durchschütteln.«

»Die Mischung ist gut«, meinte Blok, »genau, wie ich es mir gewünscht habe. Keine Gruppe dominiert, das wäre schlecht fürs Geschäft. Die Altstadttypen sind da, das ist wichtig, die bringen die Sache schnell ins Gerede. Die Mädchen sind unbezahlbar, die geben dem Laden erst das Flair des Mondänen. Meine Freunde aus Frankfurt sind beste Dekoration, die sorgen für Weltläufigkeit. Hier wird man mehrsprachig bedient, das ist schließlich etwas.«

»Sagt mal«, fragte Walter, »kennt einer von euch die schwarzhaarige Schönheit da drüben? Möchte wissen, was die mit sich vorhat.«

»Da mußt du Meynard fragen«, sagte Blok und ging wieder davon.

»Sie ist Schauspielerin«, sagte ich langsam, »ich hab mal über sie geschrieben.«

»Mensch, und dann läßt du sie stehen? Ist ja geschmacklos, deine Leichtfertigkeit.«

Ich drehte mich nach Linda um, und im selben Augenblick schaute sie zu uns herüber. Es war nicht mehr aufzuhalten, einer von uns mußte nun reagieren, und sie übernahm diese Rolle, indem sie zu uns kam, ohne zu zögern.

»Hallo Meynard, noch böse?«

»Wir sehen uns noch«, sagte Walter und ging zu Doris hinüber.

»Böse? Worauf?« fragte ich.

»Wegen meines starken Abgangs. Ich kann betrunkene Männer nicht ausstehen.«

»War ich denn so betrunken?«

»Du hättest dich sehen sollen, deine fahrigen Bewegungen, du hast dir dauernd durch die Haare gestrichen. Und dein Glas hast du so schnell geleert, daß die Kellner nicht nachkamen.«

»Ich konnte die Kerle nicht ertragen. Sie hatten diese flehenden, südländischen Blicke, wie Schnulzenhelden in einem Dramolett.«

»Aber es war peinlich für mich. Ich bin kein Zierat, den man sich zur Unterhaltung einlädt.«

»Was erwartest du? Eine Entschuldigung? Ich hatte einen schlechten Tag, und es soll Frauen geben, die sowas erkennen und darüber hinwegsehen.«

»Zu denen gehöre ich nicht. Wenn schon Unterhaltung, dann auch eine gute. Du aber mäkelst so lange an einem herum, bis man es satt hat.«

»Ich hatte mir die Sache nicht gründlich genug überlegt. Ich wollte ganz ernsthaft sein.«

»Du bist maßlos geworden. Ich hatte keine Chance gegen soviel Unverschämtheit.«

»*Unverschämt*, ja, mir hallt's noch in den Ohren. Vergessen wir es, ich habe gelernt.«

»Weißt du, diese Dinge sind heikel, man geht nicht so schnell drüber weg.«

»Muß ich jetzt nachsitzen?«

»Nein, heute bin ich nicht streng genug. Ich habe schon einiges getrunken. Die Bar gefällt mir, dein Freund ist genau die richtige Figur für dieses Spektakel.«

»Du meinst Blok?«

»Ja. Er paßt übrigens gut zu dir, man sieht, daß ihr alte Freunde seid.«

»Woran erkennt man das?«

»Ich habe euch eben beobachtet. Blok spricht mit dir anders als mit den anderen Gästen. Er erwartet etwas von dir, Zustimmung, Ablehnung, ein deutliches Wort.«

»Ein deutliches Wort... Die Wendung gefällt mir. So etwas

hatte ich eigentlich neulich im Sinn, als ich dich anrief. *Ein deutliches Wort...*, eine deutliche Geste.«

Der Platz neben mir wurde frei, und sie rutschte auf den Barhocker. Sie schlug die Beine übereinander, erst jetzt fiel mir der schwarze Hosenrock auf, den sie trug. Ich hatte wieder das Empfinden dieser seltsamen Nähe zu ihr, als hätten sich unsere Reaktionen seit langem eingespielt. Und sofort war da wieder der Reiz, die aufkommende Neigung, davon zu sprechen. Diesmal jedoch wollte ich schweigen, vielleicht ließ es sich auch im Stillen auskosten.

»Darf ich dich etwas fragen?« setzte Linda an.

»Bitte, aber zuvor bestelle ich uns einen Drink, ja? Ich habe Blok versprochen, für das Geschäft zu sorgen.«

Ich gab Hegeler ein Zeichen, doch plötzlich stand Blok uns gegenüber und nahm meinen Auftrag entgegen. Er tat, als hätte ich nicht das Richtige bestellt, und begann, uns etwas zu mixen.

»Einverstanden mit allem hier?« fragte er Linda. »Wenn es immer so voll wird, muß man sich etwas einfallen lassen«, antwortete sie.

»Ah, ihr beide seid euch wahrhaftig einig«, sagte Blok lächelnd, »diesen Kommentar habe ich eben schon einmal gehört.«

Er stellte zwei Gläser hin und goß die Flüssigkeit durch ein kleines Sieb. Die Menge reichte genau, um die Gläser randvoll zu füllen. Wir tranken, und Blok verschwand sofort wieder.

»Du wolltest mich etwas fragen...«, begann ich von neuem.

»Ja. Hättest du Lust, mit mir zu verreisen?«

»Verreisen? Wir beide verreisen?«

»Ich bin lange nicht rausgekommen. Wenn die Spielzeit zu Ende ist, hätte ich Zeit.«

Ich versuchte, ganz ruhig zu bleiben. Welches Spiel trieb sie mit mir? »Die Idee ist nicht schlecht«, sagte ich, »man könnte drüber nachdenken.«

»So nüchtern?«

»Nüchtern und sachlich. Da stehst du doch drauf.«

»Ich möchte eine Freundin in Siena besuchen. Wir haben uns lange nicht gesehen. Ich reise nicht gern allein.«

»Verstehe ich gut. Einer muß die Koffer schleppen.«

»Eben. Und du verstehst doch etwas von Organisation.«

»Ich bin Spezialist. Italienreisen bekommen durch mich erst die richtige Note, pikant, einfach *straight.*«

»Laß das, sowas beherrscht nur dein Freund.«

»Ach ja, du mußt es wissen. Spricht er wirklich so gut Englisch?«

»Perfekt.«

»Dann müßtet ihr euch eigentlich verstehen.«

»Wir haben noch nie mehr als ein paar Worte gewechselt.«

»Ich vermittle das gern. Du weißt, ich bin Spezialist.«

»Sag mal, mußt du immer so sein? Ich habe dich etwas gefragt, es kostet gewiß Überwindung, und du bietest mir jemand anderen an.«

»Stimmt, ich bin ein Ekel. Aber ich bin mißtrauisch geworden.«

»Ausgerechnet mir gegenüber?«

»Nein, nicht nur dir gegenüber. Es ist eine Seuche.«

Hinter uns begann man zu tanzen, offensichtlich hatte Blok dafür gesorgt. Die ruhige, wie aus einiger Entfernung kommende Musik erlaubte nur langsame Bewegungen, und die aneinandergeklammerten Paare drängten die parlierenden Gruppen sofort an die Tische oder in den Hintergrund.

»Ich möchte tanzen«, sagte Linda, nachdem sie ihr Glas

geleert hatte. Ich spürte eine innere Abwehr gegen diesen Wunsch, Tanzen war gewiß nicht mein eigenstes Metier, doch ich nahm sie an der Hand und begleitete sie hinüber zu den versunkenen, stummen Gestalten, die sich eng zusammenschmiegten.

Wir bewegten uns vorsichtig, sie hatte mir eine Hand auf die Schulter gelegt, als müßte ein Abstand zwischen uns sein. Dann ließ sie nach, und ich spürte, wie die Körper einander berührten. Es kam überraschend. Ihr dichtes Haar streifte meinen Mund, und ich küßte es flüchtig. Sie hob den Kopf, und meine Lippen fuhren an ihrer Schläfe entlang. Ihre Haut war warm, ein feines Pulsieren ging von ihr aus. Die versteckte Note eines Parfums, doch nur ein Hauch, auf gewisse Stellen begrenzt. Wir küßten uns, die plötzliche Gemeinsamkeit ließ uns erstarren. Wir standen still, nur auf dieses Berühren fixiert, es waren Schwindelgefühle, anschwellend und wieder verebbend.

Das Stück war zu Ende, und wir lösten uns voneinander. Als hätten wir uns abgesprochen, gingen wir sofort an die Theke zurück. Sie entschuldigte sich und verschwand mit ihrer Tasche. Langsam bemerkte ich wieder, was um mich geschah. Blok kam zu mir hinüber und reichte mir einen Zettel.

»Das mußte wohl sein?« fragte er.

Ich faltete den Zettel auseinander, Doris hatte ihn bekritzelt. Ich las: *Es reicht! Du sollst mich kennenlernen!* Ich knüllte das Papier zusammen, dann besann ich mich und zerriß es in kleine Streifen. Blok stellte mir einen Aschenbecher hin.

»Rauchen wir eine«, sagte er und bot mir eine Zigarette an.

»Mein Gott«, sagte ich, »was soll denn die Aufregung?«

»Du bist nicht gerade ein Diplomat«, meinte Blok. »In manchen Fällen braucht es eine deutliche Geste«, antwortete ich.

»Wie du meinst, ich darf doch mal staunen.«

»Was habt ihr alle denn nur?«

»Ich muß mich erst an deine neuen Manieren gewöhnen, früher warst du nicht so umgänglich.«

»Dann stell dich drauf ein«, sagte ich, »rasch und möglichst ohne Kommentare.«

»Stammgäste haben alle Rechte«, antwortete Blok und schenkte mir einen *Jack Daniel's* ein.

Wir rauchten unsere Zigaretten, und ich versuchte, den Unbeteiligten zu spielen. Blok ging darauf ein. Er wich nicht von mir, während ich auf Linda wartete. Sie erschien nicht wieder. Ich hockte auf meinem Platz, bis die letzten Gäste gegangen waren, unentwegt, wie in einen Traum gestoßen. Nachdem Blok noch ein wenig für Ordnung gesorgt hatte, holte er mich an einen Tisch; wir tranken wie noch nie, unaufhörlich, hemmungslos, bis zum Morgengrauen …

Mit Walter trafen auch die anderen Nachzügler in Wiesbaden ein. Die meisten von ihnen hatten keine Chance, denn die besten Plätze waren längst besetzt, und es blieb ihnen nichts, als aufzusteigen auf dieses sich immer *schneller* drehende Karussell oder abseits zu stehen, auf Almosen angewiesen. Walter war einer der wenigen, denen der Anschluß gelang, ihm folgten noch andere Schulkameraden, sie wollten in Mainz studieren und in Wiesbaden wohnen, denn es hatte sich herumgesprochen, was die Stadt nun zu bieten hatte. Der Ersatzdienst oder die Zeit beim Bund hatte viele verbraucht, sie mußten sich umstellen, denn sie paßten nicht in die neuen Bilder und hatten von *Design* höchstens gehört. Die lange Isolation auf dem Land oder in abgelegenen Kasernen hatte Spuren hinterlassen; sie wirkten gehemmt, unfähig, sich dem neuen Luxus hinzugeben, und so begannen viele, sich in die alternative Szene zu flüchten, wo sie Schutz suchten vor dem fremden, ihnen *cool* erscheinenden Leben aus *business* und Intrigen.

Es war mir peinlich, ihnen auf der Straße zu begegnen. Manche trugen noch immer die alte Versteckkleidung, ausgebeulte Jeans oder unansehnliche Parkas, mit denen sie sich nach außen verschlossen. Sie sprachen langsam, gedehnt, und ich wurde leicht ungeduldig, wenn die Zeit mit diesem unentschiedenen Palavern verging. Sie aber waren an diese monotonen Gespräche gewöhnt, in denen jede Richtung verdächtig erschien und über denen die Stunden lastig wurden. Sie hielten noch viel zusammen, zogen in kleinen Gruppen durch die Stadt und spielten die alten Posen weiter, ein dauernder Austausch von selbstgedrehten Zigaretten mit furchtsamen Blikken auf all die unerschlossenen Terrains. Am liebsten wären sie in große Altbauwohnungen gezogen, so etwas war noch immer ein Traum, doch die Mieten waren längst zu hoch und auch für Wohngemeinschaften nicht mehr erschwinglich. So wurden sie nach außen abgedrängt, in die verstaubten, unbeachteten Peripherien, wo sie klamme Stuben mit Kohleöfen bezogen und sich einrichteten mit dem üblichen zusammengetragenen Klimbim. Einige Male war ich ihnen dort noch begegnet, hatte Tee mit ihnen getrunken und zwei, drei Stunden in einer Küche verbracht, in der die notwendigsten Lebensmittel in Einmachgläsern aufbewahrt wurden. Doch ich hielt schon den Mief dieser Stuben nicht aus, alles verschlissen, viel zu häufig begrapscht, trostlos geworden in kreischender Deplaziertheit. Mehr noch störte mich, daß sie sich mit all dem zufriedengaben, sie setzten noch immer auf verhaltenen *Protest*, auf kleine Gesten des Widerstands und zur Schau gestellter Unangepaßtheit. Dabei war ihr Verhalten nur provisorisch, sie waren ahnungslos, müde, und sie hatten nicht einmal den Mut, sich das einzugestehen. Kein Zunder, nicht der geringste Elan, statt dessen diese verquasten Dialekte aus schlechter Soziologie und der gängigen Portion Weltekel. So blieben sie meist ganz unter sich, eng zusammenlebend in diesen heruntergekommenen Quartieren mit verwitterten Farben im Treppenhaus und Briefkästen, die klemmten. Das Studium verschaffte ihnen die Illusion einer geregelten Arbeit, man hielt sich an die vorgeschriebene Stundenzahl und dachte nicht lange darüber nach, wofür man die Zeit weggab. Die meisten lungerten so in den Tag hinein, höchstens darauf bedacht, nicht gegen die Regeln des Zusammenlebens zu verstoßen, deren Einhaltung nicht viel erforderte. Sie kamen leidlich miteinander aus, und wenn einer schlapp machte, wurden ihm ruhig die Leviten gelesen, mit jener leichten Ironie, die jedem verzeiht. So hielten sie *alles im Lot*, es gab weder Ekstasen noch Sprünge, beinahe jeden Morgen trotteten sie Station für Station hinüber nach Mainz, zu den Futterkrippen des alten Wissens, das ihnen nichts mehr bedeutete. Sie waren abgehängt und lebten in Quarantäne, so lange geduldet, bis man sie vor die Tür setzen würde. Es war ein Betrug, doch die meisten kompensierten ihn mit *Studentenromantik*, ein paar Jahre Dämmern in Kneipen, ein wenig Gefasel über *Frust, Bock & Ramsch*, unterlegt mit Mietquerelen oder westöstlichem *Erkenne dich selbst*.

Ich floh ihre Kreise, denn sie erinnerten mich an daheim. Manchmal war es unumgänglich, nach Hause zu fahren, Fest- oder Feiertage forderten dann ihren Tribut, und ich erlebte, wie die Eltern immer weniger klarkamen und Sarah Provinzberühmtheit erlangte. Vater hatte sich die Arbeit in der Kanzlei mit einem Partner teilen müssen, seit es immer häufiger vorkam, daß er für Monate ausfiel. Seine Depressionen meldeten sich schleichend, zunächst nur als Müdigkeit, dann in kaum bemerkbaren Anzeichen von Knauserei und verräterisch langem Getüftel. Er reagierte überempfindlich auf Katastrophen, selbst weit entfernte Flugzeugabstürze gingen ihm nahe, ganz zu schweigen vom übrigen Zeitungsgemäre, das keine Drohgelegenheit ausließ. Ihm war, als seien alle Schrekken miteinander im Bunde, eingeleitet und vollstreckt von einem namenlosen Kommando. In panischer Hast lief er dann durch die Wohnung, für eine Viertelstunde geschüttelt, um bald wieder niederzusinken in Apathie. Alles war ihm zuwider, er bekam keinen Bissen mehr herunter, der Ekel paarte sich mit Angst, und niemand konnte ihn beruhigen, selbst nicht mit langem Zureden. Wenn man so mit ihm sprach, schnappte er nur die bedrohlichen Wörter auf und kehrte sie gegen sich selbst; er machte sich Vorstellungen vom *baldigen Ende*, diese Verwechslung des eignen Befindens mit Meneteкeln allgemeinerer Art war charakteristisch.

In solchen Phasen hielt er sich selbst für *das Letzte;* es war ihm nicht auszutreiben, voller Verachtung auf sein Leben zu schauen. Übertrieben geläutert, belästigte er uns mit seinem Versagen; die Arbeit war umsonst gewesen, nichts als ein *Bluff*, ein Vor-sich-Hinschieben des *Wesentlichen*, ohne daß dessen Inhalt festgestanden hätte. Angeblich hatte er Mutter *vernachlässigt* und uns Kinder *nie richtig geliebt*; so jedenfalls lauteten die Formeln seines verschmutzten Seelenlateins. Man durfte nicht darauf eingehen, diese Entblößung war selbst nur ein Teil seiner Krankheit, doch auf die Dauer wurde man ungeduldig mit ihm und verwünschte seine Krisen, von denen eine der anderen so sehr ähnelte, daß sie allesamt unglaubwürdig wurden. Gerade diese finsteren Parallelen waren jedoch nach Auskunft des Therapeuten unbezweifelbare Kennzeichen des *kritischen Zustands*, und da solche Begriffe Eindruck machten, widmeten wir uns Vaters Botschaften dann doch immer von neuem.

Ich vermutete, er suchte nichts als einen Weg nach draußen, denn seit es mit ihm schlimmer geworden war, rief er mich häufiger an, mich, ausgerechnet mich, den er früher für einen *Nichtsnutz* gehalten hatte. Ich mußte ihm von meiner Arbeit erzählen, in solchen Momenten wurde sein Zutrauen kindlich, stumm hörte er zu, und ich ahnte, nur der Ton meiner Stimme beruhigte ihn, nicht was ich sagte. Dazu paßte, daß er nicht nachfragen konnte; ich erfand Monologe, tendenzgefärbte Berufsgeschichten, und er hatte dafür nichts als Verwunderung, *aha, aha. Ja, so schlecht ist die Welt.* Ich fühlte mich bei diesen Telephonaten dauernd gefoppt, denn er hielt mich nur hin, und ich fand keinen Einstieg in seinen inneren Krempel. Oft reagierte ich unwirsch, diese langen Kontakte verdarben die Arbeit, außerdem belegte er für Stunden die Leitung, nach meinem Auflegen jedoch besann ich mich meistens und rief ihn später unter einem Vorwand noch einmal an. Mutter behauptete, er *blicke zu mir hoch*, solch ein Geschwätz zeugte von ihrem Verrat. Er blickte nicht hoch, er suchte lediglich einen Punkt in der Ferne, illusionslos geworden, heimlich süchtig auf Veränderung und ein Leben ohne uns drei.

Ich hatte ihm dazu geraten, ich hatte ihm angeboten, ihm die Koffer zu packen und ihn zu bringen, wohin er es wünschte, doch er war kleinmütig geworden und klammerte sich lieber an seinen aufgedunsenen Therapeuten, der ihn mit Drogen fütterte und Mutter lange die Hand hielt. Es war ein unaufrichtiger Typ, der alles entschärfte, ein distanzloser Schwachkopf mit unsauberen Junggesellenmanieren. Doch Mutter hielt seine Art für *goldrichtig*, denn sie hatte in ihm einen Berater gefunden, der selbst nachts noch gern telephonierte.

Vielleicht war Mutter die eigentlich Kranke, und sie hatte Vater nur angesteckt. Der Gedanke war mir häufig gekommen, aber ich behielt ihn für mich, da er nicht nachprüfbar war. Wenn Vater erschlaffte, blühte sie auf; sie hatte begonnen, *alles über seine Krankheit zu lesen*, und durch diese diffusen Lektüren war sie unschlagbar geworden, ein mittelloses, Diagnosen verteilendes Psychogehirn. Da sie mit Vater angeblich laufend beschäftigt war, hatte sie nun eine ständige Hilfe im Haus, die alle Arbeiten erledigte und den Provinztratsch mit Meldungen aus unserer Familie versorgte. Unser Haus hatte sich in ein psychosoziales *Reha-Center* verwandelt, und Mutter war die selbsternannte Oberärztin, leidgeprüft, aber angeblich stark. Sie lief wie ein *Kräutchen-rühr-mich-nicht-an* durch die Zimmer, immer darauf bedacht, viel Staub aufzuwirbeln. Seit Vater seiner Krankheit wegen weniger verdiente, benutzte sie Begriffe wie *Abstieg* oder *Verarmung*. Dabei war nur zu ersichtlich, daß *die Kurve nach unten* sie reizte, negative Tendenzen förderten ihre perversen Energien. In ihren Augen hatten sich die schlimmsten Befürchtungen bestätigt, *der Mensch* war ein schwaches Wesen voller Komplexe, und ich hatte nicht die notwendige Reife, um soviel Philosophie zu ertragen.

Sie ging es falsch an. Sie hatte Vater ein eigenes Zimmer

verpaßt, und nun schliefen die beiden getrennt, als sei eine Seuche der Grund, seine nächtliche Nähe zu meiden. Morgens schlich sie auf Zehenspitzen heran, drückte die Klinke und steckte den Kopf in sein Verlies. Er rührte sich nicht, diese Bequemlichkeit war nur zu verständlich, niemand ließ sich gern so behandeln, als sei er vom Aussatz gezeichnet. Dann die ersten Erkundigungen, *wie geht es dir heute*, wie *heute*, und die Antwort kam prompt, *es geht mir wie immer*, wie *immer. Heute* und *immer*, das war Einerlei, und Mutter sorgte dafür, daß sich an diesen Verhältnissen nichts änderte. Sie zog die Vorhänge zur Seite, ein Anlaß zur Klage über das Wetter, schon waren die Saiten gestimmt für den Tag, alles nur eine Last und die Zeit nur ein Rinnen.

Anstatt Akzente zu setzen, ließ Mutter von allem ab, was der Vorbereitung bedurfte. Die Abendgesellschaften waren seltener geworden, schließlich hatte man sie ganz eingestellt, und die Folge war eine Abkehr der Freunde, die es leid waren, Mutters allgegenwärtige Trauer zu teilen. So wurden die Eltern immer mehr aufeinander verwiesen, der eine schaute dem anderen seine Neurosen ab und gestaltete sie nach eigenem Gutdünken um. Am Ende waren sie eher *ein Paar* als in früheren Zeiten, unzertrennlich geworden durch eine gemeinsam durchlittene Krankengeschichte, deren Wurzeln in jedem von beiden gekeimt hatten, die aber nur an Vater sichtbar geworden war. Manchmal gingen sie jetzt miteinander spazieren, und wenn man sie durch den Ort schleichen sah, war es der Gang eines Patienten unter der rücksichtsvollen Führung einer Krankenschwester. Sie verreisten nicht mehr, schon der Gedanke daran ließ sie erschrecken, sie horteten nur noch Befürchtungen, und in elenden Augenblicken gaben sie *der Welt* alle Schuld. Ich konnte nichts für sie tun, wenn sie zusammen waren, verhielten sie sich abwehrend; sie hatten den Blick für die Kinder verloren und sich ganz in ihre eigenen Seelenhaushalte versponnen.

Auch Sarah hatte sich mit der Zeit ganz von ihnen gelöst. Sie hatte das vorgezogene Abitur mit einer Punktzahl bestanden, die für zwei ausgereicht hätte. In den Wochen davor hatte sie das Haus nicht verlassen, schließlich war sie so firm, daß sie einen englischen Text nicht nur ins Deutsche, sondern gleich auch ins Französische übersetzte. Auf dieser Stufe war das Lernen ein Spiel, ein blitzschnelles Wechseln zwischen den Fächern, und die Aufmerksamkeit galt nur noch winzigen Lücken und diskussionswürdigen Varianten. In Biologie war sie dem Stoff soweit voraus, daß sie sich mit Fachleuten anlegte. Sie hatte sich an einem Wettbewerb beteiligt, *Jugend forscht*, und sie hatte den ersten Preis für die Erfindung eines Gifts erhalten, mit dem man Fliegen betäubte, ohne sie zu töten. Die Firma *Boehringer/Ingelheim* hatte ihr ein Praktikum angeboten, und für einige Wochen hatte sie dort die Experten verblüfft, schnell, vernarrt in jedes Detail, mit einer Auffassungsgabe, die grenzenlos schien. Dabei machte sie nicht einmal den Eindruck großen Bemühens; sie saugte das Wissen auf, als brauche sie nur einen einzigen Blick auf etwas zu werfen, und sie hatte für alles anscheinend gleich einen Ort, wo es verwahrt oder bereitgehalten wurde für neue Verbindungen.

In diesen Wochen hatte die Lokalpresse sich um sie bemüht. Man hatte ein Photo gebracht, ein frontal abgelichtetes Mädchengesicht mit scharf geschnittenen Mundwinkeln und von Schlaflosigkeit herrührenden dunklen Ringen unter den Augen. Ein ahnungsloser Reporter hatte sein Bild der harmonischen Familie entworfen, und auch ich war erwähnt worden, der ältere Bruder, der Karriere machte im Zeitungsgeschäft. Sarah hatte das alles nicht irritiert, sie wollte hinaus aus der Kreisstadt, *studieren*, nichts als studieren.

Wir hatten uns während meiner Besuche in dieser Zeit besser verstanden als früher, die Fremdheit zu Hause schuf hier eigene Bande, und ich hatte ihr den Wunsch, fürs Erste in meine Wohnung zu ziehen, nicht abschlagen können. Sie hatte eine Zeitlang nach etwas Passendem gesucht, sie wollte allein sein, Wohngemeinschaften waren nicht denkbar, doch die Eltern zeigten sich geizig und unterstützten sie nur mit einem niedrig gehaltenen Betrag. Sie hatte vor, in den Ferien bei *Boehringer* zu arbeiten und sich das notwendige Geld zu verdienen, ein halbes Jahr brauchte sie mich, und ich konnte soviel Intelligenz nicht zurückweisen. Immerhin hatte sie ihr Ziel klar vor Augen, sie war auf einem guten Weg, und ich war der Letzte, der in rasante Tempi Verzögerungen einbaute.

So räumten wir die Wohnung um, ich brachte meine Utensilien in meinem Arbeitszimmer unter und überließ ihr den anderen Raum. Ich nahm an, sie werde leben wie bisher, konzentriert, spurenlos, nur dem folgend, was ihren Wissensdurst nährte. Wir schlossen einen Pakt, genaue Absprachen und nur auf Zeit. Ich versprach, ihr Zimmer nicht zu betreten, und sie wollte mich in Ruhe lassen, mit dem Versprechen, keinen Anstoß zu nehmen, wenn es nachts einmal laut herging. Von ihr war ein Leben mit Ausschweifungen nicht zu erwarten, ich aber brauchte manchmal lange Nächte und die volle Stärke guter Musik.

Sie zog bei mir ein, an einem Nachmittag war alles gelaufen, und ich lud sie ein zu einem Glas Wein, das erste Mal saß ich so mit meiner Schwester zusammen. Ich brauchte ihr von meiner Arbeit und den laufenden Geschichten nichts zu erzählen, dafür hatte sie keinen Verstand; wir streiften durch die Stadt, sie ging beiseite, wenn ich irgendwo angeredet wurde, und am späten Abend mixte uns Blok einen Cocktail, den sie rasch trank, als müsse sie uns beiden etwas beweisen.

Ich war ihr gegenüber bedenkenlos nachgiebig geworden,und ich ahnte, woher das rührte. In meinem Kopf spukte noch eine Nacht, und dieser Nacht fehlte der Tag. Wo war Linda? Wich sie mir aus? Versteckte sie sich? Gab es einen Grund, sich zu verbergen? Ich hatte ihr Nachrichten zukommen lassen, ich hatte sie angerufen, mehrmals, ohne Erfolg. Ich war an den Abenden von einem Lokal ins andere gelaufen, immerzu von der Hoffnung getrieben, auf sie zu stoßen. Welche Erklärung gab es für ihr Verhalten? Bildete ich mir am Ende zuviel ein? Hatte diese Nacht nichts zu bedeuten? Mich hielt es kaum noch lange an einem Fleck; sobald ich mir sicher war, daß nichts ihr Kommen verhieß, wechselte ich den Standort. Ich studierte den Theaterplan und kreuzte mir die Aufführungen an, in denen sie mitwirkte. Einmal hatte ich ihr Blumen geschickt, doch auch darauf hatte sie nicht reagiert. Ich hatte es auf mich genommen, *Das Leben ein Traum* noch einmal zu sehen, sie hatte recht gehabt, das Spiel wirkte jetzt nicht mehr so verstaubt, aber nach der Aufführung war ich nicht bis zu ihr vorgedrungen, und eine Garderobiere hatte sie schnoddrig entschuldigt, *Frau Francis empfängt nicht, sie hat es eilig, sie schminkt nicht mal ab.* Ich hatte am Personalausgang gelauert, zweimal in unwürdiger Weise, doch auch hier hatte ich sie nicht zu Gesicht bekommen. Was hatte ich falsch gemacht? War mein Verhalten zu aufdringlich? Mir selbst kam es oft so vor, im Stillen schämte ich mich dieser Bemühungen wegen, ich redete mir ein, alles sei diesen Aufwand nicht wert. Aber hatte ich nicht doch ein Recht auf eine Erklärung? Andererseits gab es nur diesen Kuß, einen Moment einverständigen Daseins, vielleicht in ihren Augen ein Nichts, ein Funke, den man besser erstickte? Gut, ja, ich hätte es womöglich verstanden, einige Worte hätten mich ruhig gestimmt, doch diese Deutungen forderte ich, um der Sache ein Ende zu machen. Warum ließ sie mich so zurück? Ich konnte mich mit niemand bereden, Blok hatte mich mehrmals danach gefragt, in peinlicher Weise, eindringlich, als sei es nötig, mir Hilfestellung zu leisten. Ich hatte mich entzogen, kein Zuhörer war für diese Geschichte geschaffen, sie hing mit fatalen Illusionen zusammen, mit schwachen Träumereien von einem Leben, ja, von *einem Leben zu zweit.* Nun war es heraus, darum drehten sich all meine Ideen, und es war eine Pein, so ohne Antwort zu bleiben. Früher hatte ich nie solche Phantasien gehegt, ich hatte den eng verbundenen, miteinander lebenden Paaren nie wirklich getraut, doch in diesem Fall war es anders, denn ich hatte von Anfang an eine *Zusammengehörigkeit* empfunden, wie ein unumgängliches Schicksal. Warum aber gerade mit ihr? Was war es denn, was mich plötzlich so hinriß? Solche Fragen beschäftigten mich, ich saß stundenlang, darüber nachgrübelnd, herum, es war ein ungesundes Existieren, Stimmungen hingegeben, an der Grenze zum inneren Verlottern. Auch wagte ich nicht, jemanden nach ihr zu fragen; schon das Aussprechen ihres Namens wäre mir schwergefallen, ein Eingeständnis von Nähe, das nicht unter Leute gehörte. Manisch war dieser Gedanke: *zu zweit, wir sollten zu zweit sein*, auf den ersten Blick bloße Pathetik, Wortgefusel, schlecht destilliert. Außerdem ging mir dieser Gedanke gegen den Strich, denn ich hatte es lange Zeit gut verstanden, *für mich* zu bleiben. Darin, in diesem *für mich*, hatte ich so etwas wie einen reinlichen Bezirk erhalten, keine Affären, keine Herumdeuteleien wie bei so vielen anderen, von denen man sich erzählte. Ich haßte diese *Beziehungsgeschichten*, nie hatte ich verstanden, wie es einem gelang, im Ernst Woche für Woche von einem Partner zum anderen zu wechseln. Es gab diese Spiele, sie waren sehr gängig, und die Redereien darüber verpesteten alles. Sie bildeten den Stoff vieler *Sessions*, immer wieder *wer geht jetzt mit wem*, Männie war gut informiert in all diesen Dingen, doch ich hatte nie dafür Interesse gezeigt. Nichts, niemals, nie! All das war weitab von jeder Wahrheit, im Grunde handelten diese Spieler nur mit gebräuchlichen Marken, sie spielten niemals *va banque*, und nur das war etwas für mich. Ich hatte mir vorgenommen, geduldig zu warten, einmal käme die Gelegenheit, einmal der volle Einsatz, triumphal ausgespielt, alles gesetzt! Und genau *so* war diese Nacht in meinem Gedächtnis, wie ein Überschreiten der Grenzen, direkt, vorbehaltlos.

Ich kam immer mehr herunter, abgewirtschaftet auf den Status des Schnüfflers, der ihr Parfum zu riechen glaubte, wenn er durch die Kosmetikabteilung eines Kaufhauses lief. Ich wurde blind für meine Umgebung, die Gespräche mit ihr hatte ich wie fertige Texte im Kopf, es war nicht mehr normal, und all die verlaufene Zeit war zu schade dafür. Aber *wo*? Wo hielt sie sich auf? Mit wem verbrachte sie ihre Zeit? Wie erfuhr ich endlich, was ich wissen mußte?

An einem Morgen saß Männie bereits in meinem Büro, als ich mit leichter Verspätung erschien. Er arbeitete an einem Artikel, und als ich sah, daß er beschäftigt war, wollte ich wieder nach draußen, um die Agenturmeldungen aus der Lokalredaktion zu holen. Männie jedoch hielt mich zurück und deutete auf einen Stuhl.

»Setz dich mal einen Moment. Ich will mir dir reden. Zigaretten liegen da drüben, ich hab deine Marke besorgt.«

Ich zündete mir eine an und wartete, bis er soweit war.

»Also … Damit es klar ist: so geht es nicht weiter. Du weißt, was ich meine?«

»Keine Ahnung, was soll denn sein?«

»Wir haben uns immer die Meinung gesagt, war doch so, und soll doch so bleiben?«

»Was ist denn? Laß doch den Schnickschnack!«

»Was ist?! Danach fragst du mich noch? Du hängst dich ab! Du machst nur noch Scheiß! Es läuft nicht mehr richtig. Keine Ideen, du bist völlig verbraucht!«

»Spinnst du? Was ist denn nur los?«

»Klartext: Du hast in vier Wochen *einen* Artikel geschrieben, sechzig Zeilen, flattriges Zeug. Du hast den Jungs vom Lokalen die Türen geöffnet, die stopfen die Seite mit Meldungen voll. Du hast keinen einzigen Auftrag vergeben, Hegelers Wisch liegt seit fünf Tagen hier unkorrigiert. Du blickst nicht mehr durch, du hast kein Konzept!«

»Männie, bist du noch bei Verstand?«

»Und ob! Der Einzige hier bei Verstand! Ich hab Korrekturen gelesen, in den letzten Wochen manchmal bis in den Abend! Und du weißt, ich bin darin nicht gut. Den ganzen Saustall hab ich allein am Hals, nur weil dieses Weib dir die Szene zerstört.«

»Welches Weib?«

»Hör auf damit! Halt mich nicht für einen Idioten! Bei mir zieht sowas nicht! Du bist auf einer total schiefen Bahn, das gehört einmal gesagt!«

»Bitte, jetzt mal in Ruhe! Was ist los?«

»Ich brech das hier ab, ich mach nicht mehr mit, wenn das so weiter läuft. Deine Liebesprobleme in Ehren, dann aber mit *power*, und nicht die verquälte Tour! Mann, was ist nur aus dir geworden? Du rennst nur noch wie ein Schemen herum, niemand darf dich bequatschen, Schmahl höhnt schon, *da läuft der Tristan ohne seine Isolde*!«

»Schmahl höhnt?! Warum kümmert ihr euch um mich?«

»Scheißegal, ist mir scheißegal, worum der sich kümmert. Dir muß genügen, daß ich mich hier kümmre. Ich kleb hier an dir, das ist dir klar, meine Stelle läuft nur über dich, verdammt, und ich will hier nicht fliegen.«

»Davon hat niemand gesprochen...«

»Genau *davon* spricht jeder in diesem Betrieb. Schon auf dem Flur heißt es, du machst es nicht mehr lange. Nur *du* hast noch nichts davon gehört!«

»Gut, ich war etwas nachlässig...«

»Scheiße, ja, das Weib hat dich fertiggemacht. Ich bin voll im Bild, du steckst da tief drin. Ich hab meine Leute doch überall, du weißt es am besten, und die orten dich jeden Abend woanders, laufend betrunken. Gegen zwölf kippt es dich um, dann wirst du weich, und jedem, der's hören will oder nicht, erzählst du verstopfte Geschichten, von einer Reise nach Siena mit einem Filmgirl oder, noch besser, vom schweren Leben auf den Bühnenbrettern... Mann, du hast sie nicht alle, du bist völlig bestochen, verreckt, um deinen wertvollsten Anteil gebracht. Ich hab dir gesagt, wegen mir, halt dich draußen, wegen mir, du brauchst keine krummen Kontakte, ist schon okay. Das war die Losung! Und jetzt? Du hast Doris geschaßt, wurde auch Zeit, du wärst frei für alle Fälle, und jetzt das! He, sie ist es nicht wert, glaub mir das, man hängt sich nicht so an eine fremde Geschichte, da laufen Dinge, die sind weitab vom Schuß!«

»Moment mal, das laß ich nicht zu…«

»Ha, das läßt er nicht zu! Du brauchst Fakten, wie immer, du läßt dich nicht mal bereden, ich kann mich krumm legen für dich?! Ich hab es geahnt, ich kenn dich inzwischen, und ich hab meine *facts*, die geb ich dir schriftlich!«

»Männie, *du* mischst dich nicht ein, *du* nicht… Wir hatten immer ein gutes Verhältnis, ich hab dich gestützt, aber das geht zu weit!«

Ich stand auf, um nach draußen zu gehen.

»Du bleibst hier!! Verdammt, ja, du hast mich gestützt, wer sagt was dagegen?! Hör doch erstmal zu! Ich hab mir die ganze Geschichte verschafft, war nicht leicht, doch ich hab sie, rundum, mit allen Details. Linda Francis, der Star unserer Breiten! Was macht der Star, wo treibt er sich rum? Hast du ne Ahnung, sag mal, was witterst du so?«

»Ich bin dir nicht Rechenschaft schuldig …«

»Bist du nicht?! Aber den Scheiß hier, den bist du mir schuldig? Überstunden, Abend für Abend, Geracker, Geschufte, und dann noch der Hohn von allen Seiten! Also bitte, bleib ruhig, jetzt laß ich die Katze hier aus dem Sack!«

Er stand erregt auf und schloß die Bürotür von innen ab. Er schlug eine Mappe auf, sie war voll mit Photographien.

»Dingdong! Nun hebt sich der Vorhang! Erster Akt, *Das Leben ein Traum*! Linda Francis hat sich in Frankfurt beim Theater beworben, die hatten die Fänge nach ihr ausgestreckt, und dein Artikel spielte eine Rolle, da bist du noch immer ganz dominant. Ausschnitte daraus hat die Presse vermarktet, sie ist ins Gerede gekommen, überregional, ganz an der Front. Zwei Frauenzeitschriften haben deinen Klitsch noch zitiert, und in einem Theaterblatt hat sie drei Posen, zweimal Bühne, einmal voll, die starke Frau auf der Straße. Dann sind ein paar Zwerge dahinter gekommen, daß ihr euch kennt, das lief schnell, ein feines Gerücht. Einer hat euch angeblich gesehen, nachts, damals bei Blok, auf seiner Orgie. Und diese Gerüchte trübten den Ruf. Es hieß, Klartext, du hast nur gezaubert, deine Informationen sind bestens geflickt, sie hatte dich eben am Wickel. Und auf so Geschichten reagieren die sauer in Frankfurt! Die Chefetage will reines Theater, nicht diese *stories*, die stehn nicht auf Klatsch und diese Chose, die nichts Gutes verheißt und nur Unruhe schafft. Journalistenkontakte! Miese Tricks, die Feindschaften schaffen in einem Ensemble! Aber die Francis will ran! Die hat dich nur als ihr Maskottchen gebraucht, Meynard, das Engelchen Meynard, der treudoofe Typ, der seiner Schreibe noch glaubt. Sie hat ihnen versichert, nichts läuft mehr mit dir, nichts ist *je* gelaufen, war ja nicht einmal gelogen, so, wie ich es sehe. Du hast sie gehievt, jetzt läßt sie dich stehen, nichts zu machen, das ist die Sendung!«

»Männie, es reicht…«

»Es reicht nicht! Zweiter Akt, *Das Leben ein Schaum*! Sie hat sich an Lautner gehalten, plötzlich war der dafür gut genug. Er hat sie dreimal nach Frankfurt gefahren, zur Wohnungssuche im *Westend.* Sie sind durch die gesamte Gegend gezogen, hab ich alles auf Film! Lautner steckt da tief drin, er hält die Hand auf ein Maklerbüro, nur feinste Adressen, davon kannst du nicht mal träumen! Lautner hat sich sein Schneewittchen geangelt, das bekommt jetzt sein Bettchen, rot überzogen, und darüber nen Spiegel, extra poliert. Morgens schickt Lautner die Mannschaft, er regelt den Service, lauter Spezielles, nur Delikatessen, was wär denn gefällig, ein

Hühnchen, ein bißchen Schampus, flott weg von der Straße, der reinste Nuttenbetrieb…«

»Männie! Wenn das nicht stimmt, fliegst du raus!«

»Sei still, du Flachismo! Denn jetzt kommt das Geilste! Dritter Akt! Das alles war ihr noch lang nicht genug. Lautner war nur ein Komparse, irgendwo, ganz im Dunkeln, da klebt sie an jemand, das steht fest. Irgendwo steckt der Empfänger, irgendwo! Ich hab's noch nicht raus, tut mir leid, ich weiß nur, sie trifft sich heimlich mit ihm. Denn sie hat ein Versteck, weil, sie war wochenlang kein einziges Mal in ihrer Wohnung, und auch in Frankfurt lief nichts. Lautner nahm sie sich vor, hier, bitte, das Photo, er hat sie im *da capo* geschlachtet, vor versammelter Mannschaft! Sie hat ihn geohrfeigt, jawohl, sie hat diesen Fettsack voll in die Tüte gesteckt mitsamt seinem Service. Er mußte sich bei ihr entschuldigen, schriftlich, nach einer Woche haben sie die Friedenspfeife geraucht. Den Hintermann habe ich nicht, sagte ich schon, aber es ist ein ganz starker, das kann ich dir schwören, beste Sorte, einer, der klug genug ist, sich niemals zu zeigen. Wiesbaden, glaube ich, scheidet aus, da steckt mehr dahinter, vielleicht Frankfurt, eine Bankerfigur oder sonstwas mit Kunst. Ich tippe wieder auf Presse, sie hat solche Typen im Auge, solche Typen wie dich, die sie voranbringen, ohne Kummer zu machen!«

Er zündete sich eine Zigarette an, und ich warf einen Blick in seine Mappe. Manche Aufnahmen waren mit Tele geschossen worden, wacklige Szenen, ein Spionagegeschäft. Sie zeigten Linda in Frankfurt, im Gespräch mit Lautner, nicht abgeneigt. Daneben Bilder von ihr allein, beim Betreten des Frankfurter Theaters, beim Einsteigen in einen Sportwagen, beim Einkauf in der Nähe der *Alten Oper.*

»Wie bist du daran gekommen?« fragte ich Männie.

»Scheißegal, dafür stehe *ich* gerade. Wofür hab ich unseren Fonds?«

»Du hast das mit Geldern aus unserem Kneipenfonds bezahlt?«

»Meinst du, ich zahl das aus eigener Tasche? Der Sportwagen ist übrigens neu, frisch vom Hintermann, ich hab es geprüft, Lautner kommt nicht in Frage... Und jetzt...«

»Männie, ich will's nicht mehr sehen. Räum das jetzt weg!«

»Und jetzt... noch ein kleines Zusatzbonbon! Letzte Szene, schon hinter dem Vorhang! Sie hat sich auch an *mich* rangemacht!«

»Das glaub ich dir nicht!«

»Nicht, was *du* meinst. Frau Francis braucht *Stoff, nose powder*, nur feinste Basen ...«

»Sie braucht was?!«

»*Kokokola*, Kokain... Hier ist das Photo. Ich hab es besorgt, das läuft mir so zu. *Kokainhydrochlorid*, illegale Herstellung. Ich hab sie geschröpft, sie hat keine Ahnung von Preisen, ich glaub, sie nimmt das Zeug nicht einmal selber, das wüßt ich genau. Ich seh gleich, wer's nimmt, ich nehm es ja auch, ist nichts dabei, wenn du klarkommst damit. Ich hab es ihr zweimal gegeben, große Mengen, hat mich viel Lauferei gekostet, ich schwör dir, sie ist unprofessionell. Was mich nur stutzig machte, sie hat mit Dollars bezahlt. Und genau das läuft allem anderen zuwider, es deutet auf Transaktionen, auf irgendein Schiebergeschäft. Da bin ich mir sicher.«

»Hast du auch davon Photos?«

»Klar, gestochen scharf, wie du es liebst, sogar ohne Tele.«

Ich stand auf und ging zum Fenster. Ein Blick jetzt hinaus! Das war die Geschichte, ein widerliches Konstrukt, gegen das ich nicht ankam. Ich nahm die Mappe an mich und verschloß sie in einem Fach meines Schreibtischs.

»Danke, Männie, das geht alles in Ordnung. Was sie an Dollars zuviel hergestreckt hat, kommt zurück in den Fonds! Ist meine einzige Bitte. Ich seh jetzt klar, war hilfreich, der Vortrag. Mach weiter mit deiner Arbeit, ich muß mal eine Stunde nach draußen, dann spann ich mich wieder ganz vor den Karren. Ist ausgestanden, die Sache.«

»Gut, nimm das jetzt nicht schwer! Ich mußte es dir doch auftischen, sonst hätten wir bald die Katastrophe gehabt. Sie soll dich nicht schaffen, *die* nicht…«

»Wird sie nicht, Männie, das versichre ich dir.«

»Wart mal, wo du dein Leben gerade neu planst, da wär noch eine andre Geschichte …«

»Nein, Männie, ist jetzt zuviel. Ich brauch Luft!«

Ich schloß die Bürotür auf und trat auf den Flur. Piehl kam die lange Gerade entlang, mir entgegen. Er streckte beide Arme nach mir aus.

»Endlich hab ich Sie einmal! Wo stecken Sie nur?«

»Ich war viel unterwegs, Recherchen, ziemlich verwickelt.«

»Kommen Sie mal, ich muß Sie sprechen. Nicht hier drinnen, wir trinken außerhalb einen Kaffee. Halbe Stunde, dann ist alles geritzt!«

Ich folgte ihm; willenlos, dumpfgeprügelt lief ich hinter ihm drein. Wir suchten das *Dortmunder* auf.

Piehl bestellte zwei Kaffee und Cognac; er schaute etwas sorgenvoll drein und begann mit den üblichen großen Gesten.

»Wie läuft's? Was haben Sie selbst für ein Gefühl?«

»In den letzten Wochen gab's ein paar Durststrecken, wenn Sie das meinen. Das wird sich ändern.«

»Das klingt mir zu mild! Sie halten sich nicht an die Vereinbarungen! Jede Woche etwas von Ihnen... so steht es in Ihrem Vertrag. Und ich werde darauf bestehen.«

»Ist schon klar. Ich arbeitete an einem längeren Text.«

»Längerer Text! Wir machen eine Zeitung, keine Literatur! Das können Sie woanders loswerden. Das Schiff dümpelt dahin, anfangs war mehr Schwung drin. Wo ist Ihre alte Frechheit geblieben, das Aufmucken, *angry young man*?«

»Produzieren Sie laufend auf Knopfdruck? Ich bin nicht für so eine Masche, ich bin nur für Überzeugung!«

»Ist schon gegessen! Überzeugungen sammelt die Heilsarmee. Auf Knopfdruck! Jawohl, auf Knopfdruck! Nur so läuft journalistische Arbeit, das merken Sie sich! Die Maschinen rotieren, und Rotation bedingt einen besonderen Stil. Wir sind uns da einig?«

»Prinzipiell schon.«

»Also weiter! Was mir Sorgen macht, sind die Leserzuschriften. In letzter Zeit häuft sich die Post. Haben Sie es sich zu Herzen genommen?«

»Was meinen Sie?«

»Sie haben das Zeug doch gelesen!«

»Flüchtig, ich war sehr beschäftigt.«

»Beschäftigt! Was andres höre ich nicht. Die Post geht Sie an, da gibt's kein Pardon! Die Post ist der seismographische Ticker, jeder Brief will studiert sein. Nur so werden größere Beben verhindert.«

»In Ordnung, ich geh's nochmal durch.«

»Passen Sie auf! Mir ist gleich aufgestoßen, es sind meistens Briefe von Frauen. Durchschnittlich zehn in der Woche, liegt weit über dem Durchschnitt, ist scharf zu beachten. Und die Klagen sind immer dieselben!«

»Welche Klagen meinen Sie denn?«

»Herrgott, sind Sie schwerfällig heute. Ist sonst gar nicht Ihr Stil. Sind Sie privat ganz in Ordnung?«

»Letzte Nacht lief's bis halb drei. Ich arbeite an einem Kneipenbericht, *Der ferne Schatten alter Bilder.*«

»Klingt gut, worum geht's?«

»Um Kneipengespräche, Slangstudien.«

»Sehr gut! Jetzt gefallen Sie mir! Noch einen Cognac?«

»Einen doppelten!«

»Wird bestellt, *stante pede*! Doch zurück zu den Briefen! Da wird der Vorwurf erhoben, die Frauen kämen auf Ihrer Seite zu kurz; deutlicher noch, die Frauenprobleme kämen nicht vor. Verstehn Sie mich richtig, ich kenn Ihre Meinung, Frauenprobleme sind was für die *bunte Seite*, Familie und Unterhaltung, aber man kann diese Themen auch spritziger angehn. Ich habe die Ausgaben der letzten Monate überflogen, die Weiber liegen nicht einmal verkehrt. Solche Themen kommen bei Ihnen nicht vor.«

»Und das wird so bleiben! Richten Sie doch eine Frauenseite ein, da können Sie diese Zivilisationsneurosen unterbringen, ich wär Ihnen dankbar!«

»Dankbar! Sie blühen auf, erstaunlich, was so ein Doppelter anrichtet … Nun gehn Sie doch mal ein auf das, was ich mir wünsche. Eine Spur mehr *Frauenappeal*… Nicht dieses Emanzengedruckse, das meine ich nicht. Mode zum Beispiel, alle paar Wochen ne Spalte! Irgendwo las ich, seit neustem sind Strapse wieder im Trend. Darüber verlang ich was Scharfes, Umfragen wären nicht schlecht.«

»Ich halt das für unverdaulichen Zucker, süß, klebrig, üble Gazettensoufflés …«

»Meine Güte, es war nur ein Vorschlag! Sie stellen sich

quer! Sagen Sie mal, sind Sie in dieser Beziehung empfindlich, wieder mal *prinzipiell*? Fehlt Ihnen zu Frauen etwa der richtige Draht? Da hab ich ganz andres von Ihnen erwartet!«

»Ich denke schon, es läßt sich was machen. Nicht in Ihrer Richtung, mehr biographisch. Frauen, die auf Karriere aus sind, das wär ein Thema.«

»Mir fällt ein Stein, direkt vom *By-Pass*... Herrgott, als wenn wir Männer uns gerade da nicht verstünden! Ich hab schon vor mir, wie Sie das machen, das sorgt für Diskussionen! Diskussionen sind die Girlanden, die unsereins braucht, nicht dieses Gemecker aus dem Untergrund. Beschwerden sind immer gefährlich, Diskussionen fördern nur das Geschäft. Also, das wäre erledigt.«

»Dann können wir gehen?«

»Gleich, noch ein Letztes, diese Sache ist diffizil ...«

»Sie haben die Post zu gründlich gelesen.«

»Nein, es betrifft nicht die Post. Ich sag's Ihnen klar. Es betrifft unsern Freund Lautner. Sie wissen, er ist einer unserer wichtigsten Anzeigenkunden, ein Vermittler, unentbehrlich in allen Belangen. Lautner hat sich bei den höchsten Stellen über Ihre Arbeit beklagt. Er ist der Meinung, Sie berichten zu eifrig über Ihre speziellen Freunde, Sie wissen, gleich zwei Berichte über dieses neue Etablissement. Ist da was dran? Sie kennen den Besitzer? Haben Sie Ihre Finger da drin?«

»Wenn Lautner das behauptet, lügt er.«

»Nicht gleich so giftig! Kennen Sie den Besitzer?«

»Ich nehme mir manchmal auch raus, über Freunde zu schreiben. Das ist allgemein üblich, und, nebenbei, ich hab über den Bericht viel Gutes gehört.«

»Der Bericht ist gelungen, kein Wort dagegen. Und das Ergebnis? Die Bude ist voll jeden Abend. Ich war vor ein paar

Tagen selbst einmal an Bord. Da ist eine ganze Flotte von Miezen versammelt, ich hab mich gewundert, wie…«

»Ist das alles? Ich hab noch zu tun.«

»Plötzlich geht's Ihnen nicht schnell genug, was? Machen wir Nägel mit Köppen! Sie bringen in baldiger Zukunft was über Lautners rasenden Service. Sie wissen, er füttert die neureichen Cliquen mit diesen Häppchen, wie nennt sich das gleich?«

»*Gourmet Service*, meinen Sie den?«

»Richtig! Meine Frau fischt da auch manchmal drin rum, ist stinkteures Zeug, aber wir bekommen Rabatt, und da… Na ja, hundert Zeilen, das genügt mir fürs Erste.«

»Das ist unmöglich! Für Lautner schreibe ich nicht.«

»*Für*! Ich höre nur für! Sie sollen nicht für, sie sollen *über* ihn schreiben!«

»Kommt nicht in Frage. Nicht so, nicht auf Druck!«

»Sie brauchen ein reines Gewissen? Herrje, Lautner steckt fast überall drin, wo was los ist. Gehen Sie sein Magazin einmal durch, irgendwas Unschuldiges läßt sich da auftun, ich bitte Sie drum!«

»*Wiesbaden live* gibt es bald seit fünf Jahren. In einem Monat feiern die groß Jubiläum, draußen im Rheingau. Lautner hat einen halben Hafen gemietet, ein Bootsfest, nur mit Freunden. Ich kann Ihnen zusichern, darüber zu schreiben.«

»Endlich! Tun Sie was für meine Gesundheit! Machen wir das Schiff wieder klar! Denn eines will ich Ihnen hier nicht verhehlen: wenn diese Beschwerden sich häufen, muß ich rasch handeln. Es gibt in der Direktion konkrete Ideen…«

»Na bitte, schießen Sie los, ich bin auf jede Drohung gefaßt.«

»Gut, ist ja nichts Schlechtes, wenn man sich darauf einstellt. Es existiert da ein *paper*, mit dem Vorschlag, Ihre Stelle zu spalten. Eine Frau und ein Mann, ausgeglichen bisexuell…«

»Das ist neu. Ich hab noch im Ohr, alles sollte aus *einem* Guß sein.«

»So schnell ändern sich eben die Bräuche.«

»Ich mach Ihr *paper* zu Makulatur, das steht fest. Ich setz mich ganz vorn an den Bug, und keiner bringt mich da fort.«

»Schön, wir werden sehen! Das war ein gutes Gespräch, offen, wie ich es liebe. Kommen Sie doch mal zu uns raus, meine Frau würde sich freuen.«

»Gern, wenn die nächsten Weichen gestellt sind.«

»Noch einen Cognac?«

»Danke, ich verabschiede mich.«

Ich gab ihm die Hand und lief hinüber in mein Büro. Männie saß noch immer an seinem Text.

»Heute bekomme ich die volle Ladung«, sagte ich.

»Was war denn mit Piehl?«

»Wo haben wir die Kopien von den Leserbriefen? Es hagelt angeblich Beschwerden. Ich versteh das nicht, das war doch früher nicht so. Und warum vor allem Frauen? Scheint ja eine richtige Plage zu sein.«

»Darüber wollte ich noch mit dir sprechen. Hättest mir zuhören sollen.«

»Jetzt bin ich im Bilde.«

»Bist du nicht! Ich weiß, was da läuft. Eine ganz üble Tour, die kann uns alles vermasseln. Hinter der Plage steckt Doris. Einige Briefe sind mit derselben Maschine getippt, den Rest hat sie wahrscheinlich in Auftrag gegeben. Sowas erntet man von seinen Ehemaligen!«

»Das ist es also! Das Biest! Und in der Chefetage denken sie schon an Konsequenzen.«

»Was?! Ich hab dich gewarnt.«

»Männie, heut hast du alle Punkte für dich. Ich geb's auf, dagegen zu halten.«

»Erzähl mal, was haben die vor?«

»Die Stelle spalten und sie mit einem Quotenduo besetzen, weiblich-männlich.«

»Das wär dann das Ende.«

»Exakt, da mach ich nicht mit.«

»Wie stehst du denn mit Doris? Ist da nicht noch etwas zu reparieren?«

»Ausgeschlossen. Sie hat mir den vollen Kampf angesagt.«

»Tja, kann man verstehn. Und dann noch dieser Bilderbuchsportler, der macht sie sicher ganz heiß…«

»Wer?«

»Na, dein Schulfreund! Sie ist doch jetzt mit Walter zusammen, noch nichts von gehört?«

»Stimmt das?«

»Ich bin kein Orakel, sondern dein lebendiger *Wachturm*. Ich hab erfahren, daß sie zusammen beim Südwestfunk arbeiten, drüben in Mainz. Die boxen sich hoch, da bin ich sicher. Doris hat sogar ihr Studium aufgegeben.«

»Dann ist es ernst … Gut, mit Walter ließe sich reden. Das krieg ich schon hin. Die Briefe sind bald aus der Welt.«

»Das reicht nicht.«

»Was soll ich denn tun? Kannst du mir das einmal sagen?!«

»Kann ich. Endlich nimmst du Vernunft an und fragst den Richtigen. Du brauchst eine Image-Korrektur…«

»Die alte Geschichte…«

»Du brauchst Frauengeschichten, sofort, jede Menge. Verabredungen, Treffen, halbintime Sachen! Es wird dich einiges kosten. Doch das Geld ist gut angelegt, da bin ich sicher. Denk an die Altstadt, da warten sie doch nur auf dich! Oder bei Blok, in seinem Schuppen sitzen sie rum. Leg dich nicht fest, wär völlig falsch; du läßt es laufen, wie es dir in den Kram paßt. Und: Frühstücken tut man allein! Das ist in diesen Dingen die oberste Regel. Sonst bleibt gleich etwas kleben. Nimm keine mit dir in die Wohnung, Besuche nur auswärts! Und Vorsicht beim Bumsen! Bremsspuren sind da immer besser …«

»So treibst du es wohl? Bist du jetzt mein Vorbild?«

»Ich hab meine *groupies* gut an der Leine, die laufen dir nicht in den Weg.«

»Und wo tust du sie auf?«

»Sowas läuft über Schmahl. Was denkst du, warum ich ihm das Kantinenleben gestalte?«

»Wie? Über Schmahl?«

»Anzeigengeschichten. Schmahl verschafft mir Adressen, ich hab mir deinen Ratschlag zu Herzen genommen. Die *girls*, die bei uns inserieren, sind ledig, ich bin der Erste, der sich an sie ranmacht. Ist nicht leicht, manchmal komm ich mir selbst ins Gehege. Und du brauchst ein verdammt gutes Gedächtnis. So auf die Schnelle behält man nicht viel. Der Jahrgang, das Aussehn, und dann die Hintergrundtexte. Du erinnerst dich doch? *Mädchen (25), mit viel Hirn…*, inzwischen komm ich klar mit dem Knatsch, niemand macht mir was vor. Wie die phantasieren! Du wirst es nicht glauben! Die wollen das Blaue vom Himmel. Ich geh ganz fachmännisch vor, studiere die Texte, mach mir meine Gedanken. Dann die Auswahl des Treffpunkts! Schon der ist oft entscheidend. Was Neutrales, was Schickes, oder was fürs Gefühl? Darüber läßt sich hart grübeln. Manchmal werf ich nur einen Blick auf die Frau und mach gleich wieder kehrt. Ich hab da ein gutes Gespür. Ich meld mich immer mit anderem Namen, und für jede leg ich mir eine eigene Geschichte zurecht. Mal bin ich Student, mal Sozialarbeiter, mal Graphiker, so dreh ich die Runde, natürlich in entsprechender Kleidung. Ab und zu geht es schief. Dann sitze ich da in meiner Studentenmontur, blaues Halstuch, Pullover, ne Umhängetasche, und die Frau macht auf Wirkung, beidhändig Ringe, die Lippen sauber geschminkt. Sofort bist du der *Prolo*, und ich spiel dann die Rolle, dauert eh nicht sehr lang. Es kommt zum Krach, wir stänkern uns an, aus ist es, vorbei. Umgekehrt zieht es sich länger. Männie im stilechten *Sweater*, die Haare gestriegelt, der sportliche Typ, und die Frau macht mich runter oder versucht es mit meiner Bekehrung. Ich flippe dann aus, sowas ist mir zuwider, ich brauche ne Szene, und die kriege ich auch …«

»Wer weiß davon, Männie?«

»Nur Schmahl und du!«

»Und Schmahl, der hält dicht?«

»Alle paar Tage ein Bier, sechs Flaschen Wein in der Woche.«

»Welches Anbaugebiet?«

»Keine Sorge, Rheinhessen.«

»Auch aus dem Fonds?«

»Aus dem Fonds! Die Gespräche werden verwertet, da hab ich schon so manchen Anstoß bekommen.«

»Und warum seh ich nichts davon?«

»Sind doch Frauengeschichten, was willst du damit?«

»Wo sind deine Notizen?«

»Alle auf Band, für jede Frau ein Diktat.«

»Wieviel sind es?«

»Schätzungsweise so um die fünfzig.«

»Fünfzig Geschichten?! Die rückst du raus, und zwar sofort!«

»Mensch, da ist manches privat.«

»Gott, da mach ich was draus. Das ist *die* Idee! Streifzüge durch die Anzeigenszene, von einem *Betroffenen*... Das serviere ich Piehl, damit kann ich ihn schlagen.«

»Und wenn es rauskommt?«

»Laß mich nur machen! Ich vertusche jedes Detail, nur der Background muß stimmen. Alles *authentisch*, in mehreren Folgen. Das löst Diskussionen aus! Die Berichte nur pseudonym unterzeichnet, *Name wurde von der Redaktion geändert...*, Männie, du bist ein Glücksfall!«

»Vor einer Stunde klang das noch anders.«

»Vor einer Stunde war ich am Boden, aber jetzt, jetzt pakken wir es!«

Offen sein, dein *Image* verbessern, zeig dich nicht mehr allein, notfalls ein Spaziergang mit Sarah durch die Innenstadtzirkel. Abchecken, wer dich auffällig grüßt, im Wiederholungsfall deutlich drauf eingehn. Die Lokale häufiger wechseln, auch wenn du den Fraß nicht ausstehen kannst. Nachts volles Programm, Hände schütteln, ein paar Gläser spendieren, bündige *statements* über die Lage im Westen. Erwiderungen immer gezielt, scharf widersprechen, unerwartet einige freundliche Worte. Gelassenheit wahren, alle Spuren von Hektik schaden dir nur, jeden Abend eine neue Geschichte im Kopf, Komposition völlig fiktiv. Erwartungen wecken, von deiner Arbeit berichten, den Hunger nach *Insider*-Klatsch in Maßen stillen. Stets ein *Problem* vor Augen, die anderen beteiligen, Denkaufgaben stellen. Deinen Abgang markieren, für Unruhe sorgen, einen Schweif hinter dir herziehn. Signale setzen,

Themenvielfalt, leichtes, aber variantenreiches Gepäck! Terminkalender einrichten, bei Piehl zum Antrittsbesuch. Der *gnädigen Frau* einen Strauß roter Rosen, für die Tochter ein Augenzwinkern. Bei Tisch über *Tendenzen der Zeit*, später privat, spärlich beleuchtete Herzenseinblicke. Mit Piehl laxes Gemurmel zu zweit, ihn rempeln, wenn er Zotiges rausläßt. Sich Freunde machen unter den Jungs vom Lokalen, Interesse für Fußball, Tennis widert die an. Mit Franz Schmahl einen lockeren *talk*, Mainz, Mainzer, am Mainzesten, wenn nötig ein paar Runden Skat. Männie schmeicheln mit Lob, die Serie ein großer Erfolg, einen Hunderter schmeißen für Wodka mit Feigen. Leserbriefe ausführlich beantworten, *Kritik ist gefragt, für Zustimmung dankbar.* In der Öffentlichkeit nie mehr intim, Frauenkontakte steigern das Ansehn, bleiben jedoch immer gefährlich. Kein Lächeln zuviel, statt dessen die Basis *gutes Verständnis.* Frühmorgens lakonische Laune, während der Arbeit nur leichte Bonmots, mittags die sanfte Erschöpfung, in Konferenzen kurz vor dem Ende ein scharfes Wort, unduldsam, mürrisch. Vorsicht vor aller heimlichen Wut, auf Ausgleich mit Hänfling bedacht in einem *Gespräch unter vier Augen.* Seine Artikel zitieren, das schmiert ihm die Seele. Langsamer streifen auf Gängen und Fluren, mehr Nachsicht ausstrahlen für kleine Versager. Lautner anrufen, gute Stimmung vermitteln, das Hafenfest als *ultimatives Ereignis.* Den *Gourmet Service* einschalten, Kaviar, Norweger Lachs, zur Feier von Männies Geburtstag. Eine kurze Rede vor versammelter Mannschaft, Vergangenheiten beschwören, Tonfall gerührt, mit Schlußeuphorie. Jeden zweiten Tag ein Telephonat mit der Chefredaktion, die Sekretärin einladen zu einem Imbiß. Visitenkarten nachdrucken lassen, bevorzugt hinterlegen in Galerien. Zu Vernissagen immer verspätet, der

Maul- und Klauenseuche rechtzeitig entkommen. Auf Festen unermüdlich von einem Grüppchen zum andern, Erstaunen bekunden, gib ihnen etwas zum Kauen. Du stillst ihr Interesse, du fütterst sie täglich, so heilst du dich selbst.

»Männie, ich glaube, wir haben die Krise gemeistert.«

»Ich bin nie zufrieden, dieses Geschäft läßt einem nicht die Ruhe für sowas.«

»Vierzig Leserbriefe in einer Woche, das ist Rekord. Fast alle positiv, Piehl ist aus dem Häuschen.«

»Hast du mit Walter gesprochen?«

»Gründlich, fast übertrieben ausführlich. Doris wird Ansagerin, stell dir das vor.«

»Und sie gibt jetzt klein bei?«

»Ich hab Walter versprochen, ich schreib ein Porträt über sie. Wiedergutmachungsarbeit, dann ist alles vergessen.«

»Gekonnt, hört sich gut an. Und wie steht es um Lautner?«

»Ich bestelle bei ihm, er fährt mich eigenhändig zum Hafenfest raus. Er hat den *champ* fallengelassen, seit neustem bin ich der *crack.*«

»Und das Weib?«

»Du meinst Linda? Nicht mehr gesehen seit ein paar Wochen.«

»Den Hintermann möcht ich kennen.«

»Offen gestanden, ich auch.«

»Du?! Du hältst dich in Zukunft völlig da raus. Dafür werd ich schon sorgen.«

»Ist ja gut, ich bin abgehärtet genug.«

»Hab schon von deinem Umschwung erfahren.«

»Was tuschelt die Szene?«

»Angeblich bist du wie verwandelt.«

»Ich geb mir Mühe.«

»Will ich stark hoffen.«

»Und deine Affären?«

»Hab ich eingestellt, seit du drüber schreibst.«

»Eingestellt? Warum das?«

»Keinen Bock mehr, du beschreibst es besser, als es sich lebt.«

»Aber mir geht bald der Stoff aus.«

»Inzwischen bringst du es selber.«

»Auch das meldet die Szene?«

»Von zehn Geschichten kreist die Hälfte um dich.«

»Ein guter Anteil.«

»Wie schaffst du das nur? Bist du jede Nacht unterwegs?«

»Jede Nacht.«

»Ich hielt das nicht aus. Deinen Kopf möcht ich nicht haben.«

»Mein Kopf arbeitet gut. Ist ne zuverlässige Marke.«

»Sagst Bescheid, wenn du was zum Nachhelfen brauchst.«

»Kokain? Mit Alkohol weiß ich besser Bescheid.«

»Alkohol ist was für Stumpfis. Mir wird nur schlecht von dem Zeug. Übrigens gibt es auch Pillen.«

»Pillen wofür?«

»Zum Beispiel *Amphetamine*, die wären genau richtig für dich. Hellen das Hirn auf, ganz ohne Koller.«

»Wie kommst du nur an das Zeug?«

»Über *GI*s. Du kannst mir vertrauen.«

»Ich werd's dir sagen, wenn ich was brauche. Du stellst dann die Mischung zusammen.«

»Das Neuste sind Kakteen, die Meskalin produzieren.«

»Da laß nur die Finger davon.«

»Belehrungen kannst du dir schenken.«

»Männie, macht dir die Arbeit noch Spaß?«

»Ich weiß nicht, manchmal denk ich, ich schaff's nicht mehr lange.«

»Und … woran liegt's?«

»Das Tempo ist zu überreizt. Ich hab nie das Gefühl, ich steh auch mal draußen.«

»Ich auch nicht. Vielleicht brauchen wir Urlaub.«

»Scheiß Urlaub. In der Zeit stellen sie hier die Schreibtische um.«

»Kann uns doch egal sein.«

»Mir ist hier nichts mehr egal. Wenn Schmahl hustet, kommt mir schon die Angst.«

»Angst?! Seit wann redest du so?«

»Seit ich sehe, wie es dich umtreibt.«

»Du hast Angst um mich?«

»Quatsch, du machst mir Angst.«

»Aber es läuft doch jetzt besser.«

»Irgendwann schmeißt es dich um.«

»Ich bin kerngesund.«

»Das sagen sie alle.«

»Wer sagt das noch?«

»Diese Typen, zu denen du auf dem Weg bist …«

»Welche Typen?«

»Hemmungslose Figuren, ausgebeutet von ihrem Beruf.«

»Männie, ist irgendwas hier nicht in Ordnung?«

»In *Ordnung*?! Das Wort existiert hier doch gar nicht.«

»Du weißt, was ich meine.«

»Kannst beruhigt sein, wenn du das meinst.«

»Ich möchte einmal erleben, daß du mir zustimmst.«

»Laß nur, Harmonie ist was Fieses, besser, die alte Gespaltenheit bleibt.«

Ich hatte mir einen gebrauchten, weißen *Golf Cabrio* angeschafft, auf die Dauer kam ich ohne Wagen nicht aus. Wenn mir danach war, verließ ich die Stadt und kurvte stundenlang über die schmalen Höhenstraßen des Taunus. Solche Fahrten beruhigten mich, schon der Anblick von Wäldern hatte etwas Besänftigendes, hinzu kamen die Wechselbäder von Wärme und Kälte, wohltuende Brisen bei offenem Verdeck. Dieses ziellose Fahren erinnerte schwach an die Radtouren von früher, eine ähnliche Freude wie bei den Abfahrten ins Rheintal, derselbe Genuß beim Ausrollen des Fahrzeugs in den tiefer gelegenen Dörfern. Am liebsten machte ich so etwas allein, Unterhaltungen lenkten nur ab von der grünen Stille ringsum, doch meistens begleitete mich jetzt eine Freundin, eine der vielen, die sich mir angeschlossen hatten. Sie kennenzulernen war einfach, es kostete nicht viel Überlegung, die Kontakte ergaben sich zwanglos, und die meisten wünschten sich nur eine amüsante Begleitung, ganz so wie ich. Anfangs hatte ich mich selbst darüber gewundert, wie leicht es sich anließ, dann war es mir selbstverständlich geworden, damit zu leben. Wir redeten nicht über waghalsige Dinge, jedes Zusammensein war auf einige Stunden begrenzt, und es gab niemals Beschwerden über mangelnde Aufmerksamkeit. Alle Kontakte waren geprägt von dem Vorsatz, *frei* zu bleiben, Freiheit stand unter den Werten ganz oben, und niemand dachte an etwas Festes. Man lernte sich kennen, man teilte auch einige Sorgen, die meist berufsbedingt waren, darüber hinaus wollte man nichts Intensives, keine Beichten, keine Gespräche mit dem Rücken zur Wand. Auf diese Weise hatte man mehr voneinander als in verquasten *Beziehungen*, der gegenseitige Umgang blieb locker, und die unregelmäßigen Abstände zwischen den Treffen steigerten sogar die Freude, einander zu sehen. Ich hatte mir vorgenommen, es dabei zu belassen, die Neugierde auf andere Menschen wurde reichlich bedient, ohne Spuren von Eifersucht oder anderen Leiden. Auch meine Freundinnen blickten nicht dauernd auf mich; die meisten lebten in ihren Zirkeln, und Tage zu zweit zu verbringen, bedeutete nichts. Wichtig war nur, daß man sich mochte, für so etwas hatte man feine Antennen, auch Sex ließ man zu, wenn es sich zufällig und auf gute Weise ergab. Meist kam es dazu, wenn man nachts hängenblieb in einem der kleineren Orte, manchmal sträubte sich auch eine Freundin dagegen, und ich fuhr sie heim, ohne *wenn und aber* und ohne anklagendes Murren. Alles verlief in einer guten Balance, lange Absprachen waren nicht nötig, man folgte seinen wachen Instinkten, und die betrogen nur selten.

Tagsüber hatten wir alle zu tun, am frühen Abend jedoch standen die Verabredungen fest, lose geplant durch einen Anruf, nicht drängend, sondern meist nur ein Vorschlag. Marion bediente im *Rheingold*, ich kannte sie schon eine Weile, sie wurde oft eingeladen von ihren Kunden, und sie ging darauf ein, wenn die Typen ihr paßten. An ihren freien Tagen wollte sie fast immer nach Frankfurt, schon Autobahnfahren machte sie *high*, sie stoppte die Zeit, die wir brauchten. Manchmal blieben wir nur für einen Cocktail, am Wochenende tanzte sie gern im *Dorian Gray*, die Flughafenwelt machte sie munter, und wir kamen mit Leuten zusammen, die sich gern kostümierten. Tanzen betrieb sie bis zur Erschöpfung, das war für sie der klassische Weg der Ermüdung, langes Gehen machte sie widerwillig, verstockt, ich respektierte das, denn langes Gehen mußte nicht sein.

Corinna arbeitete im Belegversand der Zeitung, ich hatte sie in der Kantine kennengelernt. Sie gehörte zu Hegelers Kreis und ging ins Freibad, wann immer das Wetter es erlaubte. Auch sie machte sich nichts aus langen Spaziergängen, schon längere Autofahrten gefielen ihr nicht, am liebsten waren ihr Weinlokale im Rheingau, zwei, drei an einem Abend, wild durcheinander. Sie trank viel, die großen *Schoppen* wanderten über die gescheuerten Tische, und ihre Redelust riß mich mit, so daß wir ins Fabulieren gerieten. Sie erzählte meist von der Belegschaft, unglaubliche, überdrehte Geschichten, und man bekam den Eindruck, das Pressehaus sei nur ein Tollhaus, eine Arbeitsabsteige für viele, die im Privatleben Triebtäter waren. Ich wußte, daß sie oft überzog; sie genoß es, ein wenig zu flunkern, aber auf die Dauer sah ich viele Kollegen in anderem Licht; es war nicht schlecht, für alles gewappnet zu sein. Franz Schmahl zum Beispiel war ihr besonderer Liebling; sie reizte ihn, brachte seine Begierden auf Touren und spielte das übermütige *Gör*, das aus gealterten Männern raffinierte Zuhälter machte. Erst durch Corinnas Geschichten begriff ich, wie sehr ich mich vor Schmahl in acht nehmen mußte, er war eine unberechenbare Gestalt, nahe am Alkoholismus. Doch er war nicht der Einzige, der verdächtig häufig die Kantine aufsuchte; selbst Piehl sollte in aller Heimlichkeit trinken, seine Sekretärin regelte das, mit Sechserpackungen *Piccolo* aus dem *Aldi*, alle zwei Tage. In tiefer Nacht geriet Corinna ans Küssen, solche Zuwendung brauchte sie nach ein paar Gläsern, doch am nächsten Morgen hatte sie angeblich alles vergessen, bis auf mein manchmal genervtes Gesicht. Sie betrachtete sich als eine Spezialistin für *feines Essen*, doch ich war eher skeptisch, denn sie hielt Ananasscheiben, mit kandierten Kirschen bekrönt, noch für ein Zeichen von Luxus. Ihr zweifelhafter Geschmack führte sie oft in die Irre, daher lud ich sie lieber zu *Hausmannskost* ein, wie man sie im Rheingau bekam. Sie machte sich stets mit Heißhunger darüber her, denn während der Woche aß sie sehr wenig, weil sie schlank bleiben wollte. Mit solchen höchstens neckisch wirkenden Vorhaben war sie sehr ernsthaft beschäftigt; ich erinnerte sie manchmal daran, doch die Tage mit mir waren Ausnahmen, schöne Tage, wie Ferien, ganz ins Blaue gesetzt.

Das größte Vergnügen machte ich ihr, wenn ich sie Donnerstag Mittag mit hinüber nach Mainz nahm. Donnerstags erschien die *scene*-Seite, fürs Erste war die Arbeit einer Woche getan, oft nahm ich mir mittags dann frei oder suchte einen Auslauf unter fadenscheinigen Gründen. Corinna hatte es in diesen Stunden angeblich mit Übelkeiten zu tun, sie rief mich an und bettelte darum, mitgenommen zu werden. Der Donnerstagmittag war ein Ritual, denn nur einmal die Woche öffnete in einem Vorort von Mainz eine Schweinemetzgerei ihre Wirtschaft, um die frisch geschlachtete Ware dampfend, in großen Tiegeln gesotten, unter wenige Eingeweihte zu bringen. Man saß in einem hellen, offenen Hof, eine hohe Mauer grenzte den Paradiesgarten von der lauten Straße ab, auf der die Eiligen an der verwitterten Holzpforte vorbeiliefen, nicht ahnend, daß hinter ihr Steaks, Schnitzel und Braten in tellergroßen Portionen serviert wurden. Corinna jauchzte auf, wenn sie an diese Mengen geriet, es war die Lust der Verfressenheit, die sie ganz packte; sie tunkte das Brot in die braunen, fettigen Zwiebelsaucen und schickte mich in die *gute Stube*, um Weißwein und Wasser zu holen. Drinnen ging es hoch her, seit früh um elf spielten Rentner hier Skat, und Mitglieder sämtlicher Fastnachtsvereine schrien sich den dörflichen

Stolz aus dem Leib. Es waren in die Jahre gekommene *Filous*, leicht reizbar und so konservativ, daß sie Studenten noch immer für Freischärler hielten. Am besten man machte einen großen Bogen um sie, dieser Konservatismus war nicht selten borniert, und man verdarb sich die Stimmung, wenn man auf so etwas Elendes einging. Draußen im Freien jedoch saßen die jüngeren Stammgäste, und am längsten Tisch hockten die Pressekollegen aus Mainz, breit gewordene Mannsbilder mit beneidenswert viel freier Zeit. Sie waren meist erheblich älter als ich, das lange Studieren steckte ihnen noch in den Knochen, doch durch ihre Arbeit glaubten sie sich diesen braven Tagen entkommen, aufgestiegen zu den seltenen Posten mit *Durchblick*. Wir setzten uns zu ihnen, und ein erst am Abend endender Nachrichtenaustausch begann, eine flinke Börse mit lauter Gemischtem, besser als alle Agenturtexte.

Zu den Kollegen gehörte auch Dambmann, Redakteur seit fünfzehn Jahren, und wie ich war er es fast von der Schulbank geworden. Daß er nicht studiert hatte, gereichte ihm hier nur zum Vorteil, er gab sich kritisch gegen die studentischen Posen und setzte ganz auf etwas diffus *Proletarisches*, einen stets gleichbleibenden Trotz und Züge von hedonistischer Anarchie. Über den unzähligen, geduldig durchsessenen Debatten waren ihm die Haare ausgefallen, nur ein feiner Kranz war geblieben, der seiner an Sonnentagen schnell geröteten Glatze eine feierliche Drapierung verlieh. Dambmann sprach leise, so verschaffte er sich immer Gehör, und man erwartete von ihm abschließende Sätze, Urteile, die lang in Erinnerung blieben. Im Mainzer Pressemilieu waren seine Launen berüchtigt, in orgiastischen Nächten wurde aus dem sonst ruhigen Menschen ein bis zur Erschöpfung streitendes Wesen, schweißgebadet, heimgesucht von hohen Blutwerten und Auswüchsen mittelalterlicher Völlerei. Donnerstag mittags dagegen hatte er seine gutmütige Phase, er plauderte gern, manchmal ironisch und bissig, und nannte uns Wiesbadener nur die *dekadente Brut.* Corinna setzte sich meist in seine Nähe, er war der richtige Widerpart für ihre kichernde Zutraulichkeit, und ich profitierte davon, weil Dambmann bei solchen Gelegenheiten über meine Jugend hinwegsah. Er hielt die Generation, die auf seine eigene folgte, für einen Haufen von *Anpassern*, und es war ihm nicht einzureden, daß es auch Ausnahmen geben mochte. *Flickies, Strozzis* nannte er uns, sein Vokabular war beachtlich. Angeblich war er in seiner Jugend häufig mit einem sprachlich talentierten Freund zusammen gewesen, der inzwischen einige Bücher veröffentlicht hatte; mir schienen diese Gerüchte Erfindungen zu sein, ich hielt Dambmann vor, in Mainz würden Bücher *gedruckt*, nicht *geschrieben*, so ein Freund sei zweifelsfrei nur ein Phantom, wenn auch ein interessantes, klug erfunden. Er wehrte mich ab, in Gesellschaft sprach er nie über private Dinge, er konterte mit Bemerkungen über meine Kleidung, und ich hatte das Nachsehen, weil die anderen sich mitziehen ließen und sich einen Spaß daraus machten, meinen Geschmack zu durchleuchten. So verliefen viele Donnerstage wie ausgedehnte Feste, mit der Zeit wurde Dambmann zum Freund, er war von der guten, sicheren Art dieser melancholisch gealterten Kumpel.

Vera war in einem Frisiersalon angestellt und bestäubte ihre Freunde mit kostbaren Parfums; Susanne machte eine Buchhändlerlehre und las mir manchmal ein paar flapsige Sätze aus einem Taschenbuch vor; Jutta war stellenlos und verdiente sich etwas Geld beim Theater; Gudrun studierte Sport und

Leibesgymnastik, sie wollte mit mir laufen und wandern; Uta arbeitete im *fashion shop* eines Kaufhauses und brachte es fertig, sich an einem Abend dreimal umzuziehen, gerade nach Laune; Gaby war Fremdsprachensekretärin und bei Übersetzungsproblemen behilflich; Renate war an einen Musikverlag geraten und versorgte Männie mit Noten und poppigen Postern; Thea half in einem Weinladen aus, wußte jedoch, was die Sorten betraf, nur oberflächlich Bescheid. Sie alle kannten sich flüchtig, in Berührung gekommen bei einer der unzähligen Gelegenheiten, die die Kreise vermischten. Jede von ihnen war mir aus anderen Gründen sympathisch, und es gab nicht die Spur eines Musters, das zumindest auf einige anwendbar gewesen wäre. Selbst die Gespräche waren so unterschiedlich, daß ich nie in Verlegenheiten geriet. Die Hauptsache war, daß keiner in meiner Gegenwart mulmig zumute war; ich verlangte von ihnen nur die Fähigkeit, ihre Lust an diesem und jenem auch mit mir zu teilen, freudig, großzügig, ohne mickrige Nebengedanken. Zu zweit zogen wir los, mal weit, den Rhein abwärts entlang oder über die flachen Ebenen südlich von Mainz, mal nur um die Ecke, um miteinander zu reden. Auf die Unternehmungen selbst kam es letztlich nicht an, wichtig war nur das Empfinden restloser Gegenwart, etwas zwanglos Erfülltes, beinahe wie geträumt. Man sagte mir oft, ich hätte Geschick in diesen Dingen, aber es war anders, denn das Zusammensein mit Frauen beflügelte mich. Es war nichts in der Richtung schwüle Erotik, nichts, das drängte und auf den Punkt kommen wollte; es war viel besser, zum Für-sich-Behalten, und nichts für unbrauchbare Worte. Ich sprach auch niemals davon, solange alles noch so gelang, in dieser Zeit wurde ich erst wahrhaft *schlau*, und es waren Erfahrungen, wie ich sie mir vor vielen Jahren erhofft...

Inzwischen hatte Sarah mit dem Studium begonnen, Biologie im Haupt-, Philosophie im Nebenfach, wie sie es schon lange angekündigt hatte. Morgens gegen sieben machte sie Kaffee, dann verschwanden wir kurz hintereinander und sahen uns meist erst wieder am folgenden Tag. Sie hatte sich im Lesesaal der Landesbibliothek einen Platz eingerichtet, nach wenigen Wochen türmten sich dort die Bücher, und sie versorgte die Ausleihe mit immer neuen, ausgefallenen Aufträgen. In der Wohnung dagegen fiel es ihr angeblich schwer, konzentriert zu arbeiten; sie brauchte, wie sie sagte, einen *sterilen* Platz, ähnlich dem in einem Büro. Ihr Studium war ganz fern von allem Privaten, gerade an dieser Ferne fand sie Gefallen; der Stoff war ein einziger massiger Fels und die Arbeit ein langsames, forschendes Eindringen in seine Struktur. *Struktur* war eins ihrer gängigen Wörter; sie liebte es, Themen zu gliedern und sich auf trickreiche Weise anschaulich zu machen. Aus der Biologie hatte sie das Modell des *Stammbaums* übernommen; es diente ihr dazu, unübersichtliche Fragen schnell zu entwirren. Sie zeichnete, gruppierte, entwarf ein Gerüst; an solchen Bildern orientierte sich ihr Gehirn. Ich fürchtete manchmal, daß sie das Studium übertrieb; doch in den ersten Wochen nach Verlassen des Elternhauses machte sie einen kräftigen, zielstrebigen Eindruck.

Den Weg nach Mainz legte sie mit dem Bus zurück, unterwegs wurde gelesen, sie hatte ihre Zeit so eingeteilt, daß kaum eine Minute verschwendet war. Zwischen den Übungen ging sie alle paar Tage zum Schwimmen, sie hielt sich an eine vorgeschriebene Zahl von Bahnen, noch mehr als früher galt ihr Eifer jeglicher Quantifizierung. Mit mir unterhielt sie sich knapp; sie sprach nur selten von ihrer Arbeit, und sie ließ alles, was mich anging, beiseite. Ihre Kontakte zu anderen Menschen erschienen mir spärlich, doch ich hielt mich draußen, da ich hoffte, solche Kontakte würden sich finden.

Diese Hoffnung schien sich bald zu erfüllen, denn an einem Morgen fragte sie mich, ob es mir recht sei, daß sie einige Kommilitonen für einen Abend in unsere Wohnung einlade. Ich war froh, daß sie anscheinend Anschluß gefunden hatte, gegen solche Treffen hatte ich nichts, ich fragte nur nach, um was es denn gehe. Sarah erklärte, daß sie an einem Griechisch-Kurs teilnehme; der Kurs werde nur von vier Studenten belegt, ohne Griechisch-Kenntnisse mache Philosophie keinen Sinn. Die kleine Gruppe wolle sich auch außerhalb der Unterrichtsstunden zusammensetzen, man müsse das Lerntempo beschleunigen, um bald mehr als nur Grammatik zu treiben. Dreisen sei einverstanden, Dreisen leite den Kurs. Ich erkundigte mich nicht weiter, es handelte sich offensichtlich um eines ihrer *Maximal-Projekte*, mit denen sie schon soviel Erfolg gehabt hatte. Sarah erläuterte noch, Dreisen sei knapp über dreißig, ein Lehrbeauftragter mit minimaler Vergütung, stehe kurz vor der Promotion und habe in seiner vor dem Abschluß stehenden Arbeit Neues über *antike Glückslehren* entdeckt.

Antike Glückslehren waren mir viel zu fragil, ich wagte nicht einmal, genauer danach zu fragen, doch Sarah erklärte mir, ganz gegen ihre Gewohnheit, das Glück sei in der Antike der Zustand der Unabhängigkeit, also weder spirituell noch materiell ausreichend begründet. Ich ließ auch diese Auskunft so für sich stehen, schließlich hatte ich einen ganz anderen Sinn für Unerledigtes. Sarah jedoch geriet bei diesen Sätzen in leichte Unruhe, ich bemerkte ein sich überlegen gebendes, kokettes Zucken um ihren Mund, als hielte sie vor mir etwas, das mich der Lösung näherbrächte, absichtlich zurück.

Es war ein leichter Anflug von Hochmut, ich kannte diese intellektuellen Schikanen, doch ich erwiderte nichts, denn Streit brauchte ganz andre Motive.

Wenig später stieß ich auf Dreisen. Sarahs Zirkel hatte sich schon mehrere Male in der Wohnung getroffen, ich hatte davon kaum etwas bemerkt, nur die Luft war am Morgen danach sehr stickig, denn Dreisen rauchte anscheinend ununterbrochen. Schon diese Nachricht hatte mich gegen ihn eingenommen, in fremder Umgebung war Rücksicht angebracht, zumal Sarah dort schlafen mußte. Als ich an einem Abend in mein Zimmer zurückkehrte, um mir in Ruhe noch ein paar Notizen zu machen, hörte ich seine Stimme. Dreisen skandierte, er wechselte abrupt zwischen laut und leise, preßte die griechischen Krachlaute mit nasaler Verstärkung heraus und summte die deutschen Entsprechungen mit hohen Kopftönen. Er leitete das Treffen anscheinend ganz nach Belieben, sein Vortrag war herrisch, eine zügellose Litanei, die den anderen nur Statistenrollen erlaubte.

Ich hatte an diesem Abend nicht mit Störungen gerechnet, um so mehr plagten mich diese Attacken. Klassisches Griechisch war nicht zu verachten, wenn man es auf ruhige Weise betrieb; Dreisens Art war jedoch orientalisch, wie *Muezzin*-Schreie vom Minarett. Ich war auf dem Weg hinüber, als ich Sarah auf dem Flur begegnete.

»Du bist hier?«

»Wie du siehst«, sagte ich, »was ist das für ein Gebrüll?«

»Davon verstehst du nichts.«

»Schon gut, bitte deinen Gelehrten, sich ein wenig zu mäßigen.«

»Du hörst auch laut Musik, wenn es dir paßt.«

»Gegen Musik hätte ich nichts, das hier aber klingt kastriert. Außerdem habe ich zu arbeiten.«

»Nennst du das Arbeit, wenn du was schreibst?«

»Sarah, hör zu, wir leben auf zwei Kontinenten, und da gibt es nun mal keine Brücke. Halt du deinen Wüstenrufer im Zaum, ich schraub in Zukunft meine *oldies* zurück...«

Sie schob mich zur Seite und ging in die Küche. Sie leerte den Aschenbecher und öffnete eine weitere Flasche Wein. Salzstangen und Käsehäppchen standen bereit.

»He«, sagte ich, »wenn du ihn so fütterst, wundre ich mich nicht über dieses Gebalze.«

»Oh, was bist du gemein, das hab ich dir nicht zugetraut.«

»Sarah, ich traue dir alles zu, die absolute Leistung, die totale Wissensvermehrung. Das hier aber ist meine Wohnung, und da gelten die Gesetze der ewig Beschränkten.«

Die Tür von Sarahs Zimmer öffnete sich, im herausquellenden Wirbel der Rauchschwaden tauchte eine Gestalt auf. Dreisen war klein und merkwürdig disproportioniert; er hatte einen großen Kopf, die stark fettigen Haare waren leicht gelockt und verliehen dem Schädel durch ihre Fülle etwas Wuchtiges. Der gestauchte Oberkörper wurde von einem Spitzbauch belastet, der die untere Hälfte des Menschen zu einer bloßen Halterung degradierte. Er trug einen braunen, ungepflegten Pullunder und eine schwarze, speckig glänzende Hose. Unwillkürlich machte ich einen kleinen Schritt zurück, ich hatte mehr Feinheit erwartet, doch Feinheit war anscheinend für den klassischen Ausdruck entbehrlich. Dreisen stutzte, erkundigte sich dann aber rasch, ohne mich zu begrüßen, nach der Toilette. Er hatte etwas Verdruckstes, sein Gesichtsfeld war deutlich begrenzt, er war eine durch und durch ungesunde Erscheinung.

Sarah stellte mich vor.

»Ah, der Bruder, man sieht die Ähnlichkeit gleich!«

»Da sind Sie der Erste, der sowas behauptet«, sagte ich, »vielleicht ist Ihr Blick leicht getrübt.«

»Physiognomien interessieren mich brennend«, antwortete Dreisen, »Büsten, Porträts sind eine Fundgrube für die Archäologie.«

»Macht es Ihnen etwas aus, beim Unterricht leiser zu sprechen?« fragte ich höflich. »Ich arbeite gleich nebenan.«

»Ich unterrichte nicht, ich intoniere. Die Intonation ist entscheidend im Griechischen«, erwiderte Dreisen. »Welches Fach studieren denn Sie?«

»Mein Bruder ist bei der Zeitung«, mischte Sarah sich ein.

Dreisen merkte auf, plötzlich bekam sein verschwitztes, bleiches Gesicht etwas Waches.

»Sind Sie hier in Wiesbaden tätig? Auf welchem Sektor?«

»Kultur«, antwortete ich, »Kultur im weitesten Sinn.«

»Interessant«, meinte Dreisen.

»Finde ich auch«, sagte ich, »Sie haben sicher Verständnis für meine Lage. Manchmal eilt ein Artikel, und da steht Nachtarbeit an.«

»Eile ist mir eigentlich fremd«, erwiderte Dreisen, »in unserem Fach ist Eile geradezu eine Sünde.«

»Gut«, sagte ich, »intonieren Sie langsam, aber eine Spur weniger stark.«

»Ich werd es versuchen«, lächelte Dreisen, »doch wenn es mich packt, ist aller Wille vergebens.«

»Sarah, wie war das«, wandte ich mich an meine Schwester, »war der Wille bei deinen Griechen so kraftlos?«

»Wir machen weiter«, sagte Sarah, »ganz wie bisher.«

»Zum Pinkeln geht es da drüben«, wies ich Dreisen an,

»lassen Sie Ihren Wasserfall sprudeln, vielleicht erleichtert das Ihren inneren Druck.«

»Auf ordinäres Gerede reagiere ich ziemlich verbockt«, antwortete er.

»Dann bocken Sie weiter, Sie griechischer Faun«, schloß ich ab, »das nächste Mal nur mit meiner Erlaubnis!«

Ich verschwand in mein Zimmer, um meine Unterlagen zu holen. Ich wollte die Wohnung verlassen, als Sarah mich noch einmal aufhielt.

»Du hast ihn vor den Kopf gestoßen«, flüsterte sie hitzig.

»Der Bocksbeutel verträgt das schon«, sagte ich.

»Wie kannst du nur so widerlich gegen meine Freunde sein?«

»Der ist dein Freund? Dieses molluske Gebilde?«

»Er hilft uns, er hat es nicht nötig.«

»Was der nötig hat«, sagte ich, »erklär ich dir später einmal!«

In Zukunft mußte Sarah mich benachrichtigen, wenn sie ihren Club einladen wollte. Ich konnte ihr nichts verbieten, obwohl ich sie gern von Dreisen abgebracht hätte. Er besaß eine infame Selbstgefälligkeit, und ich ahnte den Spott, mit dem er meine Arbeit in meiner Abwesenheit behandeln würde. Typen wie er waren unfruchtbare Narzisse, was ihre Wissenschaft, nicht was ihre Schönheit betraf. Sie machten leicht großen Eindruck, ihre Verblasenheit förderte das, und ich konnte nur hoffen, daß auch Sarah diesen Dunst bald durchschaute. Seit meiner Begegnung mit Dreisen zog sie sich noch mehr von mir zurück; morgens machte ich mir meinen Kaffee nun allein, Sarah rührte sich nicht, ich gehörte nicht mehr in ihre Nähe.

»Männie, wie stehn unsre Aktien?«

»Schmahl macht neuerdings Stunk, ich glaube, er schaut jetzt voll durch.«

»Du meinst, die Hintergründe der Serie sind ihm bekannt?«

»Klar, so doof ist Schmahl nun auch wieder nicht.«

»Und was sagt er dazu?«

»Nichts, er meinte nur kürzlich, ich könnte die Flaschenpost einmal ankurbeln.«

»Noch mehr Wein?! Sechs Flaschen sind reichlich. Außerdem läuft die Serie bald aus.«

»Du meinst, er hält still?«

»Klar, der ist feige, und er braucht seinen Wein.«

»Von anderer Seite soll er auch was bekommen.«

»Was bekommt er? Von wem?«

»Neulich zog er mit einer Packung *Piccolo* auf und davon. Sowas kauft der sich nie.«

»*Piccolo*, mein Gott! Bring heraus, wo er die her hat!«

»Ich setz ihn mal unter Druck, da wird ihm sein Mainzer Gelächter vergehen«, sagte Männie.

»Aber mit Vorsicht, sonst fällt er uns noch in den Rücken.«

»Wenn ich nur ahnte, was er sich denkt. Du kennst ihn, sein Gerede besteht nur aus Andeutungen.«

»Das war immer so, das sind diese rheinischen Possen. Wie wär's, wir gehen mal einen trinken mit ihm?«

»Der säuft dich in Sack und Asche, für das härteste Zeug hat der immer als Letzter ne Lücke.«

»Wir halten uns stilvoll zurück...«

»Wenn er das merkt, will er nur Sprudel.«

»Dann weiß ich auch nicht mehr weiter.«

»Aber ich! Ich quetsch ihn mal in die Ecke.«

»Und wie willst du vorgehn?«

»Ich frag ihn, ob er deine Serie gelesen hat. Und dann sag ich, es säh fast so aus, als ob du von meinen Eskapaden erfahren hättest. Und dann spitz ich es zu und frage ihn, ob er gequatscht habe. Von *mir*, sage ich ihm, von *mir* hat er jedenfalls nichts!«

»Männie, das ist zu gewagt!«

»Ach was, das ist die einzige Lösung. Ich hab ihm ja immer erzählen müssen von meinen Geschichten, er war doch so geil drauf, alles detailliert zu erfahren. Ich mache ihn durstig, und ich stell ihn zur Rede, und am Ende, wenn er schwört, er habe mit niemand darüber gesprochen, zieh ich schnell deine Karte und sage: ›Schmahl, wenn ich dir glauben soll, dann hat Meynard seine Seriengeschichten erfunden! Mensch, Schmahl! Der Meynard ist im Kopf besser als wir hier im Leben! Der phantasiert sich alles zusammen, und wir werden am Ende noch neidisch!‹«

»Männie, das geht doch nicht gut!«

»Laß mich nur machen, so muß es gehen, man muß mit ihm drüber sprechen, sonst denkt er sich noch etwas aus. Wenn es heraus ist, wird er ganz sicher schweigen. Meynard, der alles erfindet! Sowas verblüfft den, vor sowas hat der noch vollen Respekt.«

»Dann versuch's, und vergiß die *Piccolo* nicht!«

»Wird alles beleuchtet, wird himmlisch beleuchtet… schreib du weiter, nur das bringt uns Punkte!«

Zum Hafenfest holte mich Lautner an einem Samstagmittag in meiner Wohnung ab. Wir tranken noch einen Kaffee, dann fuhren wir in seinem *Spider 2000* in den Rheingau. Er hatte den Sportwagen mit bunten Werbestreifen für *Wiesbaden live* bekleben lassen, man hätte glauben können, der Wagen sollte bei einer Rallye starten, und Lautner trug zu dieser Einbildung noch bei, indem er auf den kurzen Autobahnstrecken ein hohes Tempo vorlegte und die anderen Wagen spielend hinter sich ließ. Es war ein sonniger Maitag, die Luft voll von Blütenduft und dem Geruch von frisch gemähtem Gras.

»Du bist mein Ehrengast heute«, sagte Lautner, »ich will, daß du dich optimal amüsierst. Wenn irgendwas fehlt, wende dich nur an mich; ich werd dafür sorgen, daß du locker in Schwung bleibst.«

»Nanu, Lautner«, antwortete ich, »seit wann machst du dir Sorgen um mich?«

»Seit es faltenlos zwischen uns läuft. Mensch, Meynard, ich hab mich doch nicht geirrt, du bist genau der richtige Mann für diesen Posten. Auf diesen Weitblick halt ich mir was zugute; du bist meine Entdeckung, du wirst Sprünge machen bis ganz weit hinauf.«

»Wir wollen es nicht beschrein, im Grunde hocke ich noch immer in den Startlöchern.«

»Du?! In den Startlöchern? Dir sind Türen und Tore geöffnet, wirst schon sehen. Scheitern könntest du höchstens, wenn du's privat übertreibst.«

»Was meinst du?«

»Du zelebrierst jetzt den Hengst, was? Man sieht dich alle paar Tage mit einer neuen flotten Begleitung. Hast nen guten Geschmack, ist alles vom Feinsten. Bist mir dabei auch in die Quere gekommen, will ich nicht leugnen, doch wenn's dein Wohlbefinden steigert, bin ich der Letzte, der auf Brunftkämpfe aus ist. ›Lassen wir Meynard gewähren‹, hab ich zu meiner Riege gesagt, ›Aktivität ist nie zu verachten, und Meynard hält sich an die Gesetze.‹«

»Gesetze?«

»Es bleibt alles privat, ich möcht nicht erleben, daß du uns geschäftlich dumm mitspielst.«

»Wie sollte ich denn?«

»Über Blok. Sobald ich sehe, du bist mit Blok geschäftlich liiert, springst du über die Klinge.«

»Das ist deine uralte Panik, was? Und dabei hab ich dir immer wieder gesagt, von Geschäften laß ich die Finger. Du müßtest es allmählich doch wissen, ich bin nicht der Typ für solche Sachen. Ich will schreiben, gute Arbeit, das andre ist für Gangster wie dich oder Blok.«

»He, schmeiß mich nicht mit Leuten in einen Topf, die ich nicht ausstehen kann.«

»Was ist das nur, zwischen Blok und dir? Ich bin noch immer nicht dahinter gekommen.«

»Abneigung, zutiefst instinktiv. Da kann man nichts machen, ist nun einmal so.«

»Du nimmst Blok viel zu wichtig. Du bist fixiert auf jeden Schritt, den er tut. Das ist nicht normal.«

»Normal?! Daß ich nicht lache. Was ist schon *normal*?! Bist du etwa normal?«

»Du könntest Blok akzeptieren, das wäre normal.«

»Schau mal, *crack*, an sowas Psychotisches wie eine Feindschaft reichst du nicht ran. Zwischen Blok und mir, da herrscht Feindschaft. Schreck nicht gleich zusammen, im Grunde ist *das* normal. Gute Feindschaften sind was Stabiles, das kann ich dir flüstern, und auf was Stabiles kann man sich immer verlassen. Die Spannung mit Blok gibt mir *power*, ich brauch eben den klassischen Gegner, und für Blok ist es wahrscheinlich dasselbe. Man tut alles, um den anderen essentiell zu begrenzen, man drängt ihn ab, man kurvt um ihn rum. Da kommen die schattigsten Triebe voll auf ihre Kosten, man lebt sich aus, ganz nach seinem Bedarf.«

»Klingt nach Schattenboxen, frühste Phase, noch halb in der Steinzeit...«

»*Ist* tiefste Steinzeit, primitiv, aber deutlich. Bei Leuten wie dir verläuft sowas im *background*, da knirscht es nur leise, oder es weht mal ne Brise. Ich brauch immer Sturm, da weiß ich wenigstens, woran ich bin.«

»Manchmal liegst auch du ganz schön daneben, gib sowas ruhig mal zu.«

»Ich? Daneben? Von wem hast du das?«

»Ich hab meine Späher, und die sind mindestens so gründlich wie deine. Wie verlief zum Beispiel die Geschichte mit Linda?«

»Das meinst du, an sowas knabbert ihr rum, was? Ich weiß nicht, wie tief du blickst, ist mir auch letztlich egal, ich sag's dir frei Haus, und du behältst es für dich. Die Frau hat aus mir einen Idioten gemacht.«

»Wahrhaftig? Nicht einmal du bietest ihr also Paroli?«

»Ironie kannst du dir sparen, davon hab ich selber genug. Ich hab der Frau allerhand offeriert, und am Ende war rein gar nichts gelaufen.«

»Was ist aus Frankfurt geworden?«

»Frankfurt? Respekt! Wie seid ihr darauf gestoßen?«

»Wir haben alle Details, von der Adresse des Maklerbüros bis zu der deiner *service*-Schiene.«

»*Crack*, du machst mich neugierig. An solchen Informationen arbeitet doch nicht einer allein.«

»Berufsgeheimnis, Lautner! Inzwischen hab auch ich in sowas Erfahrung. Red mal weiter, wenn es deine Ehre nicht allzu sehr ankratzt.«

»Die Frau zieht einen immer tiefer in ihre Geschichten. Sie ist offen zu dir, jedenfalls hab ich das einmal geglaubt. In Frankfurt stand sie zunächst allein da, sie hat mich direkt, kongenial direkt, um ein paar Gefälligkeiten gebeten.«

»Und weiter?«

»Ich hab mich um alles, was sie sich wünschte, bemüht, bis sie ganz plötzlich absprang.«

»Was heißt das?«

»Sie trat nicht mehr auf, sie ließ mich sitzen. Drei Verabredungen, alle geplatzt. Ich hab die Welt nicht mehr verstanden.«

»Weiter! Was steckte dahinter?«

»Für mich ist es klar, dahinter steckt eine dunkle Figur, die Frau hat noch eine Etage höher gegriffen. Habt ihr etwa auch darüber eure Details?«

»Wir sind zu der selben Ansicht gekommen. Ich will dir's nicht verschweigen, zumal du selber schon davon gehört haben wirst. Mir ist es in etwa so ergangen wie dir.«

»Brauchst mir nichts zu erzählen, ist schon klar. Wie nah hat sie denn dich rankommen lassen?«

»Reden wir lieber nicht drüber, ist eine üble Geschichte. Ich kenn mich in solchen Psychen nicht aus.«

»Also habt auch ihr nichts erfahren? Wer ist es? Wer hat das Rennen gemacht?«

»Bestimmt niemand, den wir kennen.«

»Glaube ich auch nicht.«

»Vergessen wir's.«

»Denk ich auch, nur Vergessen hilft weiter.«

Wir hatten den kleinen Rheingauort erreicht und bogen von der Hauptstraße zum Rhein ab. Der Parkplatz nahe dem

Hafengelände war bereits gut belegt. Als wir den Wagen abgestellt hatten, tauchte Blümchen auf.

»Endlich, die Stars werden schon erwartet.«

»Mit wieviel Leuten rechnet ihr so?« fragte ich ihn.

»Um die hundert, wir haben es auf gute Freunde begrenzt.«

»Und was soll hier laufen?«

»Komm mit, ich zeig dir's.«

Ich trennte mich von Lautner und folgte Blümchen auf die hölzerne Plattform, die wie ein großes Floß am Ufer festgemacht war.

»Die meisten sind schon unterwegs…«, sagte Blümchen, »hast du Erfahrung im Segeln?«

»Nein, da muß ich passen.«

»Macht ja nichts, ich lauf gleich mit meinem Boot aus, wenn du willst, nehm ich dich mit. Ist allerdings die matte Tour, kannst es auch schärfer haben.«

»Wie schärfer?«

»Ein paar sind mit Surfbrettern draußen, und unsere ganz sportlichen Asse toben sich beim Wasserski aus.«

»Blümchen, ich laß es heut ruhiger angehn.«

»Okay, Paddelboote gibt's natürlich auch.«

»Paddelboote sind fürs Jenseits. Fürs Erste fahr ich mit dir.«

»Fein, freu mich darauf. Wen soll ich dir als Begleitung chartern?«

»Laß mal, ich schau mich noch um.«

»Ganz, wie du willst, aber ne kleine Crew ist immer besser, sonst wird zuviel gequatscht.«

»In Ordnung.«

»Gut, die meisten sitzen drüben in der *Arche.* Ist unser Treff für den späteren Abend. Wenn du magst, zu trinken gibt's jetzt schon in Mengen.«

»Also, in einer halben Stunde, ich dreh noch ne Runde.«

Am Rhein entlanggehn, bevor der Trubel beginnt. Du hast dieses Land hier immer geliebt..., hat Fülle, die Gegend. Nimm den *Leinpfad*, da begegnet dir niemand. Das Schottergeröll und dieses verwunschne Geplätscher. Niedrige Sträucher, einige Weiden, die bittere Feinheit von Bärlapp und Schafsgarbe. Dunstige Wärme, Ölgeruch, als sickerte das glänzende Zeug aus dem Boden. Ausgewaschenes Holz, und der dunkle, grobkörnige Sand, ein schmaler, abseitiger Streifen, den man in Ruhe belassen. Ein paar Kähne, die sich müde taumeln an ihren Pflöcken. Und in der Ferne die verwilderte Au, ein lasziv moderndes Dickicht, Brutstätte, Sonnenfang, dahin würd es dich locken. Der schmale, ausgetretene Pfad, eine dürftige Linie in all der amorphen Verwesung. Verschleimte Gebilde, weicher Tang, zu Geflechten zersetzt, hier und da die Spur einer Kalkschicht, aus Muschelrückständen. Fein geschliffene Steine, trockene Kiesel, ihre Glätte liegt gut in der Hand. Ausgezehrtes Terrain, die Sonne bleicht's, und kleine Wellen wecken Töne von Grau. Ein paar Stufen, setz dich eine Weile, dieses Fluten zieht unmerklich dahin.

Ein Schwarm von Segelbooten hatte den kleinen Hafen verlassen und kurvte auf dem Fluß. Eine leichte Brise erlaubte einige Fahrt, doch wir entfernten uns nicht allzu weit, sondern trieben meist nur ruhig am Ufer entlang. Hegeler surfte dicht an uns vorbei, er stemmte sich weit zurück und hielt die Gabel nur mit einer Hand. Blümchen lehnte lässig an der Pinne, die Beine ausgestreckt, und Corinna schenkte uns kühlen Sekt ein, der in der Hitze etwas Stechendes hatte. Die Rebhänge am rechten Ufer waren schon vom ersten, matten Grün überzogen, die Häuser versunken in Blütengelagen, weißer Flieder, Kastanien, ein bunter, in der Ferne verschwimmender Puder. Zur Linken die langen Pappelreihen, und dahinter die hellen Kissen und Floren der Obstbaumkulturen. Auf dem Strom beißende Helligkeit, kaum einer suchte große Bewegung, nur Lautner übertrieb die Aktion, als Energiebündel am Ruder eines Motorboots.

»Ist doch typisch, wie sich der wieder reinhängt«, sagte Blümchen, »der braucht immer Kulisse, sonst wird der nicht froh.«

»Seit wann fährt der denn allein?« fragte Corinna. »Ist ein Wunder, daß der es nur mit sich aushält.«

»Er hat viel durchgemacht in letzter Zeit«, meinte Blümchen, »von wegen *innere Wandlung* und so. Aber selbst das will er allen beweisen, der lebt seine Geschichte nur vor anderen aus.«

»Was meckert ihr rum«, sagte ich, »wir haben ihm viel zu verdanken. Mit der Zeit gewöhnt man sich an seine Allüren, man sieht einfach darüber hinweg, dann wird er ruhig, sogar ziemlich normal.«

»Daran hab ich auch mal geglaubt«, erwiderte Blümchen, »ist ein Irrtum, die Perspektive. Lautner ist fantastisch im Täuschen, der weiß oft selbst nicht, woran er mit sich ist. Es ist ihm angeboren, glaub ich allmählich.«

»Schaut mal«, sagte Corinna, »man sieht es jetzt besser, er ist auch gar nicht allein. Er hat diese Schauspielerin bei sich im Boot.«

Ich fuhr hoch und hielt die Hand schützend über die Augen.

»Wahrhaftig«, bestätigte Blümchen, »Linda Francis, für die tut er alles, mit der braust er sogar bis nach Holland.«

»Ist ja unglaublich«, sagte ich leise, »vor einer Stunde hat er mir noch erzählt, er wolle diese Geschichte schnellstens vergessen.«

»Na bitte«, meinte Blümchen, »ich hatte doch recht. Lautner und vergessen! Das paßt nicht zusammen. Heute ist sein großer Tag, da spendiert er sich die schönste Trophäe.«

»Mal ehrlich, Blümchen, hast du davon gewußt?« fragte ich entschieden.

»Gewußt nicht, nur etwas geahnt. Lautner hat mir aufgetragen, dich rauszusegeln.«

»Was?! Ist das dein Ernst? Und du machst da mit, du spielst hier den Lockvogel?«

»Ich hab doch nicht gewußt, was er vorhat. Er hat mir nur bestellt, ich soll dafür sorgen, daß du auf mein Boot kommst.«

»Allerhand, der Trick ist gelungen. Seit wann hat er denn wieder mit der Francis zu tun?«

»Weiß ich doch nicht, das läuft doch schon eine Weile.«

»Was läuft da? Ich denke, das ist längst vorbei?«

»Glaube ich nicht. Wie ich Lautner kenne, beendet nur *er* diese Geschichten.«

»Könnt ihr diesen Männertratsch mal beenden?« fragte Corinna.

»Blümchen«, sagte ich scharf, »du segelst sofort zurück in den Hafen!«

»So würd ich darauf nicht reagieren«, antwortete Blümchen, »das ist doch genau, was der will.«

»Sollen wir hier herumdümpeln, froh darüber, daß die Falle zugeschnappt hat? Soll ich mir ansehen, wie er mir vorführt, was er erreicht hat?«

»Laß ihm die Spritztour, wir tun so, als ob nichts geschehen wäre.«

»Da kennst du mich schlecht«, sagte ich, »ich geb mich mit Zuschauerrollen nicht zufrieden.«

»Ist ja furchtbar, wie ihr hier rumkeift«, meinte Corinna, »ich hör mir das nicht länger an. Sich den schönen Tag so zu versauen! Worum geht es denn überhaupt? Dumme Eifersüchteleien, das ist doch alles!«

»Unsinn«, sagte ich nervös, »du verstehst nichts davon, es geht um viel mehr.«

»Um viel mehr! Aber ohne mich! Entweder wir genießen das hier, oder ihr bringt mich zurück!«

»Das Kommando hab ich«, stellte Blümchen fest. »Das wäre gelacht«, sagte Corinna, »notfalls schwimm ich an Land.«

»Schwimmen? In dieser Brühe? Das würd ich mir doch überlegen«, sagte Blümchen.

»Gut, Corinna«, lenkte ich ein, »du hast recht. Lautner sucht die Konfrontation, und prompt fallen wir darauf rein. Was schlägst du vor?«

»Zum Beispiel nicht diese Gespräche, und zum Beispiel mehr Fahrt. Warum segeln wir nicht hinüber zur Insel?«

»Und was hast du da vor?« fragte Blümchen. »Da gibt's nur wilde Kanickel, sonst nichts.«

»Dann jagen wir eben wilde Kanickel«, sagte ich. »Blümchen, du bist überstimmt, und du machst, was wir sagen! Corinna, wieviele Flaschen Sekt stehn zur Verfügung?«

»Vier, alle gut gekühlt.«

»Vier Flaschen reichen ne Weile«, sagte ich, »nach vier Flaschen sehen wir weiter.«

Wir hatten an einem kleinen Steg festgemacht, am Ufer zog sich dichtes Gestrüpp entlang, und wir hatten Mühe gehabt, in freies Gelände zu kommen. Corinna hatte vorgeschlagen, zur anderen Seite der Au zu gehen, es war ein guter Gedanke gewesen, denn auf der anderen Seite war man weit genug weg von Lautners Demonstrationen und blickte aufunschuldiges Land. Wir hatten uns an einem schattigen Platz ausgebreitet, und allmählich hatte ich mich wieder beruhigt, mit jedem Schluck etwas mehr. In meinem Hinterkopf aber lauerte ein schlimmer Verdacht, der Verdacht, Lautner habe uns alle zum Narren gehalten, niemand anderes als er sei Lindas Freund und Begleiter. Vielleicht hatte er alles auf diesen Höhepunkt hin inszeniert, nur einer wie Lautner war für solch eine Taktik gerissen genug. Noch an diesem Tag würde sich alles entwirren, da war ich mir sicher, denn diesmal würde mich niemand aufhalten können.

Auch Blümchen schien die Spannung kaum zu ertragen. Er hatte sich nach einiger Zeit auf den Weg gemacht, um einen Blick auf die Hafengegend zu riskieren. Nur Corinna war ruhig, wir tranken die Flaschen zu zweit, denn Blümchen hatte erklärt, er könne Alkohol jetzt nicht vertragen.

»Denkst du an diese Geschichte?« fragte Corinna.

»Ich geb mir Mühe, es nicht zu tun«, sagte ich.

»Und was hast du vor?«

»Mal sehen, es wird sich ergeben.«

»Ich finde, du solltest ganz kühl bleiben.«

»Ich bin aber nicht kühl, erst recht nicht nach vier Flaschen Sekt.«

»Was kannst du schon tun? Am Ende blamierst du dich noch.«

»Ich bin schon blamiert, wenn es dich interessiert.«

»Diese Frau, ich schau nicht durch, was die will. Ist sie eine gute Schauspielerin?«

»Das ist sie, aber vielleicht nicht gut genug, um Lautner gewachsen zu sein.«

»Und du, bist du gut genug?«

»Ich?! Du zweifelst doch nicht etwa an mir?«

»Nein«, lachte Corinna, »nach vier Flaschen sind alle Zweifel beseitigt.«

Blümchen tauchte hinter uns auf, seine Waden waren zerkratzt, und er fluchte über die Mückenschwärme.

»Sagt mal, wie lang soll das noch dauern mit euch?«

»Was hat unser Späher denn so herausbekommen?« fragte Corinna.

»Sie sind längst alle zurück im Hafen, kein Mensch ist noch draußen. Die *Arche* ist schon beleuchtet, wollt ihr die Nacht hier verbringen?«

»Kein schlechter Gedanke«, sagte Corinna. »Wir schlafen hier, und du holst uns ab morgen früh.«

»Mensch, Meynard«, wurde Blümchen laut, »ich hab es jetzt satt. Wißt ihr nicht, was mir blüht?! Ich hab meinen Auftritt verpatzt. Ich mag gar nicht daran denken, wie Lautner das findet.«

»Jetzt stell dich nicht an«, hielt Corinna dagegen, »ihr tanzt alle um ihn wie um das goldene Kalb! Ich weiß nicht, was ihr an dem habt!«

»Ach, weißt du nicht…«, sagte Blümchen, »ich kann es dir sagen. Ohne Lautner läuft für mich nichts, der vermittelt die besten Kunden, zuverlässig, exakt auf die Minute. Ich kann's mir nicht leisten, mit dem auf Kriegsfuß zu stehen. Damit das endlich klar ist!«

»Komm, Blümchen«, versuchte ich, ihn zu beruhigen, »wir trinken jetzt aus, die letzte Flasche gemeinsam, und dann geht's mit vollen Segeln zurück, und du bist der Käpt'n und führst ein strenges Kommando. Wirst sehen, wie die uns da drüben empfangen, wie die *Gorch Fock* in ihren glorreichen Zeiten.«

»Genau«, setzte Corinna hinzu, »das sind Perspektiven. Unser Blümchen als Käpt'n, und wir die Matrosen.«

»Drei Flaschen zu zweit«, sagte Blümchen, »das mußte so enden...«

Als wir in den Hafen einliefen, war das Fest in der *Arche* schon in vollem Gang. Der große Garten vor dem im Wasser verankerten Lokal war mit Ketten von Glühlampen erleuchtet, Tische und Bänke standen in Reihe hintereinander, eine Band spielte sich gerade ein. Die Menschenmenge war inzwischen nicht mehr überschaubar, angesichts dieses Treibens verkümmerten alle Absichten. Ich wollte mich schon neben Corinna setzen, ohne die Spur aufzunehmen, als ich Lautner erkannte, der sich beeilte, zu mir zu kommen.

»Meynard, der Ehrengast läßt sich Zeit? Ist die feine Tour, was, dafür hab ich Verständnis. Was wollt ihr trinken?«

»Ein Fest nennen Sie das?« sagte Corinna. »Blümchen segelt stundenlang mit uns rheinauf- und rheinabwärts, und wir kommen beinahe um vor lauter Durst.«

»Rheinauf- und rheinabwärts?! Ja ist der Mensch denn noch ganz gescheit?«

»Er sagte, Sie hätten einen speziellen Auftrag erteilt«, behauptete Corinna. »Aber ich will Ihnen sagen, wir beide kennen die Gegend, Besichtigungstouren sind nicht besonders gefragt.«

»Besichtigungstouren?! Mit dem werd ich reden...«

»Tun Sie das! Aber nicht heute! Sonst kommt das Feiern zu

kurz«, sagte Corinna. »Wer schlecht organisiert, muß erst einmal büßen. Eine Flasche Sekt wär nicht schlecht, und etwas zu essen, wie heißt es bei Ihnen: *vom Feinsten*!«

»Sofort! Wird gemacht!« sagte Lautner erstaunlich dienstfertig und eilte davon.

»Wer führt hier eigentlich Regie?« fragte ich Corinna.

»Meine Spielfähigkeiten sind noch unterentwickelt«, antwortete sie. »Dem Kerl hab ich Beine gemacht, der braucht diese Strenge!«

»Du läßt uns gleich mal für ein paar Minuten allein«, sagte ich.

»Erst wenn der Schmaus hier verzehrt ist«, erwiderte sie, »für Gipfeltreffen bin ich heut Abend sowieso nicht zu haben. Aber wir sehen uns dann noch?«

»Auf jeden Fall...«

»Gut, ich will nur wissen, was du so vorhast. Mir kannst du ruhig sagen, wohin es dich treibt.«

»Ich rede nur ein paar Worte mit Lautner, dann machen wir, was wir wollen.«

»Was wir *wollen*? Schön, daß du auch daran mal denkst!«

Lautner erschien mit einer Flasche und drei Gläsern, Blümchen hinter sich her dirigierend.

»Er sagt, ihr wärt auf der Insel gewesen«, sagte Lautner.

»Auf welcher Insel?« entgegnete Corinna. »Wir haben sämtliche Uferpromenaden des Rheingaus besichtigt, das schöne Eltville, Oestrich und Winkel, ganz zu schweigen von Geisenheim und...«

»Das reicht«, sagte Lautner. »Blümchen, du bist ein Versager.«

»Sie sind der Gastgeber«, meinte Corinna, »und der verzeiht heute alles, wenn seine Gäste verzeihen. Ich will was zu essen, hab ich das nicht gesagt? Blümchen, auf, hopp, mach deinen Fehler schnell wieder gut!«

»Ja, Blümchen, auf, hopp«, stimmte Lautner ein, »eine letzte Chance geben wir dir noch. Gegrillte Fische, eine große Platte für die hungrigen Herrschaften hier!«

»Schade, schade«, seufzte Corinna, als Blümchen sich kopfschüttelnd auf den Weg gemacht hatte, »Sie haben da draußen viel verpaßt…«

»Ich?! Wieso?« fragte Lautner.

»Bessin ist Wasserski gelaufen, unglaublich gut, mit Tiefwasserstart…«

»Was Sie nicht sagen«, murmelte Lautner, »ich hab ihn nicht gesehen.«

»Das haben wir uns schon gedacht«, sagte Corinna, »Meynard hat noch nach Ihnen Ausschau gehalten…«

»Aber ich war doch draußen«, unterbrach Lautner, »ich war mit dem Motorboot draußen!«

»Mit dem Motorboot! So! Auf Motorboote haben wir zu wenig geachtet, aber das lag an mir, denn Sie müssen wissen, ich hab vor ein paar Wochen den Segelschein gemacht, und da hatten wir alle Hände voll zu tun, denn ich wollte doch auch einmal ran, nicht wahr, Meynard, ich hab euch genug in den Ohren gelegen…«

»Das hast du«, heizte ich sie weiter an, »die unmöglichsten Manöver waren angesagt…«

»Segeln mit raumem Wind, die Backstagsbrise genutzt…, verstehn Sie was davon?« fragte Corinna.

»Tut mir leid«, meinte Lautner, »Segeln ist nichts für mich, ich war mit dem Motorboot draußen…«

»Das sagten Sie, stimmt«, lächelte Corinna, »vielleicht sind Sie auch etwas zu korpulent. Meine Jungs hier, die sind drahtig, genau richtig fürs Segeln... He, Blümchen, stimmt's, ihr wart doch gute Matrosen?!«

Blümchen stellte die Fischplatte ab und verteilte die Teller.

»Wer war wessen Matrose?« fragte er irritiert.

»Sehen Sie, Lautner, er ist noch ganz durcheinander. Ich geb ja zu, ich hab's leicht übertrieben. Na ja, wenn man den Segelschein erst seit ein paar Wochen hat... Aber jetzt wird gegessen, komm, Blümchen, jetzt feiern wir unser Halsen und Wenden.«

»Ich komm später noch einmal vorbei«, sagte Lautner und erhob sich.

»Tun Sie das, Sie Wildwasserskooter«, verabschiedete Corinna ihn. »Na, was sagt ihr, wie war ich?«

»Phänomenal«, sagte Blümchen, »hätte nie gedacht, daß man mit Sekt diesen Leuten so beikommt...«

Wir hatten gegessen, und Corinna hatte gerade Lust aufs Tanzen bekommen, als sich Lautner wieder zu uns setzte.

»Laßt ihr mich mal zehn Minuten mit dem *crack* allein?« fragte er.

»Nach zehn Minuten hol ich ihn mir«, antwortete Corinna und zog Blümchen mit sich fort.

»Also...«, begann Lautner, »fünf Jahre Arbeit, fünf Jahre *Wiesbaden live*, fünf Jahre Geschäfte. Ich denke, die *company* steht, und ich hab alles gegeben, den vollen Einsatz, bis hin zum Privaten. Jetzt ist der Zeitpunkt, auch da die Kehre zu kriegen. Du verstehst mich?«

»Ohne Mühe«, erwiderte ich.

»Na fein. Ich hab in den Jahren nicht an vielem gehangen, ich hab mich draußen gehalten und dafür gesorgt, daß der *speed* immer stimmte. Ich hab meine Leute gut ins Rennen gebracht, was sie draus machen, ist nun ganz ihre Sache. Was ich jetzt brauche, ist ein seelisches *lifting*. Und sowas regelt sich nicht von allein, dazu brauchst du den richtigen Beistand. Ich hab in den Jahren viel Volk gesehen, du weißt ja Bescheid, aber am Ende ist es bei einer Figur geblieben. Und mit der werd ich nun die Tage genießen.«

»Du hast es verdient.«

»Richtig, ich hab es verdient, und ich hab auch verdient, daß meine Leute das akzeptieren. Ich hab verdient, daß meine Leute mir nicht dumm kommen und daß sie nicht falsch mit mir spielen. Siehst du, *crack*, darüber wollte ich heut mit dir reden. Vor ein paar Stunden, auf der Fahrt hierher, hast du das Blaue vom Himmel gelogen, du hast dir gedacht, den Lautner seife ich ein, der wird ruhiggestellt. Und ich hab es mir anhören müssen, ganz gegen meine Gewohnheit, denn gewöhnlich schlage ich zu in solchen Fällen. Jetzt mach ich es sanft, aber wirkungsvoll, eben *ultimativ*...«

»Stop, Lautner, du liegst völlig daneben...«

»Ich lieg nie mehr daneben, *crack*, merk dir das für alle Zeiten. Meine Leute haben mich essentiell informiert, und für meine Leute steht eindeutig fest, daß *du* der Typ bist, der mir Linda Francis genommen hat...«

»Du bist wahnsinnig...«

»Die Leute vom Theater pfeifen es schon von den Dächern, die Garderobieren erzählen von deinen Wartezeiten am Hinterausgang, von aufgedonnerten Blumengebinden, von hinterlegten Zetteln und Briefchen in jeder Menge. Das alles mag ja noch angehen, aber inzwischen haben meine Spione gecheckt, daß Meynard nicht mehr allein lebt. Seit neustem haust eine Frau in seinem Palais, groß, meistens mit dunklem Kopftuch oder Schal unterwegs, eine verhuschte, nervöse Gestalt, so verhuscht, so nervös, daß meine Leute sie nicht einmal deutlich zu Gesicht bekommen. Meine Leute sagen, die tickt nicht mehr richtig, die ist so flink, als sei sie vor was auf der Flucht, die nimmt jedes Mal nen anderen Weg, die entschlüpft uns ganz raffiniert, weil die längst ahnt, wir wollen sie stellen. Meine Leute behaupten, die spielt Maskerade, die bringt's mal klassisch, mal supermodern, die ist nie zweimal dieselbe… *Nie zweimal dieselbe*, na, Meynard, wer bringt das schon fertig, wo lernt man die Kunst, nie zweimal dieselbe zu sein? Gut, du hast es erraten, ich seh es dir an: man lernt es beim Schauspiel. Die Frau, die bei dir haust, ist also ne Schauspielerin, soweit wären wir jetzt…«

»Lautner, laß es dir erklären, es ist viel einfacher…«

»Ganz still, du quatschst mir nie mehr dazwischen! Du hast es auf irgend ne dunkle Weise geschafft, die Francis an dich zu binden. Sie geht kaum noch aus, sie verbringt die Nächte fast immer in deinen zwei Zimmern. Das Licht brennt bis halb drei, bis halb vier, auch wenn du unterwegs bist, wartet sie, als wär sie nach dir verrückt. Und du sagst mir jetzt, bevor ich meinen Trumpf ausspiele, was hast du mit ihr gemacht? Wie kann das sein, daß eine Frau wie die Francis, und so eine Frau ist die Stärke, plötzlich hörig wird? Das will ich wissen, Meynard, denn das geht mir nicht in den Kopf. Meine Leute sagen, sowas läuft über Drogen, aber meine Leute machen es sich gerne bequem. Selbst das Rumspionieren beherrschen sie nicht professionell, da scheinst du mit andren Kalibern gesegnet zu sein. Aber egal, heute Abend will es ich wissen, die ganze Geschichte, sonst schläft Lautner nicht mehr. Und ich will dir sagen: wenn es stimmt, was meine Leute so melden, wenn du sie fest in der Hand hast, nehm ich dir alles, die Stelle, die Frau, dein letztes Hemd…«

»Lautner, ganz ruhig… Du hast dich völlig verrannt. Hör jetzt zu, hör genau! Ich habe Linda drei-, viermal getroffen. Alle Begegnungen verliefen im Sand. Ich hab mich wie du sehr um sie bemüht, an so manchen Hinterausgängen. Ich hab ihr geschrieben, telephoniert, Zettel, Briefe, das ganze Programm. Soweit stimmt es…«

»Und womit hast du sie in deine Wohnung gelockt?«

»Aber Lautner! Linda wohnt nicht bei mir, welche Dilettanten schickst du denn los? Die hängen rum in den *Michelsberg*-Kneipen und werfen mal einen Blick auf die Straße, und dann kommen sie nicht hinterdrein, weil sie noch ihr Glas leeren müssen…«

»War's Kokain? Oder was treibst du für fremde Spiele mit ihr?«

»Lautner! Die Frau, die bei mir wohnt, ist meine Schwester. Sarah studiert jetzt in Mainz, Biologie und Philosophie. Sie ist ein Wesen von einem anderen Stern, hochintelligent, die lernt bis tief in die Nacht.«

»*Crack*, du nimmst doch nicht an, ich glaub noch an Idyllen? Deine Schwester?! Was Harmloseres hast du wohl nicht in der Kiste?«

»Komm, fragen wir Männie. Wo ist Männie? Ist er hier? Männie kennt meine Schwester, er bestätigt dir alles. Männie ist besser als all deine Halunken, und, Gott, Lautner, die werden Sarah schön zu schaffen gemacht haben, immer hinter ihr her, wie hält sie das aus? Kein Wort hat sie gesagt.«

»Männie ist auf deiner Seite, den hast du bestochen. Nein, *crack*, jetzt spiel ich meinen Trumpf. Die Francis ist drüben auf meiner Jacht, ist ein Geschenk für die Frau, wenn sie sich's noch überlegt. Wir beide, wir gehn jetzt rüber zu ihr, und dann kommt es heraus, so wahr ich hier sitze!«

»Linda ist hier?! Es ist mir nicht recht, ihr so zu begegnen. Ich…«

»Heut ist *mein* Fest, da tanzen alle Puppen für mich. Und was dir heut nicht recht ist, danach fragt dich keiner. Komm jetzt, bringen wir alles zum Abschluß!«

Wir verließen den Garten und gingen schweigend am Ufer entlang. Mir brannte der Kopf, die Nachhitze des Tages machte sich bemerkbar. Lautner blickte stumpf vor sich hin, man merkte ihm die Erregung noch immer an.

Wir gingen über schwankende Planken an Bord. Lautner deutete auf die kleine Treppe, die zur Kabine unter Deck führte. Er ließ mir den Vortritt, ich zog den Kopf ein und tastete mich hinunter. Ich öffnete die Kabinentür, Linda saß auf einem bequemen Fauteuil und blätterte in einer Zeitschrift. Sie trug ein dunkelrotes, langes Kleid, sie hatte ihr Haar nach oben gesteckt, und ich hielt inne vor diesem manierierten Bild.

»Meynard! Was für eine Überraschung! Du bist auch hier? Dann hat sich das Warten ja gelohnt!«

»Welches Warten, Linda, wer hat auf wen gewartet?«

»Ich! Ich warte hier schon seit einer Stunde. Lautner, du wolltest dich doch beeilen!«

»Wollte ich, ja«, sagte Lautner, »doch du warst mit allem versorgt. Ich wollte dir Zeit lassen nach unserem Ausflug, damit du dich in Ruhe umziehen kannst.«

»Soviel Zeit?! Na gut, dann wären wir immerhin mal zu dritt. Was haben wir vor? Es ist so schön da draußen, gehen wir hinüber zur *Arche*…«

»Wir kommen mit«, sagte Lautner, »doch vorher wollen wir noch etwas besprechen. Setz dich, Linda, Meynard, du auch, wir setzen uns alle…«

»He«, erwiderte Linda, »was soll die Feierlichkeit? Hältst du uns jetzt eine Rede?«

»Ja«, sagte Lautner ganz ernst, »ja, ich halte jetzt eine Rede.«

»Aber doch nicht nur für uns zwei! Die anderen sollen auch was davon haben! Komm, Lautner, wir gehen nach draußen!«

»Halt!« sagte Lautner, kräftiger als beabsichtigt, »hier verläßt niemand das Schiff, bevor ich es erlaube!«

»Das geht zu weit«, entgegnete Linda, »ich laß mir von niemand etwas verbieten. Ich habe über eine Stunde gewartet, du hast versprochen, mich zu deinen Freunden zu bringen. Einer ist da, ein einziger, ja, also gehen wir jetzt hinaus zu den anderen...«

»Tun wir nicht«, sagte Lautner, »nicht bevor wir alles verhandelt haben.«

»Verhandelt?! Was ist denn hier zu verhandeln? Was ist mit dir, Lautner? Was geht hier vor?... Meynard, weißt du Bescheid? Was meint er denn?«

»Linda, nimm Platz«, sagte ich leise, »darf ich dich darum bitten?«

»Du auch? Und auch du so feierlich? Also, ich gehorche, aber nur für ein paar Minuten...«

Wir setzten uns an einen kleinen Tisch. Für einen Moment herrschte ein bedrückendes Schweigen. Dann begann Lautner, langsam, vor sich hinstierend wie einer, der seinen Text von einer zu weit entfernten Tafel abliest.

»Linda Francis, das war meine Entdeckung. Ich hatte sie einmal im Theater gesehen, in einer schummrigen Posse. Ich wußte gleich, die Francis war noch für Höheres gut, für Aufgaben weit übers Theater hinaus. Ich hab mir meine Gedanken gemacht, und ich hab sie fast zehnmal gesehen in dieser Klamotte, immer allein, immer in Gedanken, was noch werden könnte aus der. Dann hab ich ihr Meynard geschickt, Meynard war damals ein Nichts, niemand kannte ihn in der Stadt, er war meine Figur, einer mit Schreibe im Kopf, der groß rauskommen wollte. Und er hat seine Chance genutzt. Sein Porträt über die Francis hat ihm die Türen geöffnet, und sie ist ins Rampenlicht gekommen dabei. Die beiden hatten das alles mir zu verdanken, ich war der heimliche Sponsor, und ich hab nichts dafür verlangt. Im Gegenteil, ich habe mich um sie gekümmert. Meynard hab ich an die Zeitung gebracht, und für die Francis hab ich in Frankfurt antichambriert, uneigennützig, so, wie ich bin. Dann haben in Frankfurt schon die Glocken geläutet, am Theater waren sie auf niemanden so scharf wie auf die Francis, und sie hat sich an ihren Lautner erinnert und hat ihm in Frankfurt ein paar glückliche Tage beschert…«

»Lautner!! Bist du bei Verstand? Das geht niemanden etwas an! Ich will nichts mehr hören davon!« rief Linda.

»… Und Lautner träumte sich dann seinen Teil, und er ließ seine Beziehungen spielen. Er richtete der Francis eine Wohnung in Frankfurt, er tat alles, denn es war das erste Mal, daß er mehr von einem Menschen wollte als nur Geschäfte. Die Francis hat das wohl gewußt, sie hat ihn mit ihren Geschichten gelockt, und Lautner bildete sich noch was drauf ein. In Wahrheit aber zog sie sich einen anderen groß, war die reinste Verschwendung, denn Lautner hatte mehr als genug, um ihr alles zu bieten. Und der andere, ja was, ja was…, der machte sich daraus noch einen Spaß, denn der hatte mit Lautner noch was zu begleichen. Zwar hatte Lautner für ihn viel getan, aber er hatte ihn auch fest an die Leine genommen, wenn auch nur in Lehrlingszeiten. Doch dann war es soweit, die beiden, Francis und ihr Redakteur, ihr Redakteur, die taten sich hinter Lautners Rücken zusammen, so heimlich, so feige, so mies deplaziert, daß…«

»Ich will sofort runter von diesem Schiff!« schrie Linda. »Was ist das?! Ein Verhör?! Das ist pure Gewalt, ich laß mich von niemandem so behandeln!«

»… So mies deplaziert, daß Lautner sowas nicht hinnehmen konnte. Am Ende wohnten sie sogar in einem Versteck, ganz dreist in der Wohnung unserer Schreibe, und Lautner mußte sich fragen, was hatte er falsch gemacht, warum zog die Francis die Schreibe seinen Offerten nur vor? Und da kam Lautner und seinen Partnern dann der Gedanke, es mußte ein bindendes Mittel im Spiel sein, irgendein bindendes Mittel, irgendein schattiger Trieb, irgendein…«

»Das ist es also!« rief Linda. »Deswegen hältst du mich hier also fest! Du hältst mich fest wie eine Gefangene! Ist dir das klar?! Ist dir klar, daß du mich festhältst?! Und das alles wegen dieser Phantasien, wegen einiger krankhafter Phantasien?! Ich antworte nicht darauf, das ist klar, auf sowas bekommst du von mir keine Antwort!«

»Ich bekomme eine«, sagte Lautner, »in jedem Fall. Niemand kommt hier raus, bevor ich nicht meine Antwort bekommen habe!«

»Meynard«, herrschte Linda mich an, »sag du doch etwas! Der Kerl ist doch toll! Meynard, warum hilfst du mir nicht?! Der ist betrunken, der hat sich in den Wahnsinn gelebt!«

»Du bist nicht unschuldig daran«, sagte ich leise, »tu nicht so, als rede er die ganze Zeit nur wirres Zeug. In einigem hat er schon recht…«

»Was?! Du unterstützt ihn auch noch?! Du auch?! Dann sag ihm bitte, daß wir nichts miteinander zu tun haben! Dann stell das bitte jetzt klar!«

»Ich hab es ihm schon gesagt«, antwortete ich, »du hörst ja, er glaubt mir nicht, mir nicht und dir nicht!«

»Dann ist er verrückt! Lautner, du bist verrückt! Ich habe mich mit Meynard ein paarmal getroffen, es ist nie zu einer Beziehung gekommen, das wäre denn doch... Aber, was rede ich denn?! Ich erkläre hier nichts, ich bin niemandem Rechenschaft schuldig!«

»Genau das bist du«, sagte Lautner, »du sitzt hier, weil du Rechenschaft schuldig bist. Ich will alles wissen, die ganze Geschichte, von Anfang an, restlos!«

Linda stand auf, einige Strähnen waren ihr ins Gesicht gefallen, sie streifte sie mit einer zitternden Handbewegung zurück.

»Das letzte Mal! Ich verlasse jetzt dieses Schiff! Diese Spiele sind zu gefährlich...«

»Du kannst es versuchen«, antwortete Lautner, »aber die Tür ist abgeschlossen. Ich warte auf deine Erklärung...«

»Lautner«, mischte ich mich ein, »du kannst niemanden zwingen, dazu hast du kein Recht. Ich verstehe deine Erregung, ich war selbst einmal von Linda enttäuscht, ich, ja, Linda, so war's doch, erzählen wir's Lautner, du hattest mich eingeladen, nicht mehr, eingeladen zu einer Reise nach Siena, ich hab den Tag noch im Kopf, die Stunde, exakt, bis auf die Minute. Wir tanzten in Bloks Bar, da hast du mich doch gefragt, gefragt, so war's doch, nicht mehr, aber immerhin eine Frage, Lautner, doch eine Frage, ich dachte damals, die meint es ernst, und ich hatte mich schon auf die Reise gefreut, ganz zu schweigen von andren Erwartungen, aber über die redet man nicht. Sie... du... sie hat sich nicht mehr bei mir gemeldet, Lautner, das ist die Wahrheit, wir haben uns nie mehr gesehen, nie mehr, heute ist es das erste Mal seit dieser Frage...

Und ich hab alles getan, das Schweigen zu brechen, Linda, du wirst es längst wissen, du mußt es ja wissen, ich hab dir Briefe geschickt und Blumen dazu, und… ach, was rede ich denn?! Es ist doch alles vorbei, gestorben… vergessen.«

»Ihr Wahnsinnigen!« schrie Linda uns an. »Ihr gebt keinen Frieden, was? Ihr nicht, niemals Frieden?! Ihr bestürmt mich wie alle die anderen, ihr könnt nicht Distanz halten. Wie ich euch hasse, euch alle, die einen für sich haben wollen, ihr trüben Gestalten, die die Finger ausstrecken nach mir. Laßt mich in Ruhe! Niemand kommt mir zu nahe, niemand faßt mich und hält mich! Ich gebe mich nur dem, der dafür den Sinn hat, und nur ein Einziger hat dafür den Sinn! Ihr nicht! Ihr seid widerlich in eurer Aufdringlichkeit, ihr laßt mir nicht einmal die Luft, um in Freiheit zu atmen. Man bittet euch um einen Gefallen, und ihr wollt gleich die Belohnung. Von mir bekommt ihr nur eine Quittung, mehr nicht! Man trifft sich mit euch, und ihr erzählt mir Geschichten, viel zu direkt! Ihr laßt mir nicht mal die Zeit, mich einzustellen auf die Umgebung, was ihr braucht, sind Bestätigungen, Bestätigungen dafür, wie gut ihr doch seid! Wie oft habe ich das alles erlebt, wie oft wurde ich enttäuscht! Und dann schafft ihr mich her, wie vor ein Gericht, und ihr sitzt da, ohne Gesetz, nur einklagend, was euch einmal verstimmt hat! Was geht ihr mich an?! Was war denn mit euch?! Du, Lautner, wolltest mir helfen, ich war dankbar dafür, wir wollten Freunde sein, so war es geplant. Ich habe dir nie etwas versprochen, das phantasierst du hinein, und es ging so lange gut, bis du darauf bestandest, ich sollte in Frankfurt leben mit dir. Mit dir *leben*! Könnte ich mir etwas Schöneres vorstellen?! Am besten gleich in einem Käfig, mit zwei Leibwächtern auf der Straße, die mich verfolgen auf Schritt und Tritt! Einige von deinen Leuten haben selbst davor nicht halt gemacht, sie haben mich in Frankfurt verfolgt, diese Kreise wurden enger und enger...«

»Das ist gelogen!« brüllte Lautner. »Ich hätte sowas nie zugelassen...«

»Du hast sie doch längst nicht mehr im Griff, die machen, was sie wollen, was denkst du denn, wie mir das alles vorkam, eine Meute von Zuhältern hinter mir her, die mich photographiert, die mich mit ihren geilen Posen belauert, unwürdig ist das, demütigend, und ich habe die Konsequenzen gezogen, nicht einen Fußbreit näher an dich heran! Warum genügte dir denn nicht meine Freundschaft? Was ich sage, muß man doch tolerieren, das war doch mein Wunsch, und ich dachte immer, meine Wünsche seien selbst Männern wie dir noch etwas wert... Und du, Meynard, war es nicht ganz ähnlich mit dir?! Waren nicht unsere ersten Treffen recht glücklich, ich meine gelungen, gute Treffen, ruhig, ohne Verklemmung?! Und was ist dann in dich gefahren, als du mich anriefst an einem Abend und mir in den Ohren lagst später, betrunken und großmannssüchtig, mit schlimmen, übertriebenen Texten, die hättest du dir besser gespart. Für einen Moment, ja, für einen Moment kamen wir noch einmal zusammen, das war in der Nacht, in der... das war in der Nacht... in dieser Nacht, für einen Moment, und du hattest mich ganz in der Hand, ja, nur für einen Moment war etwas von Schwäche in mir, vielleicht durch den Wunsch oder durch diese Nähe, nein, nicht *diese* Nähe, die nicht, in deiner Nähe... ein Geringes an Schwäche, und ich griff nach diesem Moment, und ich bat dich um Schutz... oder ich sprach wohl von Siena, so war es, schon am nächsten Tag wurde die Rechnung geschickt, da begannen deine Manöver, eilig, drängend, auf Fortsetzung aus! Briefe, ja, Blumen, warum konntest du dich nicht gedulden, immer zu nahe, viel zu nahe, immer mit dem Blick auf ein Ergebnis, das geht nicht an, das läßt mich alles erfrieren, denn ihr versteht meine Gesten nicht, ihr nicht, ihr habt keine Blicke für das, was ich will, ihr nicht, ihr seid nur Räuber, Räuber seid ihr, jawohl, und ich hätte mir weiß Gott gute Freunde gewünscht! So… jetzt wißt ihr es einmal genau, jetzt habt ihr gehört, was ihr erpressen wolltet, Gewalt tut ihr einem bis zuletzt an, aber ich werde euch hoffentlich nie mehr begegnen, diese Minuten sind furchtbar, ein schlimmer Schrecken, den ich euch niemals verzeihe!«

Ihre überstürzte Rede hatte sie immer mehr in Verwirrung gebracht, schließlich hatte ich sie kaum noch verstanden. Ich hatte ihre Worte nicht mehr auf mich bezogen, ich hatte ihnen gelauscht, beinahe wie Worten eines Textes, der tief in meiner Erinnerung verankert war. Doch es war kein Text, es war eine *Stimme*, ja, schließlich hatte ich nur noch eine Stimme gehört, eine kräftige, metallische Stimme, die den engen Raum verwandelt hatte in eine weite Halle… Ich hatte unbeweglich dagesessen, fast berauscht, es waren Ausbrüche einer extremen Psyche, manische Gebärden, wie hatten wir es einmal genannt… wie?!

»*Zyklothymie*«, sagte ich leise, »das ist es! Das *muß* es sein! Jetzt begreife ich alles!«

Linda und Lautner blickten mich an.

»Zirkuläre Schwankungen!… Habt ihr mal die Callas gehört?! Ich habe sie einmal gehört, jetzt erinnere ich mich wieder genau! Es war eine Arie, aus *Carmen*, glaube ich. Den Titel hab ich vergessen, habt ihr mal die Callas auf einem Photo mit Onassis gesehen?«

»He, Meynard, ist dir nicht gut?« fragte Lautner.

»Du öffnest jetzt sofort die Tür, du mit deiner Hörigkeit!« schrie ich Lautner an. »Ich weiß jetzt alles, warum ist mir der Gedanke bloß nicht eher gekommen? Gut, du wolltest ja Klarheit! Diesen Abend klären wir alles, ich bin jetzt auch dafür. Linda, ich entschuldige mich. Es wird dir nicht viel bedeuten, deine Arie hat mich nicht überzeugt, aber immerhin, der Gesang hat sich gelohnt. Lautner, gib mir den Schlüssel, sofort, oder ich ...«

»Was ist nur mit ihm?« fragte Lautner. »Was ist denn in den gefahren?«

»Den Schlüssel!«

»Okay, gut, ich öffne die Tür! Wie du willst, wenn du dich beruhigst ...«

Er schloß auf, und ich stieß gegen die Tür. Ich kümmerte mich nicht mehr um die beiden. Ich sprang die Stufen hinauf, eilig über die Planken, hinein in die Dunkelheit. So schnell ich konnte, lief ich zur *Arche* hinüber. Corinna tanzte mit Blümchen.

»Corinna, tut mir leid, ich muß dringend nach Wiesbaden!«

»Nach Wiesbaden?! Jetzt?!«

»Wir tanzen ein andermal, entschuldige mich. Blümchen, bist du noch klar? Ist einer noch klar hier? Fährst du mich hin?«

»Gott, du müßtest dich sehen«, sagte Blümchen, »kreidebleich, ist ja schrecklich. Ist was passiert?!«

»Jetzt frag nicht, niemand hat mich zu fragen. Ich allein bin im Besitz der Wahrheit!«

»Das glauben wir dir, du siehst ganz danach aus«, sagte Blümchen.

»Wenn du mich nicht fährst, dann...«

»Ich fahr dich«, antwortete Blümchen, »für die Wahrheit tu ich doch alles. Und nüchtern bin ich außerdem, vielleicht beruhigt dich das.«

Die *American Bar* war überfüllt, und Blok stand hinter der Theke, kurz lächelnd, als er mich erkannte.

»Ich muß dich sprechen«, sagte ich.

»Nimm zuerst mal einen Drink«, antwortete er, »du siehst ja ganz wirr aus.«

»Ich will keinen Beruhigungsschluck«, erwiderte ich, »außerdem bin ich in Ordnung. Kann ich dich jetzt sprechen, sofort?«

»Sofort?! Nun übertreib es nicht, so wichtig wird es nicht sein. Ich werd hier gebraucht, schließlich ist Samstagabend.«

»Blok, es ist dringend. Ich will nur eine Auskunft, dann kannst du wieder zurück.«

»Mir fehlt heute die halbe Belegschaft, sie sind alle draußen im Rheingau. Wie stellst du dir denn das vor?«

»Daß wir jetzt hinauf in deine Wohnung gehen, für ein paar Minuten. Bitte, erfüll mir den Wunsch!«

Blok zögerte und schaute mich an, dann verschwand er in der Küche. Ich fuhr mir mit der rechten Hand durchs Haar, die Mulde am Hinterkopf fühlte sich kühl und naß an. Blok holte eine Vertretung an die Theke, dann verließen wir durch einen unauffälligen Ausgang das Lokal und gingen hinauf in seine Wohnung. Er schloß die Tür auf, und wir setzten uns in zwei der schweren ledernen Sessel, die zu einer viel zu pompösen Garnitur gehörten.

»Also, schieß los!« sagte er ungeduldig.

»Nur eine Frage, Blok, und ich will eine knappe, ehrliche Antwort: Lebst du mit Linda zusammen?«

Er schaute mich wieder an, ganz ruhig, wie einer, der ein Gefallen an seinem Gegenüber hat.

»Hat das jemand behauptet?«

»Blok, antworte bitte!«

»Wer hat es behauptet, das muß ich erst wissen …«

»Ich! Ich behaupte es.«

»Du, also du… Hast du Beweise? Mit wem hast du darüber gesprochen?«

»Du willst mir keine klare Antwort geben, was? Na gut, du warst schon immer ein Heimlichtuer…«

»War ich das? Ja, vielleicht, du hast recht… Also, was wolltest du wissen? Ach ja, ob Linda hier wohnt? Sie wohnt hier, es stimmt.«

»Es stimmt … Endlich, nun ist es raus.«

»Wie bist du darauf gekommen?«

»Ach, ist doch nebensächlich …«

»Ich möchte es wissen.«

»Durch einen Zufall, *Zyklothymie* …«

»Verstehe ich nicht, erklär mal genauer!«

»Ich denke nicht dran.«

»Und die anderen wissen jetzt auch, was du weißt?«

»Was gehn mich die anderen an? Du hast mich also belogen, die ganze Zeit? Du hast dich hinter meinem Rücken mit ihr zusammengetan? Warum hast du es mir nicht gesagt, waren wir nicht Freunde, Blok, gute Freunde?«

»Erstens, du hast mich nie danach gefragt, zweitens, du hättest es in einer deiner durchfuselten Nächte verplaudert, drittens, es ging niemanden hier etwas an.«

»Niemanden? Auch mich nicht? Auch nicht deinen Freund, der sich wochenlang mit dieser Sache herumgeschlagen hat?«

»Was hätte es dir denn genutzt? Hätte es dich ruhiger gemacht?«

»Ja, vielleicht. Also, das wär's, mach's gut, Blok! Ist für dich ein feiner Erfolg, ich wünsch dir viel Glück. Wir werden uns in Zukunft nicht mehr begegnen.«

»Bleib sitzen, Meynard! Jetzt spiele bitte nicht den Enttäuschten! Ich will es dir in Ruhe erklären…«

»Was ist da zu erklären? Du bist der *winner*, du warst es schon früher, du bist es auch jetzt, mir immer um eine Nasenlänge voraus.«

»Ist ja ekelhaft, deine Weinerlichkeit! Mensch, Linda hat sich eben entschieden. Ist das ein Grund für dein Tragödiengehabe?«

»*Mein* Gehabe? Ich gehabe mich nicht, ich führe niemanden an der Nase herum, ich sage jedem ins Gesicht, was ich denke. Aber damit liege ich falsch. Leute wie du, die machen das Rennen! Und wie? Durch schmieriges Kulissengeschiebe!«

»Das nimmst du zurück! Sofort! Mit Gemeinheiten kommst du mir nicht! Ich will dir sagen, wie's war. Ich hab keinen Finger gerührt, nie, nie einen Finger gerührt. Ich habe Linda oft genug zu sehen bekommen, alle paar Tage erschien sie früher in der Bar vom *Savoy*, immer mit einem anderen Knaben. Davon habe ich dir einmal erzählt. Ich habe sie damals bedient, korrekt, ohne ein einziges Wort mehr als nötig. Ich habe keinen Schritt gemacht, nichts, ich habe nicht mal Interesse gezeigt, keine Briefe, nie Blumen wie du, keine Anrufe, ganz zu schweigen von Einladungen. Und das nennst du schmierig, Kulissengeschiebe? Mann, dir fehlen alle Kriterien, du bist völlig blank auf der Hand!«

»Du willst mir doch nicht erzählen, ihr wäret euch nie außerhalb dieses Schummerfleckens begegnet?«

»Nie, und das ist die Wahrheit! Linda kam immer häufiger, aber immer in Begleitung, es war seltsam genug, und es führte nie über ein paar Worte hinaus. Ich gebe zu, ich war gewiß in mancher Versuchung, besonders, wenn sie allein im *Savoy* zurückblieb, sich an die Bar setzte und ihren Stimmungen nachhing... Aber ich habe geschwiegen, die ganze Zeit, denn ich wollte es nie darauf ankommen lassen.«

»Worauf?«

»Abgewiesen zu werden.«

»Abgewiesen?! Dann gib doch endlich zu, du hast sie geliebt!«

»Vom ersten Augenblick an, Meynard! Ich hatte damals erfahren, Lautner sei hinter einer Schauspielerin her. Lautner, der Widerling! Ich bin ins Theater gegangen, es interessierte mich nur, weil ich Lautner mißtraute. Das war das erste Mal, daß ich Linda Francis zu Gesicht bekam. Und von da an war es entschieden!«

»Was war entschieden?«

»Daß Linda und ich zusammengehörten.«

»Aber ich denke, du hast nie mit ihr gesprochen?«

»Natürlich nicht, das hat damit nicht das Geringste zu tun. Es war einfach entschieden.«

»Entschieden! Zu einer Entscheidung gehören doch zwei!«

»Ja, sicher, aber ich wußte, wenn wir uns begegnen würden, dann wäre es entschieden.«

»Aber wieso warst du so sicher?«

»Das ist es, Meynard, das ist der Unterschied! Du begreifst nicht, was *Zusammengehörigkeit* meint. So eine Empfindung steht fest, darüber grübelt man nicht, es ist ein völlig sicheres Wissen.«

»Aber wenn Linda es nun anders empfunden hätte...«

»Hätte... So ein Gedanke kommt einem nicht, sowas ist ausgeschlossen von vornherein! Die einzige Möglichkeit wäre gewesen, wir hätten uns unglücklich *verfehlt*!«

»Unglücklich verfehlt? Wie denn?!«

»Zum Beispiel, wir hätten nie Gelegenheit gehabt, einander in Ruhe kennenzulernen. Das wäre doch möglich gewesen.«

»Und wie habt ihr euch kennengelernt?«

»Ich sagte doch schon, im *Savoy*... Wir haben viele Nachmittage miteinander verbracht, jeder in seinen Kreisen, und doch war es ein Miteinander, denke ich heute. Wir sind uns aus dem Wege gegangen, jedenfalls habe ich keinerlei Neigung gezeigt, und sie war ebenfalls vorsichtig genug, obwohl vielleicht etwas mehr darauf aus... Schließlich, nach vielen Wochen, waren wir miteinander vertraut, diese Art des Kontakts macht nach so langer Zeit empfindlich genug. Sie hat mir eine Premierenkarte für Calderón geschenkt, ganz nebenbei, als sie wieder mal in die Bar kam. Du weißt, damals trafen wir uns hinterher noch im *Rheingold*. Ich lief frühzeitig fort, der Abend ging mir gegen den Strich, weil ich sie zum ersten Mal in einer ungewohnten Umgebung sah. Ich konnte es nicht ertragen, es widerte mich an, wie sie mit euch allen da umging. Noch in der selben Nacht tauchte sie im *Savoy* auf, sehr spät, ganz allein, und es war das erste Mal, daß ich als Gast dort an der Bar saß. Seit dieser Nacht war es endgültig.«

»Endgültig?«

»Ja, so kann man es nennen. Seit dieser Nacht haben wir uns fast täglich getroffen, heimlich, immer an anderen Orten, wo keiner uns kannte. Es war ein Versteckspiel, und wir beide wollten es so.«

»Auch Linda war damit einverstanden?«

»Meynard, es ist schwer zu erklären. Wir wußten, wir gehörten zusammen, und doch haben wir uns lange Zeit dagegen gewehrt. Keiner von uns wollte dem anderen gestehen, was er empfand, und manchmal hat einer die Geduld verloren. Außerdem hatte ich noch andre Probleme.«

»Du? Welche Probleme?«

»Die Zeit im *Savoy* war nicht einfach, stumpfe Tage, ein häßliches Dienern. Ich kam mit diesem Leben nicht klar, ich nahm Kokain, und in den Phasen mit diesem Zeug geriet ich oft außer Kontrolle. Auf Umwegen hatte Lautner davon erfahren, er versuchte, mich auszuschalten mit seinem Wissen, wochenlang stand die Konzession für mein Lokal auf dem Spiel. Damals wollte Linda sich von mir trennen, es war die Zeit, als sie sich in Frankfurt bewarb. Ich hatte sie hineingezogen in meine Geschichten, sie besorgte schließlich den Stoff, weil ich nicht mehr wagen konnte, mich in der Szene zu zeigen. Das war nicht gut, wir gerieten laufend gegeneinander, sie stellte mir Ultimaten, und ich, ich kam nicht los von dem Puder. Erst als alles glatt ging und ich das Lokal hier besaß, war ich damit fertig. Da zog sie zu mir in die Wohnung, und wir verabredeten Stillschweigen, bis Ruhe einkehren würde.«

»Nur noch eine Frage, Blok. In der Nacht, als du den Laden eröffnet hast, hat Linda doch mit mir getanzt. Weißt du, daß sie mir vorgeschlagen hat, mit ihr nach Italien zu fahren?«

»Klar weiß ich es. Sie war damals verzweifelt. Wir hatten die Reise nach Siena schon dreimal verschoben, es hing mit dem Puder zusammen, und sie glaubte nicht mehr daran, daß ich es schaffen würde, davon wegzukommen.«

»Du hast gewußt, was damals lief? Und du hast die ganze Nacht mir gegenüber geschwiegen, kühl, ohne jede Regung?«

»Ja, das hab ich. Das war die Nacht, in der kam ich über den Berg. Ich war glücklich, Meynard, so unglaublich es klingt.

Ich hatte es gegen alle Widerstände doch geschafft, mir meinen Traum zu erfüllen. Die Bar würde ein Erfolg werden, sie hatte diesen Abend bestanden, und ich wußte genau, ich hatte jetzt Kraft genug für alles andere.«

»So war das…«

»Ja, das ist die ganze Geschichte … Und nun kommt es nur darauf an, was du daraus machst. Wenn du sie herumträgst, kommen die Details auch bald heraus, wenn du …«

»Du brauchst nicht weiter zu reden, ich behalt es für mich.«

»Meynard, kannst du es wirklich versprechen? Es ist entscheidend für Linda und mich…«

»Plötzlich spiele ich also doch eine Rolle…«

»Meynard, du mußt mich verstehen…«

»Nein, muß ich nicht. Da verwechselst du was. Aber es geht dir wie so vielen anderen. *Verstehen* ist doch das Letzte! Ich werde nichts mehr verstehen, ich will nicht, ist dir das klar? Ich will überhaupt nichts mehr damit zu tun haben, nichts mehr, nie mehr etwas hören davon. Ich halte still, das versichre ich dir, damit ihr weiter eine ruhige Nacht habt, aber zu verlangen, das Spiel auch noch zu *verstehen*, das geht einfach zu weit. Schenken wir uns alles, was nach Abmachung aussieht, Blok! Wären wir wirklich Freunde gewesen, hätte es dieser Dinge niemals bedurft. Es ist simpel genug, wir waren es nicht. Gut, das lernt man dann auch noch, man lernt eins nach dem andren und gerät immer tiefer hinein in den Schutt. Schutt, nichts als Schutt! Wie ich es satt habe, wie ich davonmöchte, endlich davon! Nirgendwo Klarheit, nur laufend Rankünen! Mach's gut in deinem Trödelladen und bestell Linda, ich hätte kein Vertrauen mehr in ihre Texte.«

»Meynard, renn jetzt nicht davon!«

»Ich renn nicht davon, vor wem denn, vor was? Wer oder

was sollte mich halten? Freundschaft? Komm, Blok, das sind alte Geschichten, die gehören der Vergangenheit an, wir beide sehn das genau, und jetzt sind wir wenigstens einmal so ehrlich, das auch zu bekennen ... Fahrt ihr nur nach Siena, damit tut ihr mir noch einen Gefallen, denn dann wäre ich wenigstens für ein paar Wochen sicher, euch nicht zu begegnen.«

Ich stand auf und ging hinaus. Blok folgte mir, hastig auf mich einredend. Es waren diese verrotteten Vokabeln, längst mißgedeutete Begriffe, aus einer ganz anderen Zeit.

Blok und Linda versuchten noch mehrmals, mich zu erreichen, aber ich löschte ihre Durchsagen sofort vom Band meines Anrufbeantworters. Auch in der Redaktion hatten sie Nachrichten hinterlassen, angeblich auf irgendeinen *Ausgleich* bedacht; ich brauchte keinen *Ausgleich*, mildernde Worte waren sowieso nur ein Zeichen schlechten Gewissens, und mit schlechtem Gewissen erfolgreich zu arbeiten, war höchstens Sache der Kirche.

Um mich sollte sich niemand Sorgen machen, die Aufklärung dieser Geschichten hatte auch etwas von einer wohltuenden Befreiung, außerdem hatte ich selbst Probleme genug, nicht mit mir, sondern mit Sarah. Ich hatte sie auf die Nachstellungen angesprochen, in die sie durch Lautners falschen Verdacht geraten war, doch sie hatte auf meine Fragen kaum reagiert. Diese *Schwärme*, hatte sie geantwortet, seien schon lange hinter ihr her, deren Auftrag sei klar, und es sei ihr noch immer gelungen, sie abzuschütteln. Ich konnte Sarah die Zusammenhänge nicht ausführlich erklären, an diesen schwer durchschaubaren *stories* lag ihr nichts, doch es machte mich unruhig, wie sie darüber sprach, in einer mit Andeutungen und dunklen Begriffen durchsetzten Sprache, die fast alles ungeklärt ließ.

Ich fühlte mich ihr gegenüber nicht schuldig, schließlich hatte ich von Lautners Aktionen nicht das Geringste geahnt, doch ich wollte alles tun, damit sie in Ruhe arbeiten konnte, so, wie sie es verlangt hatte und wie es ihr gemäß war. Um mir Gewißheit über ihren Zustand zu verschaffen, war ich einige Male in der Landesbibliothek aufgetaucht, doch ich hatte keine Veränderungen feststellen können, sie saß, sooft ich erschien, an ihrem Platz, den Kopf tief über die Bücher gebeugt, nicht ansprechbar, völlig von ihrer Lektüre gefesselt. Mit der Rechten machte sie laufend Notizen, die Linke beschwerte die Seiten oder blätterte um, es war ein flinker Verzehr, als sei all dieses Wissen nur für sie bestellt.

Ihr Aussehen hatte sich merklich verändert. Sie erschien knochig, alterslos, ein beinahe steril gewordener Körper, der alle Reize abzuwehren schien. Ihre Züge hatten mit der Zeit eine wächserne Durchsichtigkeit bekommen, als habe die Haut sich zu einer Folie geglättet. Sie ging schnell, auch auf ihren Stadtwegen schien sie keinen Blick zu verschwenden, ihre zielstrebige Motorik erweckte den Anschein fast unheimlich wirkender Abwesenheit. Dabei vernachlässigte sie auch ihre Kleidung; ihre Röcke und Hosen waren nicht sorgfältig gereinigt, sie trug all diesen Bedarf nur wie lästige Flicken, über die man besser hinwegsah. Ich bot mich an, ihr behilflich zu sein, ich wollte ihr den Gang zu einer Reinigung abnehmen, doch sie erwiderte nur, sie sorge bald selbst für die Beseitigung all dieser Zeichen, auch der Schmutz habe manchmal sein Gutes. Vieles von dem, was sie sagte, erschien mir wie ein Scherz, doch es war wohl kein Scherzen, denn sie sprach mit einer tiefen, oft heiseren Stimme, ein vages Flüstern wie nach allzu großen stimmlichen Anstrengungen. Ihre Augen waren geweitet, auch danach erkundigte ich mich, doch wiederum wich sie aus, sie benutze seit einiger Zeit versteckte Materialien, zum Beispiel *Kontaktlinsen*, Brillen behinderten sie. Ihr Zimmer hatte sie abgeschlossen; ich befürchtete hinter der verschlossenen Tür ein ekelerregendes Durcheinander, denn auch in der Küche hinterließ sie nur verklebte, schmutzige Tassen und Teller, sorgsam aufeinandergestapelt, ohne sie einmal zu säubern. Ich erledigte diese Arbeiten ohne Murren, alle paar Tage stand sauberes Geschirr für sie bereit, und sie nahm diesen Dienst ohne jede Bemerkung an, als gehörte es sich so.

Ich wußte nicht, wie ich mit ihr umgehen sollte; ich lud sie zu Ausflügen am Wochenende ein, doch sie wehrte ab, sie habe zuviel zu tun. Ich sprach sie auf ihre Seminare an, aber sie gab nur zurück, der Unterricht sei, wie erwartet, fast durchweg enttäuschend. Ich hatte ihr einen Bildband über das alte Griechenland geschenkt, für einen Augenblick hatte sie sich fast schamhaft gefreut; einige Tage später jedoch erklärte sie nur, das alte Griechenland habe Philosophie nicht gekannt, keine Philosophie, höchstens Kulte, und auch diese seien unerforscht und nichts anderes als geistiger Irrtum.

Um mich zu beruhigen, fuhr ich schließlich nach Mainz. Ich hatte einen Tag gewählt, an dem ich sie bei ihrer Arbeit im Lesesaal wußte. Ich hatte mich mit einem Übungsleiter des Fachs Biologie getroffen, ein Vorwand hatte herhalten müssen, und ich hatte ihn gebeten, Sarah von meinem Besuch nichts zu erzählen. Er hatte nur Lobendes über sie zu berichten gewußt, sie sei eine Ausnahmeerscheinung, ohne Zweifel die vielversprechendste Studentin seit Jahren. Ich hatte vorsichtig Zweifel anklingen lassen, doch er hatte sie mit wenigen

Worten weggewischt, er kenne diesen Typus hochintelligenter Konstanz, Sarah sei prädestiniert für eine Karriere in diesem Fach; wenn man ihr helfen wolle, dann dadurch, daß man sie in dem Entschluß bestärke, die Philosophie fallenzulassen, derartige Spekulationen seien sowieso nur etwas für Müßiggänger und in ihrem Fall gewiß überflüssig; ein Mensch mit ihren Anlagen habe Alibibeschäftigungen nicht nötig.

Ich verstand ihn, Alibibeschäftigungen waren auch mir zuwider, andererseits wollte ich mit Sarah nicht darüber verhandeln, denn ich war nicht zuständig für ihre Interessen, und es war nicht auszuschließen, daß die Philosophie für sie doch etwas Unterhaltendes hatte. Die Treffen in unserer Wohnung hatte sie eingestellt, auch auf Fragen danach war sie nicht zu bewegen gewesen, sich länger in ein Gespräch einzulassen; sie hatte nur erwidert, die Kommilitonen seien nicht *bei der Sache* und die Sache verlange Einsatz, der ohne Rücksichten auskommen müsse.

Mit diesen Reden hielt sie mich hin; in meiner Hilflosigkeit hatte ich sogar mit Mutter darüber gesprochen, doch sie hatte mich in ihrer bekannten Art nur vertröstet, was ich erzähle, sei ihr geläufig, Sarah habe schon zu Hause in den letzten Jahren verborgen gelebt, unwillig, sich an irgendwelchen Familienunternehmungen zu beteiligen; selbst das Spülen habe sie für überflüssig gehalten, sie habe erklärt, benutzte Tassen seien nicht schmutzig, sondern *weiter verwendbar.*

Ich hatte nichts weiter zu unternehmen gewagt, als mich an einem Freitag, kurz vor der Mittagspause, ein Anruf Dreisens erreichte; Dreisen verlangte, mich zu sprechen, er gab an, er halte sich zufällig in Wiesbaden auf und es sei ihm ein Bedürfnis, Sarahs Bruder bei dieser Gelegenheit über einige merkwürdige Vorfälle zu unterrichten. Ich konnte meine Abneigung, ihn zu treffen, kaum unterdrücken, seine umständlichen, gedrechselten Sätze hatte ich noch gut in Erinnerung, doch er bestand darauf, mich zu sehen.

Ich hatte ihn ins *Dortmunder* bestellt, und als ich mit ein wenig Verspätung erschien, saß er bereits bei einem Glas Bier in der Sonne. Er stand schwerfällig auf und gab mir die Hand; ich fühlte etwas Feuchtes, kalter Schweiß in seiner Innenhandfläche, und ich gab mich beschäftigt, um ihn erst gar nicht zur Entfaltung kommen zu lassen.

»Sie arbeiten noch immer im Sektor Kultur?« fragte er.

»Ist nicht totzukriegen, der Sektor«, antwortete ich.

»Ich hoffe, ich mache Ihnen keine Ungelegenheiten«, sagte er.

»Ungelegenheiten? Das Wort kenne ich nicht.«

»Es ist mir selbst peinlich, auf diesem Wege Ihren Kontakt zu suchen. Aber ich denke, es läßt sich nicht vermeiden.«

»Machen Sie sich keine Gedanken«, antwortete ich, »mit peinlichen Kontakten habe ich laufend zu tun.«

»Was Sie nicht sagen! Die Arbeit hat also auch ihre Schattenseiten?«

»Hören Sie«, sagte ich ungeduldig, »ich habe eine halbe Stunde Mittagspause, wär schön, wenn Sie ein bißchen zulegen würden.«

»Richtig, unsereins übersieht leicht, daß andre Leute sich an ihre Arbeitszeiten halten müssen.«

»Ganz recht«, erwiderte ich, »unsereins ist gewohnt, sich an Zeiten zu halten.«

»Also dann … Wo soll ich ansetzen?«

»Knapp, kurz, aber prägnant, das sind so unsre Devisen«, sagte ich.

»Ja, das sind *Ihre* Devisen ... Gut, ich wollte mit Ihnen über Sarah sprechen. Ich möchte gleich vorausschicken, daß ich sie für eine außerordentliche Erscheinung halte ...«

»Das ist mir nicht neu, ich kenne meine Schwester.«

»Außerordentlich, in vielen Belangen. Sie hat Kapazitäten auf fast allen Gebieten, es ist erstaunlich, wie schnell sie sich alles aneignet. Manchmal fürchtet man fast, sie ginge es *zu* schnell an ...«

»Die Furcht habe ich nicht.«

»Der Stoff muß sich setzen, man kann den Geist auch überfordern ...«

»Bei meiner Schwester setzt sich nichts, die legt ein anderes Tempo vor. Und was dieses Tempo betrifft, das finde ich so ganz in Ordnung.«

»Nun ja, Sie haben vielleicht nicht den richtigen Einblick. Wenn ich mich nicht täusche, haben Sie nie studiert?«

»Gott sei Dank nicht«, antwortete ich, »ich hätte nie Geduld dafür gehabt, daß sich was setzt ...«

»So, na dann sind Sie zumindest in dieser Beziehung Ihrer Schwester nicht fern.«

»Hören Sie«, machte ich Druck, »es tut mir leid, aber Gespräche über Lernprozesse habe ich eigentlich hinter mir. Wie wär's, Sie kämen zur Sache?«

»Die Sache, ja ..., die Sache ist delikat.«

»Delikat? Wieder so ein Wort, das unsereinem abgeht ...«

»Delikat, doch, so möchte ich es nennen. Ihre Schwester hat, bereits seit einiger Zeit, für meine Person ein gewisses Interesse gezeigt ...«

»Ich weiß.«

»Sie wissen? Was hat sie Ihnen berichtet?«

»Sie haben sich in *antike Glückslehren* verrannt, war es nicht so? Ein uferloses Thema, angeblich, und wohl auch ziemlich in der Schwebe?«

»Sie hat Ihnen davon erzählt? Nun ja, es ist das Thema meiner Dissertation, ich arbeite seit über sechs Jahren daran.«

»Na, dann ist es kein Wunder …«

»Was meinen Sie?«

»Vielleicht mußte das Thema sich zu lange setzen, am Ende hat es wohl nicht mehr Platz nehmen können.«

»Soll das ein Scherz sein? In Ihrer Familie scheint die Grenze zum Scherz nicht immer deutlich gewahrt …«

»Wenn Sie von meiner Schwester sprechen, so glaube ich nicht, daß sie Talent zum Scherzen hat.«

»Sehen Sie, das glaube ich auch, und eben dieser Annahme wegen habe ich Sie um ein Treffen gebeten …«

»Sie glauben also, meiner Schwester fehle es an Frohsinn, um es salopp zu sagen?«

»Nein, das wäre kein hinreichender Grund, mich Ihnen so aufzudrängen. Ich sagte bereits, die Sache ist delikat.«

»Herrje, nehmen Sie doch keine Rücksicht, auf mich doch nicht, die Zeiten sind doch vorbei …«

»Ich bin nicht Ihrer Ansicht, und ich hatte, offen gesagt, mit mehr Entgegenkommen gerechnet.«

»Bitte, nehmen Sie kein Blatt vor den Mund, ich werde Sie schon richtig verstehen.«

»Gut, Ihre Schwester hat für meine Person wohl nicht ausschließlich fachliches Interesse gezeigt.«

»Nein? Sie meinen, über das Fachliche hinaus? Das ist fast ausgeschlossen, ich kenne meine Schwester. Privates bedeutet ihr nichts, sie nennt das *privaten Kitsch.*«

»Gewiß, mag ja sein, so meinte ich es auch nicht. Meine fachlichen Qualitäten mögen immer die erste Rolle gespielt haben …«

»Fachliche Qualitäten? Haben Sie die?«

»Ich bin nicht hierher gekommen, um mit einem Unberufenen darüber zu streiten. Wenn Sie es darauf schieben, werde ich das Gespräch hiermit beenden.«

»Ach was, die Frage war ernst gemeint. Ich kenne Ihre Qualitäten doch nicht. Sagen Sie doch ruhig, Sie haben welche, da wäre ich schon beruhigt.«

»Ich denke nicht daran, Ihnen diesbezüglich zu folgen ...«

»Dann entschuldigen Sie, warten wir Ihre Dissertation ab, sie wird's ans Licht bringen.«

»Meine Arbeit wird so schnell nicht erscheinen ...«

»Ich weiß, sie wird sich erst setzen müssen.«

»Ich glaube, es ist besser, wir beenden dieses Gespräch.«

»Nein, ich bin ungeduldig, verstehen Sie mich! Ich wollte Sie nicht unterbrechen. Bitte, führen Sie Ihren Gedankengang zu Ende!«

»Danke, ich nehme Ihre Entschuldigung an... Ich werde die Sache abkürzen. Das Interesse Ihrer Schwester für meine Person hat sich in zahlreichen Briefen niedergeschlagen. Der Inhalt ist überwiegend fachlicher Natur, es werden dort recht brisante Themen angeschnitten, ich möchte nicht darauf eingehen... Es war mir nicht möglich, einen so ausgedehnten Briefwechsel zu führen, es fehlt mir dazu die Zeit, aber ich habe versucht, so manches Problem mündlich mit ihr zu behandeln.«

»Das war sehr freundlich von Ihnen.«

»Ja, ich bin durchaus auf die Fragen Ihrer Schwester eingegangen, so war es nicht. Ihre Briefe an mich erreichten allerdings mit der Zeit eine anormale Frequenz. Fast täglich erhielt ich ein längeres Schreiben, und... von Brief zu Brief erschien mir der Text immer verworrener. Das läßt sich bereits durch die Anschrift auf dem Kuvert belegen. Sie schrieb nämlich, ich habe die Beweise hier in meiner Tasche, unter anderem an *Herrn Wolfgang Dreisee, Antiken-Imitatoren- und Glückslehren GmbH*… oder auch an die *Firma Wolfgang Dreisen & Co. Abteilung Original und Fälschung*… Ich muß Ihnen sagen, ich habe für diese Witze wenig Verständnis, zumal ich in Untermiete wohne und die Briefe mir persönlich ausgehändigt werden… Wie ich dastehe in solchen Situationen, Sie werden es sich kaum ausmalen können!«

»Na gut, mag sein, aber für ein wenig Ironie werden Sie doch Verständnis aufbringen?«

»Ironie? Wodurch hätte ich die verdient?«

»Tja, da haben Sie recht, verdient haben Sie's nicht…«

»Wie soll ich Sie verstehen?«

»Ach bitte, erlauben Sie mir eine Frage. Hat meine Schwester weiter Ihre Kurse besucht? Zeigte sie auch dort Anzeichen der von Ihnen so benannten Verwirrung?«

»Sie hat meinen Kurs weiter besucht, ja, ohne jedes Anzeichen der in den Briefen, wie soll ich sagen, zur Schau gestellten Sonderbarkeiten. Sie hat das Pensum eines ganzen Studienjahres in weniger als drei Monaten bewältigt.«

»Und Sie haben sie nicht einmal angesprochen auf diese Briefe, um ihr mehr zu entlocken?«

»Ich habe sie nach den Kursen angesprochen, doch meist ohne Erfolg. In fachlichen Fragen läßt sie gern mit sich reden, was die Briefe betrifft, verweigert sie sich.«

»Sie hat niemals etwas dazu gesagt?«

»Auf mein Insistieren hat sie behauptet, die Briefe seien ausschließlich als Warnungen zu verstehen, ich solle mir nicht einbilden, sie täuschen zu können.«

»Täuschen? Täuschen wodurch?«

»Das ist ja das Rätsel, ich habe mir nichts zuschulden kommen lassen.«

»Vielleicht haben Sie doch ein paar Fehler begangen?«

»Nein, ausgeschlossen, ich habe mich Ihrer Schwester nie privat genähert, glauben Sie mir …«

»Das meinte ich nicht, ich meinte Fehler fachlicher Art?«

»Fachlicher Art? Sie vermuten, ich sei meinen Kursen nicht gewachsen?«

»Könnte doch sein, könnte es sein, daß meine Schwester Ihnen voraus ist?«

»Ich habe es nicht nötig, darauf zu antworten. Ich begehe keine Fehler fachlicher Art, nicht in Anfängerkursen!«

»Immerhin … Sie räumen ein …«

»Auf diesem Niveau unterhalte ich mich nicht mit Ihnen. Nehmen Sie zur Kenntnis, daß ich mehrere Prüfungen mit Auszeichnung abgelegt habe.«

»Das schließt ja nicht aus, daß Sie sich vielleicht ein paarmal geirrt haben.«

»Beenden wir dieses Gespräch … Es macht keinen Sinn. Ich wollte Sie nur um eines bitten, es ist nicht zuviel verlangt. Ich möchte Ihnen die Briefe Ihrer Schwester übergeben …«

»Mir? Wozu?«

»Ich möchte diese Briefe nicht in meiner Nähe haben.«

»Dann schmeißen Sie sie weg, verbrennen Sie sie, machen Sie damit, was Sie wollen.«

»Auch das ist mir nicht recht. Ich möchte, daß diese Briefe aus meinem Gesichtskreis verschwinden.«

»Mein Gott, Sie stellen sich an. Die Briefe sind an Sie gerichtet, Sie sollten sich freuen, daß Sie so geistreiche Post erhalten. Heben Sie sie auf, wenn meine Schwester berühmt wird, haben Sie Material für eine Fußnote in Ihrer Biographie.«

»Ich empfinde diese Scherze als makaber …«

»Wissen Sie, Ihr Vokabular gefällt mir nicht. Delikat, makaber, ungelegen … das ist genau *die* Pseudosprache, die ich nicht mag. Meine Schwester wird vielleicht ganz ähnlich empfinden. Ihr antikes Wissen wird sie anziehen, Ihre Sprache, Ihre Erscheinung werden sie abstoßen. Sie ist eben in einem Zwiespalt, und den verhüllt sie durch Ironie.«

»Das genügt, Beleidigungen sind in Ihrer Branche anscheinend an der Tagesordnung. Nehmen Sie nun die Briefe oder nicht, mehr will ich nicht wissen …«

»Ich nehme sie *nicht*! Das wär doch gelacht, Sie von diesen Geistesblitzen zu befreien. Sie fühlen sich nicht wohl, was, nicht wohl in diesen intellektuellen Höhen? Kann ich verstehen. Bei Ihnen muß sich alles erst setzen … Legen Sie die Briefe irgendwo ab, das wird Sie erleichtern …«

Er trank sein Glas aus, zog sein Portemonnaie, entnahm ihm einige abgezählte Münzen, legte sie neben das Glas auf den Tisch und wollte davongehen.

»Ist ja häßlich, wie Sie alles ins Sumpfige zerren!« rief ich ihm hinterher.

Er antwortete nicht mehr, er verschwand in der Menge.

Ich verschwieg Sarah das Gespräch mit Dreisen, unerfreuliche Begegnungen dieser Art ließ man besser auf sich beruhen. Stattdessen versuchte ich vorsichtig, ihr einige Andeutungen zu entlocken. Sie erklärte, sie habe Dreisens Kurs seit zwei Wochen nicht mehr besucht, es gehe ihr zu langsam voran. Auf meine Frage, ob Dreisen wirklich *fachkundig* sei, erwiderte sie, ohne zu zögern, er sei nicht fachkundig genug und wolle sie täuschen. Ich hakte nach, ob auch die Kommilitonen die Täuschung bemerkten, und sie verneinte, natürlich nicht, den anderen falle nichts auf. Ich wollte noch wissen, wie sie nach diesen Erfahrungen zu Dreisen stehe, und sie antwortete wieder in ruhiger, überlegener Art, er sei eben *einer unter vielen*, all diese immergleichen Figuren könnten sie letztlich niemals besiegen. Das alles klang nicht einmal bitter, obwohl ich erwartet hatte, es falle ihr schwer, über ihren offensichtlichen Irrtum zu sprechen. Sie fügte sogar hinzu, sie sei nicht enttäuscht, diese Annahme verzerre das Bild, außerdem hätte ich damals recht gehabt, Dreisen *sei impertinent*, ein *abgespaltener Lakai der großen Verschwörung um uns herum.* Ich konnte verstehen, daß sie ein wenig gekränkt schien; sie hatte mehr von der Universität erwartet, strahlende, souveräne Figuren, die nichts Knausriges hatten. Ich fragte sie noch, wie es mit dem Studium weitergehen solle, und sie erwiderte schlicht, die Philosophie sei nicht *tüchtig* und die Biologie *im Kleinen beschränkt.*

»Männie, was läuft?«

»Ich glaube, die Sache mit Schmahl ist erledigt. Ich habe ihn hergenommen nach Wunsch, er war tief beeindruckt. Jetzt denkt er wohl, du hast die Geschichten der Serie erfunden. ›Der Meynard, der schüttelt das aus dem Ärmel‹, war er sich sicher…«

»Und von wem kamen die *Piccolo*?«

»Die Sekretärin von Piehl hat mir versichert, im *Aldi* habe es das Zeug zwei Wochen als Sonderangebot gegeben; dann wär es kein Wunder, denn Schmahl liest die Sonderangebote fast jeden Tag.«

»Gut, lassen wir es dabei …«

»Denke ich auch, ich bin jedenfalls erleichtert.«

»Und was geht sonst ab in der Szene?«

»Walter und Doris bringen die *show.* Es hat sich herumgesprochen, daß sie beim Fernsehen sind. Walter trägt jetzt Sakkos aus Leinen, die Medienmasche mit umgeschlagenen Ärmeln. Er pest durch die Kneipen und erzählt den Leuten von *optischen Trägern*, von *Umsetzungen* durch *Bildinhalte*, eben den üblichen Stuß, den diese Typen so draufhaben. Dabei dreht er nur Drei-Minuten-Terrinen, eine ekelhafte Anmachmixtur, Dörfer und Menschen, das Land Rheinland-Pfalz. Aber du wirst ihn nicht wiedererkennen, er ist um zwei Nummern gewachsen.«

»Und Doris?«

»Doris steckt voll mit drin, sie ist richtig fesch geworden, schade, daß du nicht mehr dran bist. Den Job in der Ansage hat sie aufgegeben, sie will angeblich mehr und erzählt von *journalistischer Praxis* …«

»Klingt düster …«

»Ist es auch, halb Studium, halb Ausbildung, so ein typischer Mainzer Unterhaltungsverschnitt. Aber die Leute, die stehn jetzt auf sowas, die sind alle geil auf dieses Mediengefummel, am liebsten würden sie alle rein in die Sender, bloß irgendwo murmeln, bloß rein ins Bild. Walter nennt das *Bildbezug*, er ist eben tief drin in seiner Praxis.«

»Gut, dann müssen wir ohne die beiden auskommen, in Zukunft?«

»Denke schon, wir sind sie los …«

»Männie, wir haben's verdient! Manchmal brauchen auch wir etwas Glück …«

An einem Vormittag überraschte mich Sarahs Anruf in der Redaktion. Sie hatte mich noch nie angerufen, ihre Stimme irritierte mich, und sie bat mich, kurz in die Wohnung zu kommen, denn sie habe ihre Kontaktlinsen verloren, irgendwo fallengelassen; ohne die Linsen könne sie nicht arbeiten, wahrscheinlich lägen sie auf dem Boden, und sie fürchte, sie zu zertreten. Ich machte mich sofort auf den Weg.

Sarah saß zitternd in der Küche. Sie hatte das Fenster weit aufgesperrt und sämtliche Heizkörper angestellt. Sie trug noch ein Nachthemd, die Arme waren an den Unterseiten blutig gekratzt. Ihre Bewegungen waren fahrig, immer wieder deutete sie auf ihr Zimmer. Ich fragte sie, was vorgefallen sei, und sie antwortete ruhig, die *Schwärme* hätten nun auch ihren Körper befallen, ein Rückzug sei nicht mehr möglich, die Linsen seien entwendet. Ich bat sie, ganz ruhig zu bleiben, ich würde die Linsen bald finden; ich bereitete ihr einen Tee und sorgte dafür, daß sie den Morgenmantel überzog. Ich schloß das Fenster und drehte die Heizung ab. Sie blieb still und trank den Tee mit lauten Schlürfgeräuschen, wie ich es von ihr noch nie gehört hatte. Ich sprach beinahe ohne Unterbrechung zu ihr, ich wollte sie besänftigen, denn sie war außer sich.

Die Tür zu ihrem Zimmer stand weit geöffnet, und ich ging hinein, um nach den Linsen zu suchen. An den Wänden hingen große Bögen mit Strichlisten, seltsam beschriftet. Ich las *vokabularisches Pensum* und *Enzymenwanderung, reduzierte Tests* und *Stromprotokoll.* Die Striche waren mit exakten Daten versehen, Tag, Stunde, Minute. Auf dem Schreibtisch lagen Abschriften von Briefen, offensichtlich an Dreisen gerichtet; manche Passagen hatte sie unzählige Male kopiert, untereinander, auf einem Blatt, stets mit veränderter Handschrift. Auf dem Fensterbrett standen kleine Töpfe mit längst verwelkten Pflanzen; die Erde war trocken und rissig, kleine Textfähnchen waren mit Tesa-Film an die gelblichen Blätter geklebt.

Auf dem Bett lagen mehrere Decken übereinander, Bücherstapel neben dem kleinen Gestell. Ich öffnete schnell das Fenster, es roch infernalisch, eine Mischung aus Schimmel, Öl und Verdorbenem. Der Gestank kam aus der Richtung des Betts, und mir kam eine furchtbare Ahnung. Ich rückte das Bett zur Seite, Einweckgläser, eine nicht mehr zu übersehende Zahl, bis oben gefüllt mit Zeug von der Straße, Dreck, Blätter, loses Geröll. Auch diese Gläser waren exakt mit bunten Zeichen beschriftet, mit Angaben von Fundort, Datum und Wetter.

Ich ging zurück in die Küche. Sie saß ganz still und schaute vor sich hin. Sie trank den Tee mit großer Sorgfalt und bedankte sich immer wieder bei mir. Sie strich den Morgenmantel glatt und knüpfte die beiden Enden des Gürtels ungeschickt zusammen. Ich nahm ihre Hand, und sie fühlte sich kalt an, wie gefrorenes Fleisch. Sie stand auf und wanderte durch die Wohnung. Sie sprach, mal zu mir, mal zu sich selbst, in einem eigenartigen Idiom, dem ich nichts entnehmen konnte. Auf meine ruhigen Fragen entgegnete sie, sie sei *übersteuert*, der *Weg zur repräsentativen Spitze* sei jetzt geebnet; nur kleinere Arbeiten stünden noch aus, zum Beispiel die *Verdrängung des Täuschers*, der wochenlang seine Figuren geschickt habe, *diese Elemente des Passivs.*

Ich nahm sie in die Arme, sie erschien jetzt sehr gelassen, und sie fragte mich, ob es mir schwer gefallen sei, mit ihr zu wohnen. Ich schüttelte nur noch den Kopf, ich hatte keine Worte für sie, ich hielt sie eng an mich gepreßt, und sie erzählte plötzlich Geschichten von früher. Sie erzählte ganz klar und sehr einfach, es waren Kindergeschichten, und sie spielten fast alle in der Zeit, als wir noch zusammen ins Gymnasium gegangen waren, in diesen manisch zergliederten Bau aus den siebziger Jahren. Sie sprach von den Fahrten am Morgen mit Vater zur Schule und wie ich sie aufgezogen hatte mit ihrem Eifer, sie sprach vom Lebensmittelgeschäft und Walters Vater und wie ich ihm geholfen hätte an manchen Nachmittagen, sie sprach von unseren Zimmern, den beiden schmalen Räumen nebeneinander, und wie sie meine Musik mitgehört habe, manchmal stundenlang. Sie strich mir wie einem Buben übers Haar, und ich wehrte mich nicht, ich war still jetzt wie sie, denn auch ich sah plötzlich das Lebensmittelgeschäft und den gealterten Mann, dem ein Bein fehlte und der lächelnd im Eingang stand. Ich hörte ihr zu, nie waren wir uns so nahe gewesen, mit einem Mal waren diese frühen Geschichten *Geschichten zu zweit*, und ich hielt meine Schwester, die zu mir gefunden hatte nach all diesen Jahren.

Am Mittag waren Mutter und der mit unserer Familie befreundete Psychiater erschienen. Er hatte sich mit Sarah für mehr als eine Stunde zurückgezogen. Später hatte er Mutter und mir gegenüber erklärt, das *paranoide Konzept* sei noch nicht ganz zur Entfaltung gekommen. Ich hatte Sarahs Koffer gepackt, sie hatten sie mitgenommen nach Haus.

Ich war nun viel allein, von den guten Freunden war mir nur Männie geblieben. Meine Unternehmungslust war längst verbraucht, und ich tat meine Arbeit, um mich wenigstens an irgend etwas zu halten. Die Tage und Wochen vergingen, ich war kraftlos geworden, eine müde, verbrauchte Gestalt, von den letzten Illusionen befreit.

Schließlich hatte ich meinen Urlaub beantragt, ich wollte fort, die Zeit stand mir zu. Wenige Tage später ließ Piehl mich zu sich kommen. Zum ersten Mal trafen wir in seinem Arbeitszimmer zusammen.

»Setzen Sie sich, Meynard! … Sie haben Urlaub beantragt?«

»Ja, ich glaube, ich hab ihn verdient.«

»Haben Sie, Meynard, haben Sie! Wie Sie damals die Kurve gekriegt haben, das war allerhand! Die Serie über die Anzeigentreffs war ein großer Erfolg. Ich hätte schon nicht mehr auf Sie gesetzt.«

»Nein? Sie sind kleingläubig!«

»Würde ich nicht sagen, Meynard, kleingläubig nicht, nur ein Mann mit großer Erfahrung. Und jetzt also der Urlaub! Trotz dieses großen Erfolgs scheren Sie gerade jetzt aus?«

»Einige Wochen wird es ohne mich laufen.«

»Das sagen Sie so. Wer hat schon diese Phantasie, Meynard, diese freie Erfindung, Sie sind doch ein Meister darin.«

»Was meinen Sie?«

»Meynard, nun mal im Ernst! Es gibt Stimmen, gewichtige Stimmen hier im Haus, die zweifeln an Ihren Berichten …«

»Inwiefern?«

»Die zweifeln an Ihrer journalistischen Praxis …«

»Genauer!«

»Es heißt, Sie haben die Anzeigengeschichten *erfunden*. Wenn das wahr ist, dann sind die Konsequenzen kaum abzusehen. Aber es existieren noch andre Versionen. Und da hört man nun, Sie hätten diese Geschichten perfekt *inszeniert*. Ihr Mitarbeiter habe als Lockvogel gedient, er habe die Frauen an Land gezogen, Männie … Dings, Sie wissen schon, wen ich meine. Weiter! Gegen diesen Mitarbeiter liegen Beschwerden vor, schwerwiegende Vorwürfe, ich möchte Sie nicht mit allem belasten, aber es gibt Indizien für Drogenhandel. Sie hatten Ihre Leute offensichtlich nicht immer unter Kontrolle, der

Job ist Ihnen entglitten, Sie haben gefährlich mit dem Feuer gespielt. Geschichten *inszenieren*…! Wissen Sie, was uns blüht, wenn die Konkurrenz davon was spitzkriegt? Lauter Verstöße gegen das Pressegesetz, unsaubere Arbeitsmethoden, fast schon an der Grenze zum Kriminellen…«

»Sagen Sie ehrlich, wer hat Ihnen davon erzählt?«

»Das tut nichts zur Sache. Die Chefredaktion muß sich absichern gegen fremde Elemente im Haus, auch wir haben unsere Zuträger…«

»Schmahl, nicht wahr? Schmahl ist Ihr Spion. Sie vertrauen diesem Mann mehr als Ihren Redakteuren, Sie setzen ihn an, hier Unfrieden zu stiften, Sie bestechen ihn mit kleinen Präsenten, so ist es doch?«

»Herr Schmahl ist einer unserer zuverlässigsten Mitarbeiter, ich erlaube Ihnen nicht, seine Redlichkeit anzuzweifeln!«

»Redlichkeit! Der und Redlichkeit! Ich kenne seine Methoden genau, er mischt überall mit, er ist das laufende Gerücht, so einem wie dem würde ich nie über den Weg trauen.«

»Sehen Sie, genau *das* ist ein Irrtum. Sie haben sich der falschen Leute bedient, so muß ich jetzt denken…«

»Haben Sie mich deshalb zu sich bestellt, um diesen Wust von Anschuldigungen vor mir zu entladen? Darf ich Sie daran erinnern, daß Sie alle Projekte beifällig aufgenommen haben, daß die Auflage gestiegen ist, nicht zuletzt wegen des Erfolgs meiner Seite?«

»Sie haben unbestreitbare Verdienste, die will Ihnen niemand nehmen. Sie können schreiben wie kein Zweiter, nur das Drumherum, wie soll ich sagen, das Ambiente… damit haben Sie Ihre Probleme. Was zum Beispiel Lautner betrifft, so haben sich seine Beschwerden wieder vermehrt. Wo blieb denn der versprochene Bericht über das Jubiläum? Groß angekündigt, nichts ist geschehen. Da bin ich enttäuscht, ich habe Ihnen gesagt, wie wichtig Lautner für uns ist.«

»Er hat es gewagt, sich noch einmal zu beschweren? Nach allem, was gelaufen ist?«

»Wie bitte? Was ist gelaufen? Ich habe nichts gelesen …«

»Gelesen! Nein, zu lesen war nichts, da haben Sie recht. Ich bezog mich auf Hintergrundinformationen, lassen Sie nur. Ich kann es Ihnen hier nicht erklären.«

»Schade, sehr schade für Sie! Meynard, ich habe Sie einmal eindringlich gewarnt, mit kurzfristigen Erfolgen ist uns hier nicht geholfen.«

»Sagen Sie, was Sie wollen, nehmen Sie keine Rücksicht, ich denke, das sind Sie mir schuldig.«

»Spielen Sie nicht den Gekränkten! Ich schätze Sie, ich schätze Sie nach wie vor. Ihre Schreibe, die hat Bestand. Doch im Umfeld, da müssen wir etwas ändern …«

»Was schlagen Sie vor?«

»Die Chefredaktion hat ihre alten Konzepte noch einmal durchdacht. Uns liegt eine sehr ernsthafte und Erfolg versprechende Bewerbung vor, zwei junge und gute Leute, befreundet, ein Pärchen, ganz das, was wir lange schon suchten. Sie haben schon reichlich *journalistische Praxis*, erstaunlich übrigens in ihrem Alter …«

»Sie meinen Walter und Doris?«

»Ja, Sie kennen die beiden wohl gut aus früheren Zeiten? Ich hörte davon, und, verstehen Sie, ich ahnte gleich, es wäre eine zugkräftige Konstellation. Wir wollten Ihre Stelle ja früher schon splitten, ein Mann, eine Frau, der Frauensektor ist besonders empfindlich, und die junge Dame verfügt über die besten Kontakte.«

»Sie wollen mich rausschmeißen?«

»Wer spricht denn davon? Sie nehmen zunächst einmal Urlaub, der sei Ihnen gegönnt. Wir stocken Ihre Stelle auf, finanziell, und auch den Fonds für Ihre Recherchen. Die Leitung der Seite übernehmen Walter und Doris, Sie bleiben uns erhalten, mit Ihrer Schreibe, zuständig für einen Sonderbereich.«

»Welchen Sonderbereich?«

»Porträts und Reportagen, das, was Sie können.«

»Ein Nebengleis also …«

»Ach was, Nebengleis! Eine sehr lukrative Stelle, würden sich viele die Finger nach lecken …«

»Und Männie, was geschieht mit dem?«

»Da fragen Sie noch? Wir werden uns trennen müssen von Ihrem Mitarbeiter, das steht doch längst fest.«

»Es steht fest … So … Erinnern Sie sich an meine Einstellungsbedingungen? *Einer allein*? Ich, einer allein?! Sie wollten eine Seite aus einem Guß, und ich habe in den gelungenen Fällen so etwas geliefert, nicht einmal schlecht, davon bin ich selbst überzeugt. Jetzt wollen Sie alles ein Niveau niedriger, mit dem Blick auf die Kunden, *Showkasten* hier und *Debattierecke* dort … Sie verschleißen die Leute ganz nach Bedarf, mein Mitarbeiter, wie Sie ihn nennen, hat mehr für Ihr Blatt getan als Ihre Schmahls in all ihren verdammten Jahren zusammen. Guter Journalismus! Das hatte ich vor …«

»Meynard, Sie erregen sich grundlos! Sie werden doch bleiben in dieser Funktion. Nicht mal den Schreibtisch brauchen Sie zu wechseln! Alles wie gehabt, nur den lästigen Kram, das Umfeld betreffend, den nehmen wir Ihnen ab. Seien Sie doch erleichtert deswegen!«

»Das *Umfeld*! Schon das Wort ist mieses Neu-Deutsch. Ich hab nie für ein Umfeld geschrieben, ich hab …«

»Sehen Sie, das war ein Fehler! Und zu Fehlern muß man sich auch bekennen!«

»Ein Fehler? Niemals! Ich habe mich in Ihnen getäuscht. Sie segeln voll mit dem Wind. Ich ahne schon, was Sie wollen, buntes Geschwafel, diese *Zeitgeist*-Sauce von heute … Das sind so die Trends …«

»Bitte, lassen Sie uns erst einmal sehen, nichts überstürzen, Sie werden schließlich weiter maßgeblich beteiligt sein …«

»Maßgeblich? Ach, hören Sie auf! Ist die Umbesetzung bereits beschlossen?«

»Fast schon beschlossen …«

»Also! Dann! Nehmen Sie meine Kündigung entgegen.«

»Aber Meynard, nichts wäre unsinniger als das …«

»Was Sinn macht und was nicht, weiß ich am besten. Der Urlaub steht mir noch zu, dann können Sie schalten, wie es Ihnen beliebt. Ich verabschiede mich!«

Ich gab ihm die Hand, und er wollte mich noch bewegen, die Unterhaltung fortzusetzen. Er schlug eine Aussprache im *Dortmunder* für den nächsten Mittag vor, ich solle mir alles noch einmal in Ruhe überlegen.

Ich verließ das Pressehaus und bog nach rechts ab. Ich ging am *Kochbrunnen* vorbei, ohne einen Blick auf die Menschen vor den Cafés. Ich ging die Taunusstraße entlang, hier war es schattig, und ich hörte Blümchens Rufen hinter mir drein. Ich drehte mich nicht um, sondern ging weiter. Ich erreichte das Nerotal, wo ich Lautner vor Jahren um einen Job gebeten hatte, und ich passierte den schmalen Pfad, den ich in einer Nacht mit Doris hinauf zum Opelbad gegangen war. All das gehörte nun nicht mehr zu mir, es fiel von mir ab. In Zukunft würde ich zu den Nachzüglern gehören, weitab vom Rennen.

Ich würde meine Wohnung aufgeben müssen, vielleicht ließ sich etwas außerhalb finden. Ich würde die Stadt nicht verlassen, nein, ich hing noch zu sehr an allem. Der Neroberg lag jetzt zu meiner Rechten, ich erreichte ein langgestrecktes Tal und ging weiter. Ich würde diesen Tag nichts anderes mehr tun, nur gehen, vielleicht bis hinauf auf die Höhen über der Stadt. Ich würde die weite Rheinebene sehen, Mainz jenseits, und die Hügel des Rheingaus. Ich würde gehen und schauen, nicht mehr, für lange Zeit nicht mehr als nur das.

Es war dieser matte Sommer, lauter lausige Tage, und niemand von uns ließ hören, wie man Druck hätte machen können …

geschrieben November 1987 bis März 1989

Hanns-Josef Ortheil bei btb:

Schwerenöter. Roman (73815)

Abschied von den Kriegsteilnehmern. Roman (73409)

Die Nacht des Don Juan. Roman (72478)

Faustinas Küsse. Roman (72476)

Die große Liebe. Roman (72799)

Im Licht der Lagune. Roman (72477)

Lo und Lu. Roman eines Vaters (72798)

Die geheimen Stunden der Nacht (73639)